HANNAH SUNDERLAND
Wunder brauchen etwas länger

Über die Autorin:

Hannah Sunderland ist in Sutton Coldfield, nördlich von Birmingham, geboren und aufgewachsen. Dort lebt sie noch immer mit ihrem Partner, mehreren Tausend Büchern und einer Schweizer Käsepflanze namens Wallace. Sie hat einen Abschluss in bildender Kunst von der University of Derby und leitet jetzt ihr eigenes Unternehmen, das Requisiten für die Rekonstruktion von Tatorten herstellt. Das Schreibfieber packte sie, als ihr jemand ein Notizbuch in die Hand drückte und sie erkannte, dass sie darin eine Welt erschaffen konnte.

HANNAH SUNDERLAND

Wunder brauchen etwas länger

Roman

Aus dem Englischen von
Ulrike Moreno

LÜBBE

Dieser Titel ist auch als Hörbuch und E-Book erschienen.

Die Bastei Lübbe AG verfolgt eine nachhaltige Buchproduktion. Wir
verwenden Papiere aus nachhaltiger Forstwirtschaft und verzichten darauf, Bücher
einzeln in Folie zu verpacken. Wir stellen unsere Bücher in Deutschland und Europa (EU)
her und arbeiten mit den Druckereien kontinuierlich an einer positiven Ökobilanz.

Vollständige Taschenbuchausgabe

Deutsche Erstausgabe

Für die Originalausgabe:
Originally published in the English language by HarperCollins Publishers Ltd.
under the title »At First Sight«
At First Sight © Hannah Sunderland 2021
Translation © Bastei Lübbe AG 2023,
translated under licence from HarperCollins Publishers Ltd.
Hannah Sunderland asserts the moral right to be acknowledged
as the author of this work.

Für die deutschsprachige Ausgabe:
Copyright © 2023 by Bastei Lübbe AG, Köln
Textredaktion: Dorothee Cabras, Grevenbroich
Umschlaggestaltung: © SO YEAH DESIGN, Gabi Braun
unter Verwendung von Illustrationen von
© shutterstock.com: San Sigal | Penpitcha Pensiri
Satz: hanseatenSatz-bremen, Bremen
Gesetzt aus der Arno Pro
Druck und Verarbeitung: GGP Media GmbH, Pößneck
Printed in Germany
ISBN 978-3-404-19191-8

2   4   5   3   1

Sie finden uns im Internet unter:
luebbe.de
Bitte beachten Sie auch: lesejury.de

Liebe Leserinnen und Leser,

dieses Buch enthält potenziell triggernde Inhalte.
Deshalb findet ihr auf Seite 457 eine Triggerwarnung.

Dieses Buch ist für Matt, Mum, Dad und
all jene, denen das Licht am Ende des Tunnels
schon immer schwach und trüb erschienen ist.

Kapitel 1

Gab es eine stressigere Zeit für dich als deine Mittagspause? Diese kurze Zeitspanne, die so schnell verflog, während du ungeduldig auf den Fußballen wippend hinter jemandem in der Schlange standest, der an der Kasse herumtrödelte und im Schneckentempo seinen Kaffee auswählte?

Alles, was ich an diesem Tag wollte, war ein Sandwich – und nur ja keinen abfälligen Blick von meinem Chef, wenn ich verschwitzt und mit rotem Kopf ins Büro zurückkehrte.

Aber ich stand als Fünfte in einer Schlange, die sich seit mehr als drei Minuten nicht mehr von der Stelle bewegt hatte. Der Kassierer war ganz offensichtlich neu, und obwohl sein gehetzter Blick und Gesichtsausdruck durchaus mein Mitleid erregten, war ich doch mit meiner Geduld am Ende. Ich schob mein Päckchen Chips und die Tüte mit dem Hummus- und Paprika-Sandwich unter einen Arm, sodass ich eine Hand frei hatte, um einen Blick auf mein Handy werfen zu können.

Als die Frau ganz vorn in der Schlange endlich ihren Kaffee bekam und loszog, um sich einen Platz zu suchen, drängte ich mich schnell einen Schritt weiter vor. Das *Cool Beans Café* füllte sich so schnell, dass ich keinen Platz mehr finden würde, wenn dieser träge Mensch an der Kasse sich nicht beeilte.

Mein Blick fiel auf den Leiter des Cafés, der hinter dem neuen Mitarbeiter stand und ihm scheinbar geduldig zuschaute, obwohl ihm anzusehen war, dass auch seine Geduld sich dem Ende näherte. Als er meinen Blick bemerkte, nickte er mir freundlich zu, obwohl wir uns eigentlich so gut wie gar nicht kannten und noch nie mehr als die üblichen Höflichkeitsfloskeln ausgetauscht hatten. Ich wusste nicht einmal, wie er hieß, weil auf dem Schildchen an seinem Oberteil nur *Geschäftsleitung* stand. Aber da ich schon seit Jahren herkam, kannten wir uns immerhin vom Sehen.

Er war kahlköpfig, und die kleinen Stoppeln, die immer wieder durchzukommen versuchten, wiesen darauf hin, dass seine Glatze gewollt und keineswegs dem Zahn der Zeit geschuldet war. Dazu trug er eine breitrandige Brille und einen silbernen Nasenstecker.

In der Ecke am Fenster war noch ein letzter Tisch frei, doch vor mir standen noch drei andere Kunden. Der Mann ganz vorne an der Kasse hielt einen wiederverwendbaren Becher in der Hand, den der Barista nur noch füllen musste, sodass man davon ausgehen konnte, dass dieser Gast nicht lange bleiben würde. Der Mann direkt vor mir hatte schon einen Tisch, weil seine Begleiterin sofort losgeflitzt und einen Platz ergattert hatte, als er vor ein, zwei Minuten frei geworden war. Damit verblieb nur noch eine Person als mein Konkurrent um den letzten Tisch.

Das *Cool Beans Café* war schon seit Jahren mein Stammlokal zum Mittagessen, doch seit die *Birmingham Mail* vor ein paar Monaten darüber berichtet hatte, war es immer beliebter geworden, bis es keinen Platz mehr für treue Gäste wie mich gab, die ihm auch während seiner experimentellen Kurkuma-Latte- und Chai-Tee-Scones-Phasen treu geblieben waren.

Der *KeepCup*-Mann nahm seinen gefüllten Becher vom verwirrt dreinblickenden Angestellten entgegen und wandte sich damit in Richtung Tür. Mein einziger verbliebener Rivale um den begehrten letzten Tisch bestellte sein Getränk, zahlte und trat zur Seite, als der Mann vor mir zur Kasse ging und zweimal Tee bestellte. Ich jubelte innerlich, als ich es hörte. Tee war einfach und schnell zubereitet. Vielleicht hatte ich ja doch noch eine Chance auf diesen letzten freien Platz … Wie ich es mir schon gedacht hatte, bekam er umgehend seinen Tee und trug ihn zu dem Tisch hinüber, den seine Begleiterin ihnen vorhin so schnell gesichert hatte.

Rasch bestellte ich nun meinen Caffè Americano, eine schnelle und simple Wahl, und zog meine Karte durch das Lesegerät. Dem armen überforderten Neuling schenkte ich noch ein mitfühlendes Lächeln, bevor ich beiseitetrat und neben meinem Rivalen stand.

Im Hintergrund konnte ich den Barista den widerlich süßen Karamellsirup auf die Kaffeemonstrosität geben sehen, die mein Rivale bestellt hatte, und feuerte im Stillen das Mädchen daneben an, das mit meinem Americano schon fast fertig war, sich ein bisschen zu beeilen. Sie und der Barista drehten sich im selben Moment um und servierten die fertigen Getränke. Ich flitzte zur Theke hinüber und schnappte mir den Kaffeebecher, an dem ich mir prompt die Finger verbrannte, und wandte mich meinem Tisch zu. Ha! Der Sieg war mein.

Als ich auf den Zweiertisch zueilte, sah ich allerdings, dass dort schon ein Paar seine Mäntel über die Stühle gehängt hatte, die eigentlich meine hätten sein sollen. Verärgert warf ich den Kopf zurück und stöhnte innerlich.

Mein Rivale mit dem widerlich süßen Getränk in seinem Becher drehte sich auf dem Absatz um und wandte sich zur Tür. Er war also ohnehin nie ein Konkurrent gewesen.

Ich schaute mich nach irgendeiner Sitzgelegenheit um – selbst eine umgedrehte Kiste hätte es jetzt getan. Seufzend klemmte ich das Sandwich und die Chipstüte zwischen meine alles andere als üppige Brust und meinen linken Unterarm, nahm den Kaffeebecher in die linke Hand und griff mit meiner freien Rechten in meine Tasche, um mein Handy herauszuholen.

Mir blieben noch genau siebenundzwanzig Minuten Freiheit, und ich hatte nicht vor, diese kostbare Zeit im Stehen zu verbringen. Drüben am Fenster entdeckte ich einen dieser nervigen Gemeinschaftstische, an dem bereits verschiedene Grüppchen von Leuten saßen. Viel Platz war nicht mehr übrig, aber ich entdeckte immerhin noch einen freien Stuhl neben einem dunkelhaarigen Typen, der mit dem Rücken zu mir und über den Tisch gebeugten Schultern dasaß.

Die Tüte mit dem Sandwich und die andere mit den Chips noch immer fest zwischen Brust und Unterarm geklemmt, machte ich mich zu meiner letzten Hoffnung auf einen Sitzplatz auf.

Ich hasste Situationen wie diejenige, in der ich mich gleich befinden würde, umringt von Fremden, mit denen ich glaubte, aus Höflichkeit reden zu müssen, woran sie jedoch, wie ich sehr wohl wusste, ebenso wenig Interesse haben würden wie ich.

Meine Mutter hatte nicht versucht, mir allzu viele Verhaltensweisen vorzuschreiben, als ich noch jünger war, aber Höflichkeit war etwas, worauf sie größten Wert gelegt hatte. Das ging sogar so weit, dass sie mich ständig ermutigte, wildfremde

Menschen, die an mir vorbeikamen, anzulächeln oder mit mir ebenso unbekannten Leuten in Aufzügen zu plaudern.

Inzwischen hatte ich so wenig Kontrolle darüber, als wäre die mir als Kind anerzogene Höflichkeit zu einem festen Bestandteil meiner Persönlichkeit geworden und hätte meine Fähigkeit zu schweigen völlig außer Kraft gesetzt. In Taxis passierte es mir ständig. Gerade saß ich noch stumm da, hing meinen Gedanken nach und versuchte, mich mit meinem Handy abzulenken, und im nächsten Moment stellte ich auch schon die Frage, die jeder Taxifahrer wahrscheinlich tausendmal am Tag zu hören bekam: »Und? Hatten Sie heute schon viel zu tun?« Und bevor die Fahrt vorüber war, wusste ich alles über die Fahrer: ihre Namen, für welche anderen Unternehmen sie schon gefahren waren, die Namen ihrer Kinder und sogar den der Schule, die sie besuchten. Am Ende der Fahrt kam es mir dann stets so vor, als wären der Taxifahrer und ich schon seit Ewigkeiten Freunde, die sich nun trennten, um sich nie wiederzusehen.

Ich erreichte den Tisch, als mein Sandwich gerade unter meinem Arm herauszurutschen begann, und sprach den über seinen Becher gebeugten Mann an. »Entschuldige bitte … «

Er zuckte ein bisschen zusammen und wandte sich mir zu. Er hatte kornblumenblaue Augen mit dunklen Wimpern und schien in seine Grübeleien versunken gewesen zu sein.

»Würde es dich stören, wenn ich mich hierhersetze?«

Bevor er antworten konnte, entglitt mir die Tüte mit dem Sandwich, und als ich instinktiv den Arm hob, um sie aufzufangen, stieß ich mit dem Ellbogen dagegen und schleuderte sie nun auch noch in die Luft. Sie purzelte anmutiger herab, als ich gedacht hätte, aber leider direkt in die Richtung des allein sitzenden Mannes. Ich stöhnte innerlich, als die inzwischen feuchte Tüte seitlich gegen seine Wange klatschte und ihm dann auf den Schoß fiel, bevor sie zwischen seinen Beinen hindurch zu Boden rutschte.

Einen Moment lang starrten wir uns schweigend an, während die übrigen Gäste am Tisch uns mit großen Augen zusahen oder hinter vorgehaltener Hand kicherten. Ich war mir nicht ganz sicher, ob der Mann mich jetzt anfahren oder in Gelächter ausbrechen würde …

»Haha«, sagte ich deshalb vorsichtshalber nur, anstatt zu lachen. »Und jetzt rate mal, wer mir den Tag vermusselt hat? Wobei – das ist ein Witz, der eigentlich nur funktioniert, wenn man weiß, dass Hummus auf dem Sandwich ist, was du ja nicht wissen kannst, und im Übrigen ist es sowieso kein guter Witz …«

Ach, halt doch endlich mal die Klappe, Nell!

Der Mann kniff die Lippen zusammen – ob aus Belustigung oder Verlegenheit, konnte ich nicht sagen –, bückte sich und hob die Sandwich-Tüte auf. Dann legte er sie auf den freien Platz auf dem Tisch und zog die buschigen Augenbrauen hoch. »Nur zu, tu dir keinen Zwang an«, murmelte er.

»Danke.« Erleichtert setzte ich mich und breitete meine Sachen vor mir aus.

Ich war schon peinlich berührt, als ich das deformierte Sandwich aus der Tüte zog und es alles andere als elegant an die Lippen hob. Ich hasste es, in der Öffentlichkeit zu essen, wenn ich das Gefühl hatte, beobachtet zu werden. Ich war nämlich nicht gerade das, was irgendjemand als manierliche Esserin bezeichnen würde. Dummerweise gehörte ich zu den Leuten, die in eine Art durch Essen herbeigeführte Trance verfielen, während der ich völlig unerreichbar war, bis ich den letzten Bissen verputzt hatte. Ich hatte keine Ahnung, wie ich aussah, wenn das geschah. Bilder des an einem Truthahnschenkel kauenden Henry VIII. oder die einer Schlange, der jemand eine gefrorene Maus zugeworfen hatte und die ihre Kiefer aufriss, um sie zu verschlingen, gingen mir durch den Kopf. Es war etwas, woran ich unentwegt arbeitete, seit ich alt genug war, um mich deswegen zu schämen. Leider war die Sache jedoch immer noch genauso in Arbeit wie meine Versuche, nicht ständig das Gefühl zu haben, mich mit Fremden unterhalten zu müssen.

Der Mann neben mir hatte wieder die gebeugte Haltung eingenommen, in der ich ihn angetroffen hatte, als ich auf ihn zugestürmt war, um seine Ruhe zu stören. Wie zuvor starrte er in seinen Tee. Gesichert von einer feinen weißen Schnur am Henkel, schwamm der Teebeutel in einer Flüssigkeit, die so aussah, als wäre sie bereits kalt geworden.

Ich fragte mich, ob der Mann wohl auch gerade Mittagspause machte, was ich jedoch bezweifelte. Dazu wirkte er viel zu entspannt. Abgesehen davon war er auch nicht für einen Arbeitstag gekleidet, falls er nicht einer dieser auf Künstler machenden Typen war, die als Grafiker arbeiteten und deren Chefs es nicht kümmerte, was sie trugen. Seine Kleidung hätte natürlich auch die informelle der sogenannten *Casual Fridays* sein können, aber heute war nicht Freitag, sondern Mittwoch. Oder vielleicht arbeitete er ja in einer dieser hippen Firmen, wo jeder Tag ein *Casual Friday* war?

Er trug schwarze, absichtlich an den Knien eingerissene Jeans und darüber ein dunkelgraues T-Shirt, das ihm etwas zu groß war und vorne mehrere winzige Löcher und ein verwaschenes Motiv aufwies, das wie ein Zombiefilm-Plakat aus den Sechzigern oder Siebzigern aussah. Über diesem Shirt trug er eine stonewashed Jeansjacke, die das gleiche Alter zu haben schien wie er. Seine aufgerollten Ärmel offenbarten mit dunklem Haar bedeckte blasse Unterarme. Trotz der demonstrativen Nachlässigkeit seiner Erscheinung schaffte er es, nicht so auszusehen, als hätte er sich gerade einen Kampf mit einem Stachelschwein geliefert oder als lebte er auf der Straße, wozu ich ihm im Stillen gratulierte.

Tatsächlich hatte er vielmehr etwas Kreatives an sich, als könnte er ein Maler, Bildhauer oder dergleichen sein. Doch was auch immer er beruflich machte, er sah keineswegs so aus, als arbeitete er in einem Büro wie dem, in das ich schon bald zurückkehren musste ...

Bei der Erinnerung daran nahm ich meinen ersten Bissen von dem längst nicht mehr perfekten Sandwich und nippte an meinem Kaffee, an dem ich mir prompt die Zunge verbrannte. Ich schluckte ihn runter und beging den Fehler, meinen Mund nicht schnellstens wieder mit irgendwas zu füllen, bevor die Worte sich hinauszudrängen versuchten. Ich gab einen komischen Ton von mir, der wie ein »ku« klang. Schnell biss ich wieder in mein Sandwich und beschmierte mir dabei meine rechte Wange mit Hummus.

Der Typ blickte unter seinem strubbeligen schwarzen Haar zu mir auf und beobachtete einen Moment lang meine Ungeschicklichkeit, bevor er wieder in seinen kalten Tee starrte, als versuchte er, aus den Teeblättern zu lesen.

Die Hand, die um seinen Becher lag, wies weder Spuren von Farbe, Tinte noch Ton auf. Deshalb verwarf ich meine Theorie, er könnte ein Künstler sein, gleich wieder. Ich bemerkte allerdings eine Reihe haarfeiner Narben auf den Knöcheln seiner rechten Hand, die wie zur Faust geballt auf dem Tisch lag, was den Narben ein Muster von gegabelten Blitzen gab. Ein weiterer Blick verriet mir, dass die Fingernägel dieser Hand ein wenig länger waren als die seiner linken, deren Fingerspitzen wiederum ein bisschen schwielig waren. Er war Musiker – das war's. Ein Gitarrist vermutlich.

Mein Mund öffnete sich wieder wie von selbst, um den Mann zu fragen, was für eine Art von Musik er spielte, doch ich riss mich zusammen und sagte nichts.

Iss dein Sandwich und halt die Klappe, schalt ich mich. *Du brauchst nicht mit ihm zu reden. Du darfst sogar eine Million Pfund darauf verwetten, dass er absolut nicht mit dir reden will.*

»Was sagen sie denn nun?«

Herrgott noch mal, Nell!

Bei meiner Frage schaute er zu mir auf. Sein Blick schien wie von einem Nebel verhangen zu sein. »Wie bitte?«, fragte er mit einem Akzent, den ich nicht einordnen konnte.

Peinlich berührt und innerlich erschaudernd deutete ich auf seinen Becher und wiederholte meine Frage. »Ich meinte die Teeblätter. Was sagen sie?«

Warum konnte ich nicht einfach stillsitzen und den Mund halten?

Er schaute auf seinen verbrauchten Teebeutel herab und stieß ihn mit der Fingerspitze an. Für einen Moment wippte er erbärmlich in dem milchig trüben Wasser, bevor er wieder zur Ruhe kam. Der Mann neben mir stieß ein leises Lachen aus, das so subtil war, dass es sich nur wie ein schweres Atmen anhörte. »Nicht allzu viel, ehrlich gesagt«, erwiderte er, und diesmal hörte ich laut und deutlich seinen irischen Akzent heraus. »Ich glaube nicht, dass sie einem viel erzählen können, wenn sie noch im Beutel sind.«

»Ach so«, antwortete ich. »Mein Fehler.«

Wir lächelten uns an, während die übrigen Gäste am Tisch sich etwas weiter von uns zurückzogen, als befürchteten sie, in unser Geschwätz hineingezogen zu werden.

Mein Gesprächspartner öffnete die leicht vernarbte Hand, und erst jetzt bemerkte ich, dass er etwas Kleines, Orangefarbenes darin hielt. Was genau es war, erkannte ich jedoch erst, als er die etwas unförmige Murmel zwischen zwei Fingern hin- und herrollte.

»Ein ausgesprochen unterschätztes Spiel«, sagte ich und war schon drauf und dran, mir den Mund zuzuhalten.

Er wandte sich mir mit einem fragenden Stirnrunzeln zu.

»Murmeln«, erklärte ich und zeigte auf die in seiner Hand. »Mit denen habe ich früher mit meinem Onkel gespielt.«

»Aha«, sagte er nur und steckte die Murmel wieder in die Jackentasche.

»Spielst du Gitarre?« Mit einer Kopfbewegung deutete ich auf seine Hände und merkte wieder einmal zu spät, wie bescheuert meine Fragen waren.

»Das tue ich – unter anderem.« Obwohl er wieder die Stirn runzelte, verzog sich einer seiner Mundwinkel zu einem schiefen Lächeln. »Aber wie bist du darauf gekommen?«

»Ich sehe es an deinen Fingernägeln. Da mein Ex Gitarre spielt, würde ich sie und die kleinen Schwielen überall erkennen.«

Diesmal konnte ich spüren, wie ich sogar errötete. Hatte ich jetzt mit meiner beiläufigen Erwähnung, dass ich Single war, ganz ungewollt mit diesem Mann geflirtet? Normalerweise war ich nicht so forsch. Bei meinem Ex-Freund hatte ich ein ganzes Jahr gebraucht, um ihm zu verstehen zu geben, dass ich an ihm interessiert war.

Der Mann neben mir war attraktiv auf diese ganz spezielle Weise, wie Musiker es häufig sind, mit seinen großen blauen, von beinahe schwarzen Wimpern umrahmten Augen und dem von dunklen, rötlich melierten Bartstoppeln bedeckten Kinn.

»Entschuldige.« Nervös nippte ich an meinem Kaffee und schluckte die bittere Flüssigkeit. »Ich weiß, dass es heutzutage nicht mehr üblich ist, mit Fremden zu reden, aber offenbar kriege ich's einfach nicht hin, den Mund zu halten.«

»Dann ist das also so was wie ein chronisches Problem für dich?« Sein Lächeln wurde breiter, bis es fast schon ein ausgemachtes Grinsen war, und mein Magen machte einen Satz, als wäre ich zu schnell über eine steile Hügelkuppe gefahren.

»Oh ja, seit meiner Geburt. Genau genommen habe ich schon während der Geburt die Hebamme mit meinem Small Talk traktiert.« Ich lachte auf diese stupide Art, wie ich es immer tat, wenn ich irgendetwas überraschend lustig fand.

Er konterte mit einem Lachen, das melodischer klang, als ich es je zustande bringen könnte. »Na, dann mach dir mal keine Sorgen, ich habe nichts gegen eine Unterhaltung. Ich weiß nur nicht, wie viel ich zu sagen haben werde oder wie interessant es sein wird. Ich war noch nie das, was man ›gesprächig‹ nennen könnte.«

»Kein Problem. Wahrscheinlich werde ich dich sowieso zuquatschen, bis du vor Langeweile stirbst. Wenn es dir also wirklich nichts ausmacht, werde ich dir weiter die Ohren vollplappern.«

»Ich könnte mir keinen besseren Abgang vorstellen.«

Ich rutschte ein bisschen näher an den Tisch heran, wobei mein Bein gegen seines stieß, was mich in Verlegenheit brachte. »Oh, Entschuldigung«, sagte ich mit einem mädchenhaften

Kichern und schüttelte dann den Kopf über mich selbst. »Tut mir leid.«

»Es ist doch bloß ein Bein – und ich hab ja noch ein anderes«, scherzte er.

Ich schob meinen Stuhl wieder etwas zur Seite, entfernte die Kruste von der restlichen Hälfte meines Sandwichs und legte sie auf die feuchte Tüte. »Dann, ähm … machst du wohl auch gerade Mittagspause?«

»Nein, ich … Genau genommen habe ich meinen Job bei ALDI gestern gekündigt.« Er rieb sich mit einer Hand den Nacken, und irgendetwas blitzte für einen Moment in seinen Augen auf, als er aus dem Fenster zu der Backsteinwand auf der anderen Straßenseite hinüberstarrte. Er sah plötzlich so ernst aus, als wäre ihm etwas zwingend Notwendiges eingefallen, was er unbedingt hätte tun müssen, ihm aber gerade erst wieder in den Sinn gekommen war.

»Gratuliere. Warst du lange dort?«

»Ein paar Jahre länger, als ich hätte bleiben sollen«, antwortete er, und als er mich wieder anschaute, ließ die innere Anspannung, die sich in seinen Augen spiegelte, allmählich nach. »Und du?«, fragte er. »Du hast den panischen Gesichtsausdruck von jemandem, der das Maximum aus seiner Mittagspause herauszuholen versucht.«

»Gut geraten«, erwiderte ich. »Es ist zwar nicht so, dass ich es eilig habe, aus dem Büro rauszukommen, denn ich gehöre zu den anscheinend wenigen Leuten, die wirklich Freude an ihrer Arbeit haben. Aber da ich eine chaotische Esserin bin, muss ich die Zeit, mich wiederherzurichten, einkalkulieren.«

Warum hatte ich das gesagt? Das hörte sich ja an, als besäße ich die Motorik eines Kleinkindes!

Er lachte nur. »Da ich mich bisher noch kein zweites Mal wegducken musste, denke ich, dass du rechtzeitig zurück sein wirst.« Er schaute mir in die Augen und grinste wieder breit.

Irgendetwas daran traf meinen Magen wie ein bleiernes Gewicht. Auch mein Gesicht verzog sich zu einem Lächeln, was mich sofort befürchten ließ, dass ich Paprikareste zwischen den Zähnen haben könnte. Doch da er nicht angewidert aussah, war wohl alles okay mit mir ... Oder vielleicht hatte er ja auch bloß eine Vorliebe für Frauen, die ihr Essen an sich trugen, anstatt es zu verspeisen. Und wenn es so war, wer war ich dann – seine mit Essen bekleckerte Traumfrau –, um ihn für seinen Tick zu kritisieren?

Nervös bewegte ich die Beine, und mein Zeh stieß gegen etwas Hartes unter dem Tisch, das ins Wackeln geriet und dabei ein hohles Geräusch auf den alten Eichendielen hinterließ. Ich warf einen Blick unter die Tischplatte und entdeckte eine braune Papiertüte mit dem Firmenlogo eines sehr exklusiven Spirituosenladens in der alten viktorianischen Passage um die Ecke. Als ich wieder aufblickte, schaute mein Tischnachbar ein bisschen verlegen drein.

»Ein Kündigungsgeschenk für dich selbst?«, fragte ich, um den plötzlichen Stimmungswechsel zu entschärfen.

Und tatsächlich kehrte sein Lächeln auch gleich wieder zurück. »So was in der Art.«

»Was machst du eigentlich hier? Ich meine, an deinem Akzent herausgehört zu haben, dass du kein gebürtiger Birminghamer bist.«

»Tatsächlich?« In gespielter Bewunderung zog er die Augenbrauen hoch und verstärkte noch seinen Akzent. »Ist das denn die Möglichkeit? Was für ein scharfes Gehör du doch hast!«

Daraufhin lachten wir beide.

Ich war geradezu schockiert darüber, wie gut es mit uns lief. Baggerte ich etwa erfolgreich einen Mann an? Einen sehr gut aussehenden, sympathisch anmutenden, gescheiten und charmanten Mann, der meinen Magen vor Aufregung zum Kribbeln brachte?

Vielleicht war er ja mein lange gesuchter Romeo. Der Mann, den ich heiraten würde und mit dem ich in zehn Jahren im Kreise unserer Kinder auf den heutigen Tag zurückblicken würde. Womöglich würden wir uns beide ja in Gedanken sogar bei dem Paar bedanken, das mir den letzten freien Tisch weggeschnappt hatte.

»Tja, weißt du, ich bin mit achtzehn von zu Hause weggegangen und war dann eine Zeit lang in London, bevor ich schließlich hier gelandet bin.«

»War der Ruf von Birmingham einfach unwiderstehlich?«, fragte ich ironisch.

»Hey, mach deine Stadt nicht runter! Diese Gegend ist in Ordnung, wenn man sich erst mal an den komischen Akzent gewöhnt hat.«

»Das musst du gerade sagen«, erwiderte ich kichernd. Erst als ich wieder ernst wurde, merkte ich, dass er mich anstarrte und sein Mund sich zu einem schiefen Lächeln verzog, bei dem mir ganz anders wurde. Himmelherrgott, sah der Mann gut aus! Doch je länger er mich anschaute, desto mehr begann ich zu befürchten, dass er etwas anstarrte, was unbemerkt von mir an meinem Gesicht festklebte. Schnell hob ich eine Hand und berührte beunruhigt meine Wangen. »Was ist?«, fragte ich und konnte spüren, wie ich errötete.

»Nichts.« Er holte tief Luft und blickte dann wieder auf seinen kalten Tee herab. »Du hast ein hübsches Lächeln, das ist alles.«

Mein Herz fühlte sich so eng an, als würde es jeden Moment platzen. War das ein Herzanfall? Oder war ich solche Gefühle einfach nur nicht mehr gewohnt?

Die Minuten verstrichen, und allmählich lief uns die Zeit davon. Wie konnte mein Job mir ausgerechnet in diesem Moment dazwischenkommen, in dem sich alles zu fügen schien?!

Für den Fußweg zurück zum Büro würde ich etwa fünf oder sechs Minuten benötigen, und mir blieben nur noch vier Minuten. Ich könnte ja auch joggen, anstatt zu gehen, dachte ich, weil ich es hasste, mich zu verspäten. Allein der Gedanke daran erfüllte mich mit einer unaussprechlichen Angst, die noch aus der Zeit herrührte, als ich des Öfteren zu spät zur Schule gekommen war und dann vor der ganzen Klasse neben der Tafel stehen musste, bis die Schule aus war.

»Ich habe gerade erst gemerkt, dass ich so sehr mit Reden beschäftigt war, dass ich dich nicht einmal nach deinem Namen gefragt habe«, sagte ich und beugte mich ein wenig zu ihm vor.

Er blickte von seinem Tee auf und strich mit dem Zeigefinger über den Rand der Tasse. »Ich bin Charlie.«

»Und ich Nell.«

Seine Augen wurden weicher. »Freut mich, dich kennenzulernen, Nell.«

Frag ihn nach seiner Telefonnummer! Tu es einfach! Du sprichst schon ewig lange mit ihm – also frag ihn nach seiner Nummer, bevor du gehst!

Wenn er nicht Single wäre, hätte er sich bestimmt nicht so lange mit dir unterhalten, und wenn er kein Interesse hätte, wäre er längst gegangen. Es war ja nicht so, als hielte sein kalter Tee ihn hier zurück!

»Mich auch, Charlie«, antwortete ich, um auszuprobieren, wie dieser neue Name sich auf meiner Zunge anfühlte. Gar nicht schlecht, dachte ich, bevor ich hinzufügte: »Aber ich mache mich jetzt besser wieder auf den Weg, bevor ich zu spät zur Arbeit komme.«

Er reichte mir die Hand, und ich weiß nicht, ob es nur Wunschdenken war, doch irgendwie glaubte ich, einen Anflug von Enttäuschung in seinen freundlichen Augen zu sehen.

»Es war wirklich nett, mit dir zu plaudern«, fügte ich hinzu.

Nun frag ihn schon nach seiner Nummer! Wenn du auch nur ein einziges Mal in deinem ganzen Leben auf deine innere Stimme hören willst, dann tu es jetzt. Dies ist genau der richtige Moment!

Ich reichte ihm die Hand und zögerte einen Moment, als seine und meine Haut sich zum ersten Mal berührten. Vielleicht würden sich ja noch mehr solcher Gelegenheiten ergeben? Aber nur, wenn ich endlich meine Feigheit überwand und ihn nach seiner Nummer fragte …

»Und auch mit dir, Nell. Ich glaube, ich brauchte heute ein Gespräch mit jemandem wie dir.«

»Ich auch«, antwortete ich.

Er lockerte den Griff um meine Finger, und ich spürte, wie mein Magen sich verkrampfte, als sich unsere Hände voneinander lösten.

»Es war schön, dich kennengelernt zu haben, Charlie«, sagte ich, um den Abschied hinauszuzögern und in der Hoffnung, den Mut aufzubringen, ihn nach seiner Telefonnummer zu fragen.

Jetzt mach schon, Herrgott noch mal!

Doch stattdessen stand ich auf, hängte mir meine Tasche über die Schulter und sammelte meine Reste und den leeren Becher ein.

TU ES!

»Für mich auch, Nell«, antwortete er.

Nun mach schon, du Versagerin!

Ich atmete tief aus, doch obwohl die Worte mir schon auf der Zunge lagen, wollten sie nicht über meine Lippen kommen. Ich hatte Angst. Ich war ein dummer, verängstigter, kleiner Feigling. Aber ich war solche Situationen ja auch nicht gewohnt. Es war ewig lange her, dass ich jemanden um ein Date gebeten hatte, und selbst damals hatte eine Freundin für mich fragen müssen.

Ich seufzte über mich selbst und wippte verlegen auf meinen Fußballen auf und ab. »Na dann … Man sieht sich, Charlie.« Ich hob meine mit der fettigen Sandwich-Tüte gefüllte Hand zu einem kleinen Winken und wandte mich zum Gehen.

Als ich die Eingangstür aufriss, war ich so wütend auf mich selbst wie noch nie zuvor. Bis zu dieser letzten Sekunde war ich doch noch so zuversichtlich gewesen! Verdammt noch mal! Was war nur los mit mir? Wenn es um meinen lebenslangen verbalen Dünnpfiff ging, konnte man mich nicht zum Schweigen bringen, aber im richtigen Moment, wenn es wirklich auf Worte ankam, blieb ich stumm wie ein Fisch.

Die Sohlen meiner Turnschuhe klatschten über den Bürgersteig, als ich an Leuten vorbeistürmte, die mich misstrauisch beäugten.

Ich war schon fast wieder im Büro, als ich stehen blieb und der Schwung meines eigenen wütenden Gangs mich ins Schwanken brachte. Das triste graue Gebäude ragte wie eine

Schreckensvision über mir auf. Von außen würde man nie vermuten, wie viel Gutes darin getan wurde.

Wann würde es jemals wieder zu einer solchen Begegnung kommen? Wann würde ich je wieder das Glück haben, rein zufällig einen so gut aussehenden Iren kennenzulernen? Wann passierte so etwas jemals im wahren Leben? Nie! Und ich war dumm genug gewesen, mir eine solch einmalige Gelegenheit entgehen zu lassen …

Hastig drehte ich mich um und lief zurück zum *Cool Beans Café*, während der Mut, zu tun, was getan werden musste, zusammen mit meinem hastig verzehrten Mittagessen in meinem Magen gurgelte.

Na los doch, Nell, du schaffst das schon!

Ich hielt meine Tasche fest an die Hüfte gepresst, während ich zum Café zurückrannte. Ich war seit Jahren nicht mehr gelaufen. Meine Beine schrien vor Schmerz, als fragten sie mich, womit sie diese Tortur verdient hatten.

Als ich um die Ecke bog, wäre ich fast mit einer Frau mit einem Kinderwagen zusammengestoßen, der ich eine hastige Entschuldigung zurief, bevor ich den Kopf wieder senkte und den Rest des Wegs weiterlief.

Als ich das *Cool Beans Café* erreichte, keuchte ich so heftig, dass ich ohnmächtig zu werden glaubte. Schweißperlen bedeckten meine Stirn, und mein Make-up musste ein einziges Desaster sein und mir wie Vanillepudding das Gesicht hinunterrinnen …

Dennoch stieß ich entschlossen die Tür auf und schaute zu dem großen Tisch hinüber. Doch der Platz, an dem wir gesessen hatten, war inzwischen leer.

Bei der Erkenntnis, dass ich Charlie nun wahrscheinlich nie

wiedersehen würde, ließ ich die Schultern hängen und war versucht, in Tränen auszubrechen. Dies war meine einzige Chance gewesen, und ich hatte sie ungenutzt verstreichen gelassen!

Ich biss mir auf die Unterlippe, drehte mich um und ging langsam zurück zur Arbeit. Diesmal war der Weg noch anstrengender, weil meine Beine schmerzten und die Enttäuschung schwer auf mir lastete.

Und zu allem Überfluss bestand auch absolut keine Möglichkeit mehr, dass ich jetzt noch pünktlich zurück im Büro sein würde.

Kapitel 2

Ich erwachte mit dem unguten Gefühl, das mich jedes Mal ergriff, wenn ich ein zweites Gewicht neben mir im Bett spürte und die schläfrigen Atemzüge einer weiteren Person auf dem Kissen dicht an meinem wahrnahm.

Ich öffnete ein Auge und blinzelte, als könnte ich so das Bild aussperren, von dem ich wusste, dass ich es so oder so gleich sehen würde. Dort, den Kopf halb in meinem Hartschaumkissen versunken, lag der Mann, neben dem ich schon tausendmal aufgewacht war. Das widerspenstige, leicht gewellte Haar umgab sein Gesicht wie eine Wolke, strubbelig und zerzaust von den Bewegungen im Schlaf.

Joel und ich hatten uns nach einer siebeneinhalbjährigen Beziehung vor zwei Jahren getrennt. Auch davor war es schon eine ganze Weile bergab mit uns gegangen, und als der Moment gekommen war, Schluss zu machen, tat ich es. Es war nicht leicht gewesen, weil eine Trennung nie leicht ist, schon gar nicht nach so langer Zeit. Man hat irgendwann begonnen, sich an einen anderen Menschen und eine gewisse Routine zu gewöhnen, und muss sich dann urplötzlich dem Alltag ohne ihn und all die Dinge, die das Zusammensein mit ihm ausgemacht haben, stellen.

Ich hatte bereits länger darüber nachgedacht, eine Zeit lang wieder allein zu leben, und mich nach der Ruhe gesehnt, die man hat, wenn man nicht ständig auf einen anderen Menschen Rücksicht nehmen muss. Das war mir schon fast zwei Jahre vor unserer Trennung auf erschreckende Weise klar geworden.

Eines Tages hatte ich mich bei Boots mit einem Schwangerschaftstest in der Hand in der Schlange vor der Kasse wiedergefunden. Damals hatte sich meine Periode um anderthalb Wochen verspätet, und ich hatte Panik bekommen, als die entsprechende App auf meinem Handy aufgeploppt war und mich darüber informiert hatte.

Ich hatte geweint, während ich darauf wartete, dass meine Zukunft mir in kleinen rosafarbenen Strichen offenbart würde, und hatte schier unentwegt darüber nachgedacht, was ein Baby für Joel und mich bedeuten würde. Allein könnte ich ein Kind nicht großziehen, denn dazu fehlte mir das Geld. Mit Joel zusammen hätten wir nicht den Platz, und ich konnte mir auch nicht vorstellen, wie ein kleiner Mensch in dieser fürchterlichen kleinen Bude, die wir uns damals teilten, aufwachsen sollte.

Zum Glück war ich dann jedoch nicht schwanger, und obwohl ich eine ganze Weile brauchte, um aufgrund meiner Unzufriedenheit mit unserer Beziehung zu handeln, war dies der Moment, in dem mir klar wurde, dass das »Für immer«, das Joel und ich uns zu Beginn versprochen hatten, nicht so lange anhalten würde, wie wir beide gedacht hatten.

Uns zu trennen war das Beste für uns beide gewesen. Es gab niemanden, weder tot noch lebendig, der das bestritten hätte. Getrennt waren wir glücklicher. Wir kamen besser miteinander aus und respektierten einander sehr viel mehr, als wir es während des Großteils unserer Beziehung getan hatten.

Nur war es so, dass wir in den letzten sechs Monaten zum Leidwesen und der Bestürzung der wenigen Freunde, die Bescheid wussten, begonnen hatten, zum Schutzkissen des anderen gegen die raue Welt, mit der wir uns vorher nicht hatten auseinandersetzen müssen, zu werden. Da wir beide in demselben beängstigenden, unbekannten Boot saßen, erschien es uns nur logisch, uns gegenseitig Trost zu spenden.

Es hatte angefangen, nachdem Joels Vater gestorben war. Er hatte über fünfzehn Jahre in einem Baumarkt gearbeitet, und eines Tages hatte er mit einem Kunden zwischen den hohen Materialstapeln gestanden, um etwas zu suchen. Im selben Moment hatte ein Gabelstapler auf der anderen Seite des Gangs versucht, eine Palette mit Zementsäcken aus einem der fast turmhohen Regale zu ziehen, und dieser ganze Turm war plötzlich zusammengebrochen. Joels Vater und der Kunde waren auf der Stelle tot gewesen und Joel am Boden zerstört, als er davon erfahren hatte. Er hatte seine Mutter getröstet, so gut er konnte, aber eines Nachts, als sie mit dem Beruhigungsmittel, das der Arzt ihr gegeben hatte, tief und fest schlief, hatte er das Haus verlassen, um ein bisschen frische Luft zu schnappen, und war prompt vor meiner Haustür gelandet.

Ned, mein Mitbewohner, bester Freund und Kollege (lange Geschichte), war kein Fan von Joel, um es milde auszudrücken. In seinen Augen war er nichts als Platzverschwendung und hatte mir zu oft wehgetan, um Verzeihung zu verdienen, aber Joel war die erste und einzige Liebe meines Lebens gewesen. Das schafft eine Bindung, die man nicht leugnen kann und die stets Bestand haben wird.

Ich hatte ihn hereingelassen, ein paar Tränen mit ihm vergossen, und schließlich war er über Nacht geblieben.

Ich hatte allerdings nicht aus Mitleid mit ihm geschlafen. So bin ich nicht. Joel war einsam, und ich war es auch. Vermutlich brauchten wir einander in einem Moment beiderseitiger Einsamkeit, die nur auf eine Art gelindert werden konnte ...

Danach verbrachten Joel und ich ziemlich viel Zeit miteinander. Da ich seiner Mutter und seinen Brüdern stets nahegestanden hatte, war ich ihnen natürlich bei den Beerdigungsvorbereitungen behilflich und auch ansonsten immer für sie da, wenn sie mich brauchten.

Joels Familie väterlicherseits stammte aus Nigeria, und ich hatte sie noch nie zuvor gesehen. Seine Großmutter war so alt, dass sie mich an verkohltes Papier erinnerte, dessen Asche seine Form behalten hatte. Sie war so zart, dass ich sogar befürchtete, eine bloße Berührung könnte ihre zerknitterte dunkelbraune Haut verletzen und sie in Staub verwandeln. Wir hatten hin und wieder miteinander telefoniert, und auch ich war auf dem Foto jeder Weihnachtskarte zu sehen gewesen, die die Familie ihr in den letzten sechs Jahren geschickt hatte. Deshalb brachte es niemand übers Herz, ihr von unserer Trennung zu berichten. Ich bin mir sogar ziemlich sicher, dass sie auf der Stelle einen Herzinfarkt erlitten hätte, wenn wir es ihr gesagt hätten. Und so hielten wir die Scharade ganze zehn Tage lang aufrecht, bis die Familie nach der Beerdigung wieder heimflog und Joel und ich uns an der Tür verlegen trennten.

Seitdem hatten wir etwa fünfzehnmal miteinander geschlafen, was fünfzehnmal mehr war als in den letzten achtzehn Monaten unserer Beziehung.

Diese Nächte der Schwäche traten gewöhnlich dann auf, wenn einer von uns traurig oder einsam war, einen schlechten Tag gehabt hatte oder wir einfach nur gelangweilt waren.

Ned warf mir vor, zu leichtsinnig zu sein, worauf ich ihn daran erinnerte, dass er seine Ex-Frau genauso wenig wieder wegschicken würde, falls sie bei ihm auftauchen würde.

Jetzt seufzte ich unter der zusammengeknüllten Bettdecke, die ich mir übers Gesicht gezogen hatte, und schlüpfte dann so lautlos wie nur möglich aus dem Bett. Als ich Joels verblichenes rotes Bob-Dylan-T-Shirt auf dem Boden liegen sah, hob ich es auf und zog es mir über, bevor ich die Tür öffnete und ins Bad lief.

Ich stieg unter die Dusche und stellte das Wasser so heiß wie möglich, um meine Scham von meinem Körper abzuwaschen.

Am vergangenen Abend hatte ich mich schrecklich gefühlt, und mir drehte sich jetzt noch der Magen um vor Bedauern, dass ich nicht den Mut besessen hatte, Charlie nach seiner Telefonnummer zu fragen. Als ich später Joel angerufen und ihn zu mir eingeladen hatte, um nicht allein zu sein, hätte ich viel lieber jemand anderen angerufen. Und als ich Joel mit Bier abgefüllt und ihn in der Küche geküsst hatte, hatte ich mir vorgestellt, er sei Charlie. Ich hatte keine Ahnung, was ich mir dabei gedacht hatte, meinen Ex schließlich mit nach oben zu nehmen, aber ich hatte dabei keinesfalls dasselbe im Sinn gehabt wie Joel ...

Und nun schrubbte ich mir die Haut mit einem Peeling ab, als könnte ich mich so von meiner Scham befreien, und hüllte mich in ein flauschiges Handtuch, bevor ich vor den Spiegel trat und mich lange und eingehend betrachtete.

Im Grunde sah ich so aus wie immer: meine stets leicht gebräunte Haut – die ich meinem Vater zu verdanken hatte, da meine Mutter blass wie Casper, das kleine Gespenst, war –, das gleiche lange kastanienbraune Haar, die gleichen dichten Augenbrauen ... Allerdings gesellten sich zu diesem vertrauten

Bild heute auch noch dunkle Tränensäcke unter meinen großen braunen Augen, die mit dem ganzen Selbsthass gefüllt waren, den ich im Moment für mich empfand.

Dabei hatte ich eigentlich doch gewusst, wie diese Begegnung enden würde. Es würde genauso sein wie bei all den anderen Malen, und ich wusste nicht, ob ich dieses Gespräch *am Morgen danach* noch einmal führen konnte.

Trotzdem bürstete ich mir die Haare, putzte mir die Zähne, zog mir das T-Shirt über und machte mich seufzend auf den Weg zurück zu meinem Zimmer.

Kaum hatte ich meine Tür erreicht, erschien Ned auf der Treppe und legte missbilligend den Kopf schräg.

»Lass es«, bat ich ihn leise in der Hoffnung, mich einfach anziehen und zur Arbeit schleichen zu können, ohne Joel zu wecken. Es war feige von mir, mich so aus der Affäre ziehen zu wollen, aber ich hatte ja auch noch nie behauptet, ich sei mutig. »Ich hasse mich auch so schon genug.«

Ich schlüpfte in mein Zimmer, und mir sank das Herz, als ich sah, dass Joel schon fast angezogen war und sein T-Shirt suchte, die rot geränderte Brille, die ich für ihn ausgesucht hatte, bereits auf der Nase.

»Ah, da ist mein Shirt ja«, sagte er mit einem breiten, fröhlichen Grinsen, als er mich anschaute. »Ich hab es schon gesucht.« Dann kam er zu mir herüber und legte mir eine Hand auf die Schulter. »Aber dir steht es viel besser.«

Und schon beugte er sich vor und versuchte, mich zu küssen. Ich weiß nicht, warum er das tat. Oder warum er immer wieder glaubte, dass sich etwas ändern könnte und es diesmal anders ausgehen würde.

»Du weißt doch schon, was ich jetzt sagen werde, Joel«,

murmelte ich und kam mir dabei wie der schlechteste Mensch der Welt vor.

Wann immer wir diese Begegnungen oder abendlich-nächtlichen Anrufe initiierten, endete es jedes Mal auf die gleiche Weise. Sex – und das war auch schon alles, was es war. Ein bedeutungsloses Geplänkel zwischen den Laken, um der Langeweile und Einsamkeit unserer ansonsten öden Leben zu entgehen. Das einzige Problem war, dass Joel am Morgen danach immer glaubte, die Dinge hätten sich geändert, die Wunden wären verheilt und ich liebte ihn wieder, wie ich ihn einmal geliebt hatte.

»Ach, komm schon, Nell! Es muss doch einen Grund geben, warum wir immer wieder zusammenfinden. Ich weiß, dass wir alles am Ende ein bisschen zu sehr haben schleifen lassen, aber wir sind nun mal füreinander bestimmt. Und ich weiß, dass du genauso empfindest.«

Ich ging zu meiner Kommode hinüber, damit er aufhörte, mir in die Augen zu starren wie Kaa aus dem *Dschungelbuch* und zu versuchen, mich in Hypnose zu versetzen, um meine Liebe zurückzugewinnen. Zum Glück fand ich schnell die richtige Unterwäsche und zog sie unbeholfen an, während ich Joels T-Shirt über den Körperteilen festhielt, die er nicht mehr sehen sollte.

»Wir waren uns einig!«, fauchte ich und schlug dann einen etwas sanfteren Ton an. »Wir waren uns einig, dass es nicht mehr als Sex ist. Und du wirst dich doch wohl erinnern, dass auch du damit einverstanden warst, nicht wahr?«

Ich hasste es, zu wem Joel mich machte. Ich war schon während unserer letzten paar gemeinsamen Jahre kein netter Mensch mehr gewesen. Rückblickend konnte ich das erkennen und wollte nie, nie wieder diese Version von mir selbst sein. Verbittert und deprimiert mit einer explosiven Wut in mir … Aber je mehr Zeit ich mit Joel verbrachte, desto mehr spürte ich diese Person zurückkehren.

»Natürlich erinnere ich mich – aber wir tun das jetzt schon ein halbes Jahr, und das muss dir doch auch etwas sagen, Nell!«

Mein Ärger wuchs von Sekunde zu Sekunde. Er gab mir immer das Gefühl, dass ich die Böse war – darin war er ganz besonders gut. Dabei wusste er ebenso gut wie ich, dass er mit unserem Arrangement einverstanden gewesen war. Sex und nichts wie weg. Schwache Momente. Ein Schäferstündchen. Ein One-Night-Stand. Ein unbedachter Fehler. Wie immer man es nennen wollte, aber genau das war's.

»Nein, Joel.« Ich zog sein T-Shirt aus, nachdem nun alles andere hinter den richtigen Dessous verborgen war, und hielt es ihm hin, während ich ihm sehr entschieden in die Augen sah. »Nur weil wir hin und wieder miteinander schlafen, bedeutet das noch lange nicht, dass sich etwas geändert hat. Oder dass wir alles, was kaputt war, repariert haben. Mit dem Sex werden die Risse nur eine Zeit lang überdeckt. Wenn wir wieder zusammenkämen, würde alles wieder so sein wie schon beim ersten Mal.«

Seine Augen waren so groß wie die eines Kindes am Rande eines Heulkrampfs, als er mir sein T-Shirt abnahm.

»Und ich finde, dass es das letzte Mal gewesen sein sollte, dass es passiert ist.«

Ich weiß, dass ich das schon des Öfteren gesagt und es auch bei all den anderen Malen so gemeint hatte. Nicht, dass ich die einzige Verantwortliche für diese toxische Affäre war, die wir hatten, aber ich zumindest konnte nicht so weitermachen. Ich ertrug es einfach nicht mehr, die Enttäuschung in seinen Augen zu sehen, wenn sein Plan, wieder mit mir zusammenzukommen, zum x-ten Mal scheiterte. Es war nicht fair ihm gegenüber, und seine Überredungsversuche, die mir noch Tage später das Gefühl gaben, ein schlechter Mensch zu sein, waren mir gegenüber auch nicht fair.

Er zog sich das Bob-Dylan-Shirt über den Kopf und schnupperte daran.

Ich wandte mich ab und ging zum Spiegel hinüber, um mich präsentabel für den Tag zu machen.

»Wir sehen uns«, sagte er und trat hinter mich, um seine Hände um meine Taille zu legen. Dann zog er mich zurück, drückte sich von hinten an mich und küsste mich auf die Wange.

Zum Teufel mit ihm!

Ich drehte mich nicht um, als er hinausging.

Das war's für mich. Das war das allerletzte Mal gewesen.

Es ging einfach nicht anders.

Kapitel 3

Die große, fette Taube, die draußen vor dem Fenster saß, verhöhnte mich mit ihrer Freiheit und gurrte mich durch das Glas an, bis ihre scharfen kleinen Augen mich langsam nervös machten. Seit ich vor ein paar Minuten von der Toilette zurückgekommen war, starrten wir uns gegenseitig an wie in einem Western, in dem der eine versucht, den anderen zum Wegsehen zu zwingen. Größer und kompakter als die üblichen Krümeljäger, die sonst draußen vor *Greggs* herumlungerten und auf ein Stückchen Wurst- und Bohnenpastete warteten, stolzierte sie auf der Fensterbank herum. Wahrscheinlich wusste niemand hier im Büro, dass es sich bei diesem spöttischen kleinen Vogel um eine Tümmlertaube handelte, falls die anderen sie überhaupt bemerkt hatten.

Ich wusste es selbst auch nur, weil mein Onkel ein Taubenliebhaber gewesen war und im Laufe der Jahre mehrere verschiedene Arten dieser Vögel gehalten hatte. Ich hatte den Begriff »Taubenliebhaber« immer etwas befremdlich gefunden, weil er Bilder von erwachsenen Männern in mir weckte, die Tauben anschauten wie Bob Hoskins Jessica Rabbit.

Die Taube wandte sich nun von mir ab, als wäre ihr Interesse an meinem Leben für heute erschöpft – was ich ihr nicht einmal verübeln konnte. Schließlich verfolgten mich dieser Fehler, den ich gestern in dem Café begangen hatte, und der Fehler mit Joel wie ein schlechter Geruch, der alles sauer werden ließ. Die Taube ließ sich von der Fensterbank fallen, entfaltete die Flügel und hob in den dämmrigen Himmel ab, um zu verschwinden, bevor ich Gelegenheit hatte, ihre Flugkünste zu bewundern.

Ich hatte jedoch schon des Öfteren gesehen, wie Tauben eine Weile ganz normal dahinflogen, um urplötzlich und wie vom Himmel geschossen innezuhalten, sich zu überschlagen und dann durch die Luft in Richtung Boden zu trudeln, bis man glaubte, dass ihre Zeit hier vorbei sei, dass sie ihr Ticket entwertet und den Löffel abgegeben hätten. Aber dann richteten sie sich plötzlich wieder auf, kehrten zu ihrem Schwarm zurück und machten weiter, als sei nichts geschehen. Mein Onkel hatte mir einmal erklärt, dass es eine Überlebenstaktik sei, die Haustauben im Laufe von Jahrhunderten entwickelt hatten, aber mir kam es seltsam vor, dass eine Überlebensmethode so sehr nach ihrem Gegenteil aussieht.

Ich stieß einen Seufzer aus, grub die Absätze in den blassblauen, durch jahrelange Abnutzung schon fadenscheinigen Teppichboden unter dem Schreibtisch und zog mich näher an den Tisch heran. Dann setzte ich mein Headset wieder auf, und das Plastikband rutschte in die Kerbe zurück, die es immer in der Haut hinter meinem Ohr hinterließ.

Als ich den Blick auf den Bildschirm richtete, sah ich, dass drei Anrufer darauf warteten, durchgestellt zu werden. Ich tippte auf einen von ihnen, nahm ihn an, lehnte mich im Stuhl zurück und holte tief Luft, bevor ich zu reden begann. »Hallo! Sie sind mit *Healthy Minds* verbunden. Darf ich fragen, mit wem ich spreche?«

»Hey, sind Sie es, Nell?«, meldete sich eine vertraute Stimme in der Leitung.

»Hallo Jackson«, erwiderte ich. »Wie geht es Ihnen?«

Jackson war ein Anrufer, der sich in den letzten fünf Jahren fast regelmäßig etwa einmal in der Woche gemeldet hatte. Er hatte während meiner ersten Schicht zum allerersten Mal bei der Telefonseelsorge angerufen, und deshalb fühlte ich mich ihm irgendwie besonders verbunden. Jackson war manisch-depressiv und litt unter schweren Sozialphobien, die er bei jeder Gelegenheit zu bekämpfen versuchte. Einige dieser Kämpfe waren erfolgreicher gewesen als andere. Seit ich ihm am Telefon behilflich war, war es uns gelungen, einen geeigneten Arzt und die richtigen Medikamente für ihn zu finden, und es ging ihm heute besser als je zuvor. Es war alles gut gelaufen, bis im vergangenen Jahr seine Mutter verstorben war, was seine Krankheit noch verschlimmert hatte.

»Gut«, sagte er, als wollte er sich selbst beruhigen. »Besser als letzte Woche, aber schlechter, als es mir gehen wird, nachdem ich ein paar Minuten Ihre Stimme hören durfte.«

Ich lächelte und entspannte mich ein wenig. Jacksons Anrufe hatten jedes Mal diese Wirkung, weil sie wie Gespräche mit einem alten Bekannten waren. Manchmal erschien es mir sehr seltsam, dass ich keine Ahnung hätte, wer er war, wenn ich ihm auf der Straße begegnen würde. Schließlich wusste ich mehr über sein Innenleben als irgendjemand sonst auf dieser Welt, abgesehen von seinem Arzt vielleicht. Wann immer er bei einem anderen Mitarbeiter landete, bat er darum, zu mir durchgestellt zu werden, egal, wie lange er warten musste.

Ich hätte diesen Job nicht für mich in Erwägung gezogen, als ich noch jünger war. Damals hatte ich Anwältin oder Sozialarbeiterin werden wollen, weil es mir Freude machte, Menschen beizustehen und ein Lächeln am Ende ihrer Tränen zu sehen. Aber die Uni war entmutigend für mich gewesen, weil ich das Gefühl gehabt hatte, in einem Meer von Leuten unterzugehen, die sich in allem viel sicherer zu fühlen schienen als ich. Ich hatte dort nie gewusst, was ich verpasst hatte, ob es ein Buch gab, das ich zu lesen versäumt hatte, oder einen Kurs, zu dem ich nicht gegangen war. Alle anderen schienen viel mehr zu wissen als ich, und irgendwann beschloss ich, diese verwirrende Welt hinter mir zu lassen.

Ich blieb allerdings in Kontakt mit meinen Freunden, die noch an der Uni waren, trank mit ihnen und feierte den Teil des Studentenlebens, der nichts mit dem eigentlichen Studium zu tun hatte. So hatte ich auch Joel kennengelernt.

Um mich über Wasser zu halten, arbeitete ich damals eine Zeit lang in Cafés und eine Weile in einem Teppichgeschäft, doch nachdem ich schließlich jahrelang in Jobs gearbeitet hatte, die nur Geld einbrachten und keinen Wert für die Welt, beschloss ich, mich ehrenamtlich bei der *Healthy Minds*-Telefonseelsorge einzubringen. Ich hatte eigentlich vorgehabt, dort nur ein paar Monate zu bleiben, aber ein halbes Jahr später war ich noch immer dort, und der Büroleiter hatte mir sogar eine der wenigen bezahlten Stellen angeboten. Natürlich hatte ich das Angebot im Bruchteil einer Sekunde angenommen.

Ich liebte es, Menschen beizustehen. Ich liebte es, den Hörer aufzulegen und zu wissen, dass die Person, die angerufen hatte, nun befreiter und glücklicher war als im ersten Moment ihres Anrufs. Aber nicht immer war der Job so rosig.

Normalerweise konnte ich innerhalb von dreißig Sekunden sagen, ob ein Anrufer ein Selbstmordkandidat war oder nicht, und wenn diese gefürchteten Anrufe kamen, verkrampfte sich mein Magen, und mein Herz begann zu hämmern.

Es geschah allerdings nicht so oft, wie die Leute vielleicht glaubten – doch *wenn* diese Art von Hilferufen eingingen, war mein Mund plötzlich wie ausgedörrt, und obwohl ich nach außen hin ruhig und beruhigend wirkte, tobte ein Strudel der Angst in meinem Inneren. Denn alles, was es braucht, um jemanden vom Denken zum Handeln zu bringen, ist ein schlecht konstruierter Satz, eine unbedacht geäußerte Phrase – und das ist eine Menge Druck.

Man konnte sofort erkennen, wenn Ned einen Anruf eines potenziellen Selbstmörders angenommen hatte. Wir nannten sie »harte Anrufe«, denn genau das waren sie. Hart für die Anrufer und hart für uns. Vor ein paar Jahren hatte er einen besonders schlimmen erhalten, und zufälligerweise war dieser Anruf auch noch ausgerechnet an seinem Geburtstag reingekommen. Ned war den größten Teil des Tages bester Laune gewesen, was etwas Ungewohntes bei ihm war, da er seinen Geburtstag normalerweise hasste. Barry, der Büroleiter, hatte ihm eine Torte spendiert, und wir alle hatten für ihn gesungen. Dann war Ned wieder an die Arbeit gegangen und hatte den Anruf entgegengenommen, der seiner Geburtstagsfreude ein Ende setzen sollte. Er hat nie erfahren, was mit der Person am anderen Ende der Leitung geschehen war, und in gewisser Weise war das schlimmer, als die Wahrheit zu kennen, weil Unklarheit Hoffnung erlaubt und es manchmal nichts Grausameres auf dieser Welt als Hoffnung gibt.

Auch Jackson war hin und wieder ein schwieriger Anrufer gewesen, doch heute war er es nicht. Heute wollte er nur plaudern und über seinen Arbeitstag und sein Befinden sprechen. Sein Arzt hatte ihm ein neues Medikament gegen Angstzustände verschrieben, und Jackson sagte, dass es damit bisher viel besser lief. Wir sprachen darüber, dass er sich ein Curry bestellt hatte und sich die erste Staffel von *Game of Thrones* anschauen würde, sobald der Lieferjunge das Essen gebracht hätte. Es dauerte eine Viertelstunde, bis er sich mit seinem üblichen »Cheers, Kleines!« verabschiedete, und dann war er weg.

Ich lehnte mich in meinem Sessel zurück, als ich sah, dass alle anderen Anrufe inzwischen schon bearbeitet wurden, und schaute wieder aus dem Fenster. Aus der Dämmerung draußen wurde allmählich Dunkelheit, sodass ich mein Spiegelbild im Glas sehen konnte.

Mein Haar hatte nicht mehr die sanften *Beach Waves*, die ich mir am Morgen, nachdem Joel gegangen war, mit großem Erfolg frisiert hatte, nachdem ich mir ein YouTube-Tutorial über zehn verschiedene Verwendungsmöglichkeiten von Glätteisen angesehen hatte. Jetzt war mein Haar sowohl platt als auch kraus, eine Kombination, die ich nicht einmal für möglich gehalten hatte. Schnell griff ich nach einem der jahrzehntealten Haargummis neben meinem Monitor und zwirbelte meine widerspenstigen Locken zu einem Dutt.

In der Spiegelung des Fensters sah ich Ned, der von einer Besprechung mit Barry zurückkkam.

»Wenn du damit fertig bist, dich zu bewundern, soll ich dich von Barry um einen Gefallen bitten«, sagte er, als er seine Kabine erreichte und lässig einen Ellbogen auf die Trennwand zwischen unseren Tischen stützte.

Barry war der langweiligste Mensch, der mir je begegnet war. Schon der resignierte Tonfall seiner Stimme reichte aus, um jeglichem Gespräch den Enthusiasmus zu nehmen. Und dennoch war er ein derart guter Berater, dass er als ehrenamtlicher Mitarbeiter angefangen und sich in den acht Jahren, die er hier war, bis zum Manager hochgearbeitet hatte.

»›Bewundern‹ ist nicht das richtige Wort«, korrigierte ich Ned. »›Verabscheuen‹ wäre eine gute Alternative, ›Selbsthass‹ vielleicht auch.«

»Du musst Joel vergessen. Er tut dir nicht gut«, entgegnete er mit einem Gesichtsausdruck, der besagte: »Wie oft habe ich dir das schon gesagt?«

»Ich weiß«, erwiderte ich seufzend. »Aber was will Barry von mir?«

»Dieser neue Volontär, Caleb, steckt im Verkehr fest und wird sich ein bisschen verspäten. Macht es dir etwas aus, für ihn einzuspringen, bis er kommt?«

»Kein Problem. Ich tue was auch immer, um mich davon abzulenken, was für eine Idiotin ich bin«, antwortete ich mit einem Lächeln.

Ned schaute sich um, um sich zu vergewissern, dass niemand uns Beachtung schenkte, und flüsterte dann: »Ich habe in meiner Mittagspause Hackfleisch besorgt. Hast du Lust auf Spaghetti und einen Marathon von *Kein Opfer ist je vergessen*?«

»Klingt nach einem perfekten Abend«, gab ich ebenfalls im Flüsterton zurück, bevor ich mich wieder dem Bildschirm zuwandte und mein Headset neu einstellte.

Ned starrte einen Moment lang Beryl, die Ehrenamtliche mir gegenüber, an und zog sich dann in seine Kabine zurück, als hätte er gerade erfolgreich eine verdeckte Operation durchgeführt.

Als ich vor fünf Jahren bei der Telefonseelsorge zu arbeiten begonnen hatte, hatten Ned und ich uns direkt sehr gut verstanden. Er war schon etwas länger hier als ich und gehörte zu den wenigen anderen, die wie ich für ihre Arbeit bezahlt wurden. Wir saßen inzwischen in der hintersten Ecke, an einem sehr begehrten Platz, den wir uns durch jahrelanges ständiges Umziehen, wenn jemand gegangen war, verdient hatten.

Ned war in den Vierzigern, auch wenn ich nicht genau wusste, ob Anfang, Mitte oder Ende vierzig, weil er immer sehr vage war, was dieses Thema anging. Er war kleiner als der Durchschnitt, hatte dafür aber einen überdurchschnittlich langen Hals, der zweifellos dazu diente, seine mangelnde Beinlänge auszugleichen. Abgesehen davon hatte er große braune Augen und unauffälliges kurzes dunkles Haar. Er war in fast jeder Hinsicht ausgesprochen schlicht. Aber dafür hatte er etwas, das nur wenigen Menschen eigen war: diesen Schimmer von irgendetwas, der hervorsticht und alles andere überstrahlt. Ich wusste, dass viele der Frauen im Büro auf ihn standen, aber für mich war er immer nur der gute alte Ned.

Seine Frau und er hatten sich vor einigen Jahren getrennt, und ich vermutete, dass sie ihn viel länger schikaniert hatte, als eine anständige Frau es tun sollte. Seit der Trennung lebte er allein in einem großen viktorianischen Einfamilienhaus, das an einer der begehrtesten Vorstadtstraßen der Stadt lag, und wahrscheinlich war er damals genauso einsam wie ich.

Als ich bei der Telefonseelsorge angefangen hatte, lebte ich in einer schäbigen kleinen Wohnung über einem Kebab-Laden in einer Straße, die, sagen wir mal, in einem der weniger begehrten Stadtviertel lag. Joel und ich waren ein Jahr nach seinem Studienabschluss dort eingezogen, und kaum drei Wochen nach unserem Einzug hatte am Ende der Straße schon eine Schießerei aus einem vorbeifahrenden Auto heraus stattgefunden, bei der zum Glück jedoch das einzige Opfer die Fahrertür eines Peugeot

206 gewesen war. Joel und ich hatten jahrelang zusammenge-pfercht in dieser winzigen Bruchbude gewohnt, bevor auch un-sere Beziehung in die Brüche gegangen und er zurück zu seinen Eltern gezogen war. Ich hatte Mühe, die Miete allein zu zahlen, obwohl Joel ohnehin kaum etwas dazu beigetragen hatte, als er noch dort gewohnt hatte. Die Luft in dem Apartment roch stets nach drei Tage altem Dönerfleisch und Tsatsiki, was mir nach erstaunlich kurzer Zeit Kebabs für immer verleidet hatte.

Ned und ich waren schnell gute Freunde geworden, nach-dem ich während der Arbeit nach einem besonders biestigen Anruf meiner Vermieterin auf der Toilette in Tränen ausgebro-chen war und Ned mich vom Flur aus weinen gehört hatte. Um mich aufzumuntern, hatte er mich zum Essen beim Chinesen eingeladen und mich gefragt, ob ich nicht als Untermieterin bei ihm einziehen wolle. Es war ein vernünftiger Vorschlag in Anbe-tracht der Tatsache, dass er dieses riesige leere Haus besaß und ich meine scheußliche kleine Wohnung hasste. Er wollte nur die Hälfte der Miete, die ich für meine Bude zahlte, und sagte, es wäre schön, jemanden zu haben, mit dem er sich abends *True-Crime*-Dokus ansehen könne. Zudem hätte er auch weniger Ge-wissensbisse, wenn er die Heizung anstellen müsste.

Und so wartete ich das Ende des Monats in meiner verhass-ten Wohnung ab und zog vierzehn Tage später bei Ned ein, ohne das nach Kebab stinkende Sofa mitnehmen zu müssen.

Nachdem ich zwanzig Minuten für Caleb eingesprungen war, war er immer noch nirgendwo zu sehen, doch da Ned erst in einer Stunde fertig sein würde, hatte ich es nicht eilig heimzu-gehen. Ich wollte keine freie Zeit, um über verpasste Gelegenheiten mit gut aussehenden Iren nachzudenken und über Begegnungen mit Ex-Freunden, von denen ich mir wünschte, sie verpasst zu haben.

Das Piepen eines neuen Anrufs ertönte in meinem Headset, und ich richtete mich in meinem Sessel auf. Ich nahm einen tiefen Atemzug, besann ich mich auf meinen ruhigen und beruhigenden Tonfall an und stellte die Verbindung her.

»Hallo! Sie sind mit *Healthy Minds* verbunden. Darf ich fragen, mit wem ich spreche?«

Die einzige Antwort, die ich erhielt, war ein leichtes Rauschen von Atem.

Ich wartete ein paar Sekunden ab, bevor ich es erneut versuchte. »Hallo? Sind Sie noch da?«

Ich hörte jemanden einatmen.

»Hallo?«

»Hi«, kam es nun vom anderen Ende der Leitung.

»Hi. Wie geht es Ihnen?«

Es war eine ganz normale Frage, die draußen in der Welt täglich gestellt und nur selten wahrheitsgemäß beantwortet wurde. Aber hier, in diesem Büro und all den anderen Büros, war die vorgeschriebene Antwort auch nicht nötig. Hier waren wir alle stets bemüht, die Wahrheit zu erfahren.

Es knisterte in der Leitung, und die Verbindung wurde schlechter.

»I-ich -eiß -icht.«

»Hm, ich kann Sie kaum verstehen. Könnten Sie ein bisschen auf und ab gehen, um zu sehen, ob wir eine bessere Verbindung hinkriegen können?« Ich verzog das Gesicht, als würde das irgendwie helfen, und drückte mir die Kopfhörer noch fester an die Ohren.

Dann hörte ich eine Bewegung, und Sekunden später war die Stimme klar und deutlich zu vernehmen.

»Hi, können Sie mich jetzt besser verstehen?«, fragte der Anrufer, und etwas landete in meinem Magen wie ein Bleigewicht.

»Ja, kann ich«, antwortete ich. »Wie geht es Ihnen heute Abend?«

»Um ehrlich zu sein: Ich hatte schon bessere Tage«, antwortete der Mann, dessen irischer Akzent mir einen Schauer über den Rücken jagte.

Konnte das wirklich *er* sein? Nein, bestimmt nicht. Es musste doch wohl mehr als einen Iren in Birmingham geben … Aber er klang genau wie Charlie.

Was sollte ich tun? Ich konnte ihn doch nicht seine Sorgen bei mir abladen lassen, ohne ihm zu sagen, wer ich bin?

»Sie heißen nicht zufällig Charlie, oder?«, fragte mein Mund, bevor mein Verstand sich dazu durchgerungen hatte.

»Ähm … ja, doch«, antwortete er verblüfft. »Kenne ich Sie etwa?«

»Ich glaube, ich habe gestern mein Mittagessen nach Ihnen geworfen«, erwiderte ich mit einem nervösen Lachen.

»Nell?«, fragte er. »Die Nell aus dem *Cool Beans Café*?«

Ich lachte nach einem nervösen Atemzug, erfreut darüber, dass er sich an meinen Namen erinnerte, und nickte, obwohl er es nicht sehen konnte. »Wie klein die Welt doch ist, nicht wahr? Oder vielleicht auch nicht, da wir schließlich beide in derselben Stadt leben und uns erst gestern begegnet sind … Du meine Güte, ich sollte aufhören zu reden und dich erzählen lassen, weswegen du angerufen hast. Falls du überhaupt mit mir reden willst. Ich könnte dich nämlich auch mit jemandem verbinden, mit dem dich keine Aggressives-Sandwich-Geschichte verbindet, wenn du magst.«

»Mein Gott, du hast wirklich nicht gelogen, als du von diesem verbalen Durchfall gesprochen hast, nicht?«

»Nicht einmal ansatzweise.« Ich gluckste wieder nervös. »Aber gut – was hat dich dazu gebracht, hier anzurufen?«

»Na ja …« Er holte tief Luft, und ich hörte ihn auf und ab gehen. »Ich komme mir wie ein Trottel vor, aber ich habe nur angerufen, weil ich mir Sorgen um meinen Onkel mache. Er ist in letzter Zeit ein bisschen seltsam.«

»Inwiefern?«, hakte ich nach, wobei mein Gehirn schnell von albernem Geschäker auf ernsthafte Ratgeberin umschaltete.

»Ach, weißt du, er verliert sich immer mehr in seinen Gedanken und wird distanzierter und so weiter. Früher hat er so viel geredet, dass man ihm Geld angeboten hat, damit er endlich aufhörte, aber in letzter Zeit hat er stets nur einsilbig geantwortet.«

»Wie heißt dein Onkel?«

»Carrick.«

»Hat er mit dir darüber gesprochen, oder nimmst du sein verändertes Verhalten nur wahr?«

»Es sind bloß Beobachtungen«, gab er zu. »Doch das Problem ist, dass ich furchtbar schlecht in solchen Dingen bin. Ich würde es wahrscheinlich nur noch schlimmer machen, wenn ich mit ihm darüber sprechen würde. Deshalb habe ich hier angerufen.«

Ich öffnete den Mund, um ihn zu fragen, ob Carrick vielleicht mit mir reden und einem Gespräch mit uns beiden zustimmen würde, doch bevor ich die Worte aussprechen konnte, hüstelte Charlie ein bisschen ungläubig und ergriff erneut das Wort.

»Ich kann es einfach nicht glauben«, sagte er etwas verlegen. »Wie hoch ist die Wahrscheinlichkeit, dass ausgerechnet du es bist, die meinen Anruf entgegennimmt?«

»Sehr gering.«

Ich hatte mich seit gestern dafür verflucht, nicht mutig genug gewesen zu sein, um ihn nach seiner Telefonnummer zu fragen, und hatte jetzt das Gefühl, mir eine zweite Chance nicht entgehen lassen zu dürfen. Ich musste es zumindest zu versuchen.

Verstohlen blickte ich mich um und vergewisserte mich, dass Ned gerade telefonierte, bevor ich mich an die Schreibtischkante drückte, den Kopf auf die Tischplatte senkte und meine Stimme fast zu einem Flüstern reduzierte. »Das wird nun ein bisschen … komisch klingen. Aber was würdest du sagen, wenn ich dir vorschlagen würde, dieses Gespräch nicht jetzt am Telefon weiterzuführen?«

»Ich höre«, erwiderte er mit dem Anflug eines Lächelns in der Stimme.

»Also … Da ich in der nächsten halben Stunde mit der Arbeit fertig sein müsste, habe ich mich gefragt, ob du vielleicht bereit wärst, dieses Gespräch persönlich fortzusetzen? Natürlich kannst du auch Nein sagen und meinen Vorschlag vergessen, da ich mir nämlich sowieso ziemlich sicher bin, dass ich für meine Frage gefeuert werden könnte. Aber es hat mir gestern wirklich Spaß gemacht, mit dir zu plaudern. Außerdem bekomme ich langsam Hunger, und ich kann mir vorstellen, dass du es bestimmt nicht verpassen willst, mich wieder essen zu sehen.«

»Wie könnte ich mir das entgehen lassen? Wo sollen wir uns treffen?«

»Wirklich?«, entfuhr es mir überrascht. »Das war ja gar nicht schwer.«

»Moment mal!«, sagte er prompt. »Ich will aber nicht, dass

du jetzt durch die ganze Stadt rennst und jedem erzählst, ich sei leicht zu haben, ja? Schließlich habe ich einen untadeligen Ruf zu wahren. Soll ich dich nach der Arbeit abholen?«

»Sehr gern«, antwortete ich und nannte ihm die Adresse, wobei ich mich so tief über den Schreibtisch beugte, um von niemandem gehört zu werden, dass die Hitze meines Atems mir ins Gesicht zurückschlug.

»Dann bis bald, Nell.«

Der Klang meines Namens aus seinem Mund entlockte mir ein Grinsen.

»Bis bald.«

Dann war die Leitung tot, und ich kicherte leise in den Hörer.

»Was gibt's denn so Lustiges?«

Neds anklagende Stimme ließ mich zusammenfahren, und ich drehte mich so schnell auf meinem Stuhl um, dass ich bis zum Fenster rollte und mit dem Knie gegen die bodentiefe Glasscheibe prallte, bevor ich zum Stehen kam.

»Nichts«, entgegnete ich wenig überzeugend. »Aber es gibt eine Planänderung. Da ich heute nach der Arbeit ausgehe, müssen wir Spaghetti und *Kein Opfer ist je vergessen* auf ein andermal verschieben.«

»Bitte sag mir, dass du nicht mit Joel ausgehst«, erwiderte er leicht schmollend und mit schief gelegtem Kopf.

»Nein, dies wird ein joelfreier Abend.« Aus dem Augenwinkel sah ich, wie der sichtlich nervöse Caleb, der sich arg verspätet hatte, völlig abgehetzt durch die Tür hereingestürmt kam. »Und ich glaube, das war's für heute.«

Nachdem ich meinen Computer heruntergefahren hatte, schnappte ich mir meine Notizen und machte mich mit vor Aufregung kribbelndem Magen auf den Weg zu Barrys Büro.

Kapitel 4

Seufzend blickte ich in den fleckigen Spiegel des ungepflegten Badezimmers und überlegte, welche Tricks ich aus dem Ärmel schütteln könnte, um nicht mehr ganz so auszusehen, als wäre ich rückwärts durch eine Hecke geschleift worden. Mein Haar hatte sich teilweise aus dem Gummiband gelöst, das es in einem Knoten hielt, und glitt nun langsam an der rechten Seite meines Kopfs herab wie Eis, das an einem heißen Tag aus der Waffel rutscht. Verärgert steckte ich einen Finger unter das Gummi und zog es heraus, wobei es sich nun auch noch um das Haar herum verknotete. Als ich daran zerrte, spürte ich einen scharfen Schmerz in der Kopfhaut. Mit einem kleinen Wimmern entwirrte ich die Strähnen, bevor ich mein Haar wie einen Vorhang aus kastanienbraunem Durcheinander nach unten fallen ließ. In Ermangelung einer Bürste kämmte ich es mit den Fingern und zupfte an den Spitzen, um es halbwegs vorzeigbar zu machen, bevor ich mir den Eyeliner unter den Augen wegwischte und mir in die Wangen kniff, um ihnen ein bisschen Farbe zu verleihen.

Laute, unmelodische Musik dröhnte durch die Tür in meinen Schädel, und wieder einmal fragte ich mich, wie ein derartiger Lärm jemandem gefallen konnte. Dass kein Gesang dabei war, störte mich nicht. Aber es war das Fehlen von irgendetwas anderem als einem ohrenbetäubenden Bass, was mich daran zweifeln ließ, dass diese stampfenden Töne überhaupt als »Musik« bezeichnet werden konnten.

Seufzend wandte ich mich von dem Spiegel ab und öffnete die Tür, um in die Bar zurückzukehren, wo die Musik mir wieder mit voller Lautstärke entgegenschlug.

Der *Street Food Market* war für einen Donnerstagabend ziemlich voll, und die Luft war erfüllt von den verschiedenen Gerüchen, die von den draußen stehenden Food Trucks hereinwehten. An drei Tagen in der Woche versammelten sich diese mit Lichterketten und Leuchtreklamen geschmückten Wagen auf einem Platz und verkauften so gut wie alles, von aufwendig verzierten Schokoküchlein bis hin zu *Fish and Chips* auf indische Art, und die verschiedensten Aromen aus all diesen Wagen vereinten sich zu einem einzigen köstlichen Geruch.

Neben dem *Street Food Market* gab es auch drei Bars, die thematisch alle unterschiedlich gestaltet waren. Ich war schon ein paarmal hier gewesen und hatte sie alle mindestens einmal ausprobiert, aber diesmal hatten wir uns für eine Bar ganz am Ende entschieden, die im Stil der 1920er-Jahre gehalten war, mit schwarz-weiß karierten Bodenfliesen und mit rotem Plüsch bezogenen Sitzgelegenheiten.

Durch die Menge bahnte ich mir einen Weg zurück zu Charlie, der an der Bar auf einem Hocker saß und lustlos mit einer hölzernen Gabel in seinem auf jamaikanische Art marinierten und gegrillten Hähnchenfleisch herumstocherte.

Er lächelte ein bisschen verlegen, als ich mich auf den Hocker neben ihm setzte.

Der Mann, der uns das Hähnchen verkauft hatte, war offenbar nicht ganz dicht gewesen, denn als Charlie ihn gefragt hatte, wie scharf das Fleisch sei, hatte er geantwortet: »Es wird dir eine ballern und dich einkaufen schicken.« Keiner von uns hatte gewusst, was genau er damit meinte und ob es überhaupt vernünftig war, so über etwas zu sprechen, was man zu essen gedachte. Aber letzten Endes war er dennoch ein so guter Verkäufer gewesen, dass wir uns nicht von ihm hatten trennen können, ohne eine Menge Geld, wie uns beiden schien, für eine solch kleine Portion auszugeben.

»Wie ist das Jamaika-Hähnchen?«, fragte ich und zog damit den Blick der Barkeeperin auf mich, der ich dann auch gleich ein Zeichen gab, unsere leeren Biergläser aufzufüllen. »Hat es dir ins Gesicht geschlagen und dich einkaufen geschickt?«

»Das ist nicht ganz so, wie ich's beschreiben würde. Es ist eher so, wie Napalm zu essen«, antwortete er, bevor er mit der Gabel seine Zunge berührte und zusammenzuckte, als die Schärfe ihm die Hitze in die Wangen trieb.

»Und das ist die milde Variante«, stellte ich kichernd fest, bevor ich mir mit den Fingern ein Stückchen nahm und es probierte.

Die Schärfe war definitiv da, auch wenn sie mir nicht ganz so die Röte ins Gesicht trieb wie Charlie.

Er legte die Gabel auf das Papptablett zurück und schob es zu mir herüber. »Nur zu. Meine arme irische Zunge verträgt das nicht.«

Die Barkeeperin brachte uns zwei Gläser mit schäumendem Bier, von denen Charlie eins ergriff und gierig davon trank, bis das Brennen in seinem Mund nachließ. Ich hielt meine Karte an den Kartenleser, und die junge Frau zwinkerte mir zu.

Dann nahm ich die hölzerne Gabel und verputzte den Rest

unserer »geteilten« Mahlzeit in Sekundenschnelle. Als ich aufblickte, beobachtete Charlie mich mit liebevoll-amüsiertem Blick, worauf ich errötete und mir schnell mit dem Ärmel über den Mund wischte.

»Entschuldigung. Ich vergesse oft, dass der Rest der Welt existiert, wenn ich esse. Es ist bestimmt ein fürchterlicher Anblick.«

»Ganz und gar nicht«, entgegnete er.

Ohne etwas zu erwidern, schob ich das leere Tablett beiseite und griff nach meinem Bierglas. Ich hatte eine erstaunlich hohe Alkoholtoleranz für jemanden von meiner Größe, und daher waren zwei Bier kein Grund zur Sorge. Ich nippte an dem kalten Getränk und spürte, wie es sich mit der Schärfe auf meiner Zunge vermischte und das Prickeln sich zunächst verschlimmerte, bevor die Kälte es wieder beruhigte.

»Erzähl mir von Carrick«, sagte ich, worauf sich seine Körpersprache sofort veränderte.

Er blickte mich durch seine langen dunklen Wimpern hindurch an, gab mir aber keine Antwort. Ich zog die Augenbrauen hoch und betrachtete ihn mit schief gelegtem Kopf. Mir war bewusst, dass er nicht wirklich darüber reden wollte und das Verdrängen dessen, was ihm durch den Kopf ging, seine Art war, mit seinen Problemen umzugehen. Doch es war meine Aufgabe, das für ihn Unaussprechliche aus ihm herauszuholen.

»Das muss nicht sein.« Er atmete laut durch die Nase aus und blickte wieder auf sein Bierglas hinunter. »Du hast für heute Feierabend und willst doch jetzt bestimmt nicht mit mir über solche Dinge reden.«

»Warum denn nicht? Wir hatten uns ja schon kennengelernt, bevor du heute angerufen hast. Es geht für mich also nicht um Arbeit, sondern darum, einem Freund zu helfen«, schlug ich ihm behutsam vor.

Zugegeben, wir kannten uns noch nicht sehr lange, und mein Herz begann auch jedes Mal ein bisschen verrückt zu spielen, wenn er mir in die Augen sah, aber warum konnten wir nicht dennoch Freunde sein?

»Einem Freund?«, entgegnete er mit einem schiefen, ein wenig frechen Lächeln. »Du kennst ja noch nicht mal meinen Familiennamen!«

»Nein. Aber Familiennamen braucht man doch eigentlich nur zu kennen, bevor man mit jemandem schläft, oder?« Glühende Hitze schoss mir in die Wangen, als mir klar wurde, was ich da gerade wieder mal von mir gegeben hatte. »Ich … ich meine, normalerweise ist es doch so, oder nicht?«

Er lachte leise, doch auch er errötete ein bisschen. »Sachte, sachte, Nell! Zunächst einmal wirst du mir einen Drink ausgeben müssen.« Mit gespielter Überraschung blickte er von mir zu dem frischen Bier in seiner Hand. »Na, sieh mal einer an!« Ein schelmischer Ausdruck erschien in seinen Augen, als er an seinem Glas nippte und mich über dessen Rand hinweg ansah. »Übrigens, ich heiße Stone«, sagte er, nachdem er geschluckt hatte. »Mit Nachnamen, meine ich.«

»Stone … Was für ein schöner, starker Name«, plapperte ich wieder los. »Sowohl vom Klang als auch von der Bedeutung her.«

Herrgott noch mal, kannst du nicht einfach mal die Klappe halten, Nell?, fragte ich mich, während ich auf meine auf dem Schoß liegenden Hände hinabsah und betete, dass mir keine weiteren absurden Bemerkungen herausrutschten. Nach einigen Momenten peinlicher Stille überlegte ich allerdings schon wieder, was ich sagen könnte, und öffnete den Mund, um Charlie etwas zu fragen. Zum Glück begann er jedoch schon zu sprechen, bevor ich auch nur einen Ton herausbringen konnte.

»Na schön, reden wir also über Carrick. Früher war er immer einer dieser schon fast entnervend optimistischen Typen, die einem ohne Zögern alles direkt ins Gesicht sagen. Manchmal glaube ich, dass er vielleicht sogar ein Zwilling werden sollte und schon im Mutterleib genug Persönlichkeit für zwei entwickelt hat.«

»Aber in letzter Zeit hat er sich verändert?«

Charlie nickte ernst.

»Aus irgendeinem bestimmten Grund?« Ich bemerkte, wie meine ganze Haltung sich veränderte und meine Stimme leiser und autoritärer wurde, wenn auch nicht genug, um abschreckend zu wirken. Aber auch meine Stirn furchte sich nachdenklich, und meine Hände verschränkten sich in meinem Schoß.

»Aus Kummer und dem Gefühl, dem Leben nicht mehr gewachsen zu sein – und allem anderen, was damit verbunden ist.«

»Glaubst du, dass er mit mir reden würde?«

Charlie schüttelte entschieden den Kopf. »Das bezweifle ich. Doch ich kann es ihm gerne vorschlagen.«

»Ja, tu das bitte. Manchmal warten gerade die Menschen, von denen man es am wenigsten erwartet, nur darauf, einmal von jemandem gefragt zu werden, wie es ihnen geht. Stell es dir so ungefähr vor wie bei einer Flasche Sekt. Der Korken steckt immer fest im Glas und lässt nichts raus, doch man braucht die Flasche nur zu schütteln, und schon ist der Korken draußen, und der Sekt sprudelt.«

Charlie lachte. »Ich habe noch nie jemanden so reden gehört wie dich.«

Ich schaute ihn stirnrunzelnd an. »Und ist das gut oder schlecht?«

»Gut, glaube ich.« Sein Mund verzog sich zu einem schiefen Lächeln, das Gefühle in mir auslöste, von denen ich nie geglaubt hätte, dass ein bloßes Lächeln sie hervorrufen könnte. »Und jetzt erzähl mir doch etwas von dir, da wir uns nun ja offenbar voll und ganz dieser Freundschaftssache verschrieben haben. Wie ist deine Familie?«

»Sie ist ein bisschen unkonventionell, würde ich sagen.«

»Sehr gut, das klingt nach einer wahren Goldgrube für Gespräche. Also fang bitte ganz von vorne an.« Er beugte sich ein wenig vor und hielt mit einer Hand sein Bierglas, während er mit der anderen an einem losen Faden am Saum seines Shirts herumzupfte.

»Na schön. Also, meine Mutter ist nicht nur eine sehr intelligente, sondern auch eine wirklich schöne Frau. Sie hat in London studiert und ist Geologin geworden. Heute gehört sie zu den Leuten, die die besten Orte für den Bau von Offshore-Windparks finden. Aber mit einundzwanzig verbrachte sie die erste und einzige unvorsichtige Nacht ihres Lebens mit einem Mann, an den sie sich am nächsten Tag nicht einmal mehr erinnern konnte. Neun Monate später erschien dann ich auf der Bildfläche. Geschwister habe ich keine.«

»Also …«, Charlie beugte sich noch ein bisschen weiter vor, »das klingt nach einem fantastischen Job, den deine Mutter hat. Aber weißt du nicht mal, wer dein Vater ist?«

»Ich habe keine Ahnung. Und sie auch nicht.«

»Macht es dir etwas aus?«

»Nicht wirklich. Höchstens, als ich jünger war und meine Freundinnen mit ihren Vätern gesehen habe, doch zum Glück hatte ich meinen Onkel, der diese Rolle übernommen hat. Ich habe bei ihm gelebt, wenn meine Mutter beruflich unterwegs war. Doch er ist gestorben, als ich sechzehn war, und danach gab es nur noch sie und mich.«

»Das tut mir leid«, erwiderte er und sah sogar ein bisschen traurig aus.

»Ach, heute ist es kein Problem für mich«, erwiderte ich, während er einen Schluck Bier trank. »Außerdem habe ich ja auch noch Ned, den Freund, bei dem ich lebe.« Ich weiß nicht, ob es nur Wunschdenken von mir war, aber ich glaubte zu sehen, wie Charlie die Schultern hängen ließ. »Wir haben uns bei der Arbeit kennengelernt, und nachdem ich mit Joel Schluss gemacht hatte, bin ich als Untermieterin bei Ned eingezogen.«

Ein lautes Hüsteln ertönte, als Charlie sich an seinem Bier zu verschlucken schien, sich dann mehrmals räusperte und eine geballte Faust hob, um seinen Mund zu bedecken. »Du lebst und arbeitest mit ihm zusammen? Mit diesem Ned?«, fragte er mit gefurchter Stirn.

»Genau«, erwiderte ich.

»Du lebst also mit diesem Mann zusammen, hast aber noch nie mit ihm … Na ja, du weißt schon, was ich meine … «

Entsetzt über den bloßen Gedanken daran verzog ich das Gesicht. »Natürlich nicht! Er ist beinahe alt genug, um mein Vater zu sein. Soweit ich weiß, *könnte* er es sogar sein. Ach du meine Güte, was für ein peinlicher Gedanke!«

»Okay, du hast also keinen Sex mit deinem Kollegen. Und du bist auch nicht verheiratet oder verlobt?«, hakte er nach.

Ich schüttelte den Kopf.

»Keine Freunde, die auftauchen und Streit mit mir beginnen könnten, weil ich mit ihrer Freundin etwas getrunken habe?«, fuhr er fort.

»Heute nicht mehr.«

»Das klingt, als gäbe es da eine Geschichte …«

»Nicht wirklich. Es hat für mich immer nur den schon erwähnten Joel gegeben.«

»Und wer ist dieser Joel?«

Wow, wir schafften das Gespräch über Verflossene wirklich gleich zu Anfang aus dem Weg!

»Wir kennen uns von der Uni, und insgesamt waren wir siebeneinhalb Jahre zusammen. Doch heute bin ich es nicht mehr, obwohl er unbedingt zu mir zurückwill«, erwiderte ich und ließ den Teil mit den gelegentlichen One-Night-Stands, die mir ausgesprochen peinlich waren, unerwähnt.

»Wer hat sich von wem getrennt?«

»Ich mich von ihm.«

»Und warum?«

»Er hatte seinen Job gekündigt und sein ganzes Geld und einen großen Teil von meinem in seine Online-Webdesign-Firma gesteckt. Er zockte auch viel online, wovon ich jedoch nichts wusste, bis ich mir irgendwann einen meiner Kontoauszüge ansah, anstatt ihn wie sonst einfach in die Küchenschublade zu werfen. Ich stellte fest, dass Joel in jenem Monat über zweihundert Pfund verspielt hatte. Am Ende unseres Zusammenlebens waren wir derart pleite, dass wir fast aus unserer Wohnung rausgeworfen wurden.« Ich seufzte und verspürte wieder meine damalige Beklemmung. »Zu jener Zeit begannen wir schon, einander anzuschreien, statt miteinander zu reden, und wenn wir uns berührten, dann nur noch zufällig, wenn wir uns im Flur begegneten oder ich ihm den Teller mit seinem Abendessen anreichte. Am Ende war ich so unglücklich, dass ich beschloss, lieber allein zu leben als mit ihm. Komisch, wie achtzehn Monate Elend Jahre des Glücks auslöschen können, nicht?«

»Es ist eine Schande.«

Ich winkte müde ab. »Aber das ist jetzt schon fast zwei Jahre her. Ich bin darüber hinweg«, sagte ich, obwohl das nicht ganz der Wahrheit entsprach. »Was ist mit dir? Jemand wie du muss doch unzählige gebrochene Herzen auf dem Weg über die Irische See hinter sich zurückgelassen haben.« Ich nippte an meinem Bier und stellte fest, dass mein Glas bereits halb leer war, obwohl ich mich nicht daran erinnern konnte, daraus getrunken zu haben.

»Nicht wirklich.« Er kippte den Rest seines Biers hinunter und drehte sich zur Bar. »Möchtest du noch einen Drink?«

Ich verstand den Hinweis, dass dies ein heikles Thema für ihn war, und beschloss, über etwas anderes zu sprechen.

»Ich habe noch genug, danke.«

Er gab der jungen Frau hinter dem Tresen ein Zeichen und bestellte ein weiteres Bier für sich.

»Aber da wir nun über meine Familie gesprochen haben, wie sieht es mit deiner aus? Erzähl mir etwas mehr von Carrick.«

»Ach, da gibt's nichts allzu Interessantes zu berichten. Meine Eltern leben immer noch in Westport im County Mayo, zusammen mit Carrick, dem Bruder meines Vaters. Er ist ein ganzes Stück jünger als mein Dad und nur zwölf Jahre älter als ich, weshalb er für mich schon immer so was wie ein Bruder war.«

»Wie ist er denn?«

Charlie lachte über eine Erinnerung, die offenbar in seinem

60

Kopf aufblitzte. »Er ist unberechenbar und laut, vergesslich, unausstehlich und taktlos. Aber er ist auch ein freundlicher und guter Mensch. Er führt sich nur so auf, weil er einsam ist, glaube ich. Er treibt meine Mutter manchmal in den Wahnsinn. Carrick und mein Vater leiten zusammen das Familienunternehmen. Meine Eltern leben in einem kleinen Haus mit einem herrlichen Ausblick auf die Clew Bay. Auf der gegenüberliegenden Seite des Wassers gibt es einen Berg namens Croagh Patrick, zu dem jeden letzten Sonntag im Juli von überallher Pilger kommen, um ihn zu besteigen. Einige von ihnen gehen barfuß, andere bewegen sich auf den Knien fort. Vom Haus meiner Eltern aus hat man einen fabelhaften Ausblick auf den Croagh Patrick.«

»Was? Sie besteigen einen Berg auf ihren Knien?«, fragte ich erstaunt. »Wie hoch ist er?«

»Etwas über siebenhundert Meter.«

»Ach du heilige Scheiße!«, entfuhr es mir. Dann machte ich mir augenblicklich Sorgen, dass ich ihn beleidigt haben könnte. Schließlich war er Ire und damit höchstwahrscheinlich auch katholisch, und erst jetzt wurde mir bewusst, wie oft ich im Alltag Gott lästerte und fluchte. »Oh, entschuldige bitte … «, sagte ich schnell.

»Was?« Er runzelte die Stirn.

»Dass ich geflucht habe oder was auch immer … «

»Ach was. Fluch, so viel du willst. Mich stört das nicht.« Er lächelte dabei und strich mit den Fingern über das Kondenswasser an der Außenseite seines Glases, während er mir in die Augen sah. »Ich mag Menschen, die sagen, was sie denken.«

Ich hatte noch nie einen solchen Moment erlebt, in dem alles andere verblasst und man genau weiß, was der andere denkt, ganz allein nur durch den Ausdruck seiner Augen. Ich war plötzlich ganz durcheinander und verstört, fuhr mir mit der Hand durchs Haar und zwang mich, den Blick von Charlie abzuwenden, bevor ich ihm zu viel verriet.

»Gut …« Ich räusperte mich, weil meine Stimme ganz seltsam heiser klang. »Du hast von Carrick gesprochen, nicht?«

»Ja …« Auch er schaute zu Boden, fuhr sich mit der Hand über die Bartstoppeln und presste für einen Moment die Fingerknöchel an die Lippen, bevor er fortfuhr: »Carrick besitzt ein Haus hoch oben auf dem Hügel in Knockranny, nicht weit von dem meiner Eltern entfernt. Aber sein Haus ist viel größer und voll mit all dem neumodischen Kram, den er so liebt. Doch er hält sich dort kaum noch auf, sondern ist so gut wie immer bei meinen Eltern und wohnt in der Gartenlaube hinter dem Haus.«

»Warum das denn?«, fragte ich, als sein nächster Drink serviert wurde.

»Weil er seine eigene Gesellschaft nicht ertragen kann. Er ist schon komisch, was das angeht.«

Ich lächelte. »Er klingt auf jeden Fall so, als hätte er sehr viel auf dem Herzen. Ist denn da drüben niemand, mit dem er reden kann?«

Charlie schüttelte den Kopf. »Nein, Mammy würde vor Scham im Boden versinken.«

»Das ist doch nichts, wofür man sich schämen müsste!«

»Das weiß ich auch.« Er nahm sein Bierglas in die Hand und trank einen Schluck. »Aber Familienbeziehungen sind nun einmal kompliziert, weißt du?«

»Sicher sind sie das.«

Er hielt meinen Blick ein oder zwei Augenblicke lang fest, bevor er wieder sprach. »Es scheint ja auch nicht viele Menschen in deinem Leben zu geben. Du kommst mir ebenfalls ein bisschen einsam vor. Ist das so, Nell?«

»Möglich. Aber ich habe noch nicht viel darüber nachgedacht«, flunkerte ich.

»Ich glaube auch nicht, dass du dir darüber viele Gedanken machst. Meiner Meinung nach ist Einsamkeit eines dieser Dinge, die einfach da sind, wenn man eines Tages erwacht.«

»Sprichst du aus Erfahrung?«

»Wer weiß?«, erwiderte er mit einem kleinen Lächeln. »Ich habe auch noch nicht viel darüber nachgedacht.«

Als das Taxi an der Bordsteinkante vor Neds Haus hielt, brauchte Charlie ein bisschen mehr Unterstützung als zuvor. Er war im Wagen nämlich ganz allmählich von seiner auf meine Seite gerutscht, und sein Gewicht hatte an meiner Schulter gelehnt, während er ausdruckslos aus dem Fenster gestarrt hatte.

»Hier wohne ich«, sagte ich und verspürte eine Art Tauziehen in meinem Herzen. An einem Ende des Seils befand sich mein Bett, warm und weich und einladend; am anderen Ende waren Charlie und der Gedanke, dass ich jetzt absolut nicht einfach so ins Haus gehen und riskieren wollte, ihn vielleicht nie mehr wiederzusehen.

»Warte … Ich steige mit dir aus.« Er lallte schon ein bisschen, als er sprach und den Sicherheitsgurt löste.

Ich bedankte mich bei Ahmed, dem Fahrer (dessen Kinder übrigens Pritika und Arnab hießen und beide Jura studierten, wie ich auf der Fahrt erfahren hatte).

»Das musst du nicht«, sagte ich zu Charlie. »Bis zur Tür schaffe ich es bestimmt allein, ohne überfallen zu werden.«

Aber er war schon ausgestiegen.

Also tat ich es ihm gleich, und das Taxi verschwand schnell aus unserer Sicht.

Ich ging zu Charlie auf den Bürgersteig und blickte mit ihm zu dem großen viktorianischen Haus hinauf, das bis auf ein warmes gelbes Licht hinter dem Vorhang von Neds Zimmer völlig dunkel war.

»Schönes Haus«, murmelte Charlie.

»Ja, es ist nicht allzu schäbig, auch wenn es vielleicht ein bisschen verwohnt ist.«

Seine Lider hingen gewissermaßen schon auf Halbmast, als er sich langsam zu mir umdrehte. »Dieser Abend ist nicht so verlaufen, wie ich gedacht hatte«, sagte er.

Es begann ein wenig zu regnen.

»Für mich auch nicht.«

Ich lächelte über seinen weichen, leicht glasigen Blick, als ich mir die Haare hinters Ohr strich und sie von der Stirn wegzog, an der die Nässe sie schon zu glätten begann. Plötzlich streckte Charlie eine Hand nach meiner Brust aus. Im ersten Moment wusste ich nicht, was er vorhatte, und tat einen etwas unsicheren Atemzug. Aber er griff nur nach dem dünnen, inzwischen ausfransenden Zöpfchen, das ich mir geistesabwesend während eines Anrufs zu Beginn meiner Schicht ins Haar geflochten hatte, und streichelte es zwischen den Fingerkuppen von Daumen und Zeigefinger. Mein Herzschlag beschleunigte sich bei diesem körperlichen Kontakt, den ich nicht einmal spüren konnte. Ich bemerkte den versonnenen Ausdruck seiner Augen, die verfolgten, was seine Finger taten, als hätte er keine Kontrolle darüber und als wäre er gespannt, was sie als Nächstes tun würden.

Dann legte er die Stirn in Falten und verzog wie unter Schmerzen den Mund. Mit Lippen, die sich kaum bewegten, sagte er so leise etwas, dass ich nicht wusste, ob ich es mir nur eingebildet hatte oder nicht.

»Wie bitte?« Ich senkte den Kopf und versuchte, seine Mimik zu deuten. »Was war das gerade?«

Er schaute auf, und in dem Moment, in dem sein Blick auf meinen traf, war ich von dem Ausdruck in seinen Augen überrascht. Ich konnte ihn jedoch nicht einordnen, weil ich glaubte, einen solchen Blick noch nie gesehen zu haben.

»Ich sagte: danke«, wiederholte er etwas deutlicher.

»Wofür?«

»Dass du in dem Café mit mir gesprochen hast.«

»Gern geschehen«, erwiderte ich mit einem sanften Lächeln. Meine Zuversicht wuchs durch die positiven Schwingungen, die ich von ihm empfing, und den Alkohol, der durch meine Adern floss. »Es kommt nicht oft vor, dass man in der Mittagspause neben einem gut aussehenden Iren sitzt. Also dachte ich mir, ich versuche, das Beste daraus zu machen.« Ich muss betrunkener sein, als ich angenommen habe, ging es mir durch den Kopf, während ich meinen Worten nachlauschte.

Sein Mund verzog sich zu einem breiten Lächeln, und Falten zeichneten sich auf seinen Wangen ab, teilweise verdeckt von den Bartstoppeln, von denen ich mir immer wieder vorstellte, wie sie an meinem Kinn kratzten …

»Gut aussehend? Glaubst du wirklich, dass ich das bin?«

Ich errötete, wandte aber den Blick nicht ab, weil der Alkohol mich mutiger machte, als ich es seit langer Zeit gewesen war.

»Da ist es wieder, dieses Lächeln«, sagte er und legte mir seinen gekrümmten Zeigefinger unters Kinn.

»Ich habe den ganzen Abend gelächelt«, entgegnete ich nervös.

»Das war dein Lächeln für die Öffentlichkeit. Aber das hier ist das echte, und es ist wie Sonnenschein.«

»Okay, jetzt *weiß* ich, dass du zu viel getrunken hast.«

Mein Grinsen wurde breiter, während ich versuchte, das Gefühl seiner Haut an meiner nicht zu vergessen, ganz gleich, wie wenig Haut es war, deren Berührung mich in eine kichernde, plappernde Idiotin verwandelte. Es kam mir so vor, als wären alle gesellschaftlichen Regeln über den natürlichen Abstand zwischen Menschen bereits außer Kraft gesetzt. Wenn ich die Hand ausstrecken und ihn berühren wollte, konnte ich es tun, und es wäre nicht seltsam oder gar bizarr.

Ich fragte mich, ob Charlie mein erster One-Night-Stand werden würde. Ich hatte die Vorstellung davon nie gemocht – vielleicht, weil ich während eines solchen gezeugt worden war. Doch der Gedanke, nackt und verletzlich mit einem nahezu Fremden das Bett zu teilen, schien mir auch etwas zu sein, für das ich verdammt viel mehr Alkohol bräuchte als den, den ich an diesem Abend zu mir genommen hatte.

Charlie trat näher, mein dünnes Zöpfchen noch immer in der Hand und seine Augen auf meine gerichtet. Ich spürte, wie die Nerven in meiner Brust anschwollen, und wünschte mir sehnlichst, dass er mich küssen würde. In meinem ganzen Leben hatte ich mir nichts so sehr gewünscht.

Sollte man sich bei der ersten Verabredung überhaupt küssen? Würde mich das zu einem Flittchen machen, oder war das nur eine altmodische Regel aus den Sitcoms, die zu Beginn des neuen Jahrtausends über den Bildschirm geflimmert waren? Und wer überwachte diese Regeln eigentlich? Wartete in der

Koniferen-Hecke etwa ein Gremium von Moralwächtern darauf, herauszuspringen und mich ein »leichtes Mädchen« zu nennen?

»Hast du … ähm …«, murmelte ich, als unsere Gesichter sich wie von selbst einander näherten, bis ich seinen Atem auf meinen Lippen tanzen fühlte, den Geruch des Waschmittels aus seiner Kleidung wahrnahm und die Hitze spürte, die durch den Stoff seines T-Shirts in den Luftschlitz zwischen unseren Oberkörpern drang. »Möchtest du vielleicht mit hineinkommen?«

Ich hatte keine Ahnung, wieso ich so kühn war, aber der Gedanke, Charlie nicht zu küssen, bevor die Nacht zu Ende ging, war zu schmerzlich, als dass ich darüber nachdenken konnte. Und so trat ich noch ein wenig näher und presste die Lippen auf seine. Doch meine Oberlippe streifte seine nur, und ich konnte scharf und drahtig auf der weichen Haut meines Gesichts die Bartstoppeln darüber spüren. Seine Lippen teilten sich, und sein Körper bewegte sich an meinem, wobei ich vor allem seine feste, warme Brust spüren konnte. Und plötzlich hatte ich das Gefühl, dass wir beide viel zu viele Kleider trugen. Seine Hand hing locker an seiner Seite herab, und ich verschränkte meine Finger mit seinen.

»Ich …«, begann er.

Wir waren uns so nahe, dass wir uns buchstäblich die Atemzüge teilten und die Luft meine Lunge verließ und direkt in seine fiel.

»Ich kann das nicht.«

Ich stieß einen enttäuschten Atemzug aus, als er sich jäh von mir entfernte und mir das Herz in den Magen rutschte. »Oh.« Mehr brachte ich nicht heraus.

Er ging ein paar Schritte weiter und fuhr sich mit steifen

Fingern durch das Haar. »Was zum Teufel mache ich eigentlich hier?«, fragte er leise und beinahe so, als spräche er zu sich selbst.

»Was willst du damit sagen?«, erwiderte ich und streckte die Hand nach dem Ärmel seiner Jacke aus, aber er schüttelte sie ab.

Ich trat zurück, in meinem Stolz zutiefst verletzt.

Er drehte sich halb um, schaute mir jedoch nicht mehr in die Augen. »Ich kann das einfach nicht. Okay?« Seine Worte klangen abgehackt und fast schon zornig.

»Was hast du denn? Vor einer Minute war doch noch alles gut?« Ich trat wieder näher – worauf er mit einem Schritt zurück reagierte.

»Ich muss gehen.« Und damit fuhr er auch schon herum und entfernte sich mit schnellen Schritten.

»Soll ich dich anrufen?«, rief ich ihm hinterher.

»Nein. Nein … tu das lieber nicht!«, antwortete er.

Und dann war er fort, verschwand in der Dunkelheit und ließ mich verwirrt in der Einfahrt zurück.

Ich ging auf der Stelle ins Haus und nach oben, stieg unter die Dusche und drehte das Wasser so heiß auf, dass es mich schon fast verbrühte. Dann weinte ich unter dem Wasserstrahl ein bisschen.

Das Herz ist wie eine Klapperschlange auf deinem Weg, die dir nichts tun wird, wenn du sie in Ruhe lässt und nicht provozierst. Sie wird einfach weiter ihrer Beschäftigung nachgehen, während du dein eigenes Ding machst. Sobald sie jedoch Gefahr wittert, beginnt sie mit den Vorbereitungen zu ihrem Selbstschutz. Genauso wie dein Herz, das sich an all die Verletzungen erinnert, die es schon erlitten hat und die es fast gebrochen hätten, und es weiß, dass es sich das nicht noch einmal erlauben kann. Aber ich hatte mein Herz mal wieder provoziert, indem ich es in meiner Naivität davon hatte ausgehen lassen, dass die Begegnung mit einem x-beliebigen Mann in einem Café ein Happy End haben würde. Doch so funktionierte das Leben in der Realität nun einmal nicht. Vielleicht in den Balladen der Achtziger oder in Schlussszenen von Kinofilmen, aber im wahren Leben ging nichts je so perfekt aus.

Ich wandte mein Gesicht dem Wasserstrahl zu, der noch immer zu heiß war, um ihn zu ertragen, und ließ ihn auf meine Haut prasseln.

Ich wusste nicht, was passiert war, um bei Charlie eine so jähe Veränderung zu bewirken. Es war, als hätte er plötzlich Gewissensbisse bekommen, doch ich hatte keine Ahnung, was sie ausgelöst haben könnte. Was mochte es mit diesen plötzlichen Schuldgefühlen auf sich haben?

Ich stellte das Wasser ab und blieb noch ein paar Minuten in der Duschkabine stehen, während das Wasser von mir herabtropfte, als weinte mein ganzer Körper.

Vor zwei Tagen hatte ich Charlie Stone nicht einmal gekannt. Wieso war ich also jetzt so aufgewühlt?

Schließlich stieg ich aus der Dusche und hüllte mich in mein rosarotes Badetuch. Ein bisschen Schlaf war vermutlich alles, was ich brauchte, und am Morgen würde alles vergessen sein. Das hoffte ich zumindest.

Kapitel 5

D och ich hatte mich geirrt. Ein bisschen Schlaf vermochte mich nicht aufzumuntern, überhaupt nicht. Nach einer unruhig verbrachten Nacht saß ich in meinem Pyjama auf dem Sofa, die Füße auf dem Couchtisch und meine Schale Haferflocken auf den Brüsten balancierend. Ich war todmüde und wäre am liebsten einfach nur im Bett geblieben. Doch nachdem ich schon in aller Herrgottsfrühe aufgewacht war, hatte ich Mühe, etwas anderes zu tun, als dazuliegen, an die Decke zu starren und mich immer mehr über meine anhaltende Schlaflosigkeit zu ärgern.

Ich drückte mit meiner freien linken Hand auf die Fernbedienung und suchte mir irgendeinen sinnlosen bunten Zeichentrickfilm, um mein Gehirn für zwanzig Minuten zu betäuben.

»Du bist aber schon früh auf«, drang Neds Stimme in den Raum, bevor er in der Tür erschien.

Ich sah ihn im Augenwinkel, drehte mich aber nicht mal zu ihm um, weil es eine viel zu große Anstrengung gewesen wäre. Er kam zum Sofa herüber, und als ich aufblickte, sah er mich erwartungsvoll an. Seine dunkelgrüne Krawatte hing ihm schlaff und noch offen um den Hals.

»Na los, erzähl schon! Wie ist er?«

Ich schob mir einen gehäuften Löffel Müsli in den Mund

und kaute auf den matschigen Haferflocken herum. »Er ist wie ein Märchenprinz, nur leider während einer Bad-Boy-Phase, in der er gerade einer Band beitritt und anfängt, Schmuck zu tragen.«

»Was für eine seltsame Beschreibung!«

»Ja. ›Seltsam‹ ist das Wort, das auch ich benutzen würde.«

»Warum?« Er hielt inne, aber ich antwortete nicht, weil ich nicht recht wusste, wie ich Ned erklären sollte, was passiert war.

»Dann sag mir wenigstens, wie er heißt! Was habt ihr gemacht? Und wie ist es ausgegangen?«

Ich brauchte Ned nicht anzuschauen, um zu wissen, dass er mir zuzwinkerte.

»Also, sein Name ist Charlie und … « Ich unterbrach mich und sah ihn mit zusammengekniffenen Augen an. »Wir waren in einer Bar und hätten uns fast geküsst, doch dann hat er alles verdorben.«

»Was ist passiert?«

»Das ist es ja! Nichts ist passiert! Es lief alles bestens, die Funken flogen und so weiter. Aber dann hat er auf einmal dichtgemacht, wurde sogar irgendwie ärgerlich und sagte mir plötzlich, ich solle ihn nur ja nicht anrufen.«

»Oh. Und du hast keine Ahnung, wie es zu seinem Sinneswandel kam?«

Ich schüttelte den Kopf.

»Hast du in seiner Gegenwart gegessen? Denn das würde ja jeden Mann abschrecken«, bemerkte er in dem vergeblichen Versuch, die Stimmung aufzulockern.

»Halt die Klappe.« Ich brachte immerhin ein jämmerliches Lächeln zustande.

»Was hat ihn denn so verärgert?«

»Ich habe keinen blassen Schimmer. Es war, als würde er sich schuldig fühlen, weil er mich beinahe geküsst hätte.«

Ned legte nachdenklich den Kopf in den Nacken. »Er ist doch nicht verheiratet, oder?«

Ich stieß einen lang gezogenen Seufzer aus und schloss die Augen. »Mist, verdammter! Wie konnte ich nur vergessen, das in Betracht zu ziehen?«, spöttelte ich über meine eigene Dummheit. »Denn höchstwahrscheinlich ist er verheiratet, nicht wahr?«

»Hat er eine Frau oder Freundin erwähnt?« Ned hockte sich auf die Sofalehne und fummelte an den Enden seiner Krawatte herum.

Ich schlug mir mit der flachen Hand an die Stirn. »Nein. Aber als ich das Gespräch in die Richtung gelenkt habe, hat er schnell das Thema gewechselt.«

»Mir scheint, als hättest du damit einen Bock geschossen.«

»Dann bin ich also jemand, der eine glückliche Partnerschaft zerstört! Eine fiese kleine Partnerschaftszerstörerin!«, stöhnte ich frustriert.

Wie hatte ich auch nur eine Sekunde lang denken können, dass ein Mann wie Charlie noch Single war?

»Nun mach dich mal nicht gleich verrückt. Wenn er verheiratet ist, ist *er* es, der sich dumm vorkommen müsste.«

»Und er trug auch keinen Ring.«

Ich dachte an das *Cool Beans Café* zurück und an die Schwielen an seinen Fingern vom Gitarrespielen, die mir aufgefallen waren. Nein, ich glaube nicht, dass ich einen Ring gesehen habe, dachte ich, und meine Hoffnung flammte wieder auf.

»Ich habe früher auch keinen getragen. Nicht jeder tut das«, entgegnete mein bester Freund und brachte meinen Hoffnungsschimmer gleich wieder zum Erlöschen.

Enttäuscht ließ ich die Schultern hängen.

»Aber weißt du«, fuhr Ned fort, während er entschlossen nach seiner Krawatte griff und sie zu binden begann, »selbst wenn er verheiratet ist, war es schön zu sehen, dass du wieder ausgehst. Du hast genug Zeit verloren mit dem, was auch immer du mit diesem Idioten Joel tust.«

Es war kein Geheimnis, dass Ned nichts von meinem Ex-Freund hielt. Das war schon nach den ersten paar Monaten, in denen Joel vor unserem Haus aufgetaucht war, offensichtlich gewesen. Beim ersten Mal hatte er Steinchen gegen mein Fenster geworfen. Nur war es nicht *mein* Fenster gewesen, sondern Neds, und die Kieselsteine, die Joel geworfen hatte, hatten sich leider als zu groß und schwer erwiesen. Einer von ihnen war, von winzigen Glasscherben begleitet, auf dem Boden von Neds Schlafzimmer gelandet.

Früher hatte ich Joel immer verteidigt, wenn die Leute schlecht über ihn sprachen, doch allmählich wurde mir klar, dass es nicht mehr meine Aufgabe war, mich für ihn einzusetzen.

»Wie lange willst du dich eigentlich noch über das Fenster ärgern?«, fragte ich Ned. »Es gibt wirklich schlimmere Leute als Joel. Er hat mir weder eine Ehefrau verschwiegen, wie Charlie es höchstwahrscheinlich tut, noch ist er mit jemand anderem durchgebrannt, wie deine Connie es getan hat.« Ich sah, wie Ned bei der Erwähnung des Namens seiner Ex-Frau ein bisschen zusammenzuckte, doch zum Glück wurde er mit der Zeit zunehmend immun gegen sie. »Er hätte mir viel Schlimmeres antun können.«

»Das schon, aber er hätte es auch viel besser machen können.« Ned seufzte und nestelte an dem Knoten seiner Krawatte herum, bis sie perfekt gebunden unter seinem Kragen saß. »Einigen wir uns doch einfach darauf, dass wir beide völlig untalentiert darin sind, uns unsere Partner selbst auszusuchen.« Ned schüttelte frustriert den Kopf. »Kann ich dich allein lassen?«, wollte er dann wissen und drückte mir mitfühlend die Schulter.

Statt zu antworten, biss ich nur die Zähne zusammen.

»Schick mir eine Nachricht, falls es irgendwelche neuen Entwicklungen gibt. Ich bin jetzt weg, doch wir sehen uns ja bald wieder … Und denk daran, dass wir um zwei ein Meeting mit dem Projektleiter haben.«

»Das habe ich nicht vergessen«, flunkerte ich.

Er ging zur Tür, blieb aber draußen noch einmal stehen und spähte um den Türrahmen herum. »Oh, bevor ich es vergesse – machen wir heute mal wieder einen Schnulzenfilmabend?«

Ich warf ihm einen Blick über die Schulter zu. »Na klar. Es ist ja nicht so, als hätte ich etwas anderes vor, da mein Freund mit seiner Frau beschäftigt ist.«

Seufzend machte ich es mir auf der Couch gemütlich und sah zu, wie mehrere computeranimierte Hunde in verschiedenen Arbeitsuniformen unbeholfen über den Bildschirm hüpften. Als ich hörte, wie sich die Haustür schloss, seufzte ich erneut. Schon wieder allein, dachte ich und schob mir einen weiteren Löffel Müsli in den Mund, das ich grimmig kaute.

Niemand, der mich bei der Arbeit sah, hätte erraten, dass ich von den Gedanken an den Abend zuvor völlig abgelenkt und gegen Ende meiner Schicht todmüde und erschöpft war, weil ich den ganzen Tag über eine fröhliche Fassade aufrechterhalten hatte.

An diesem Nachmittag verließen Ned und ich gemeinsam das Büro und machten uns auf den Weg zu Tesco, um etwas fürs

Abendessen zu kaufen und die DVD-Schnäppchen-Regale für unsere Freitagabend-Tradition, die aus schlechten Filmen, Bier und Pizza bestand, zu durchstöbern. Die Regeln besagten, dass der Film nicht mehr als fünf Pfund kosten durfte und die Pizza mit Knoblauch-Öl beträufelt sein musste. Abgesehen von diesen beiden Vorgaben waren wir recht flexibel.

Ich las gerade die Rückseite der Hülle eines Horrorfilms aus den frühen Jahren dieses Jahrtausends, auf dessen Vorderseite eine schreiende, blutbespritzte, spärlich bekleidete Frau zu sehen war, als mein Handy in der Tasche zu vibrieren begann. Ich zog es heraus und erblickte das Gesicht meiner Mutter, das mich vom Display anstrahlte. Ich nahm den Videoanruf an und hielt das Telefon hoch.

»Guten Abend«, sagte sie auf Deutsch.

Sie lächelte und sah schön wie immer aus. Ihr blondes Haar war perfekt frisiert, und ihre grünen Augen funkelten in dem gedämpften Licht. Ihr Handy stand aufrecht auf einer blendend weißen Tischdecke, damit ich das ganze beneidenswerte Bild von ihr zu sehen bekam, das sie in einer angenehm beleuchteten Ecke eines belebten Restaurants zeigte.

»Auch dir einen guten Abend«, antwortete ich und warf die DVD in meinen Einkaufskorb. »Wie ist es in Deutschland?«

Ich wünschte, ich hätte sie etwas spezifischer begrüßen können, doch sie verreiste so viel und oft so unerwartet, dass ich, wenn sie mich nicht gerade auf Deutsch begrüßt hätte, völlig vergessen hätte, wo sie war.

Früher hatte es mich nie gestört, sie an all diesen Orten zu sehen, in deren Nähe ich nicht einmal gewesen war, weil ich immer geglaubt hatte, einmal meine eigenen Abenteuer zu erleben, wenn die Zeit dazu reif war. Ich hatte gedacht, dass meine lähmende Angst vor dem Fliegen irgendwann verschwinden würde und ich dann hinfliegen könnte, wohin ich wollte. Doch die Zeit war rasend schnell vergangen, und ich hatte noch immer keinen Fuß aus Großbritannien heraus gesetzt. Und heute ergriff mich jedes Mal die Angst, etwas zu verpassen, wenn sie aus Deutschland, China oder Dänemark anrief. Es war eine Angst, die mir ein flaues Gefühl im Magen bescherte und mich für ein, zwei Momente aus dem Gleichgewicht brachte.

»Kalt«, antwortete sie. »Viel mehr gibt's nicht zu berichten. Wir beenden hier gerade unser Projekt, und im nächsten Monat werde ich ein bisschen Freizeit haben. Könnte ich dich dann vielleicht besuchen und in einem eurer Gästebetten schlafen?«

Ich biss die Zähne zusammen, während ich vorgab, über ihre Frage nachzudenken, und schüttelte dann den Kopf. »Oh nein, ich glaube nicht, dass das möglich sein wird, Mum«, sagte ich im Scherz.

»Verdammt, dann bleibt mir wohl nur noch die Gosse.«

Wir kicherten beide, und das Geräusch eines im Glas herumschwappenden Weins ertönte in der Leitung.

»Wie es sich anhört, scheinst du dich ja gut zu amüsieren.«

Ich drehte mich am Ende des Ganges um und machte mich auf den Weg zu den Kühltruhen mit den Pizzen, wo Ned wahrscheinlich vor dem allwöchentlichen Dilemma stand: vier verschiedene Käsesorten oder Schinken und Pilze als Belag?

»Ich bin nur mit ein paar Kollegen auf einen Drink hier.« Sie nahm das Handy und drehte es um, um mir die anderen fünf angeregt plaudernden Personen an ihrem Tisch zu zeigen.

In einem von ihnen erkannte ich Piero. Mum hatte eine lockere Romanze mit ihm, seit sie sich vor ein paar Jahren bei einem Auftrag in Italien begegnet waren. Ich hatte ihn noch nie kennengelernt und bezweifelte auch, dass es jemals dazu kommen würde. Meine Mutter mochte ihn, doch ihre wahre Liebe war ihre Arbeit, und kein Mann würde für sie je an erster Stelle kommen.

Sie stellte das Telefon wieder aufrecht auf den Tisch und lehnte sich auf ihrem Stuhl zurück. Ihr cremefarbenes Seidenkleid schmiegte sich an einen Körper, auf den eine Frau, die noch nie einen Fuß in ein Fitnessstudio gesetzt hatte, eigentlich überhaupt kein Anrecht hatte.

»Und wie geht es dir? Und Ned?«, fragte sie, während sie ein Glas Rotwein an die Lippen hob und daran nippte.

»Ihm geht's gut. Wir suchen uns gerade unser Abendessen aus.«

Mehr erzählte ich ihr nicht, aber irgendetwas an meinem Gesichtsausdruck musste mich verraten haben.

»Was verschweigst du mir, Nell?«

Ich seufzte und erwiderte mit gesenkter Stimme: »Ich habe etwas gemacht, was ich besser hätte lassen sollen.«

»Ach du liebe Güte! Bitte sag, dass du das nicht getan hast! Nicht mit Ned!« Ihre Augen weiteten sich in unverhohlener Besorgnis, und sichtlich schockiert senkte sie dann den Kopf in ihre freie Hand. »Oh nein, Nelly …«

»Du liebe Güte, Mum, natürlich nicht!«, sagte ich schnell. Warum dachten die Leute eigentlich immer gleich, ich hätte Sex mit Ned, nur weil ich bei ihm wohnte? »Es hatte absolut nichts mit Ned zu tun. Ich bin nur mit einem Mann ausgegangen, den ich von der Telefonseelsorge her kannte.«

Mum verschluckte sich fast an ihrem zweiten Schlückchen Wein. »Du hast *was* getan, Nelly?«

Meine Mutter war der einzige Mensch, dem ich erlaubte, mich Nelly zu nennen, und das wohl auch nur, weil sie mich unter Qualen zur Welt gebracht hatte. Die Schule hatte ich zwar ziemlich unbeschadet überstanden, was Schikanen anging, doch ich glaube, zwischen meinem fünften und sechzehnten Lebensjahr war ich etwa zwanzigtausendmal als »Nelly, der Elefant« bezeichnet worden.

»Das ist eine lange Geschichte, die nirgendwo hingeführt hat, Mum, deshalb erzähle ich sie dir wohl besser erst, wenn du hier bist. Weißt du schon, wann genau das sein wird?«

»Das erfährst du, sobald ich da bin.« Ihre Augen füllten sich mit Mitgefühl. »Mochtest du den Mann, mit dem du ausgegangen bist?«

Ich verzog das Gesicht und antwortete mit deprimiert klingender Stimme: »Ja … Sehr sogar.«

»Dann tut es mir leid, dass es nicht so gelaufen ist, wie du es dir gewünscht hast. Aber es ist schön zu wissen, dass du endlich wieder ausgehst, Nelly.«

»Herrgott noch mal! Warten eigentlich alle mit angehaltenem Atem darauf, dass ich wieder anfange, mich zu verabreden?«

Alle verhielten sich, als hätte ich gerade eben einem Keuschheitsgelübde abgeschworen. Meine Mutter wusste natürlich nichts davon, dass Joel und ich die sexuelle Seite unserer einstigen Beziehung wiederaufgenommen hatten, doch selbst davon abgesehen war es noch nicht so lange her, dass ich mich über Tinder mit einem widerlichen Grabscher von einem Röntgentechniker eingelassen hatte, der jedes Mal gemeckert hatte, wenn ich vergessen hatte, meinen Glasuntersetzer zu benutzen. Doch vielleicht war es auch besser, dass niemand sich an diese Fehlentscheidung erinnerte …

»Nelly, es ist zwei Jahre her. Du wirst bald dreißig, und ich möchte nicht, dass du alleine bleibst.«

»Aber dir macht das Alleinsein doch auch nichts aus, Mum, und mir genauso wenig«, wandte ich ein.

»Und ob es mir etwas ausmacht, sogar eine Menge. Es ist nur so, dass mein Job und die vielen Reisen gar nichts anderes zulassen.« Sie nippte wieder an ihrem Wein und strich sich anmutig das Haar hinter das Ohr. »Ich lass dich wissen, wann ich komme. Und sei nicht traurig wegen dieses Mannes. Er ist ein Idiot, wenn er sich nicht Hals über Kopf in dich verliebt hat, aber vielleicht war das ja auch nur der Anfang davon, dass du wieder unter Leute gehst.«

»Unter Leute gehen? Aus welcher Zeit stammt denn die Formulierung?«, fragte ich, als ich in den Pizzagang einbog und wie erwartet Ned vorfand, der zwei Pizzaschachteln betrachtete, als hinge sein Leben von der Entscheidung ab, die er zu treffen hatte. Ich ging zu ihm hinüber und stellte mich neben ihn. »Vielleicht hast du recht. Ich könnte ja noch mal auf Tinder gehen und sehen, was für erstklassige männliche Exemplare es noch da draußen gibt.«

»Tu das nicht«, entgegnete Ned, ohne aufzuschauen. »Womöglich landest du dann bloß wieder bei einem weiteren grabschenden Röntgentechniker.«

Mist, dachte ich, nicht jeder hatte also dieses blöde Date vergessen!

»Du wärst besser beraten, wenn du es bei Bumble versuchen würdest.«

»Das stimmt, hör auf Ned!«, sagte Mum über das Telefon, und der blickte auf, als er seinen Namen hörte.

»Oh, hi Cassie!« Ned trat in den Bildausschnitt der Kamera und winkte ihr enthusiastisch zu.

Sie hob eine Hand und erwiderte den Gruß.

»Oh, was für ein schickes Kleid, Cassie!«

Ich warf Ned einen warnenden Blick zu. »Hör mal«, sagte ich und wandte mich wieder meiner Mum zu, »ich werde versuchen, mit jemandem zusammen zu sein, wenn du kommst, doch warte bitte nicht allzu gespannt darauf, ja?« Allmählich war ich von dem Gespräch genervt.

»Oh, kommt sie, um zu bleiben?«, fragte Ned und beugte sich dann wieder über das Display des Handys. »Du kommst zu uns, Cassie?«

»Ja, wir sehen uns bald«, antwortete sie, »falls du damit einverstanden bist.«

»Sehr viel mehr als das!«, sagte er begeistert.

Ich drückte das Telefon an meine Brust, um das Mikro abzudecken. »Okay, jetzt komm mal wieder runter, Junge«, rügte ich ihn. »Vergiss nicht, dass sie meine Mutter ist!«

Er grinste und wandte sich wieder seinem Pizza-Dilemma zu, während ich den Anruf zu beenden versuchte.

»So, Mum, ich muss auflegen, bevor Ned bei der Auswahl einer Pizza noch verrückt wird. Genieß deinen Abend, und grüß Piero von mir.« Den letzten Satz fügte ich hinzu, um Ned zu ärgern.

»Das tue ich. Bis bald, Süße!« Sie warf mir eine Kusshand zu und legte auf.

»Ciao, Piero«, spöttelte Ned, während er die große Vier-Käse-Pizza zurück in die Kühltruhe warf und die mit Schinken und Pilzen belegte in den Korb.

Als wir uns abends den Film ansahen, von dem wir zwar gewusst hatten, dass er schlecht sein würde – der dann jedoch selbst unsere niedrigen Erwartungen im negativen Sinne übertraf –, dachte ich über die seltsamen Dinge nach, die sich in den letzten beiden Tagen ereignet hatten.

Natürlich war ich enttäuscht darüber, dass meine romantischen Hoffnungen sich nicht erfüllt hatten, aber noch mehr ärgerte ich mich darüber, dass Charlie einfach gegangen war, ohne eine Erklärung abzugeben. Hatte Ned recht damit, dass er vermutlich verheiratet war? Oder war der Moment, in dem ich mich ihm genähert hatte, derselbe gewesen, in dem er erkannt hatte, dass ich seine Zeit nicht wert war?

Ich griff nach meinem Handy und begann, eine Nachricht an ihn zu tippen. Unsere Handynummern hatten wir im Lauf des gestrigen Abends immerhin getauscht.

Hey, wie geht es dir?

Nach ein paar Augenblicken löschte ich sie jedoch wieder.

Kopfschüttelnd machte ich es mir noch etwas bequemer auf dem Sofa und versuchte, mich wieder auf den Film zu konzentrieren. Plötzlich spürte ich ein Gewicht auf meiner Schulter, und als ich den Kopf drehte, sah ich Neds beruhigende Hand dort liegen. Er tätschelte mir tröstend die Schulter, bevor er wieder nach seinem Bier griff.

»Kopf hoch, Kleine!« Er zeigte auf die halb nackte Frau mit den chirurgisch vergrößerten Brüsten auf dem Bildschirm, die durch einen dunklen Korridor gejagt wurde, wobei ihr gigantischer Vorbau in der schäbigen Beleuchtung arg ins Wackeln kam. »Ich bin mir ziemlich sicher, dass diese Idiotin jeden Moment aufgespießt wird …«

Kapitel 6

S ie geht also in das Feuer, und du denkst, dass sie dort auf keinen Fall wieder lebend rauskommt. Aber dann verglüht das Feuer, und da sitzt sie in der Asche mit drei Babydrachen, die sich an sie klammern«, sagte Jackson, und seine Stimme in meinem Headset klang geradezu enthusiastisch.

»Das hört sich ja spannend an«, antwortete ich, als hätte ich das, von dem er sprach, nicht schon vor Jahren gesehen.

»Der Film ist wirklich sehenswert«, sagte er.

»Also mal abgesehen davon, dass du seit unserem letzten Gespräch zwei ganze Staffeln *Game of Thrones* gesehen hast – wie ist denn sonst alles gelaufen?«, fragte ich ihn.

Er schniefte laut, und die Begeisterung in seiner Stimme schwand. »Mir geht es gut, wenn ich etwas habe, was mich von all meinen Problemen ablenkt. Nur wenn ich mit meinen eigenen Gedanken allein bin, wird es schlimm.«

»Viele Leute sagen, es sei sehr hilfreich, sich ein Hobby zu suchen, um sich mental zu beruhigen. Irgendwas wie stricken, lesen oder sogar schreiben. Ich bin mir sicher, dass es sehr gut für dich wäre, deine Gedanken aufzuschreiben.«

»Ich weiß nicht, ob stricken was für mich ist, obwohl ich noch genügend Wollknäuel von meiner Mum habe.«

Ich registrierte, wie sich sein Tonfall änderte, als er über seine Mutter sprach.

»Das verstehe ich, ich bin auch keine Strickerin. Meine Mutter hat mal versucht, es mir beizubringen, aber sie ist Linkshänderin, und ich bin es nicht. Deshalb sah mein Schal so aus, als hätte ihn eine Vierjährige fabriziert«, erwiderte ich, und Jackson lachte.

»Die Idee mit dem Schreiben gefällt mir aber. Vielleicht schreibe ich ja die nächsten berühmten Memoiren?«

»Man kann nie wissen …«

»Okay, dann vielen Dank für das Gespräch, Nell, und ich melde mich bald wieder.«

»Bis dann, Jackson.«

Für heute nahm ich mein Headset ab. Ich seufzte schwer, atmete die Anspannung aus, die sich in den letzten acht Stunden in mir aufgebaut hatte, und spürte, wie sie sich in Form von Spannungskopfschmerzen wie ein Gummiband über meine Stirn legte.

»Alles klar, Nell?«, brummte Barry, als er zu mir herüberschlenderte.

»Alles bestens, ich mache nur für heute Schluss. Und Sie?«

»Ich hatte heute Morgen einen sehr schwierigen Anruf«, antwortete er mit gesenktem Blick.

Ich stieß einen mitfühlenden, aber wenig hilfreichen Laut aus. Es gab nichts, was ich tun konnte, um zu helfen – niemand konnte das. »Ich bin sicher, Sie haben wie immer hervorragende Arbeit geleistet.« Ich knabberte an meiner Unterlippe und lächelte ihn dann an, bevor ich aufstand und ihm verständnisvoll eine Hand auf die Schulter legte. »Möchten Sie darüber reden?«

Für einen Moment sah er so aus, als würde er mein Angebot vielleicht sogar annehmen. Dann jedoch schüttelte er den Kopf.

»Okay«, sagte ich.

Wenn man über diese schwierigen Anrufe redete, bekam man manchmal das Gefühl, dass man etwas falsch gemacht oder sogar zu wenig getan hatte. Das kannte ich von mir selbst.

»Ich bin sicher, dass Ned später Zeit für einen Drink hat, falls Sie es sich anders überlegen.«

Ned hatte heute seinen freien Tag, doch er konnte nie Nein zu einem Menschen sagen, der es nötig hatte, die Tiefen seiner Emotionen zu erforschen.

»Okay. Danke, Nell.« Sein Mund erweckte fast den Anschein eines Lächelns, als ich mich abwandte und zur Garderobe hinüberging.

Bei meiner Heimkehr war der Himmel schon fast dunkel, und die Straßenlaternen leuchteten gerade auf. Ein warmes, einladendes Licht kam mir aus dem Flur entgegen, als ich die Eingangstür aufschloss und dann mit der Schulter dagegenstieß. Sie klemmte ein bisschen, wie es im Winter häufig vorkam, wenn das Holz der Tür im Rahmen aufquoll, aber nach ein paar kurzen, heftigen Stößen, bei denen ich meinen Körper wie einen Rammbock einsetzte, ging sie mit einem leisen Quietschen auf.

Ich zog den Mantel aus und hängte ihn über das Treppengeländer, während ich meine Tasche auf den viktorianischen Fliesen absetzte, die ganz sicher noch die ursprünglichen waren.

In diesem großen Haus war es immer sehr still, auch wenn Ned und ich darin herumliefen. Die Wände waren dick, die Decken hoch, die Räume groß und im tiefsten Winter unmöglich zu einer angenehmen Temperatur aufheizbar. Darüber hinaus verfügte das Haus über einen großen, ungepflegten Garten auf der Rückseite und eine riesige Küche, die mir oft leidtat, da sie nie für solch hohe Ansprüche genutzt wurde, für die sie so offensichtlich ausgestattet war.

Ned hatte in diesem Haus mit seiner Ex-Frau Connie gelebt, die er über sechs Jahre zurückzugewinnen versucht hatte, die jedoch in meinen Augen ein Beispiel für die schlimmste Sorte Mensch war und sich dafür schämen müsste, wie sie ihn behandelt hatte. Nach einer anderthalbjährigen Affäre war sie mit einem Kollegen namens Richard durchgebrannt, hatte Ned aber gnadenlos manipuliert und dafür gesorgt, dass sie so viel von seinem Geld bekam wie möglich. Ned war aufgrund des Vermögens seiner Familie früher einmal recht wohlhabend gewesen, aber heutzutage nicht mehr so sehr.

Das Haus war eigentlich zu groß für zwei Personen. Ned und ich hatten im letzten Sommer einen Abend, bei dem viel Alkohol im Spiel gewesen war, im Garten verbracht und über unsere Leben sinniert, und damals hatte er mir erzählt, dass er wirklich gern Kinder gehabt hätte, es dafür jedoch jetzt wohl schon zu spät sei. Als er mir das sagte, beschloss ich, dass er etwas benötigte, für das er sorgen konnte. Er war ein fürsorglicher, liebevoller Mensch und brauchte etwas, auf das er seine Fürsorge und Liebe konzentrieren konnte. Ich zählte nicht dazu, weil ich für mich selbst sorgen konnte, und ein Haustier schien mir eine zu große Verpflichtung zu sein, um sie einfach so jemandem aufzubürden.

So brachte ich eines Tages Lola mit nach Hause und führte Ned in die Welt der Sukkulenten ein. Seit sechs Monaten lebte sie nun schon bei uns und saß in einem kleinen gelben Topf auf ihrem eigenen Regal, das Ned extra für sie in der Küche über dem Wasserkocher angebracht hatte. Manchmal konnte ich morgens hören, wie Ned mit ihr sprach.

Es erschien mir absolut ungerecht, dass ein guter, anständiger Mann wie er sein ganzes Geld verlieren und in einem leeren Haus leben sollte, wo all seine väterlichen Instinkte einer Zimmerpflanze galten, während Connie – die Mätresse des Leibhaftigen – alles bekam, was sie wollte.

Ich hatte versucht, das Haus zu verschönern und gemütlicher für ihn zu gestalten, indem ich bunte Decken, Lavendelschaumbäder und natürlich Lola mitgebracht hatte. Als ich hier eingezogen war, war das Haus recht karg gewesen, nachdem Connie alles, was sie haben wollte, ausgeräumt und Ned wie einen verarmten Mönch zurückgelassen hatte. Ich war immer noch dabei, das Haus wohnlicher zu machen, doch ich führte die Veränderungen nur langsam durch, damit es nicht so aussah, als bestimmte ich die Einrichtung. In unserem Beruf wurden wir mit viel Dunkelheit konfrontiert, sodass es nur logisch war, dass unser Leben zu Hause mit Farbe erfüllt sein sollte.

Ich wurde auf die sanften Klänge von Softrock aus den Achtzigern aufmerksam, die aus der Küche drangen, und folgte ihnen bis zu Ned, der dort mit einem Schokokeks und einer Tasse mit dampfendem Tee am Tisch saß und die Nase in der aktuellen Ausgabe seines geliebten *History Today*-Magazins vergraben hatte, während *I Want to Know What Love Is* aus dem Lautsprecher neben dem Wasserkocher rieselte.

»Bist du deprimiert?«, fragte ich ihn, als ich mir einen Stuhl heranzog und mich zu ihm setzte.

Er blickte gerade von einem Artikel über die Azteken auf, als sein durchweichter Keks sich auflöste, in den Tee fiel und darin verschwand.

»Zumindest war ich es nicht, bis ich meinen Schokokeks verloren habe«, antwortete er und fischte mit einem Teelöffel die matschige Masse heraus, wobei sich seine Stirn vor Enttäuschung runzelte.

Er legte die aufgeweichten Krümel auf den Teller mit den anderen Keksen neben sich, und ich griff nach einem, bevor die Feuchtigkeit ihn erreichen konnte.

»Ich gehe heute Abend aus«, sagte er und schien nicht gerade begeistert bei der Aussicht.

»Ach ja? Hast du ein Date?« Ich verputzte den Keks mit zwei Bissen und wollte sofort noch einen, aber ich widerstand meinem Drang.

»Oh ja. Mit einem sexy, kleinen Luder namens Barry«, konterte er.

»Heiß«, scherzte ich. »Er hatte heute einen harten Tag, der Arme.«

Ich würde nicht so weit gehen zu sagen, dass Ned und Barry Freunde waren, eher Kollegen, die durch die gemeinsame Liebe zu ihrer Arbeit verbunden waren. Barry war etwa so aufregend wie eine Schüssel ungesüßter Mandelmilchbrei, und er hatte selten etwas zu sagen. Trotzdem gingen sie etwa einmal im Monat zusammen aus. Ich hatte zwar keine Ahnung, was sie bei diesen Ausflügen unternahmen, aber ich hatte Visionen von ihnen, wie sie stoisch in einer dieser Altherrenkneipen saßen und kein einziges Wort miteinander wechselten, bis sie sich Auf Wiedersehen sagten. Doch vielleicht hatten die beiden ihre wilden Seiten ja füreinander aufgespart und gingen in Wirklichkeit zu Straßenrennen und in Karaoke-Bars.

»Oh, schau mal! Die sind für dich gekommen. Sie lagen auf der Veranda, als ich heute vom Einkaufen zurückkam.«

Ned riss mich aus meinen Vorstellungen von ihm und Barry, wie sie im Duett *Don't Go Breaking My Heart* sangen, und deutete mit dem Daumen über seine Schulter auf einen Blumenstrauß, der in einem Pappbehälter auf der Arbeitsplatte stand.

»Für mich?«, fragte ich. »Von wem?«

»Ich habe die Karte nicht geöffnet«, antwortete er. »Aber sie duften sehr stark. Vermutlich bekomme ich bald Heuschnupfen davon.«

In meiner Brust summte es vor Aufregung, als ich aufstand und zu den Blumen hinüberging. Ihr Duft stieg mir bereits in die Nase, als ich noch einige Schritte entfernt war. Im Näherkommen sah ich die Eukalyptusblätter, die zwischen gelben Tulpen und lila Hyazinthen eingebettet waren. Der Strauß sah teuer aus – wie solche, die man bei einem echten Blumenhändler bekommt, und nicht wie die in den großen schwarzen Eimern, die man beim Discounter kaufen kann. Am Rand des Straußes befand sich eine Plastikhalterung mit einem kleinen Umschlag.

Ich nahm ihn und zog eine Karte heraus, auf der so viel geschrieben stand, dass ich die Augen zusammenkneifen musste, um die Worte lesen zu können.

Liebe Nell,

ich bedaure sehr, wie wir uns neulich getrennt haben. Ich weiß, wie unhöflich ich war, kurz bevor ich gegangen bin, und wollte dir deshalb etwas schicken, um mich zu entschuldigen, aber auch, um dich wissen zu lassen, dass ich nicht so bin, wie ich mich gezeigt habe.

Ich hoffe, die Blumen gefallen dir. Ich war zum ersten Mal in einem Blumenladen und wusste daher nicht so richtig, was ich holen sollte. Ich muss wie ein Vollidiot gewirkt haben. Die Floristin erklärte mir, dass die violetten Blumen für eine Entschuldigung stehen und die gelben den Strauß nur fröhlicher aussehen lassen sollen, glaube ich.

Wie dem auch sei, ich könnte es gut verstehen, wenn du mich nicht wiedersehen möchtest, aber trotzdem werde ich heute Abend in unserem Café sein und auf dich warten, bis es schließt – aber falls du nicht kommst: Vielen, vielen Dank für alles, Nell!

Ich hoffe allerdings sehr, dass ich dich heute wiedersehen werde.

Charlie xxx

Mein Herz pochte wild, und die Karte zitterte in meinen Händen, als ich sie noch einmal las und sie dann so fest an meine Brust drückte, als könnte ich sie so in mir aufnehmen. Ich hatte noch nie von jemandem Blumen geschenkt bekommen.

»Sie sind von Charlie. Er schreibt, dass er mich wiedersehen will«, sagte ich, als ich mit den Blumen in einer Vase zu Ned zurückging, sie auf den Tisch stellte und mich setzte.

Er legte die Zeitschrift wieder beiseite, um sich das hübsche Bouquet anzuschauen. »Sprichst du von dem *verheirateten* Charlie?« Er lehnte sich in seinem Stuhl zurück und betrachtete mit schon fast ängstlicher Miene die Blumen, als fürchtete er bereits die unvermeidliche Allergie, die sie bei ihm auslösen würden.

»Wir wissen doch gar nicht, ob er verheiratet ist!«, fuhr ich ihn an und klammerte mich an dieses letzte Fünkchen Hoffnung.

»Wirst du dich mit ihm treffen?« Er rieb sich mit der Handfläche die Nase, als seine Stimme schon leicht nasal zu klingen begann.

»Ich weiß es nicht. Was meinst du, was ich tun soll?«

Er zuckte mit den Schultern. »Frag mich nicht.«

»Ned!«, entgegnete ich vorwurfsvoll. »Was nützt es mir, mit einem Lebensberater zusammenzuleben, wenn ich selbst nichts davon habe?«

Er beugte sich in seinem Stuhl vor, verschränkte die Hände auf der Tischplatte und nahm die Haltung eines Therapeuten ein. »Du hast sehr viel zu verlieren, wenn ich bedenke, wie viel du emotional in diesen Kerl investierst, aber was willst du sonst mit deinem Abend anfangen? Mit mir und Barry in den Pub gehen?«

Oh Gott, bloß das nicht! Ich verzog das Gesicht bei dem Gedanken.

»Eigentlich hatte ich vor, ein paar hübsche Zierkissen zu kaufen, um das Wohnzimmer ein bisschen zu verschönern.«

»Vergiss die Kissen, Nell. Magst du diesen Mann?«

»Ja.«

»Und glaubst du, dass er verheiratet ist?«

»Möglicherweise.«

»Wäre das ein Problem für dich?«

»Ich denke schon«, antwortete ich.

»Aber wir wissen ja noch gar nicht, ob er es wirklich ist.«

»Nein.«

»Und was würdest du davon halten, das Risiko einzugehen?«

Ich kniff die Augen zusammen und dachte einen Moment nach. »Hast du gerade Céline Dions Songtexte benutzt, um mir Ratschläge für mein Liebesleben zu geben?«

»Ich glaube ja, Nell. Welche Probleme du im Leben auch hast, ich garantiere dir, dass Céline einen Ratschlag dafür hat. Und in den seltenen Fällen, in denen sie dir nicht helfen kann, gibt es ja auch noch Michael Bolton.«

Seufzend ließ ich mich in meinen Stuhl zurücksinken. »Erledigst du so deine Anrufe? Indem du die armen Leute mit Texten von deinen singenden Idolen fütterst?«, nörgelte ich.

»Sie haben mich noch nie im Stich gelassen.« Ned sah mich mit hochgezogenen Augenbrauen an und wartete darauf, dass ich ihm meine Entscheidung mitteilte.

Einen Moment lang dachte ich über meine Optionen nach, bevor ich mich wieder aufsetzte. »Darf ich mir dein Auto borgen?«

Ich stand ein paar Schritte von der Tür des *Cool Beans Cafés* entfernt und war immer noch unschlüssig, ob ich hineingehen sollte oder nicht. Dummerweise hatte ich nicht nachgesehen, ob Charlie bereits an einem der Tische saß, und auf der großen Tafel neben der Tür stand, dass das Lokal in einer halben Stunde schließen würde. Die Verbitterung über Charlies seltsame Zurückweisung ließ mich beinah die Flucht ergreifen, bevor er die Chance hatte, mich zu sehen. Aber die verdammten kleinen Schmetterlinge und trügerischen kleinen Hüpfer in meinem Herzschlag veranlassten mich, ein paar Schritte weiterzugehen, bevor mir die Worte meiner Mutter wieder in den Sinn kamen und ich stehen blieb.

»Lass dich nie von jemandem dazu bringen, dich um etwas zu bemühen, das dir das Gefühl gibt, weniger wert zu sein, als du es bist … « Das hatte sie mir vor ein paar Jahren aus dem fernen Dänemark nach einem besonders deprimierenden Abend mit Joel am Telefon geraten.

Irgendetwas an Charlie machte mich nervös. Warum hatte er mir die Blumen geschickt und etwas neu angefacht, was ziemlich mühelos in Vergessenheit hätte geraten können?

Zaghaft trat ich wieder einen Schritt auf das *Cool Beans Café* zu und spähte durch das beschlagene Fensterglas. Tatsächlich entdeckte ich Charlie Stones gebeugte Schultern. Er saß an demselben Platz wie an dem Tag, an dem ich mein Sandwich nach ihm geworfen und die ganze Sache ins Rollen gebracht hatte.

Ich fragte mich, ob Ned genauso erpicht darauf gewesen wäre, dass ich ausging und es noch einmal riskieren sollte, mich mit Charlie zu treffen, wenn er die ganze Geschichte kennen würde und wüsste, dass ich ihn ohnehin schon ein zweites Mal getroffen hatte, nachdem er bei der Telefonseelsorge angerufen hatte. Wahrscheinlich nicht, aber es lohnte sich nicht, sich jetzt noch den Kopf darüber zu zerbrechen. Denn dies könnte die Chance sein, die ich in ein paar Tagen entweder bereuen oder die sich für mich auszahlen würde.

Céline Dion schlich sich wieder in mein Hirn, und ich hasste es, dass Ned recht behalten hatte und sie tatsächlich gute Ratschläge in ihren Liedern gab.

Ich drückte die Tür auf, wobei meine Handfläche sich in Sekundenschnelle an der beschlagenen Scheibe abkühlte.

Den Geschäftsleiter begrüßte ich mit einem nervösen Nicken, als ich eintrat, und er hob einen seiner tätowierten Arme und winkte mir zu.

»Sie können gerne noch etwas trinken, doch wir schließen bald«, rief er über den Lärm hinweg.

Der neue Mitarbeiter, den man wie durch ein Wunder noch nicht hinausgeworfen hatte, sammelte gerade unter lautem Klirren Metallkännchen ein.

»Kein Problem. Ich bin nur hier, um jemanden zu treffen«, erwiderte ich mit einem freundlichen Lächeln und wandte meine Aufmerksamkeit wieder Charlie zu, der sich mittlerweile umgedreht hatte und mich mit hochgezogenen Augenbrauen und einem freudig-überraschten Lächeln ansah.

Ich räusperte mich, bevor ich zu seinem Tisch hinüberging, und hielt den Blick bis zum allerletzten Moment gesenkt. Als es sich schließlich nicht mehr vermeiden ließ, Charlie anzusehen, schwor ich mir, mich weder von seinen blauen Augen noch von seinem irischen Charme beeindrucken zu lassen. Schließlich war ich eine erwachsene Frau, deren Schutzwälle nicht so einfach einzureißen waren.

»Du bist also gekommen«, sagte er mit einem Anflug von Erstaunen.

»Nur, um mich für die Blumen zu bedanken«, konterte ich, obwohl das keineswegs die ganze Wahrheit war.

»Freut mich, dass sie dir gefallen haben.« Ein bisschen verlegen wandte er den Blick ab und zeigte auf den Stuhl neben ihm. »Möchtest du dich setzen?«

»Nein«, erwiderte ich kühl.

»Okay«, sagte er enttäuscht.

Ich blieb noch ein paar Sekunden länger stehen, und die Spannung stieg, bis ich schließlich mit den Schultern zuckte und meinen gleichmütigen Gesichtsausdruck beizubehalten versuchte, während ich mich dann doch setzte. Meine Autoschlüssel warf ich dabei achtlos auf den Tisch, wo sie klimpernd landeten.

Charlie beugte sich vor, verschränkte die Arme vor der Brust und stützte die Ellbogen auf die Tischkante. Er veränderte seine Haltung dann jedoch noch einige Male, bevor er es aufgab und die nervösen Hände schließlich auf dem Schoß verbarg.

»Ich, ähm … Es tut mir leid, Nell, dass ich neulich Abend einfach so davongestürmt bin.«

Er schaute mich an, wartete auf eine Antwort, doch von mir bekam er keine.

»Das Bier war mir offenbar zu Kopf gestiegen und hatte mir das Hirn vernebelt. Es hatte nichts mit dir zu tun, und es tut mir aufrichtig leid, dass ich so unhöflich und unausstehlich war. Auf jeden Fall wollte ich dich ganz sicher nicht verärgern.«

»Bist du verheiratet?«, erwiderte ich geradeheraus.

Er schien von meiner Frage überrascht zu sein, und seine Augen trübten sich für einen Moment, bevor er antwortete: »Nein, das bin ich nicht.«

»Bist du dir sicher?«

»Ich glaube, ich wüsste es, wenn es so wäre.«

»Und du belügst mich auch nicht? Du hast keine schon vorhandene Beziehung zu einer Frau, die bedeuten würde, dass wir beide nicht … befreundet sein können?«

»Absolut nicht. Tatsächlich bist du sogar die erste Frau, mit der ich mich unterhalten habe, seit ich … Ach, um ehrlich zu sein, erinnere ich mich nicht einmal mehr an das letzte Mal.«

Ich beobachtete ihn argwöhnisch, und als ich nichts erwiderte, rutschte er voller Unbehagen auf seinem Stuhl hin und her.

»Ich hab's vermasselt, nicht?«

Er sah mich wieder an, was sich wie das verdammte Krypto-nit aus den *Superman*-Filmen auf meine eiskalte Entschlossen-heit auswirkte. Ich konnte förmlich spüren, wie der Mörtel zwi-schen den Ziegeln meiner Schutzmauern zu bröckeln begann und sie zu fallen drohten …

»Möglichweise ja«, räumte ich ein, um ihn noch ein biss-chen länger schmoren zu lassen. »Doch es heißt ja auch, dass es immer darauf ankommt, ob sich jemand bessern kann.«

»Dass ich mich wie ein kompletter Idiot benommen habe, bestreite ich gar nicht. Aber würdest du mir vielleicht trotzdem die Chance geben, noch einmal ganz von vorne zu beginnen?« Als ich nicht sofort darauf antwortete, senkte er den Kopf wie ein schuldbewusster Hund und blickte durch seine langen schwarzen Wimpern zu mir auf. »Ich war so froh, eine ver-wandte Seele gefunden zu haben …«

Ich zwang mich, nicht einmal einen Mundwinkel zu verzie-hen, und trotzdem fand ein verräterisches kleines Lächeln den Weg zu meinen Lippen. Verdammt noch mal! Dieser weiche iri-sche Akzent war für mich wie leise Flötenmusik für in Körben gehaltene Schlangen! Ich verdrehte die Augen, und das war's auch schon: Die Ziegel meines Schutzwalls fielen in sich zusam-men und verschwanden im Nichts.

»Ist dir eigentlich klar, was für eine verdammte Nervensäge du bist, Charlie?«

»Aber ja. Es ist das Einzige, bei dem ich mir mein Leben lang sicher war. Meine Mutter hat es mir oft genug gesagt, als ich noch ein kleiner Junge war.« Er legte den Kopf ein bisschen schief. »Und natürlich auch später, als ich schon älter war.«

»Sie scheint eine kluge Frau zu sein, deine Mum.«

95

»Oh ja, das ist sie. Zumindest habe ich dir ein Lächeln abgeluchst.«

Ich lächelte noch breiter. »Und was für ein Lächeln ist es? Mein ›aufgesetztes‹ oder mein echtes?«

»Wie meinst du das?«

»Du hast mir mal gesagt, dass mein echtes Lächeln wie Sonnenschein ist«, erwiderte ich und genoss die Verlegenheit, in die ich ihn offensichtlich brachte.

»Ach du liebe Güte! Habe ich das tatsächlich gesagt? Dass dein Lächeln wie Sonnenschein ist?« Er schnitt eine Grimasse. »Lass mich nie wieder so viel trinken, ja? Ich muss ja wirklich nicht gleich auch noch so poetisch werden.«

Trotz allem konnte ich mir ein leises Lachen nicht verkneifen und blickte auf den Tisch hinab, verärgert über mich selbst, weil ich nicht schwerer zu knacken war. Ich hatte ernsthaft geglaubt, hart wie Granit zu sein, bloß um am Ende nichts weiter als Knetmasse zu sein!

Er biss die Zähne zusammen, schenkte mir ein breites Grinsen mit hoffnungsvoll erhobenen Augenbrauen und stieß mich kameradschaftlich mit dem Ellbogen an.

Ich schüttelte den Kopf, atmete tief aus und lehnte mich zurück, nachdem ich Neds Autoschlüssel zu mir herüber- und auf meinen Schoß gezogen hatte.

Die Angestellten des Cafés umringten uns allmählich, stellten lautstark die Stühle auf die Tische und fegten die Krümel vom Boden auf, was alles sichere Anzeichen dafür waren, dass sie uns endlich aus dem Weg haben wollten.

»Und was machst du jetzt?«, fragte ich Charlie.

Er zuckte mit den Schultern und grinste mich an. »Mit einem hübschen Mädchen plaudern. Und du?«

Ich verdrehte die Augen. »Shoppen gehen.«

»Ach so. Okay«, sagte er und blickte wieder auf seine Hände.

»Ich könnte allerdings deine Hilfe gebrauchen, falls du mitkommen möchtest.«

Mit einem Anflug von Hoffnung in den Augen blickte er wieder auf. »Ah«, erwiderte er seufzend. »Ich hatte so gehofft, dass du das sagen würdest!«

Kapitel 7

Die entfernten Klänge von *Islands in the Stream* ertönten aus den Lautsprechern, die hoch oben an der Wellblechdecke des Haushaltswarenladens hingen, in dem wir uns befanden. Charlie und ich standen vor einer regelrechten Wand aus Kissen, die sich von einem Ende des Geschäfts bis zum anderen erstreckte. Sie hatten alle möglichen Formen, Größen und Farben, die man sich vorstellen konnte.

»Na, da sind wir hier ja genau richtig«, bemerkte Charlie, als er nach einem königsblauen Kissen griff und mit den Fingern ganz unbewusst über den weichen Samt strich.

»Okay, wir nehmen etwas Farbenfrohes«, sagte ich, zog ein gelbes Plüschkissen aus dem Regal und warf es in den Einkaufswagen hinter uns.

»Wie viele Kissen willst du denn?«, fragte er und hob das aus blauem Samt hoch. Als ich nickte, legte er es in den Wagen.

»Ich habe keine Ahnung. Lass uns einfach die aussuchen, die uns gefallen, und später können wir die Auswahl immer noch verringern«, antwortete ich.

Er ging ein Stück den Gang entlang, zog ein leuchtend orangefarbenes Kissen heraus und hielt es in Armeslänge vor sich in die Luft, als begutachtete er ein Kunstwerk.

Ich nahm ein längliches violettes Baumwollkissen aus dem untersten Regal und schwenkte es spielerisch herum, bis es Charlie an den Kniekehlen traf. Für einen Augenblick verlor er das Gleichgewicht und ergriff meinen Arm, um sich abzustützen.

»Glaub bloß nicht, dass ich mitten in diesem Laden eine Kissenschlacht mit dir veranstalte – und schon gar nicht in Unterwäsche«, sagte er.

»Tut mir leid, dass ich es bin, von der du es erfährst, aber Frauen tun so etwas eigentlich nicht.«

»Du meinst also, das war alles bloß gelogen?« In gespielter Enttäuschung ließ er die Arme sinken. »Na ja, ein weiterer Tag und ein weiterer geplatzter Traum.«

»Entschuldige, aber irgendjemand musste es dir schließlich sagen.«

Er wandte sich wortlos wieder dem Regal zu und legte das orangefarbene Kissen an seinen Platz zurück.

Ich erschrak ein bisschen, als die Summe auf dem Display der veralteten Kasse erschien und die Kassiererin auf das Kartenlesegerät deutete. Wir hatten uns nicht bremsen können und es versäumt, die Kosten in einem vernünftigen Rahmen zu halten. Stattdessen hatten wir eine gute Stunde in dem Laden verbracht und waren plaudernd mit unserem Einkaufswagen voller Kissen durch die Gänge geschlendert.

Die ganze Zeit über hatte ich versucht, die in mir glimmende Erregung zu unterdrücken, die mich jedes Mal erfasste, wenn Charlie in meiner Nähe war … und nicht nur dann, um ganz ehrlich zu sein.

Irgendwann hatte ich ihn beim Süßwarenstand verloren, wo er minutenlang scheinbar wahllos irgendwas in eine Plastiktüte schaufelte, bevor er sich kurz darauf wieder hinter mir in die Schlange an der Kasse einreihte. Als ich auf die Tüte blickte, sah ich, dass sie mit nichts anderem als mit Hunderten von Gummibärchen gefüllt war, die sich mit ihren stämmigen kleinen Gliedern gegen die Plastiktüte pressten, als bettelten sie darum, wieder befreit zu werden.

Die Kassiererin sah mich an, während sie sich offenbar fragte, was zwei Menschen mit siebzehn Kissen und einem ganzen Kilogramm Gummibärchen vorhaben könnten. Ihrer verwirrten Miene nach zu urteilen, bezweifelte ich, dass sie zu einem Ergebnis gekommen war, als wir schließlich gingen.

Wir machten uns auf den Weg zum Auto, wo wir jeglichen verfügbaren Platz mit unseren Einkäufen vollstopften. Danach liefen wir um die Wette zum Einkaufswagenstand und wieder zurück und waren völlig außer Atem, als wir uns auf die Autositze fallen ließen.

Ich lehnte mich im Fahrersitz zurück und wandte den Blick zur Windschutzscheibe, beobachtete Charlie jedoch aus dem Augenwinkel.

Er atmete so schwer, als er auf dem Beifahrersitz saß, dass kleine Dampfwolken seinen Lippen entkamen, während er sich mit einer Hand über das struppige dunkle Haar strich. Seine Lippen waren zum Anflug eines Lächelns verzogen, obwohl sein Kinn so angespannt wirkte, als sorgte er sich wegen irgendwas.

»Ich bin übrigens noch mal zurückgekommen, weißt du?«, sagte ich aus heiterem Himmel.

Charlie blickte fragend zu mir.

»Nach unserer ersten Begegnung im *Cool Beans Café*, nachdem ich schon gegangen war, meine ich. Ich war schon fast zurück im Büro, dann hab ich mich wieder umgedreht und bin zurückgelaufen. Aber du warst nicht mehr da.«

»Aha. Und warum bist du zurückgekommen?«, wollte er wissen, doch sein spitzbübischer Blick verriet mir, dass er sehr genau wusste, warum.

»Weil ich dich wiedersehen wollte und dachte, dass das nie geschehen würde. Ich hatte ja deine Telefonnummer nicht.«

»Das wäre gut möglich gewesen.« Nun lächelte er, worauf ich es natürlich auch tat.

»Ich wusste einfach schon von dem Moment an, als ich dich zum ersten Mal gesehen habe …«, bemerkte ich vor einer effektvollen Pause, »dass du der Einzige bist, mit dem ich jemals Sofakissen kaufen gehen würde.«

Er lachte leise und legte den Sicherheitsgurt an, beugte sich ein wenig vor und klatschte in die Hände. »Und wohin geht es jetzt?«

»Nach Hause.« Ich setzte mich gerade hin und steckte den Zündschlüssel in das Schloss. »Soll ich dich bei dir zu Hause absetzen?«

»Es würde mir nichts ausmachen, dir zu helfen, all das Zeug ins Haus zu tragen«, sagte er mit einem Blick über die Schulter auf den Berg von Zierkissen hinter uns. »Was die meisten Leute über Kissen gar nicht wissen, ist, dass sie so schwer sind. Und ich möchte schließlich nicht, dass du dich überanstrengst.«

»Oh, und du bist also der große, starke Mann, der mir zu Hilfe kommt?«

»Ja. Ich meine, ich habe zwar gesehen, wie du sie als Waffen verwendet hast und so. Doch ich sage ja auch nur, dass du ... na ja, du weißt schon, meine Hilfe vielleicht brauchen kannst.«

»Okay«, stimmte ich schmunzelnd zu und schnallte mich ebenfalls an.

Charlie griff zu meiner Seite herüber, um das Radio anzuschalten.

»Oh nein, das Ding funktioniert leider nicht. Schon seit Jahren nicht mehr. Ned war mit seiner Ex-Frau mal im Safaripark, und ein besonders bösartiger Makake hat die Antenne abgerissen.«

Er starrte mich einen Moment lang an. Offenbar wartete er darauf, dass ich ihm irgendwie zu verstehen gab, dass ich scherzte, aber das tat ich keineswegs.

»Da könnten ein paar CDs drin sein«, sagte ich und zeigte auf das Handschuhfach.

Charlie beugte sich vor und zog es auf. »Man kann viel über einen Menschen lernen, wenn man sieht, was sich in seinem Handschuhfach befindet«, bemerkte er und begann, es zu durchwühlen.

»Mag sein, doch da es Neds Handschuhfach ist, wirst du darin nichts finden, was dir etwas über mich verraten kann.«

Charlie zog ein zerfleddertes altes Straßenverzeichnis heraus, ein Paar Wollhandschuhe, die so aussahen, als hätten Motten sich an ihnen zu schaffen gemacht, eine Packung Papiertaschentücher und drei CDs, die vom geschmolzenen Zucker eines jahrealten Lutschbonbons zusammengehalten wurden.

»Wie reizend.« Charlie zerrte an den CD-Hüllen, bis sie sich mit dem Geräusch eines vom Oberschenkel losgerissenen Wachsstreifens voneinander lösten. »Ist dieser Typ eigentlich noch ganz dicht?«, fragte er stirnrunzelnd.

»Was soll das denn heißen?«

»Sein Radio funktioniert nicht, die einzige Alternative ist der CD-Player, und *das* hier ist alles, was er an CDs zu bieten hat?« Er hielt mir die drei Möglichkeiten hin: ein von der Sonne verblasstes Hörbuch von *Der Hobbit*, dann der Soundtrack zum *Phantom der Oper* und schließlich *The Best of Michael Bolton*.

»Hey, mach Bolton nicht runter!«, erwiderte ich, während ich ihm die CD-Hülle abnahm und sie umdrehte, um die Titelliste zu sehen.

»Oh nein, sag jetzt bloß nicht, dass du ein Fan von Bolton bist, denn sonst müsste ich mir die Sache mit der *Freundschaft* vielleicht noch mal überlegen.«

Ich wandte mich ihm zu und hielt ihm ein Bild von Michael Bolton aus den Neunzigern vor die Nase, auf dem sein Gesicht halb von klebrigem roten Zucker verdeckt war. »Die Stimme dieses Mannes hat die rohe männliche Kraft eines Ringers aus den Achtzigern und ist zugleich so seidig weich wie Karamell. Es gibt niemand Vergleichbares.«

»Willst du damit sagen, dass seine Stimme wie die eines mit Toffee überzogenen Hulk Hogans ist?«

»Nein, sie ist weich wie Karamell«, wiederholte ich. »Hast du ihn überhaupt schon mal gehört, oder ist es eher so, wie wenn Leute behaupten, ein Essen nicht zu mögen, obwohl sie es noch nie probiert haben?«

»Er ist der *Lean on Me*-Typ, nicht?«

»Ach, Charlie!« Ich konnte mir ein Lachen nicht mehr verkneifen. »Charlie, Charlie, Charlie ... Michael Bolton ist so viel mehr als das.«

Ich nahm die ebenfalls leicht klebrige CD aus der Hülle und schob sie in den Player. Die ersten gefühlvollen Takte von *Time,*

Love and Tenderness ertönten, und unwillkürlich ballte ich eine Faust und zog sie langsam vor meinem Gesicht herab, während ich begeistert mitsang. Tatsächlich war ich so mitgerissen von dem Song, dass ich Charlies Anwesenheit fast vergaß. Als ich die Augen öffnete und zu ihm hinüberblickte, lehnte er mit hochgezogenen Augenbrauen an der Innenseite seiner Tür.

»Sorry«, sagte ich, nachdem ich mich wieder etwas gefangen hatte, drehte die Lautstärke ein wenig herunter und legte die Hände auf das Lenkrad. »Ich kann für nichts verantwortlich gemacht werden, während dieser Mann mit dem goldblonden Haar und der rauen Stimme singt ...«

»Offensichtlich.« Das Lächeln spielte immer noch um seinen Mund. »Aber ich muss mich auch entschuldigen, denn ich hatte mich in ihm geirrt.«

»Darauf würde ich jede Wette eingehen«, erwiderte ich, während ich mich umblickte und aus der Parklücke herausfuhr.

Das Licht der Scheinwerfer fiel blendend hell gegen die Hauswand, als ich die schräge Auffahrt hinauffuhr und dann den Motor abstellte. Gerade ertönten die ersten Klänge von *How Am I Supposed to Live Without You*. Ich drehte mich zu Charlie um, der mich noch immer misstrauisch beäugte, und stieß einen Seufzer der Zufriedenheit aus, wie ihn nur musikalische Nostalgie erzeugen kann. Ich war mit Bolton aufgewachsen und von seiner Musik geprägt worden wie auch von der Hardcore-Band Bane.

»Und?«, fragte ich. »Habe ich deine Meinung über diesen großartigen Mann geändert?«

»Wie könnte es anders sein, nachdem du ihn mit so viel Leidenschaft angepriesen hast?« Charlie lachte und streckte eine Hand nach dem Türgriff aus.

Im Haus stapelten wir alle Kissen auf dem Wohnzimmerboden zwischen dem Sofa und dem nur selten benutzten Kamin auf, woraufhin der Boden zu einem ungleichmäßigen Flickenteppich in allen Regenbogenfarben wurde. Während ich am Rand dieses Meeres aus Kissen stand und Charlie neben mir seine Gummibärchen kaute, dachte ich, dass ich vielleicht doch etwas übertrieben hatte. Ob wir überhaupt genügend Platz für all die Kissen hatten?

»Jetzt gibt es nur noch eins«, sagte Charlie. Er schloss die halb leere Gummibärchentüte und steckte sie ein. Dann drehte er sich um und ließ sich auf den Kissen nieder. Einen Moment lang rutschte er auf ihnen herum, bis sie sich an den richtigen Platz bewegt hatten. Nach ein paar Sekunden stieß er einen tiefen, zufriedenen Seufzer aus, schloss die Augen und breitete einladend die Arme aus. »Kommst du mit rein? Das Wasser ist herrlich.«

Ich kniete mich hin und kroch zu einer Stelle in einem akzeptablen Abstand zu ihm, drehte mich um und legte mich dann hin. Als ich mich in Position brachte, erhoben sich die Kissen zwischen uns und glitten unter mir hervor, als stünde ich im Wasser auf einer Luftmatratze, die einem ständig unter den Füßen wegrutscht. Die Kissen bildeten eine kleine Barrikade zwischen uns. Darüber war ich froh, weil diese physische Trennung zumindest etwas von der sexuellen Anspannung abfangen würde, die ich ihm gegenüber empfand. Doch wie so oft schon fiel es mir schwer, den Blick von ihm abzuwenden. Die Gefühle kribbelten und pochten in meiner Brust, wenn seine blauen Augen mich so intensiv fixierten.

Das Zimmer war von der feuchten Kälte erfüllt, die alte Häuser so oft an sich haben. Der fast unmerkliche warme Luftstrom der abendlichen Beheizung genügte nicht, um sie vollständig zu vertreiben. Die Decke hoch über uns wies feine Haarrisse auf, die ebenfalls ein Produkt des Alters waren und sich über die gesamte Breite erstreckten, um schließlich hinter den reich verzierten Stuckrosetten an den Deckenrändern zu verschwinden.

»Fehlen sie dir?«, fragte ich, selbst erstaunt darüber, wie leise meine Stimme in dem großen Zimmer klang.

»Was soll mir fehlen?« Auch seine Stimme war leise und verträumt.

»Deine Heimat. Irland. Deine Familie.«

»Ja und nein. Natürlich vermisse ich meine Heimat, weil es so wunderschön dort ist. Warst du schon einmal in Irland?«

»Nein, aber diese geschickte, schon fast nahtlose Ablenkung von dir selbst ist dir gut gelungen. Doch was ist mit deiner Familie?«, bohrte ich nach.

»Eins zu null für dich. Na ja, einige von ihnen fehlen mir schon. Ich bezweifle allerdings sehr, dass sie mich auch vermissen.«

»Wieso das denn?«, bedrängte ich ihn noch ein bisschen mehr und hoffte, dass ich mein Glück nicht überstrapazierte.

Charlie seufzte. »Weil ich vor ein paar Jahren etwas echt Beschissenes gemacht habe.«

Ich veränderte ein bisschen meine Haltung, woraufhin sich der Reißverschluss eines der Kissenbezüge in meine Seite bohrte. »Was hast du denn getan?«

»Eigentlich ist es eher das, was ich nicht getan habe.« Er unterbrach sich. In seiner Stimme hatte etwas mitgeschwungen, was ich nicht ganz entschlüsseln konnte.

»Möchtest du darüber reden?«

»Nein«, antwortete er. »Irgendwann einmal, aber nicht jetzt.«

Danach lagen wir eine Zeit lang in der von unseren eigenen Gedankengängen erfüllten Stille. Es dauerte eine Weile, bis einer von uns wieder ein Geräusch erzeugte, und als es geschah, war dieses Geräusch das Rascheln einer Plastiktüte. Ein oder zwei Augenblicke später tauchte eine Faust über der Barrikade aus weichen Kissen auf, die Gummibärchen umklammerte. Ich streckte meine Hand aus und berührte damit sanft die seine. Seine Finger öffneten sich, und ein Regenbogen von Gummibärchen fiel in meinen Handteller.

»Danke.«

»Gern geschehen«, hörte ich ihn in einem verträumten Tonfall sagen, als er den Arm zurückzog.

Ich steckte mir eins der Bärchen in den Mund, ohne auf die Farbe zu achten, weil Gummibärchen für mich alle gleich schmeckten. Das Geräusch des Kauens war so laut in meinen Ohren, dass ich sie mir alle auf einmal in den Mund stopfte und sie so auf einen Schlag loswurde.

Dann spürte ich etwas Unbequemes im Rücken, griff danach und zog ein blaues Kissen hervor, über das sich ein braunes Muster aus Ausschnitten von Landkarten zog. Ich fuhr mit den Fingern über die weiche Oberfläche des Kissens und zählte im Geiste die Stellen der Erde, an denen Mum im Laufe der Jahre gewesen war und gelebt hatte. Es waren so viele verschiedene Orte voller neuer Menschen und Kulturen. Und wo war ich gewesen? Ich kauerte gewissermaßen in einer Ecke und erfand Ausreden, um sie nicht zu besuchen, weil ich Angst vorm Fliegen hatte.

Plötzlich sah ich eine Bewegung auf dem weinroten Kissen der Barriere und beobachtete, wie Charlies Finger eine Reihe von Gummibärchen aufzustellen begannen, die alle dorthin schauten, wo ich lag. Ich kniff die Augen zusammen und betrachtete die Bären etwas genauer. Sie waren wie eine Armee aufgereiht und hatten alle ihren eigenen Kopf verloren, der dann durch einen andersfarbigen ersetzt worden war. Ich stützte mich auf die Ellbogen und starrte entsetzt die Reihe der geköpften Bären an. »Nimmst du da drüben gerade irgendwelche seltsamen Gummibärchen-Kopftransplantationen vor?«

Charlie stellte einen weiteren Bären in die Reihe, diesmal einen roten mit einem grünen Kopf. »Ja, damit wollte ich eine weihnachtliche Stimmung erzeugen.«

Ich konnte sein Gesicht noch immer nicht sehen, nur seine rechte Schulter, die an dem blauen Samtkissen lehnte, das er für sich selbst ausgesucht hatte.

»Ist es nicht so, dass jemand, der zu einem Serienmörder wird, erst einmal arme, wehrlose Tiere abschlachtet?«, fragte ich.

»Ich glaube nicht, dass Gummibärchen dazuzählen.«

Ich lachte auf und schickte einen der Bärchen mit einem Fingerschnippen in seinen Bereich.

»Hey!«, rief er schon fast aufrichtig verärgert. »Was machst du da mit dem kleinen Frankenstein?« Einen Moment später hoben sanfte Finger den Gummibären auf und stellten ihn wieder in die Reihe.

»Entschuldige, aber ich konnte ja nicht wissen, dass sie dir schon so ans Herz gewachsen sind.«

Über die Trennwand zwischen uns hinweg konnte ich das

dunkle Haar auf seinem Kopf auf und nieder wippen sehen, während er noch mehr bedauernswerte Kreaturen konstruierte.

»Aber du weißt schon, dass das Monster eigentlich gar nicht Frankenstein hieß, oder?« Es war ein völlig nutzloses Stück Wissen, das ich da ins Spiel brachte, doch ich konnte mich nicht beherrschen.

»Natürlich hieß es so«, widersprach Charlie, während er seine achte Kreation, einen gelben Körper mit durchsichtigem Kopf, in die Reihe der anderen stellte.

»Nein, es war der Doktor, der Victor Frankenstein hieß. Die von ihm erschaffene Kreatur hatte keinen Namen. Irgendwann wurde er zwar einmal als Adam bezeichnet, weil er der erste seiner Art war, aber das ist nicht sein offizieller Name.«

»Im Ernst?« Charlie setzte sich auf und kam endlich wieder in Sicht. »Willst du mir etwa sagen, dass ich das mein Leben lang missverstanden habe?« Mit zusammengezogenen Augenbrauen und einem schiefen Lächeln starrte er mich fragend an.

»In dem Buch geht es vor allem um Vereinsamung, Verlassensein und die Tatsache, dass der Schöpfer der Kreatur sich weigerte, ihr einen Namen zu geben«, wiederholte ich, was meine Mutter mir einmal erklärt hatte.

»Wo bewahrst du das bloß alles auf?«, wollte Charlie beeindruckt wissen.

»Was? All diese nutzlosen Informationen, meinst du? Ich speichere sie an den für wirklich nützliches Wissen reservierten Gehirnstellen, wie zum Beispiel, wo die Isle of Man liegt oder wie man eine Sicherung austauscht.«

Das warme Licht der Deckenleuchte erzeugte Schatten unter den Strähnen seines dunklen Haars, das ihm über die Augen fiel. Er nahm eines der geköpften Gummibärchen in die Hand und führte es an die Lippen.

»Nein!«, rief ich in gespieltem Entsetzen. »Das kannst du nicht tun!«

»Und ob ich das kann, und gleich wirst du auch sehen, wie.« Und schon öffnete er den Mund und machte Anstalten, das Gummibärchen hineinzuschieben.

»Aber du hast diese armen Dinger selbst erschaffen!«

Ungerührt ließ er das Bärchen auf seine Zunge fallen, schloss den Mund und zerkaute es genüsslich.

»Du Ungeheuer!«, rief ich.

Er stieß ein gekünsteltes, boshaftes Lachen aus. »Hahaha!« Dann schnappte er sich den Rest der Bärchen, schob sie alle auf einmal in den Mund und machte den Kreaturen ein für alle Mal den Garaus.

Daraufhin lachten wir beide, und ich wurde von der gleichen simplen, albernen Freude erfüllt, die einen im Teenageralter befällt, wenn man Dummheiten mit jemandem macht, in den man verknallt ist.

»Wie viel Uhr ist es?«, wollte er abrupt wissen.

Ich warf einen Blick auf mein Handy und stellte bestürzt fest, wie spät es bereits war. »Viertel vor neun«, antwortete ich.

»Verdammt! Dann sollte ich jetzt besser gehen«, sagte er sehr zu meiner Ernüchterung und erhob sich aus dem Kissenberg.

Mir blieb nichts anderes übrig, als es ihm nachzutun. Dabei rutschte ich jedoch aus, als ich in meinen Socken über die Kissen stapfte. Sowie ich mich wieder auf festem Boden befand, richtete ich schnell meinen weiten Pullover, der natürlich an all den falschen Stellen herauf- beziehungsweise hinuntergerutscht war.

»Hey, was ist das denn?« Charlie zeigte auf mein Schulter-blatt, wo die kleinen grauschwarzen Flügel eines Windrad-Tat-toos unter meiner Kleidung hervorlugten.

»Ach, das«, sagte ich, legte meine Haare auf die andere Schulter und zog die Rückseite meines Pullovers noch ein biss-chen mehr hinab.

Dann drehte ich mich zur Seite, damit das Tattoo besser zu sehen war. Es war etwa so groß wie eine Fünfzig-Penny-Münze, deren unteres Ende in Wellen verschwand. Ich hatte mir schon immer ein Tattoo gewünscht, aber leider nie das passende Mo-tiv gefunden. Doch als meine Mutter eines Tages von einer ih-rer Geschäftsreisen zurückgekehrt war, ließen wir uns beide das gleiche Tattoo stechen, sodass wir für immer miteinander verbunden sein würden, ganz gleich, wie weit wir voneinander entfernt waren.

Ich blickte über die Schulter. Als Charlie sehr sanft über das kleine Windrad strich, schloss ich ganz unwillkürlich die Augen und atmete tief ein. Sein Daumen beschrieb zarte Kreise auf meiner Haut, und mich überlief am ganzen Körper eine Gän-sehaut.

»Hast du auch eins oder mehrere?«

»Was?«, fragte er leise, offenbar ohne mir wirklich zugehört zu haben.

»Tattoos. Hast du auch welche?«

»Nein.« Seine Stimme schien plötzlich aus weiter Ferne zu kommen. »Aber ich bin froh, dass wir … na ja, du weißt schon … dass wir wieder Freunde sind.«

»Ich auch.«

Doch wir waren keine *Freunde*. Ich lag nicht nachts im Bett und dachte in der Art und Weise an Freunde, wie ich an Charlie dachte. Ich ging nicht jedes Wort durch, das ich zu ihnen gesagt hatte, oder bearbeitete wütend und frustriert mein Kissen mit den Fäusten, wenn ich mir einen blamablen Augenblick in Erinnerung rief.

Und jetzt atmete ich unwillkürlich schwerer, als ich mich zu Charlie umdrehte und auf seinen Mund blickte, der von Stoppeln umgeben war, die kurz davorstanden, zu einem Bart zu werden …

Charlie rückte ein bisschen näher, so nahe, dass ich den süßen Duft von Gummibärchen in seinem Atem riechen konnte und mich fragte, ob er auch so schmecken würde, wenn seine Lippen endlich meine fanden … Dann trat er sogar noch näher, und die Wärme seines Körpers ging selbst trotz der unverzeihlich kalten Luft dieses großen alten Hauses auf mich über. Seine Hand glitt zu meinem Gesicht, und eine sanfte Fingerspitze fuhr an meinem Kinn entlang. Entzückt schloss ich die Augen und erschauderte schon fast bei der Berührung. Als ich ihn wieder ansah, war er mir noch näher als zuvor.

Ich machte mich auf einen dieser wundervollen Abspannküsse gefasst – den großen, langen, zu dem es unter anschwellender Orchestermusik kommt und bei dem Tauben abheben und über den Liebenden kreisen, während das Kamerabild langsam zu Schwarz verblasst und ein fröhlicher Popsong das Orchester ablöst und dann nach und nach die Namen der Darsteller vorbeiziehen. Ich konnte fast schon den das Ensemble leitenden Dirigenten vor mir sehen, während Charlie auf meine Lippen herabblickte …

Das musste es sein: eine zweite Chance für den Moment, in dem er es schon einmal vermasselt hatte.

Er kam noch näher, seine Lippen waren kaum noch einen

Zentimeter von meinen entfernt, aber als ich schon entzückt die Augen schloss, hielt er inne. »Ich, ähm …« Charlie räusperte sich und trat so weit zurück, dass der Dirigent in meinem Kopf frustriert den Taktstock wegwarf und das ganze Orchester sich enttäuscht auflöste.

Ohne ein weiteres Wort entfernte Charlie sich, schnappte sich seine Schuhe, die vor der Tür standen, und verschwand mal wieder.

Kapitel 8

Meine Mutter war schon immer ein Fan dieser Whodunit-Krimis gewesen, die meistens um Weihnachten herum ausgestrahlt werden und bei denen man die ganze Zeit damit verbringt herauszufinden, wer genau den alten Viscount Mulberry mit Zyankali vergiftet hat. Ich hatte mich noch nie besonders dafür begeistern können, weil ich keine Geduld für diese Art von Filmen oder Serien hatte. Und nun erwies sich das reale, lebendige, wenn auch nicht gerade sehr gesprächige (auch als Charlie Stone bekannte) Rätsel als eines der frustrierendsten, das ich je zu lösen versucht hatte.

Dreizehn Tage, also schon fast zwei Wochen, waren vergangen, seit Charlie und ich einen Moment purer erotischer Spannung, gefolgt von einem eiligen, wortlosen Abschied miteinander erlebt hatten. Nahezu zwei Wochen, seitdem er seine zweite Chance ergriffen und sie dazu genutzt hatte, mich wieder einmal mit Beinahe-Küssen sexuell zu frustrieren. Ich hatte seitdem keinen Pieps mehr von ihm gehört.

In der Zwischenzeit hatte ich ein ganzes Spektrum an Gefühlen durchlebt: nicht wahrhaben wollen, wie er sich verhielt, abends ein paar Stunden länger aufbleiben, um zu sehen, ob er vielleicht vorbeikam, um mir sein Verhalten zu erklären … und schäumend vor Wut, wenn ich schließlich im Bett lag, an die Decke starrte und von einer Welle unbeherrschten Zorns ergriffen wurde, wie ich ihn seit Jahren nicht mehr verspürt hatte. Nicht zu vergessen meine Diskussionen mit mir selbst, wenn ich zwischen Anrufen an meinem Schreibtisch bei der Telefonseelsorge saß und mir einzureden versuchte, dass es vielleicht einen Grund für Charlies ständiges Weglaufen, ja schon Flüchten vor mir gab.

Das war der Punkt, an dem ich im Moment feststeckte und zu dem ich mir endlose Ausreden und Gründe einfallen ließ. Vielleicht hatte er sich ja plötzlich unwohl gefühlt oder sich daran erinnert, dass er den Herd angelassen hatte ... Oder Carrick war etwas zugestoßen, und Charlie hatte schnellstens nach Irland zurückkehren müssen ... Abgesehen davon machte ich mir Sorgen, dass er sein Handy vielleicht verloren und sich meine Telefonnummer nicht noch einmal extra oder eben fehlerhaft notiert hatte, dass er womöglich eine Zahl vergessen hatte oder gar die Telefonmasten defekt waren, obwohl wir in der Regel bei der Arbeit über derartige Probleme informiert wurden und ich in letzter Zeit nichts dergleichen gehört hatte.

Dann kehrte ich wieder zu der viel glaubhafteren Theorie zurück, dass er verheiratet sein musste. Zumindest konnte ich mir keinen plausibleren Grund für den schuldbewussten Ausdruck vorstellen, der nach dem ersten dieser beiden Beinahe-Küsse auf seinem Gesicht erschienen war. Nur weil Charlie vorgegeben hatte, nicht verheiratet zu sein, bedeutete das noch lange nicht, dass es auch so war. In den letzten zwei Wochen hatte es immer wieder Momente gegeben, in denen ich im Geiste Bilder von ihm und seiner schönen, wie ein Victoria's-Secret-Model aussehenden Frau mit einem Namen wie Cara und ihren beiden ebenso schönen und perfekten Kindern, die auf dem Teppich vor dem Kamin mit einem Labrador spielten, sah. Charlie lächelte, als er einen Rostbraten aus dem Aga-Herd nahm und ihn auf den perfekt gedeckten Tisch aus polierter Eiche legte.

Eine andere Möglichkeit war, dass er nicht mehr lebte. Was, wenn er es nach dieser Nacht voller geschlachteter Gummibärchen und zaghafter Berührungen nie wieder nach Hause geschafft hatte? Was, wenn er unerkannt irgendwo in einem Leichenschauhaus lag und ihm nichts anderes bevorstand als das jahrelange Dasein als namenlose Leiche in einer Gefriertruhe, während sich Eiskristalle auf seinen dichten dunklen Wimpern bildeten?

Alle diese Theorien waren plausibel, wenn nicht sogar wahrscheinlich, doch sie alle dienten nur dem einen Zweck, mir nicht zu erlauben, über den wahrscheinlichsten Grund für sein Verhalten nachzudenken: Was, wenn er schlicht und einfach nichts mehr mit mir zu tun haben wollte?

Nach vier Tagen Funkstille hatte ich auf Facebook nach ihm gesucht, aber sein Profil war privat, und ich wollte sein Ghosting, falls es das war, nicht mit irgendeinem Anzeichen würdigen, dass es mich beunruhigte.

Sein Profilbild zeigte ihn in der Sonne stehend auf einem Hügel. Er sah ganz anders aus, etwas schwerer als heute, und statt seiner Bartstoppeln und der langen Haare war er sauber rasiert, und sein Haar war kurz und perfekt gestylt. Er schaute mit einem frechen Blick in die Kamera, den ich noch nie bei ihm gesehen hatte (auch wenn ich ihn zugegebenermaßen noch nicht allzu lange kannte). Das einzige andere Bild, das ich sehen konnte, war eins von ihm und einigen Freunden, die mit ihren auffallend großen Uhren und Slippern an den sockenlosen Füßen alle wie typische Yuppie-Banker aussahen. Charlie wirkte zwischen den anderen zwar ein bisschen deplatziert, schien sich aber dennoch gut zu amüsieren. Sein Lächeln war breit, und seine Augen strahlten. Für mich sah er wie ein Fremder aus.

»Was glaubst du also, was es ist?«, fragte ich meine Mutter am Telefon, während ich den Kopf durch die Öffnung eines Rollkragenpullovers steckte, als wäre ich soeben wiedergeboren worden, und mein Haar aus dem Kragen herauszog. Natürlich wurde es sofort von der statischen Kräuselung heimgesucht, die man nicht mehr loswird, wenn es erst einmal passiert ist. Deshalb überprüfte ich den Schaden schnell mithilfe der Spiegelfunktion meines Handys. »Ist er tot, verheiratet, oder hat er sich endgültig davongemacht?«

»Ich habe keine Ahnung, Nelly«, antwortete Mum, die ich auf meinem Telefondisplay nun wieder sehen konnte. »Ich weiß nicht, was du von mir hören willst.« Sie saß in ihrem Büro und tippte mit flinken Fingern irgendwas in ihren Computer, ohne auch nur einen Blick auf die Tastatur zu werfen.

»Das, wovon du denkst, dass es die Wahrheit ist«, erwiderte ich leicht gereizt.

Sie seufzte, ohne mit dem Tippen aufzuhören. »Ehrlich gesagt, meine Liebe, glaube ich, dass er einfach nur ein Mistkerl ist. Einer von diesen … Wie nennt ihr jungen Leute sie heutzutage? Fuckboys. Ja, genau, das war der Ausdruck.«

»Mum!«, rief ich entsetzt.

»Was?! Du hast gefragt, was ich denke, und das denke ich. Ich glaube, er hat sein Glück bei dir versucht, und als du in der ersten oder zweiten Nacht nicht mit ihm ins Bett gestiegen bist, hat er es aufgegeben. Was das angeht, bin ich übrigens stolz auf dich. Wir Coleman-Frauen sind eben nicht leicht zu haben.«

Sie hörte nun doch auf zu tippen und rümpfte die Nase. »Na ja, abgesehen von diesem einen, einzigen Moment, in dem du gezeugt wurdest, Nell. Davon abgesehen sind wir tugendhafte und anständige Frauen.«

»So war es aber gar nicht, Mum.«

»Na ja, vielleicht ist er ja auch nur ein bisschen gestört? Immerhin hast du ihn über die Telefonseelsorge für Menschen mit psychischen Problemen kennengelernt.«

»Das heißt noch lange nicht, dass er verrückt ist! Menschen, die sich manchmal überfordert fühlen, sitzen nicht alle in Zwangsjacken herum und wiegen sich vor und zurück! Und außerdem hat er angerufen, um über seinen Onkel zu sprechen, nicht über sich selbst.«

Meine Mutter seufzte. »Sieh mal, du hast ihm eine Chance gegeben – oder sogar schon zwei. Ich würde es dabei bewenden lassen.«

»Aber ich mochte ihn wirklich gern. Er ist nur so unzuverlässig«, stöhnte ich. »Er hatte mir versprochen, sich bald zu melden, und das ist jetzt schon zwei Wochen her.«

»Hast du denn selbst versucht, Kontakt mit ihm aufzunehmen? Schließlich leben wir im einundzwanzigsten Jahrhundert, meine Liebe. Von uns Frauen wird nicht mehr erwartet, dass wir auf die Männer warten.«

»Ich habe ihm drei Textnachrichten geschrieben, doch er hat jede einzelne meiner Mitteilungen ignoriert. Dass er sie gelesen hat, kann ich sehen – er macht sich nur nicht die Mühe, mir zu antworten.«

Mum biss sich auf die Lippen und wirkte für einen Moment

sehr nachdenklich. »Na ja, andererseits sind zwei Wochen im Großen und Ganzen auch gar keine so lange Zeit.«

»Oh doch, das sind sie, wenn man keinen Job hat und schon einmal von der Bildfläche verschwunden ist. Einfach so sitzen gelassen zu werden wie ich hat echt schädliche Auswirkungen auf die Psyche, weißt du? Es gibt sogar Artikel darüber.«

»Er hat also keine Arbeit?«

»Er ist auf der Suche nach einem neuen Job.« Ich wandte mich vom Display meines Handys ab, um ihrem vernichtenden Blick zu entgehen. Warum verteidigte ich Charlie auch noch? Was war nur los mit mir?

»Und was ist sein Beruf?«, fragte Mum und verschränkte die Arme vor der Brust, um sich dann auf dem Stuhl zurückzulehnen.

»Maskenbildner.«

»Maskenbildner? Am Theater? Denn du weißt ja wohl, dass die meisten von ihnen dazu neigen …«

»Er ist nicht schwul, Mum, und im Übrigen ist auch das nur ein Klischee«, unterbrach ich sie. »Außerdem ist er sowieso keiner dieser Visagisten, sondern einer von denen, die falsche Nasen aus Silikon herstellen oder dich so zurechtmachen, als wäre dir dein Arm gerade abgesägt worden.«

Ich schnappte mir eine Bürste von meinem behelfsmäßigen Schminktisch – einem Stück Laminat, das an beiden Enden auf einem Bücherstapel ruhte – und zog sie möglichst vorsichtig durch mein Haar, um den Schaden, den der statisch aufgeladene Pullover angerichtet hatte, wieder zu beheben.

»Was für eine charmante Arbeit.« Mums Nasenflügel blähten sich ein bisschen, bevor sie weitersprach. »Ist er denn wenigstens darin gut?«

»Woher soll ich das wissen? Dazu müsste er schon einige persönliche Informationen preisgeben, wozu er gar nicht fähig zu sein scheint.«

Ich bearbeitete mein Haar immer fester mit der Bürste, bis meine Kopfhaut zu brennen begann.

»Ich verstehe ihn einfach nicht. In der einen Minute sagt er, er bräuchte einen Freund und dass ich dieser Freund bin und er mehr über mich erfahren möchte, und in der nächsten sieht er mich mit diesen großen Ich-will-dich-küssen-Augen an, und dann – Simsalabim! – ist er auch schon wieder weg.«

Ich konnte die Borsten spüren, die sich immer fester durch mein Haar zogen, besonders wenn sie auf kleine Knoten trafen. Aber ich konnte nicht damit aufhören, weil das Bürsten und der damit verbundene Schmerz geradezu erlösend waren.

»Hör auf, Nell, dir die Haare auszureißen!« Mum hielt bittend eine Hand vor die Kamera. »Du weißt, wie deine Großmutter unter ihrem Haarausfall gelitten hat. Lass uns deinen Genen nicht auch noch auf die Sprünge helfen!«

Sofort ließ ich die Bürste fallen, als wäre sie glühend heiß geworden, und begutachtete die Anzahl der Haare, die sich in den Borsten verfangen hatten. Es waren nicht allzu viele – eine Glatze drohte mir also noch nicht.

»Ich glaube, dieser Mann spielt nur mit dir, und meiner Meinung nach wäre es besser, wenn du Neds Rat befolgen und von Tinder zu Bumble wechseln würdest.« Bei diesen Worten tippte sie mit immer lauter werdenden Anschlägen.

»Ich will nicht zu Bumble, aber was Charlie angeht, stimme ich dir zu. Ich werde ihm trotzdem noch eine allerletzte Chance geben. Er hat bis Mitternacht Zeit, mir eine Nachricht zu schicken, und wenn er es nicht tut, hat er eben Pech gehabt.«

»Das ist ein guter Plan, Nelly! Lass mich wissen, wie es läuft. Ich bin mir noch nicht sicher, wann ich zurückkomme, doch ich verspreche dir, dass es bald sein wird.« Sie hob das Handy auf und hielt es sich ans Gesicht.

»Na klar. Versprechungen machen mir im Moment viele Leute«, erwiderte ich seufzend.

»Nelly, ich bin deine Mutter! Wenn du *mir* nicht glauben kannst, dass ich ein Versprechen halten werde, wem kannst du dann überhaupt noch glauben?«, sagte sie und hauchte einen Kuss in die Kamera.

Ich fing ihn auf und erwiderte ihn, bevor ich das Gespräch beendete und erneut zur Spiegel-Funktion switchte.

Ich trug mein Haar heute geglättet und in der Mitte gescheitelt wie ein Hippie-Mädchen aus den Siebzigern. Zur Sicherheit gab ich noch ein wenig Haaröl auf meine Hand und fuhr mir damit durch die widerspenstigen Locken, um sie etwas dauerhafter zu bändigen.

Bisher hatte ich sehr wenig aus meinem Tag gemacht. Mein einzig wirkliches Vorhaben war gewesen, in die Stadt zu fahren, um für heute Abend einen Film und Pizza für Ned und mich zu besorgen. Ich hatte zwar kurz daran gedacht, mich mit jemandem aus meinem immer kleiner werdenden Freundeskreis zu treffen, aber dann schließlich doch beschlossen, lieber allein durch die Stadt zu schlendern. Es war einer dieser leeren, langweiligen Tage, an denen man es kaum erwarten kann, dass es Abend wird, um einen Vorwand zu haben, nur noch herumzusitzen und zu faulenzen.

Wegen eines plötzlichen Regenschauers nahm ich den Bus, um in die Stadt zu fahren. Der Regen endete zwar genauso schnell, wie er eingesetzt hatte, gab in dieser kurzen Zeit aber sein Bestes. Ich schwor mir, den Heimweg zu Fuß anzutreten und zu versuchen, mindestens eine vierstellige Zahl auf dem Schrittzähler zu erreichen.

Ich probierte, meinen Kopf frei zu bekommen und den Tag zu genießen, doch in meinem Hinterstübchen brodelte noch immer eine stille Wut, die selbst meine kleinsten Handlungen zu Äußerungen meiner Verdrossenheit werden ließ.

Beim Einsteigen in den Bus hatte ich meine Karte so heftig auf das Lesegerät geknallt, dass der Fahrer sogar ein bisschen zurückgezuckt war. Und da begriff ich, dass der zornige, stolze Teil von mir, der mit den Geschichten von Boudicca und Pocahontas aufgewachsen war, jetzt stark sein und der Sache mit Charlie Stone ein Ende bereiten musste, bevor diese verräterische Wärme in meiner Brust zu etwas wurde, das ich für den Rest meines Lebens in verschiedenen Formen schädlichen Verhaltens mit mir herumtragen würde.

Ich war eine starke, kompetente Frau und brauchte keinen Mann, der mich vervollständigte. Und dennoch hätte ich natürlich gerne jemanden, der neben mir schlief oder mich küsste, wenn ich zur Arbeit ging. Für all meine platonischen Bedürfnisse hatte ich Ned, aber es wäre schön, auch jemanden für meine romantischen Bedürfnisse zu haben …

Bei HMV ergatterte ich auf dem Wühltisch ein Liebesdrama mit einem sich umarmenden Paar auf dem Cover. Ned hatte eine Schwäche für diese Art von Filmen und würde überglücklich sein, sich in unserem Berg von neuen Kissen zusammenrollen und hinter einem von ihnen sogar seine feuchten Augen verbergen zu können, wenn der Abspann lief. Gott bewahre uns vor einer tränenreichen Wiederholung des *Nur mit Dir – A Walk to Remember*-Debakels von 2019!

Nachdem ich noch zwei Pizzen und einige Viererpacks Peroni-Bier besorgt hatte, machte ich mich auf den Weg nach Hause. Zu Fuß brauchte ich dazu etwa zwanzig Minuten, was mir genug Zeit verschaffen würde, um noch ein bisschen mehr über die Sache mit Charlie nachzudenken, bevor ich das Ganze zu den Akten legte.

Es musste kurz vor fünf sein. Damit blieben ihm also noch sieben Stunden Zeit, um mir eine Nachricht zu schreiben. Wenn er es nicht tat, würde *ich* tun, was ich schon vor einer Woche hätte tun sollen: ihn ein für alle Mal in die Wüste schicken.

Der Heimweg erschien mir so lang und beschwerlich, dass ich schon überlegte, ob ich umkehren und zum Busbahnhof zurückgehen sollte. Aber was war mit meinem Versprechen an mich selbst, dass ich mich wenigstens ein bisschen bewegen würde? Koffein war das, was ich jetzt brauchte, ein kleiner Schub nur, der mir half durchzuhalten.

Ich wandte mich in Richtung des Koffeins und ging auf das *Cool Beans Café* zu. Ich trat durch die Glastür, die durch das Kondenswasser undurchsichtig geworden war, und suchte den Raum schamlos nach Charlie ab, wie ich es in den letzten zwei Wochen in jeder Mittagspause getan hatte. Aber mein suchender Blick fand nichts. Also ging ich zur Kasse und bestellte bei dem jungen Angestellten einen Caffè Americano, während ich den Raum mit immer frustrierteren Blicken weiter absuchte.

»Ihr Americano«, sagte der Angestellte und reichte mir meinen Becher.

Ich bedankte mich und wollte gerade gehen, als ich mich dann doch noch einmal zu ihm umdrehte und mir sein Namensschild anschaute. »Verzeihen Sie, Mr. Russel«, begann ich, worauf er in seinem Tun innehielt und zu befürchten schien, dass er meine Bestellung falsch verstanden hatte. »Darf ich fragen, ob der Ire mit den dunklen Haaren in letzter Zeit wieder einmal hier war?«

Eine Frau mit purpurrotem Lippenstift, die in der Warteschlange stand, warf mir einen bösen Blick zu: Nun war ich selbst zu dem geworden, was ich am meisten hasste – jemand, der die Schlange aufhält.

»Oh, Sie meinen Kalter-Tee-Typ?«, erwiderte Russel, worauf seine Augen sich für einen Moment erschrocken weiteten und er schnell einen Blick über die Schulter warf, um sicherzugehen, dass niemand seine respektlose Bemerkung mitbekommen hatte. »Entschuldigung«, sagte er, »aber wir dürfen Stammgäste nicht mit den Spitznamen ansprechen, die wir ihnen geben.«

»Spitznamen? Habe ich etwa auch einen?«

Der junge Mann lächelte. »Ja. Sie sind das Smiley-Girl.« Er beugte sich vor und flüsterte: »Aber falls jemand fragt, habe ich das nicht gesagt.« Er nahm seine Position hinter dem Tresen wieder ein und räusperte sich. »Dann suchen Sie ihn also? Den Herrn, der immer seinen Tee kalt werden und stehen lässt?«

»Genau den«, antwortete ich.

»Ja, der war vor Kurzem noch hier.«

»Sie meinen, heute?«, hakte ich nach.

»Ja, bis vor etwa fünf Minuten. Er hat einen Tee und ein Bananenbrot bestellt.« Dann grinste er und war anscheinend sehr zufrieden mit sich selbst, weil er sich die Bestellung hatte merken können.

»Haben Sie gesehen, in welche Richtung er gegangen ist?«, fragte ich, obwohl ich spüren konnte, wie sich die ungeduldigen

Blicke der in der Schlange stehenden Kunden in meinen Rücken bohrten.

Er verzog das Gesicht, als wäre seine Auskunftsfreude damit erschöpft, und schüttelte langsam den Kopf. »Moment mal«, sagte er dann plötzlich, während sich seine Gesichtszüge entspannten und seine Augenbrauen ein wenig in die Höhe fuhren. »Ist er das dort draußen nicht?« Er zeigte aus dem Fenster auf einen der wenigen Tische, die vor dem Café für Raucher aufgestellt worden waren.

Auf einem dieser kalten, regennassen Stühle entdeckte ich den trübsinnig vor sich hin starrenden Charlie Stone.

Schnell drehte ich mich wieder zu Russel um, nickte ihm dankend zu und holte mein gesamtes Kleingeld aus der Tasche. Es belief sich auf etwa drei Pfund, die ich in die Trinkgeldkasse warf. »Danke, Russ. Sie machen hier einen großartigen Job. Nur weiter so!«

Vor Stolz streckte er den Rücken durch.

Ich drehte mich auf dem Absatz um und ging an der Schlange der mich anstarrenden Leute entlang zurück.

Ich trat durch die Tür nach draußen, während ich mich fragte, wie ich mich nach Russels Informationen jetzt verhalten sollte.

Vielleicht hatte Charlie sein Telefon verloren, oder er litt unter dem gleichen alltäglichen Gedächtnisschwund wie Drew Barrymore in *50 erste Dates*. Was eher unwahrscheinlich, aber dennoch möglich war. Eine sehr viel wahrscheinlichere und erheblich beunruhigendere Erklärung war, dass ich nur eine weitere Person war, deren Schwarm so tat, als gäbe es sie nicht mehr.

Ich atmete tief durch, versuchte, meinen Herzschlag wieder auf ein gesundes Maß zu verlangsamen, und wandte mich Charlie zu. Auf dem Tisch lag eine matschige braune Papiertüte, die von dem durch die undichte Markise tröpfelnden Regen nass geworden war. Die Reste des Bananenbrotes lagen in Form von Krümeln neben einer unbenutzten Serviette auf der Tischplatte verstreut.

Er blickte auf, als ich noch ein paar Schritte entfernt war, und tat so, als müsste er zweimal hinschauen. Beim zweiten Mal erwiderte er meinen Blick mit einem Ausdruck des Entsetzens im Gesicht. »Oh, ähm … Nell!«, stotterte er. »Wie geht es dir?«

»Bestens«, antwortete ich ein bisschen zu enthusiastisch und mit einem deutlichen Anflug von unterdrückter Wut in der Stimme. »Hast du viel zu tun gehabt in letzter Zeit?«

Er zuckte mit den Schultern. »Nicht wirklich. Und du?«

Nicht wirklich? War das alles, was er zu sagen hatte? Etwas begann wieder, in mir zu brodeln, und ich hatte das Gefühl, als könnte ich etwas viel zu Verräterisches erwidern, etwas, das noch viel zu früh für dieses Stadium unserer … Beziehung war. Wenn man überhaupt von einer Art »Beziehung« sprechen wollte.

»Hast du jemanden gefunden, der dein Telefon repariert?«, fragte ich stattdessen mit schief gelegtem Kopf.

»Mein Telefon?« Verwirrung breitete sich in seinem Gesicht aus. »Es ist doch nicht kaputt – oh!« Schlagartig kam ihm die Erkenntnis. »Jetzt verstehe ich, was du meinst.«

»Bist du krank? Verletzt? Mit dem Zirkus durchgebrannt? Oder wurdest du von einem Auto angefahren und bist in einem Straßengraben gestorben? Spreche ich jetzt gerade mit deinem Geist?«, fuhr ich ihn an.

»Tut mir leid, dass ich deine Nachrichten nicht beantwortet habe.«

Ich ignorierte seine Entschuldigung, für alles andere war ich viel zu wütend. Wahrscheinlich hätte ich versuchen sollen, mich zu beruhigen, doch die vernünftige Nell hatte den Kampf gegen die verletzte Nell verloren.

»Alles, was ich wollte, war, dich etwas besser kennenzulernen, dir zu helfen und der Freund zu sein, den du angeblich so dringend brauchst. Aber anscheinend kannst du dich nicht so recht entscheiden, was du willst. Für einen Moment dachte ich sogar, ich hätte mich ein bisschen in dich verknallt.«

Das ist die Untertreibung des Jahrhunderts, dachte ich.

»Natürlich möchte ich mit dir befreundet sein.« Er erhob sich von seinem Stuhl, nahm seinen Becher mit dem vermutlich unberührten Tee und legte die Hände um die Pappe, um sie aufzuwärmen. »Ich hatte diese Woche nur sehr viel um die Ohren.«

»Aber du hast doch gerade eben gesagt, du hättest nicht viel zu tun gehabt.«

Ich hob meinen Kaffee an die Lippen und nahm einen selbstbewussten Schluck durch die Öffnung in dem kleinen Plastikdeckel. Natürlich kam die Flüssigkeit zu heiß heraus und verbrühte mir die Lippen, doch ich beherrschte mich und unterdrückte den Schmerzenslaut. Charlie sollte keine Schwäche von mir sehen, schwor ich mir.

»Hör zu, Nell, ich …«

Ich hob eine Hand und unterbrach ihn. »Kein Bedarf. Ich verstehe das sehr gut.« Dabei starrte ich ihm kalt in die Augen und hoffte, dass auch meine Miene nichts verriet.

Er schob seine Hand in meine, und ich schüttelte sie kräftig. Dabei versuchte ich, das Stechen in meiner Brust zu ignorieren, die sich so anfühlte, als könnte sie jeden Moment implodieren.

»Es war nett, dich kennengelernt zu haben, Charlie Stone, und ich wünsche dir noch ein schönes weiteres Leben.«

»Nell, ich wollte doch nicht …«

»Mach dir deswegen keinen Kopf.« Ich schenkte ihm ein betont gleichgültiges Lächeln, ließ seine Hand los, drehte mich um und rief ihm über die Schulter zu: »Bis dann!«

Und damit ging ich schnell weg – so schnell, dass ich völlig lächerlich ausgesehen haben musste.

Eigentlich war mir zum Weinen zumute, aber ich wollte ihm diese Genugtuung nicht verschaffen. Ich weinte nur bei wichtigen Dingen wie Instagram-Videos über ausgesetzte Hunde oder Episoden von *Dolly Partons Herzensgeschichten* auf Netflix. Charlie Stone bedeutete mir nichts, und deshalb wollte ich auch nicht seinetwegen Tränen vergießen. Warum sollte er mir etwas bedeuten, wenn ich ihm nach allem, was ich für ihn getan hatte, so offensichtlich nicht einmal eine Nachricht wert war? Nein, die Zeit, in der ich über grüblerische Iren nachgedacht hatte, war endgültig vorbei.

Ich erinnerte mich daran, wie beschämend sentimental ich bei jenem ersten Treffen in dem Café gewesen war, das ich einst geliebt hatte, jetzt jedoch nur noch mit dem verdammten Charlie Stone in Verbindung brachte. Wie aufgeregt ich bei dieser ersten Begegnung gewesen war und wie sehr ich gehofft hatte, dass er und ich erst am Anfang einer hoffentlich sehr langen Geschichte stehen würden! Aber sie hatte sich nicht als ein dickes Buch, sondern als kleine, unbedeutende Novelle herausgestellt. Vielleicht sogar auch nur als ein Haiku oder ein Limerick.

Ich bog nach links ab und ging ein Stück den steilen Hügel hinauf nach Hause, wobei ich mich wie auf Autopilot bewegte, während eine Flut von Selbstbeleidigungen in meinem Gehirn hin- und herjagte wie verletzende kleine Squashbälle.

Instinktiv nahm ich den kürzesten Weg nach Hause, vorbei am Rathaus, und schaute zum Zifferblatt des am Ende des langen viktorianischen Gebäudes aufragenden Uhrenturms hoch. Ned müsste inzwischen zu Hause sein. Da mir die Taschen in die Hände schnitten, ging ich zum Kriegerdenkmal hinüber, der Bronzestatue eines Soldaten, geschmückt mit Kränzen aus roten Plastikmohnblumen, die noch vom letzten November übrig waren. Dort setzte ich mich auf die umlaufende Mauer und ließ meine Einkaufstüten zu Boden gleiten.

Dann zog ich mein Handy aus der Tasche und sah, dass ich zwei Nachrichten bekommen hatte, eine von Charlie und eine von Joel. Na prima – dieser Tag wurde immer besser! Ich machte mir jedoch nicht die Mühe, auch nur eine der beiden Nachrichten zu lesen. Die Zeit, in der mich interessiert hatte, was einer dieser beiden zu sagen hatte, war vorbei, und so sperrte ich mein Handy kurzerhand.

Ich weiß nicht, wie lange ich dort saß, aber es wurde schon dunkel, als ich aufstand und den Rest des Heimwegs antrat.

Unterwegs wurde ich jedoch neugierig und öffnete die Nachricht von Joel. Der Text war der gleiche wie in den letzten Hunderten von Nachrichten, die er mir geschickt hatte, bloß in einer anderen Reihenfolge.

Hey, du, wie läuft's? Ich glaube, wir müssen wirklich mal wieder miteinander reden. Darüber, was wir fühlen und so. Kann ich irgendwann mal wieder vorbeikommen?
J. xxx
PS: Ich habe übrigens einige deiner Sachen gefunden. Die bringe ich dir dann mit.

Dieses »Ich habe übrigens einige deiner Sachen gefunden« war eine von Joels Lieblingsausreden. Ich glaube, er hatte innerhalb weniger Wochen nach unserer Trennung schon alle meine Sachen entdeckt und sie ganz bewusst in kleine Posten aufgeteilt, um sie mir systematisch nach und nach zurückbringen zu können.

Aber da ich mich jetzt nicht mit Joel und dem, worüber auch immer er mit mir reden wollte, beschäftigen konnte, steckte ich mein Handy wieder ein und versuchte, die beiden lästigen Männer in meinem Leben zu vergessen.

Als ich schließlich nach Hause kam, begrüßte mich beim Eintreten das leise in der Küche laufende Radio. Die Griffe der Tüten hatten sich schmerzhaft in meine Handflächen eingegraben, und ich konnte es kaum erwarten, sie endlich irgendwo abzustellen. In Zukunft würde ich zu Fuß in die Stadt gehen und auf dem Rückweg den Bus nehmen, beschloss ich. In der Küche wuchtete ich die Tüten auf die Arbeitsfläche und seufzte erleichtert, als ich die Hände endlich wieder frei hatte.

»Ich habe mich schon gefragt, wo du bleibst, Nell«, sagte Ned.

»Ich hatte mich in der Farce verheddert, die mein Liebesleben ist, aber jetzt bin ich ja wieder da und habe Pizza und Channing Tatum mitgebracht.«

Als ich mich zu ihm umdrehte, um ihm das Filmcover zu zeigen, starrte er mich mit großen Augen an.

»Was?«, fragte ich ein bisschen schnippisch.

»Ich brühe uns gerade Tee auf. Möchtest du auch welchen?«

Ich runzelte die Stirn, als er mir bedeutungsvoll in die Augen schaute und dann fast unmerklich zum Tisch hinübersah. Ich folgte seinem Blick und entdeckte, was mir beim Hereinkommen entgangen war. Mit einem gequälten Lächeln im Gesicht saß Charlie dort am Esstisch und lugte hinter dem Überrest der Blumen hervor, die er mir geschickt hatte und die mir beim Hereinkommen wohl die Sicht auf ihn versperrt hatten.

Der Eukalyptus hielt sich noch ganz gut, aber die Tulpen waren längst verwelkt und in den Mülleimer gewandert. Ned, der den Geruch nicht ertragen konnte, drängte schon die ganze Zeit darauf, den Blumenstrauß wegzuwerfen, doch auch wenn mich der Sinn des Bouquets inzwischen zum Zähneknirschen verleitete, brachte ich es noch nicht über mich, es in den Müll zu werfen. Ich konnte die Blumen nicht in ein frühes Grab verdammen, nur weil derjenige, der sie mir geschickt hatte, ein unsensibler Mistkerl war.

In Charlies Augen lag nun wieder dieser seltsam traurige Ausdruck, der mich einen Seufzer der Frustration ausstoßen ließ. Um Himmels willen, dachte ich, jetzt geht das schon wieder los!

»Danke, Ned, aber ich möchte keinen Tee. In der Tüte ist etwas Stärkeres, und ich habe das Gefühl, dass ich es bald brauchen werde«, sagte ich, ohne den Blick von Charlie zu lösen.

»Ich habe Charlie eingeladen, auf eine Pizza und einen Film zu bleiben. Das ist doch hoffentlich okay für dich?«, wollte Ned wissen.

Ich seufzte. »Warum zum Teufel hast du das getan?«, zischte ich, bevor ich mich wieder Charlie zuwandte. Ich musste ihn sehr böse angestarrt haben, weil er plötzlich richtig ängstlich aussah. »Charlie, kann ich dich bitte einen Moment im Nebenzimmer sprechen?«

»Ähm ... natürlich«, murmelte er, bevor er sich besorgt erhob und zu Ned hinüberschaute, als benötigte er jeden Moment Verstärkung.

Er war wie immer auf diese irritierend coole Art gekleidet, mit denselben schwarzen, zerrissenen Jeans, die er jedes Mal trug, wenn ich ihn sah, ein wenig spitz zulaufenden Schuhen und einem Strickpullover mit Zopfmuster, der an den Ärmeln hochgekrempelt war. Ich betrachtete ihn von oben bis unten, bevor ich mich abrupt abwandte und ins Wohnzimmer ging.

Mit einer aggressiven Bewegung knipste ich dort das Licht an, marschierte dann zur gegenüberliegenden Wand, wo ich mit der Geschicklichkeit eines olympischen Schwimmers herumfuhr und mit vor der Brust verschränkten Armen stehen blieb, als Charlie zaghaft in den Raum kam.

»Was an unserem Gespräch vorhin hat den Anschein erweckt, ich hätte dich zum Tee hier eingeladen?«, fragte ich.

Einen Moment lang stand er da und wirkte unsicher, während sein Mund sich immer wieder öffnete und schloss. Dann trat er ohne Vorwarnung einen Schritt vor und schlang die Arme um mich. Sein Kinn schmiegte sich in meine Halsbeuge, und sein heißer Atem tanzte durch mein Haar. Die Worte, die ich als Nächstes sagen wollte, kamen in Form eines leisen Keuchens aus meiner Lunge, als er mich an sich drückte. Meine verschränkten Arme lösten sich, und es gelang mir, sie zwischen uns hervorzuziehen. Kraftlos fielen sie rechts und links herab und baumelten an meinen Seiten, während Charlie mich umarmte. Ich spürte, wie mein Herz zu stottern begann, und war entsetzt über mich selbst. Warum war ich so verdammt versöhnlich? Und was hatte dieser Mann bloß an sich, das es mir so leicht machte, es zu sein?

»Charlie?«

»Ja?«

»Kannst du mich bitte loslassen?«

»Klar. Natürlich«, sagte er, ließ sich jedoch Zeit damit, die Arme von mir zu lösen und ein paar Schritte zurückzutreten.

»Ich habe deine Nachrichten nicht beantwortet, weil ich einiges zu erledigen hatte. Ich weiß, dass das keine Entschuldigung ist und es falsch von mir war, dich zu ignorieren, besonders nach dem, wie wir verblieben waren. Aber ich möchte wirklich gern mit dir befreundet sein …«

»Wie geht es Carrick?«, fragte ich.

»Gut.« Doch wieder schlich sich ein schuldbewusster Ausdruck in seine Augen.

»All das ist zu deinen Bedingungen geschehen«, sagte ich und war überrascht, wie zornig meine Stimme klang. »Und ganz ehrlich, Charlie, so funktionieren Freundschaften nun einmal nicht.« Ärgerlich verschränkte ich die Arme erneut vor der Brust. »Mich mit dir zu treffen, nachdem du angerufen hattest, hätte mich in echte Schwierigkeiten bei der Telefonseelsorge bringen können – und du weißt, wie sehr ich meine Arbeit liebe. Und trotzdem war ich dazu bereit. Wir reden und flirten, und du sorgst dafür, dass ich sicher nach Hause komme. Dann versuchst du, mich zu küssen, und urplötzlich schreist du mich an. Schließlich kommst du zurück, und ich glaube, dass das ein noch entschuldbarer Patzer war. Irgendwie habe ich mich sogar gefreut, weil ich angenommen habe, es bedeutet, dass du früher losgeworden bist, was dich belastet hat. Aber dann hast du mich erneut vergrault … und dir nicht einmal die Mühe gemacht, mir ein Emoji zur Antwort auf meine Nachrichten zu schicken?«

»Ich weiß, Nell. Ich bin ein Idiot.«

»Und ich bin fast dreißig und habe keine Zeit für diesen Schulkind-Scheiß. Du kommst hier rein und tust so, als ob ...« Ich hielt inne, unsicher, wie ich es in Worte fassen sollte. »Du tust so, als wolltest du mit mir befreundet sein – und manchmal sogar mehr als das. Aber beim kleinsten Anzeichen dafür, dass zwischen uns etwas passieren könnte, verwandelst du dich in einen verdammten Houdini.«

»Hör zu, Nell – ich habe absolut keine Ahnung, was ich derzeit tue. Das Leben entgleitet mir im Moment ein bisschen, und die Begegnung mit dir hat mich zum Nachdenken darüber gebracht, was ich tun sollte, um das zu ändern«, sagte er. Er schaute mir in die Augen, deren intensives Blau mich einmal mehr sehr beeindruckte.

»Wie meinst du das?«

»Was ich meine, ist, dass ich dabei war, etwas zu verändern. Ich hatte meinen Job gekündigt, mir einen Plan zurechtgelegt und gedacht, ich hätte alles im Griff, doch dann bin ich dir begegnet ... und du hast irgendwie alles in einem neuen Licht erscheinen lassen.«

Ich runzelte verwirrt die Stirn, weil ich nicht verstand, was er mir mit alldem sagen wollte. »Charlie ... Ich weiß, dass du im Moment mit deinem Onkel ein paar schwerwiegende Probleme hast, bei denen ich dir gerne helfen würde. Das kann ich jedoch nicht, solange du nicht offen mit mir redest.«

»Das weiß ich, und ich möchte dir ja auch alles sagen, aber ... Mir ist bewusst, dass ich ein Esel war. Das Letzte, was ich will, ist, dass du schlecht von mir denkst.«

»Tja, das tue ich aber leider, Charlie. Ich bin ein Mensch mit Gefühlen. Gefühle, die dich jedoch einen Dreck zu interessieren scheinen.«

Er zuckte zusammen, als wüsste er, dass er auf verlorenem Posten stand. »Deine Gefühle interessieren mich sehr wohl, Nelly ...«

»Soll ich die Pizzen in den Ofen schieben?«, rief Ned aus der Küche.

»Ja!«, schrie ich zurück.

»Nell ...«, begann Charlie.

Ich hob abwehrend die Hand, um ihn aufzuhalten. »Meine Mutter hat mir immer geraten zu verzeihen, doch nur dann zu *vergessen*, wenn ich mir wirklich sicher bin, dass die Person, die um Verzeihung bittet, nicht irgendwann erneut Vergebung braucht. Das war bei dir bisher aber schon zweimal der Fall.«

»Bier, Charlie?«, wollte Ned wissen.

»Ned!«, schrie ich verärgert. »Kannst du nicht hören, dass wir streiten?«

»Entschuldigung!«, erwiderte er und zog die Küchentür hinter sich zu.

»Wenn du mir nicht verzeihen willst, dann tu es auch nicht. Ich verdiene es nicht anders. Aber falls es für dich okay ist, würde ich gern auf eine Pizza bleiben.«

Ich hasste mich dafür, doch ich wollte, dass er blieb.

»Na schön. Aber du bist Neds Gast, nicht meiner.«

Das Knarren der Küchentür verriet mir, dass Ned uns belauscht hatte, bevor er ins Zimmer kam. Er hielt die Hände hoch wie eine weiße Fahne, als er das Schlachtfeld Wohnzimmer betrat.

»Ich weiß, ich weiß – ich hätte nicht lauschen sollen. Aber ihr habt ja auch nicht gerade geflüstert«, erklärte er, als er zwischen uns stehen blieb.

»Was willst du, Ned?«, herrschte ich ihn an.

Er seufzte und blickte von mir zu Charlie. Die beiden schienen sich ohne Worte zu verständigen, als sie sich ansahen, und anscheinend kamen sie dann zu einer unausgesprochenen Einigung. Es sah fast so aus, als würden sie sich … Nein, nur das nicht!

»Moment mal, kennt ihr zwei euch etwa?«, fragte ich mit zusammengekniffenen Augen.

Ned schaute Charlie mit erhobenen Augenbrauen an und nickte leicht. »Ich glaube, du musst es ihr sagen, Mann.«

Charlie wirkte geradezu panisch und wand sich vor Verlegenheit, als sein Blick zuerst zu mir und dann wieder zu Ned huschte.

»Hör mal, Charlie, ich kenne Nell, und wenn du es ihr jetzt nicht erklärst, wird sie dir nie vertrauen. Und sie wird ganz bestimmt nicht aufhören, Fragen zu stellen, bis sie alles weiß.«

Ich machte einen Schritt nach vorn. »Kennt ihr beide euch etwa?«, wiederholte ich meine Frage etwas nachdrücklicher.

»Ja. Wir kennen uns«, gab Charlie zu und fuchtelte mit den Händen in der Luft herum, als wüsste er nicht, was er mit ihnen anfangen oder wohin er sie legen sollte.

»Woher?«

Ned antwortete an Charlies Stelle. »Erinnerst du dich noch an diesen schlimmen Anruf, den ich vor zwei Jahren an meinem Geburtstag bekommen habe? Von dem Mann, der in den Tod springen wollte?«

»Ja, natürlich erinnere ich mich daran. Der Gedanke daran hat dich noch wochenlang schwer deprimiert.«

»Weil ich nicht wusste, ob der Anrufer es durchgezogen hatte. Er hatte aufgelegt, bevor ich ihn dazu bringen konnte, von dem Turm herabzusteigen. Ich habe sämtliche Nachrufe und

Nachrichten durchforstet, aber leider hatte ich nur sehr wenige Anhaltspunkte. Ich kannte ja nicht mal seinen Namen. Alles, was ich wusste, war, dass er in Birmingham lebte und ein Ire war.«

Es dauerte einen Moment, bis Neds Worte so langsam wie eine durch Sand sickernde Flüssigkeit einen Sinn ergaben. Doch dann schnappte ich nach Luft, hielt mir eine Hand vor den Mund und starrte Charlie an. »Das warst *du*?«

Er senkte nahezu beschämt den Blick.

»Du wolltest dich umbringen?«, fragte ich und wurde von Panik erfasst – bei dem Gedanken an eine Welt ohne Charlie …

Er schaute auf, und ich sah, dass seine Augen feucht und gerötet waren. »Ja«, antwortete er leise.

»Warum?«, wollte ich wissen.

»Lass uns eins nach dem anderen angehen«, schlug Ned vor und hob beschwichtigend eine Hand.

»Weil ich es einfach nicht verkraftet habe«, bekannte Charlie leise. »Etwas wirklich Schlimmes war passiert, und ich wusste nicht, was ich tun sollte, um darüber hinwegzukommen. Das Einzige, woran ich mich erinnere, ist, dass ich dachte, wenn ich nicht aufhören konnte, mich so elend zu fühlen, müsste ich einfach aufhören, überhaupt etwas zu fühlen – und das für immer. Also bin ich auf den Uhrenturm gestiegen und wollte hinunterspringen. Dann traute ich mich plötzlich nicht mehr und warf mich stattdessen nach hinten. Und als ich auf dem Boden landete, habe ich den Aufkleber gesehen.«

»Du meinst die Turmuhr vom Rathaus? Und von was für einem Aufkleber sprichst du?« Ich hielt inne und holte tief Luft, weil meine Lunge in meiner Brust geradezu zu brennen schien.

»Ja. Da oben auf dem Turm befindet sich ein Aufkleber mit

der Nummer der Telefonseelsorge. Für mich war er wie ein Zeichen. Ich habe dort angerufen und Ned kennengelernt.«

»Ich hatte keine Ahnung, dass er es gewesen war, bis Charlie die Telefonseelsorge erwähnt hat, als wir uns vorhin in der Küche unterhalten haben, und ich zwei und zwei zusammengezählt habe«, warf Ned erklärend ein.

»Es ging also nie um deinen Onkel?«, murmelte ich.

Charlie schüttelte den Kopf.

»Und als du mich angerufen hast«, sagte ich und trat einen Schritt näher zu ihm, »wolltest ... wolltest du es da wieder versuchen?«

Er schaute mir in die Augen und nickte dann langsam. Schließlich fuhr er sich mit dem Ärmel seines Pullovers über die Augen und zog die Nase hoch. »Hältst du mich jetzt für einen Spinner? Soll ich lieber gehen?«

Ich atmete so schnell und heftig, und mein Herz klopfte so hart, dass es sich anhörte wie eine Rakete, die sich kurz vor dem Abheben befand. Meine Füße bewegten sich vorwärts, bevor ich auch nur daran dachte, sie zu bewegen, und in einer Sekunde hatte ich Charlie erreicht, schloss ihn in die Arme und drückte ihn an meine Brust.

Ich spürte, wie er ein- oder zweimal aufschluchzte und dann aufhörte, als beängstigte es ihn, so viel Gefühl zu zeigen.

»Deshalb war ich auch überall unterwegs. Ich habe nirgendwo mehr Ruhe gefunden. Und es tut mir furchtbar leid, dass ich dich in meine Probleme mit hineingezogen habe«, sagte er schniefend an meiner Halsbeuge. »Ich hatte alles in Ordnung gebracht und meinen Frieden damit gemacht. Ich war mir zu neunundneunzig Prozent sicher, dass es das war, was ich wollte. Doch dann habe ich dich getroffen und etwas gespürt, von dem ich geglaubt hatte, es niemals wieder empfinden zu können. Das hat mir Hoffnung gegeben, glaube ich, aber dann war ich mir dessen gar nicht mehr so sicher …«

»Warum hast du mir nichts davon erzählt?«, fragte ich.

»Na ja, es ist ja nicht so, als wäre es ein gutes Thema für ein Date, Nell. Niemand redet gleich über so etwas, und ich wollte ja auch nicht, dass du mich für verrückt hältst.«

»Charlie.« Ich trat zurück und hielt ihn auf Armeslänge von mir weg. »Trauer und Depressionen machen dich doch nicht zu einem Verrückten! Schließlich arbeite ich bei einer Hilfsorganisation für psychisch Kranke, du Idiot. Ich bin also so ziemlich die verständnisvollste Person, die du dir hättest aussuchen können.«

Er lachte leise, obwohl ihm immer noch die Tränen kamen.

»Weil man über gewisse Dinge nicht gerne spricht, heißt das doch noch lange nicht, dass man es nicht tun sollte.«

»Siehst du, ich habe dir ja gesagt, dass sie es verstehen wird.«

Neds Stimme ließ mich zusammenzucken. Ich hatte schon vergessen, dass er bei dem ganzen Drama anwesend war.

Plötzlich verstand ich Charlies sprunghaftes Verhalten, seine schnellen Stimmungswechsel, sein überstürztes Verschwinden …

»Und wie fühlst du dich jetzt?«, fragte ich nervös.

»Keine Bange, ich werde meinen Kopf schon nicht in deinen Ofen stecken oder mich mit deinen Zierkissen ersticken.«

»Das freut mich zu hören«, entgegnete ich und zog ihn in eine weitere Umarmung. Ich wollte ihn ganz nahe bei mir haben und die Arme um ihn legen, um ihn zu beschützen.

Er räusperte sich vor Ergriffenheit ganz dicht an meinem

Ohr. »Ned hat mir etwas gesagt, als ich ihn damals angerufen habe. Das ist mir seitdem nicht mehr aus dem Sinn gegangen.«

Ich konnte spüren, wie Ned neben mir vor Stolz schier überquoll.

»Ach ja, und was war dieser weise Spruch?«, hakte ich nach.

»›Es ist der Moment, in dem du glaubst, dass du etwas nicht kannst, in dem du merkst, dass du es doch kannst‹, sagte er mir, und gerade jetzt habe ich das Gefühl, dass ich es kann.«

Ich spürte das Gewicht eines Arms auf meiner Schulter, als Ned sich unserer Umarmung anschloss.

»Ned?«, fragte ich.

»Ja?«

»Das ist doch wohl nicht zufällig ein Zitat von Céline Dion?«

»Oh doch, Nell. Genau das ist es.«

Ich schloss die Backofentür und lehnte mich mit dem Rücken an die Arbeitsfläche, während mein Gehirn dies alles zu verarbeiten versuchte.

Es war schrecklich, auch nur darüber nachzudenken, aber ich konnte mich des Gedankens nicht erwehren, wie anders alles verlaufen wäre, wenn ich am Tag unserer ersten Begegnung ein Lunchpaket mitgenommen hätte, anstatt ins *Cool Beans Café* zu gehen. Oder wenn Caleb am nächsten Tag nicht zu spät zur Arbeit gekommen wäre und ich rechtzeitig nach Hause gegangen wäre, statt länger zu bleiben, um ihn zu vertreten.

Vermutlich war es schmeichelhaft zu wissen, dass jemand nach einem zwanzigminütigen Gespräch mit mir beschlossen hatte weiterzuleben, weil ich ihm Hoffnung auf etwas jenseits seiner Traurigkeit gegeben hatte. Doch in meiner Brust herrschte jetzt ein Druck, der vorher nicht da gewesen war. Denn was würde geschehen, wenn ich diese Hoffnung nicht erfüllte? Was, wenn ich Charlie langweilte und er beschloss, dass es verlockender wäre, sich mit dem Gesicht voran aus großer Höhe in die Tiefe zu stürzen, als auch nur einen Moment länger mit mir zu reden? Was, wenn ich das Unvermeidliche nur hinauszögerte und auf einen Schmerz wie keinen anderen zusteuerte? Ich wusste nur, dass ich von jetzt an so etwas wie eine beste Freundin und Glucke sein würde – aber ich *war* ja nicht mal seine Freundin! Oh Gott, wie verwirrend das alles war, und ich war schon nervös, obwohl er nur im Nebenzimmer saß.

Das Bimmeln der Türklingel unterbrach meine Gedanken.

»Kannst du öffnen, Ned?«, rief ich in den Flur, während ich meine zweite Flasche Peroni öffnete und noch zwei für die anderen aus dem Kühlschrank nahm.

Die Kronkorken warf ich achtlos in den Mülleimer und schaffte es auch, einen von ihnen tatsächlich hineinzubekommen, während die anderen auf dem Boden landeten, als es erneut klingelte. Ärgerlich schnappte ich mir die Flaschen und ging selbst zur Tür, um sie zu öffnen.

Die kühlen Bierflaschen in der Hand, trat ich gerade noch rechtzeitig aus der Küche, um zu sehen, dass Charlie an der Tür stand und dabei war, das Sicherheitsschloss zu entriegeln. Ich warf einen Blick durch die Milchglasscheibe der Haustür, und mir rutschte buchstäblich der Boden unter den Füßen weg, als ich die Silhouette der Person auf der anderen Seite der Tür erkannte.

»Nein, Charlie, nein!«, flüsterte ich und eilte mit einer Geschwindigkeit, die mir wie Schneckentempo vorkam, auf ihn zu.

Aber er hatte mich nicht gehört, und bevor ich mehr als drei Schritte machen konnte, war die Haustür offen, und die beiden Männer starrten sich betreten an.

Ich hörte ein leises Wimmern, das sich meiner Kehle entrang. Es gab nirgendwo ein Versteck. Man konnte mich sehen, also setzte ich ein Lächeln auf und tat so, als würde dies nicht die peinlichste Begegnung meines Lebens werden. »Hi Joel.« Ich zwang meine Füße, sich auf ihn zuzubewegen, obwohl mein Körper mich dazu drängte, mich umzudrehen und in die entgegengesetzte Richtung zu laufen.

»Hallo«, sagte Joel mit leiser, etwas schockiert klingender Stimme, als er von mir zu Charlie blickte und dann auf den kleinen Karton in seinen Händen herabschaute.

Einen Moment lang herrschte eine lähmende Stille, in der niemand von uns wusste, wie er sich verhalten sollte.

Irgendwann streckte Charlie Joel die Hand entgegen. »Hi, ich bin Charlie Stone«, sagte er mit hastig aufgesetzter Fröhlichkeit, die ich schon sehr oft an ihm gesehen hatte, aber dieses Mal durchschaute.

Joel blickte auf Charlies dargebotene Rechte hinab, als befürchtete er, sie könne mit Sprengstoff präpariert sein, bevor er sie dann schließlich ergriff. »Joel Oni.«

Ich weiß nicht, warum sie so förmlich waren, als handelte es sich hier um ein Vorstellungsgespräch.

»Freut mich, Sie kennenzulernen«, erwiderte Charlie.

»Mich auch«, murmelte Joel wenig überzeugend, bevor er mich mit geröteten Augen ansah. »Ich, ähm …« Wieder zauderte er auf diese aggressiv-hilflose Art, die ihm eigen war, bevor er vortrat und mir den Karton hinhielt.

Von hier aus konnte ich bereits ihren erbärmlichen Inhalt

sehen: eine alte Zahnbürste, deren Borsten längst hart und brüchig geworden waren, eine wiederaufladbare Batterie für eine Kamera, die ich nicht mehr besaß, ein aus der Mode gekommenes Rouge in einem grellen Pink von vor etwa fünf Jahren und ein klug platziertes Foto von uns beiden bei einem Barbecue mit seinen Eltern. Dies war der mit Abstand schwächste Karton, den Joel mir im Laufe der Zeit zurückgebracht hatte. Ihm mussten inzwischen die Dinge ausgegangen sein, mit denen er sie noch füllen konnte.

»Ich weiß nicht, ob du noch irgendwas davon brauchst, aber ich dachte, du würdest die Sachen trotzdem haben wollen.«

»Danke«, antwortete ich, reichte Charlie die Bierflaschen und nahm Joel den Pappkarton ab, wobei seine Hand wie aus Versehen die meine berührte.

Während ich das unerwünschte Zeug im Flur abstellte, verbarg ich erfolgreich die Welle der Nostalgie, die mich wie ein Tsunami überrollte, als ich das Foto von uns beiden in dem Karton noch einmal betrachtete. Ich erinnerte mich sehr gut an jenen Tag, da er eine meiner schönsten Erinnerungen an meine Zeit mit Joel war.

»Wie geht es dir?«, fragte ich, als ich mich ihm wieder zuwandte.

»Gut. Sehr gut. Bestens«, erwiderte er, obwohl er sehr verletzt aussah, als er von Charlie zu mir blickte. »Phänomenal, könnte man sogar sagen.«

Charlie und ich runzelten beide die Stirn über seine seltsame Wortwahl und offenbaren Lügen.

Tu es nicht, befahl ich mir im Stillen. Wag es nur ja nicht, es auszusprechen, Nell! Halt den Mund und lass diese Worte in deinem Kopf nicht über deine Lippen kommen.

»Du kannst auch gern hereinkommen, wenn du willst«, sagte ich jedoch trotz allem und hasste mich dafür.

Lehn es ab, Joel! Sag bitte, bitte nein!

»Danke, aber ich glaube nicht, dass das für irgendeinen der Beteiligten gut wäre.« Dabei blickte Joel zu Charlie, und sein ganzes Gesicht war von Abneigung und Eifersucht geprägt.

»Okay, dann vielen Dank, Joel«, gab ich zurück. »Für die Sachen, meine ich.«

»Keine Ursache. Und einen schönen Abend noch«, fügte er mit zusammengebissenen Zähnen hinzu, und nach einem letzten langen Blick auf Charlie drehte er sich um und ging.

Als ich seine Gestalt verschwinden sah, diese Gestalt, die mich einst vor Erregung hatte pulsieren lassen, wenn sie auf mich zugekommen war, spürte ich, wie sich ein Abgrund der Traurigkeit in mir auftat. Wie leicht war es doch, dass zuvor unzertrennliche Menschen sich trennten und Liebende zu Fremden wurden, bevor sie schließlich gar nichts mehr füreinander waren.

Ich saß auf dem Sofa neben Ned. Charlie hatte es sich auf einem Berg von Kissen bequem gemacht und lehnte seine Schulter an mein Bein, während er mit großen, interessierten Augen unseren heutigen Film verfolgte.

Unnötig zu erwähnen, dass ich dem Video nicht viel Aufmerksamkeit schenkte. Schließlich war es nicht gerade leicht, wenn man erfahren hatte, dass der Mann, in den man verknallt war, vor weniger als einem Monat noch vorgehabt hatte, sich umzubringen. Der Gedanke, dass er dann jetzt nicht hier wäre und ich ihn niemals näher kennengelernt hätte, war zu erschütternd für mich, um ihn auch nur weiterzuspinnen. Dieser Gedanke verstärkte meine Furcht nämlich nur noch, dass das, was Charlie schon zweimal überwältigt hatte, ihn auch durchaus erneut überwältigen könnte.

In der zweiten Hälfte des Films spürte ich, wie sich seine Fingerspitzen unter den Saum meiner Jeans schoben. Viel weiter wagte er sich nicht vor, aber die Wärme seiner Haut auf meiner, egal, wie wenig Haut es war, ließ mich vergessen, wie man atmet. Seine Finger bewegten sich in Kreisen, die mir eine Gänsehaut verursachten, und ich fragte mich, wie es wohl wäre, diese Gänsehaut auch woanders zu spüren, ja sogar von Kopf bis Fuß damit bedeckt zu sein.

Es war fast halb elf, als Charlie und ich uns auf beiden Seiten der offenen Haustür wiederfanden und die eindringende kalte Luft die Härchen an meinen Beinen aufrichtete, gegen die ich wahrscheinlich dringend etwas unternehmen sollte.

»Danke«, sagte er, die Hände wegen der Kälte draußen in den Taschen vergraben, aber auch aus Nervosität, wie ich vermutete.

Er war mir jetzt völlig ausgeliefert. Seine Qualen waren eine offene Wunde für mich, die ich sehen konnte, und ich wollte ihm nur noch helfen, sie zu heilen. Der ungeduldige Teil von mir flehte mich an, die Frage zu stellen, die mein Gehirn schrie: Was war es, was dich so gequält hat? Und kann ich dir nicht helfen? Doch ich wusste, dass ich ihn nicht drängen durfte.

»Kein Problem«, antwortete ich mit einem beruhigenden Lächeln. »Und danke, dass du mir gesagt hast … was du mir gesagt hast. Ich weiß, dass das nicht leicht für dich gewesen sein kann.«

»Es war höchste Zeit, es dir zu erzählen. Angesichts dessen, was du beruflich machst, hätte ich wissen müssen, dass du damit klarkommst.«

»Wenn du einmal mit jemandem reden willst oder auch nur mal eine Ablenkung brauchst, weißt du ja, wo du mich findest.«

Er blickte auf seine Füße herab und scharrte mit der Spitze seines abgewetzten schwarzen Stiefels über den Boden. »Du bist eine gute Freundin, Nell.«

Die Worte »gute Freundin« taten ein bisschen weh. Ich bin mir ziemlich sicher, dass sich gute Freunde während eines Films nicht gegenseitig die Knöchel streichelten, aber jetzt war nicht der richtige Moment, um dieses Thema anzusprechen.

»Du kannst auch gerne bleiben, wenn du willst. Wir haben ein Gästezimmer.« Und du bist auch jederzeit in meinem Bett willkommen, fügte ich hinzu, allerdings nur in Gedanken. Außerdem befürchte ich, dass es das letzte Mal sein könnte, wenn ich mich jetzt von dir verabschiede …

»Danke, aber ich komme schon klar.« Er blickte wieder auf, und an der kleinen Falte zwischen seinen Augenbrauen konnte ich erkennen, dass er verlegen war, obwohl überhaupt kein Grund dazu bestand. »Sag mal, was wirst du eigentlich mit dem Rest des Abends anfangen?«, fragte er, plötzlich von etwas wie Enthusiasmus durchdrungen.

»Ach, wahrscheinlich gehe ich zu einem Rave, werfe ein paar Drogen ein und nehme an ein, zwei Orgien teil. Du weißt schon, wie an einem ganz normalen Freitagabend.«

»Verdammt!« Er seufzte übertrieben dramatisch und ging auf meine Scherze ein. »Du hättest also kein Interesse daran, einen kurzen Spaziergang mit mir zu machen?«

»Jetzt?«

»Ja. Es gibt etwas, was ich dir zeigen möchte.«

Kapitel 9

Der blasse Schein der Lichtverschmutzung lag wie eine radioaktive Wolke über der für sie verantwortlichen Stadt, und die Straßenlaternen und warm erleuchteten Fenster waren nichts als winzige Lichtpunkte von der Spitze des Uhrenturms aus.

Charlie hatte uns durch eine Hintertür reingelassen, für die er einen Schlüssel hatte, weil er hier einmal bei einer Show gearbeitet und »vergessen« hatte, ihn zurückzugeben. Er hatte mir versichert, dass er mich nur herbrachte, um mir etwas zu zeigen, und trotzdem war ich nervös, als wir auf die Spitze des Turms hinaufstiegen, von dem er einmal nicht mehr lebend hatte herunterkommen wollen.

Wir erklommen die scheinbar endlosen Metalltreppen, während über uns die Geräusche und das Licht der Uhrenmechanik surrten und die perfekte Atmosphäre für eine Mordszene in einem Horrorfilm schufen.

Ich hatte mir gut überlegt, ob ich mit Charlie in ein fremdes dunkles Gebäude gehen sollte, und zur Sicherheit noch eine Nachricht an Ned geschickt, um ihn wissen zu lassen, wo ich war. Darüber hinaus beruhigte es mich auch, dass ich einen roten Gürtel in Taekwondo besaß, auf den ich im unwahrscheinlichen Fall, dass Charlie sich als Serienmörder herausstellen sollte, zurückgreifen konnte. In dem Jahr, in dem mir auf dem Heimweg von der Arbeit die Handtasche entrissen worden war, hatte Mum mir den Unterricht zum Geburtstag geschenkt, aber zum Glück hatte ich meine Fähigkeiten noch nie einsetzen müssen.

Als wir die Turmspitze erreichten, trat Charlie auf die mit Vogeldreck übersäten, nur schwach beleuchteten Pflastersteine hinaus, die von einer flachen Mauer umgeben waren, und kauerte sich in eine Ecke. Das diffuse Licht des Zifferblattes reichte nicht bis dorthin. Ich beobachtete ihn genau, und einen Augenblick später stand er mit einer Flasche in der Hand wieder auf. Ich erkannte sofort: Es war die Flasche teuren Whiskys, die ich unter den Tisch gekickt hatte, als ich ihm das erste Mal begegnet war.

»Hier kommt wohl sonst niemand rauf, oder?«, fragte ich und schlang fröstelnd die Arme um mich.

»Nur ab und zu jemand vom Wartungspersonal, aber ansonsten bin ich der Einzige, der hier heraufsteigt«, sagte er, während er auf das flache Mäuerchen um die Plattform zuging und sich daraufsetzte. Als ich ihn so nah am Rande des Abgrunds sah, drehte sich mir der Magen um, doch er zog einfach nur den Korken aus der Flasche und bot sie mir an. »Komm und setz dich zu mir, Nell.«

Ich schluckte einmal, holte tief Luft und ging zu ihm an den Rand der Plattform. Meine Flugangst war nur ein Nebenprodukt meiner Höhenangst, und als ich auf das ferne Pflaster tief unter mir blickte, spürte ich, wie mir schwindlig wurde und meine Knie sich plötzlich so heiß anfühlten, als könnten sie jeden Moment unter mir einknicken. »Ach, ich stehe ganz gut hier, danke.«

»Hast du etwa Höhenangst?«, wollte er wissen.

»Nur ein bisschen.«

»Ach, komm schon! Ich werde dich bestimmt nicht fallen lassen«, antwortete er.

»Nee, nee, hier stehe ich wirklich gut.«

Er lachte leise und bot mir die Flasche an. Ich hatte noch nie zuvor einen Schluck Whisky direkt aus der Flasche getrunken. Jeder, der das im Fernsehen machte, schien es stets mit Leichtigkeit zu tun und dabei auch noch cool auszusehen. Ich dagegen nahm einen viel zu großen Schluck, worauf mir der Whisky in Rinnsalen die Wange und den Hals hinunterlief, bevor er unter dem Kragen meiner Bluse verschwand. Na super, Nell!

»Gut gemacht.« Charlie lachte wieder leise und nahm mir die Flasche ab, hob sie an die Lippen und trank einen tüchtigen Schluck daraus. »Also, was denkst du? Ganz schön cool hier oben, was?«

Er blickte zum Zifferblatt der Uhr hinüber. Es war seltsam, es so nah zu sehen. Die schiere Größe der Uhr, gepaart mit dem Surren der Zahnräder und Rädchen, die in ihr arbeiteten, gab ihr etwas Bedrohliches, das fast so war, als sähe man sein Leben vor den eigenen Augen ablaufen.

»Ich gehe hier rauf, wenn ich etwas Ruhe brauche, um dem Lärm dort unten zu entfliehen«, sagte er mit einem Blick auf die Stadt unter uns.

»Es ist schön hier, wäre aber noch schöner, wenn der Turm nicht ganz so hoch wäre.«

Er stand auf, stellte die Flasche ab und kam zu mir herüber. Ich konnte spüren, wie ich mit jedem Schritt, den er sich von dem Mäuerchen entfernte, leichter atmete.

Dann spürte ich plötzlich eine sanfte Wärme an meiner

Hand, und gleich darauf verschränkten seine Finger sich mit meinen. Ich drehte mich zu ihm um, um ihn anzusehen, doch nicht einmal der Hormonrausch, der mich ergriff, konnte verhindern, dass die Welt aufhörte, sich unter mir zu drehen.

»Ich lasse dich nicht fallen«, versprach er mit einem bitteren Lächeln. »Ich habe dich und halte dich gut fest.«

Mein Herz schlug schneller, als er mir beruhigend in die Augen blickte, und plötzlich wich die Angst von mir.

»Also, ich möchte, dass du dir jetzt folgende Szenerie vorstellst«, sagte Charlie mit leiser Stimme, die aus weiter Ferne zu kommen schien. »Das hier ist mein Rückzugsort, den ich aufsuche, um nachzudenken und allem anderen zu entfliehen. Eines Tages, wenn es mir dort unten zu laut wird oder etwas Schlimmes passiert, was mein Leben für immer verändert, werde ich diese Treppe hinaufsteigen und ... Na ja, du weißt ja, was ich vorhatte, und brauchst keine weiteren Details.«

Mit der freien Hand griff er in seine Hosentasche und zog die orangefarbene Murmel heraus, mit der er im *Cool Beans Café* herumgespielt hatte, an dem Tag, an dem wir uns zum ersten Mal begegnet waren. Bei näherer Betrachtung konnte ich jedoch sehen, dass es gar keine Murmel war. Sie war matt statt glänzend, fast oval und ähnelte mehr einem gläsernen Stein als allem anderen. Charlie sagte nichts dazu, sondern ließ sie nur zwischen den Fingern rollen wie eine Rosenkranzperle. Ich hätte ihn gern gefragt, was sie war und was sie für ihn bedeutete, wollte aber seine Geschichte nicht unterbrechen.

»Nachdem ich stundenlang hier oben auf dem Turm gesessen hatte und meine Finger schon taub von der Kälte waren, beschloss ich, dass es Zeit war. Und trotzdem konnte ich mich nicht dazu überwinden zu springen, weil ich zu viel Angst hatte.

So ließ ich mich nach hinten statt nach vorne fallen und landete genau an dieser Stelle dort.« Er zeigte auf den Boden. »Dort blieb ich eine Weile liegen und überlegte, was ich tun sollte, als plötzlich eine Taube auf der Mauer landete. Ich drehte den Kopf zur Seite, um sie zu betrachten. Da entdeckte ich das hier.« Er ließ meine Hand los und ging zurück zum Rand der Plattform, hockte sich davor und zeigte auf das Mäuerchen, auf dem er eben noch gesessen hatte.

Neugierig trat ich zu ihm, kniete mich neben ihn und folgte der Spitze seines Fingers bis knapp unter den Rand der Mauer. Ich hatte ihn vorher nicht bemerkt, aber von der Stelle, wo ich jetzt hockte, konnte ich den Sticker der Telefonseelsorge sehen. Er war orange und weiß und wies Stellen auf, an denen die Witterung ihn schon so beschädigt hatte, dass der darunterliegende Ziegelstein zu sehen war. Ich las den Aufkleber und bemerkte einen Rechtschreibfehler: *Lassen Sie uns für Ihre selische Gesundheit sorgen.* An den Rändern hatte jemand etwas mit Filzstift notiert. Die Buchstaben waren zwar noch da, aber schwer zu lesen.

»›Morgen geht die Sonne wieder auf, und wer weiß, was die Gezeiten mit sich bringen werden?‹«, bemerkte Charlie versonnen.

»Wie schön. Ist es aus einem Gedicht?«, fragte ich.

Er schüttelte den Kopf. »Nein, es ist etwas, das Tom Hanks in *Cast Away*, meinem Lieblingsfilm, sagt. Kaum zu glauben, dass ich hier oben liege und einen Aufkleber mit einer Hotline für psychisch Kranke entdecke, der mir vorher noch nie aufgefallen ist, obwohl ich so viel Zeit hier oben verbringe, und dass auf diesem Sticker auch noch ganz zufällig etwas aus meinem Lieblingsfilm steht, was jemand mit Filzstift an den Rand gekritzelt hat. Seltsam, nicht?«

»Es kommt einem fast so vor wie …« Ich brach ab, weil ich den Satz nicht beenden wollte, um nicht lächerlich zu klingen.

»Schicksal?«

Ich nickte. »Als wollte das Universum sichergehen, dass du bleibst …«

»Hast du eine Ahnung, wer den Sticker hier oben angebracht hat? Er sah vor zwei Jahren schon ziemlich ramponiert aus, als ich ihn damals entdeckt habe, sodass er also schon eine ganze Weile hier gewesen sein muss.«

»Nein«, antwortete ich. »Ich wüsste auch nicht, dass wir solche Aufkleber verwenden.«

»Schade«, sagte er und ließ fast ein bisschen enttäuscht die Schultern hängen.

Nach einer Weile verschwand Charlie wieder in dem Turm und hantierte an einem Schalter an der Wand herum, bis das Licht hinter dem Zifferblatt der Uhr erlosch und er mit einer alten Wolldecke zurückkam, die er nach gründlichem Ausschütteln auf dem Boden ausbreitete.

»Warum hast du das Licht der Uhr gelöscht?«, wollte ich überrascht wissen.

»Damit unsere Augen sich an die Dunkelheit gewöhnen können. Wenn dieses Ding dort oben beleuchtet ist, kann man die Sterne nicht sehen«, erklärte er, während er sich auf der Decke niederließ, sich bequem zurücklehnte und die Arme hinter dem Kopf verschränkte.

Nach kurzem Zögern tat ich es ihm nach und nahm die gleiche Haltung ein wie er. Er hatte recht damit, dass dieser Ort sehr still und abgelegen war. Von hier aus waren die Lichter der Stadt schwächer und ihre Geräusche nur noch gedämpft und unaufdringlich.

Es dauerte jedoch nicht lange, bis ich zu frieren begann, und als Charlie mein Frösteln bemerkte, rückte er näher, bis unsere Körper sich berührten, um mir etwas von seiner Wärme abzugeben. Je mehr meine Augen sich an die Dunkelheit gewöhnten, desto mehr Sterne konnte ich sehen, und bald schon war der Himmel mit Tausenden von glitzernden Lichtpunkten übersät.

Nach einer Weile wandte ich mich Charlie zu und brach das Schweigen. »Also hat dieser Sticker dich nicht nur zu Ned geführt, der als Erster mit dir gesprochen hat, sondern auch zu mir, die dir das zweite Mal geholfen hat. Und rein zufällig leben Ned und ich auch noch im selben Haus.«

»Ja.« Charlie wandte nun auch den Kopf, um mich anzuschauen. »Alles kaum zu glauben, nicht?«

»Mir scheint, dass sich dort oben wirklich jemand um dich sorgt«, erwiderte ich leise und immer noch bemüht, dies alles zu begreifen.

Charlie schluckte so angestrengt, als hätte er einen Kloß im Hals, und wandte sich wieder dem Himmel zu.

»Und hier unten tut es auch jemand«, fügte ich hinzu.

Der Anflug eines Lächelns huschte über sein Gesicht, und wieder umschloss er meine Hand mit seiner. Und plötzlich hatte ich so etwas wie Schmetterlinge im Bauch, nur größer, wie Albatrosse fast, als ich seine Haut an meiner spürte.

»Das ist schön zu wissen.«

Dies schien genau der richtige Moment zu sein, um mich zu ihm hinüberzubeugen und ihn zu küssen. Denn jetzt war alles offengelegt, und sämtliche Geheimnisse waren gelüftet. Nun gab es hoffentlich nichts anderes mehr, was ihn zurückhielt.

Doch als ich gerade versucht war, den ersten Schritt zu tun, ließ ein solch lautes Geräusch, dass ich es bis in meinen Knochen zu spüren glaubte, mein Herz stocken, und ich richtete mich kerzengerade auf.

Ich brauchte ein, zwei Augenblicke, um zu begreifen, dass es nicht die Polizei war, die uns wegen Hausfriedensbruchs verhaften würde – oder vielleicht sogar eine Bombe –, sondern einfach nur die Schläge der Uhr hinter uns, die Mitternacht ankündigten.

In den Pausen zwischen den Glockenschlägen war Charlies Lachen zu hören, als er sich mir auf der Decke zuwandte.

»Du Schuft – du wusstest, dass das kommen würde!«, rief ich laut über den Lärm hinweg.

Charlie setzte sich auf, als sein Lachanfall vorüber war, und legte eine Hand an mein Gesicht. »Tut mir leid, Nelly, ich hatte dich vorwarnen sollen«, sagte er und strich mit dem Daumen über die empfindsame Haut an meinem Wangenknochen, während er mir in die schreckgeweiteten Augen sah. »Aber es muss mir wohl entfallen sein«, setzte er dann grinsend hinzu, und es dauerte nicht lange, bis ich in sein Lachen einstimmte.

Kapitel 10

Es gab Momente im Leben, in denen man kurz innehielt und sich einfach fragen musste, wie zum Teufel man hier oder dort nur gelandet war. Und während ich in meinem unbequemen Klappsessel saß und meine Latex-Nasenprothese sich langsam von meiner Haut löste und bedenklich über dem Pappeimer mit gemischtem Popcorn in meinem Schoß baumelte, beschloss ich, dass dies definitiv einer dieser Momente war.

Charlie und ich waren heute in Worcester, wo der sogenannte »Marathon-Tag« stattfand – ein eintägiges Filmfestival, bei dem alle Zombiefilme von George Romero gezeigt wurden.

Allein bei dem Gedanken daran war mir übel geworden. Nicht nur, weil ausschließlich Zombiefilme gezeigt werden würden, sondern weil diese darüber hinaus auch noch sogenannte alte Nischenproduktionen waren – Kultfilme also, die nicht für die breite Masse, sondern hauptsächlich für eine eingeschworene Fangemeinde produziert worden waren. Filme, die von unrasierten Männern, die sich hauptsächlich von Limonade und Chips ernährten und mit fünfundvierzig Jahren noch im Keller ihrer Eltern lebten, geradezu kultisch verehrt wurden.

Trotzdem hatte ich versprochen mitzugehen, und wenn auch nur aus dem Grund, dass ich dadurch einige ungestörte

Stunden mit Charlie verbringen konnte. Doch erst nachdem ich ihm geschworen hatte, ihn zu begleiten, hatte er eine kleine Warnung hinzugefügt ...

Ich hob ein aufgeblähtes Maiskorn auf und warf es mir mit einer scheinbar verfaulenden Hand mit kühnem Schwung in den Mund. Ein leises Kichern kam von meinem Sitznachbarn, dem ich daraufhin einen gereizten Blick zuwarf. Ich hatte mich damit einverstanden erklärt, dass Charlie schon ein paar Stunden vor der Abfahrt zu mir kam, damit ihm Zeit blieb, mich in eine Untote zu verwandeln. Er hatte im Vorfeld behauptet, das würden alle tun und dass später auch ein Preis für die beste Kostümierung verliehen würde.

Zuerst hatte ich gezögert, doch als er mich mit herabgezogenen Mundwinkeln und zusammengekniffenen Brauen angesehen hatte, hatte ich nachgegeben, weil das Festival ja letztendlich in Worcester stattfand, wo ich sowieso niemanden kannte. Ich würde also einfach die Nebenstraßen zur Autobahn nehmen, um an niemandem vorbeizufahren, der mich möglicherweise doch erkannte ... obwohl das mit meinen schwarz überschminkten Augen und dem scheinbar halb verfaulten Gesicht ohnehin sehr unwahrscheinlich war.

Und so hatte ich schließlich am Küchentisch gesessen und Charlie mit mir machen gelassen, was er wollte. Er hatte sein Handgelenk an meine Wange gelegt und sehr vorsichtig gearbeitet, ja, er war sogar so konzentriert gewesen, dass er sich ganz unbewusst auf die Zungenspitze gebissen hatte. Erst nach ein paar Sekunden war mir klar geworden, dass dies eigentlich der perfekte Vorwand für mich war, das zu tun, was ich schon hatte tun wollen, seit ich Charlie zum ersten Mal begegnet war: Während ich ihn den Maskenbildner spielen ließ, konnte ich mir sein Gesicht aus nächster Nähe ansehen, aber ohne dabei *zu* interessiert zu wirken.

Die Zeit verging, und er vergrößerte die Blutspritzer über meiner Oberlippe behutsam. Währenddessen betrachtete ich die feinen Linien in der Haut um seine Augen, die rostroten Stellen, die in Abständen in seinen ansonsten dunklen Barthaaren auftauchten, und die kaum noch sichtbaren Narben an seinen Wangen, die wohl von einer Akne in seiner Jugend herrührten.

Eine Haarsträhne hatte sich aus der Klammer gelöst, die mein Haar von all dem klebrigen Zeug weghielt, das auf mein Gesicht aufgetragen wurde. Die Strähne zitterte bei jedem meiner aufgeregten Herzschläge.

Charlie sah gut aus und wusste seinen Verstand und sein Können einzusetzen.

In den Minuten, in denen er nur wenige Zentimeter von mir entfernt stand, fragte ich mich, wie er wohl reagieren würde, wenn ich mich zu ihm vorbeugen und ihn küssen würde. Würde er sich darauf einlassen oder wieder mal auf dem Absatz kehrtmachen und die Flucht ergreifen? Nach längerem Nachdenken darüber kam ich jedoch zu dem Schluss, dass er, soweit ich wusste, nicht auf Nekrophilie stand und ich mit meinem Zombiegesicht mit Sicherheit kein antörnender Anblick war.

»Du hast nie schöner ausgesehen«, hatte er dann plötzlich gesagt, und obwohl ich wusste, dass es nur ein Scherz war, waren die Schmetterlinge oder vielmehr Albatrosse in meinem Bauch wieder aufgestiegen.

Dreieinhalb Stunden später begann der Kleber zu jucken, mit dem Charlie meine falsche, halb verweste Nase auf meine echte, glücklicherweise noch intakte geklebt hatte. Es kostete mich all meine Beherrschung, sie mir nicht vom Gesicht zu reißen und quer durch das überfüllte Kino zu schleudern.

Die Sitzreihen waren mit Leuten aller Altersstufen und Gesellschaftsschichten gefüllt statt nur mit den Zombie-Fans, die ich hier erwartet hatte. Doch wer auch immer sie waren, keiner von ihnen – ich wiederhole, *keiner* – war wie ein Zombie zurechtgemacht. In der Sekunde, in der mir das bewusst geworden war, wäre ich am liebsten sofort wieder ins Auto gestiegen und ohne Charlie nach Hause gefahren. Die seltsamen und amüsierten Blicke, die wir ernteten, als wir das Foyer des Kinos betreten hatten, schienen ihn nicht zu berühren, als kümmerte es ihn absolut nicht, dass ein Loch in einer seiner Wangen klaffte, durch das man falsche, widerlich geschwärzte Zähne sehen konnte.

Als wir durch den Gang nach vorne gegangen waren, hatte ich an der Wand ein Poster mit dem Ablauf des Programms erspäht. Mir blieb beim Anblick der umfangreichen Filmliste fast das Herz stehen. Aber Charlie versicherte mir, dass wir nur für die ersten drei Filme bleiben würden, weil sie seiner Meinung nach die einzigen sehenswerten seien und wir davon abgesehen auch jederzeit gehen könnten, falls sie mich zu sehr anödeten.

Der erste Film verging jedoch wie im Flug, in einem Regen von Popcorn und unter viel Geschrei, und hatte mir besser gefallen, als ich gedacht hätte – oder jedenfalls besser, als ich Charlie gegenüber zugeben wollte.

Zwei Reihen hinter uns saß jedoch eine sehr geschwätzige Person, eine echte Quasselstrippe, die schier ununterbrochen getuschelt und geredet hatte. Sie hätte allerdings gut daran getan, ihre Flüster- und Sprechstimme besser zu koordinieren, da ich jeden einzelnen ihrer passiv-aggressiven Kommentare hören konnte, mit denen sie ihren bedauernswerten Mann während des gesamten Films traktierte. Dass er ihr Ehemann war, wusste ich, weil sie an einer Stelle in ihr mit Folie abgedecktes Glas Rosé gemurmelt hatte: »Ich kann nicht glauben, dass ich jemanden wie dich geheiratet habe, der auf diesen ganzen Scheiß steht!«

Nun war ich ja selbst nicht gerade ein Fan von all diesem Zombie-Quatsch, und trotzdem hätte ich lieber noch drei weitere Filme zu diesem Marathon hinzugefügt, als mir auch nur eine Minute länger ihre quäkenden Kommentare dazu anzuhören, wie viel besser die Spezialeffekte in *The Walking Dead* doch waren.

Als die letzten körnigen Schwarz-Weiß-Aufnahmen des Films über die Leinwand liefen und das Licht im Saal anging, rutschte ich verlegen tiefer in meinem Klappsessel und schob mir eine weitere Handvoll des scheinbar unerschöpflichen Vorrates an Popcorn in meinen schwarz geschminkten Mund.

Charlie stieß einen zufriedenen Seufzer aus und blickte von seinem Platz, auf dem er sehr gerade und völlig unbeeindruckt saß, zu mir herab. »Herrgott noch mal, ist es dir etwa noch immer peinlich?«, fragte er mich dann und lachte leise. »Was glaubst du denn, wer dich mit diesem ganzen Zeug im Gesicht erkennen soll?« Er griff in den Popcorneimer. »Na, komm schon, ich weiß doch, dass dein unverkennbares Lächeln immer noch irgendwo unter der Schminke steckt.«

»Keine Ahnung«, erwiderte ich. »Aber es wäre typisch, wenn ich hier jemandem begegnen würde, den ich seit Jahren nicht gesehen habe, ausgerechnet dann, wenn ich gerade wie eine Vollidiotin aussehe.«

»Wie eine Vollidiotin? Dann sollte ich dich wohl besser mal darüber aufklären, dass du Make-up für etwa fünfzig Pfund im

Gesicht trägst! Wenn überhaupt, siehst du wie eine filmreife kleine Hexe aus«, erklärte er stolz. »Hat der Film dir denn wenigstens gefallen?«

»Er war … okay«, räumte ich ein, worauf Charlies Brauen sich zu einem übertriebenen Ausdruck der Bestürzung wölbten. »Ich habe nie behauptet, ein Zombie-Fan zu sein oder diesen Blödsinn zu mögen. Und trotzdem bin ich hier, sehe wie ein totaler Loser mit unerträglich juckender Theaterschminke aus und halte einen sechsstündigen Zombiefilm-Marathon aus, nur um dir eine Freude zu machen.«

»Und ich danke dir dafür.« Charlie lachte leise und kratzte sich an seiner eigenen Zombie-Nase, wobei sich die gesamte Prothese mit jedem unbefriedigenden Kratzer ein paar Millimeter nach unten bewegte.

»Hast du seit neulich abends eigentlich noch was von deinem Freund gehört?«, erkundigte er sich dann.

»Er ist nicht *mein* Freund, sondern wenn überhaupt nur *ein* Freund. Wobei ›Freund‹ im Übrigen ein völlig unpassendes Wort ist, um Joel zu beschreiben. Er ist niemand, den man anschauen und als möglichen *Freund* betrachten würde.«

Charlie verdrehte die Augen über mein Geplapper und wartete darauf, dass ich seine Frage beantwortete. »Und, nein, er hat sich nicht mehr gemeldet. Aber wieso fragst du eigentlich nach ihm?«

Er zuckte mit den Schultern. »Ich wollte nur wissen, wie es ihm geht. Es kann nicht leicht für ihn gewesen sein, als du die Tür geöffnet hast und ein so großer, starker Typ neben seinem Mädchen stand.«

»Ach, mach dir deswegen mal keine Sorgen. Er hat Ned schon des Öfteren gesehen«, scherzte ich.

»Sehr witzig«, entgegnete Charlie sarkastisch und pflückte lachend Popcornstückchen von den verschiedensten Stellen seines Körpers ab.

Wie ich die Dinge mit Joel belassen hatte, lag mir schwer im Magen, seit er bei uns zu Hause aufgekreuzt war, und ich wusste nicht so richtig, wie ich damit umgehen sollte. Sollte ich ihn ignorieren? Das wäre vielleicht die mitfühlendste Art, mit der Situation umzugehen – ihn aus den Informationen, die er hatte, einfach machen zu lassen, was er wollte. Und überhaupt … wenn ich ihm eine Nachricht schicken würde, was sollte ich ihm dann schreiben? *Es tut mir leid?*

Es tat mir schließlich gar nicht leid, dass ich unsere Beziehung beendet hatte. Es war höchste Zeit gewesen. Ich war es satt gewesen, den tonnenschweren Kadaver unserer Beziehung unentwegt mit mir herumzuschleppen. Es tat mir auch nicht leid, dass ich Charlie kennengelernt hatte. Er war zwar nicht gerade der unkomplizierteste Mensch für den zweiten Versuch, eine Beziehung einzugehen, aber bei ihm hatte ich endlich wieder etwas empfunden, und dafür würde ich mich ganz sicher nicht entschuldigen!

Seit etwa sechs Monaten wusste ich, dass Joel mich mehr liebte, als ich ihn jemals lieben könnte, doch nichtsdestotrotz tat ich es – ihn lieben, meinte ich.

»Er liebt dich immer noch, das ist offensichtlich«, sagte Charlie.

»Ich weiß«, stimmte ich seufzend zu und ließ mich schwer in meinen Klappsessel zurücksinken. »Aber er muss mit sich selbst ins Reine kommen … Herausfinden, was er mit seiner Zukunft anfangen will, und es dann auch tun. Wenn dieser Junge in seinem ganzen Leben auch nur eine einzige Aufgabe zu Ende gebracht hat, wäre das ein verdammtes Wunder! Er hat stets behauptet, auch Leonardo da Vinci hätte nie etwas vollendet. Doch es ist mir immer schwergefallen zu glauben, dass Leonardo, falls er je beschlossen hatte, etwas nicht zu Ende zu bringen, dies nicht getan hat, weil er lieber in schmuddeligen Boxershorts herumgesessen, sich *Storage Wars* angesehen und dabei Suppe aus einem Becher getrunken hatte.«

»Wir alle haben unsere Momente, in denen wir den Blick für das Wesentliche verlieren. Es ist einfacher, wenn einem alles egal ist, obwohl die Sorge einen nach einer gewissen Zeit doch wieder einholt.«

»Sprichst du aus Erfahrung?«, fragte ich.

»Ein bisschen vielleicht«, antwortete er und lachte kurz. »Würdest du Joel zurücknehmen?«

»Nein. Mir gefällt nicht, wer ich bei ihm war.«

»Das kann ich verstehen.« Er schien ein wenig nervös zu sein, denn die Haut um seine Augen zog sich zu kleinen Krähenfüßen zusammen, die auch dann noch in seinem Gesicht verblieben, wenn er es bewegte. »Aber ich weiß auch nicht, ob du den Mann gemocht hättest, der ich bis vor ein paar Jahren war.«

»Wieso?«, hakte ich beunruhigt nach.

Wie anders könnte er gewesen sein? Mein Kopf begann sofort, unzählige Schreckensszenarien zu konstruieren, in denen er drogensüchtig war und sich in Gassen vor Nachtclubs einen Schuss setzte. Oder ein sexgeiler Aufreißer mit eigener Liebesschaukel zu Hause, der sich wahrscheinlich bei allem, was ich zu bieten hatte, zu Tode langweilen würde.

»Ich war ein ziemlicher Schwindler, weißt du? Eingebildet, selbstsicher … Wenn ich es mir recht überlege, war ich genauso wie mein Onkel, nur ohne dessen liebenswerten Charme.«

»Du und kein Charme? Jetzt tu mal nicht so, als wäre das auch nur annähernd möglich. Du bist der typische grüblerische Charmeur aus einer Liebeskomödie. Und dagegen kannst du nichts machen, denn so bist du nun einmal.«

Er sah mich aus den Augenwinkeln an und lächelte, wobei er wieder seine hässlichen schwarzen Zähne zeigte und die Halbmondfalten auf seinen Wangen hinter dem grauen Make-up hervorlugten.

»Und du hältst zu viel von den Menschen«, sagte er, als die Leute um uns herum begannen, sich für den zweiten Film bereit zu machen.

»Ich bin nun mal ein Optimist und sehe bloß das Beste in den Menschen, selbst wenn sie es nur ungern zeigen.«

Nun blickte er richtig auf, und in seinen Augen stand wieder der Schalk. »Ich behaupte ja auch nicht, dass ich Welpen getreten oder gar im Kino gequasselt habe.« Das Letztere sagte er etwas lauter und richtete die Worte an die schwatzhafte Frau zwei Reihen hinter uns.

»Das ist gut«, erwiderte ich genauso laut und ebenso sarkastisch. »Weil es für solche Leute nämlich einen ganz besonderen Platz in der Hölle gibt!«

Ich glaubte, ein empörtes Schnauben von ihr zu hören, aber das war auch schon alles.

»Ich war bloß ein ziemlicher Spinner und kein sehr netter Mensch. Ich gehörte zu den Männern, die sehr gut in sinnlosem Wortgeplänkel waren und dachten, zwölf Stunden am Stück mit *Call of Duty* zu verbringen sei ein guter Zeitvertreib. Ich besaß grundsätzlich nur die neuesten Smartphones und Armbanduhren, die ich jedoch bloß trug, um vor den Leuten damit anzugeben. Ich trank ausschließlich in den trendigsten Bars und war immer der Erste, der eine Runde schmiss, um allen den Eindruck zu vermitteln, dass es besser um meine Finanzen bestellt war, als es tatsächlich der Fall war. Einmal habe ich sogar fast meinen gesamten Monatslohn in einer Nacht ausgegeben, nur damit die Leute nicht merkten, dass ich keine Arbeit als Maskenbildner bekam. Danach musste ich einen Kredit aufnehmen, der mir ein paar Monate das Leben echt schwermachte, bis Carrick ihn für mich ablöste.« Er schwieg einen Augenblick, bevor er weitersprach. »Früher habe ich immer auf die Leute herabgesehen, die zu Hause in Westport geblieben waren, sich dort niedergelassen hatten und nie weggezogen sind. Für mich waren sie alle Kleinstadt-Loser, die verpassten, worum es meiner Meinung nach im Leben ging Doch heute sind sie alle glücklich und ich nicht. Und somit bin ich derjenige, der etwas völlig falsch verstanden hatte.«

»Für mich hört sich das aber nicht so an, als säße hier ein schlechter Mensch, der mir das alles in der Hoffnung beichtet, Absolution zu erlangen«, erwiderte ich. »Klar klingt es so, als wärst du ein kleiner Spinner gewesen, doch ich denke, jeder war irgendwann in seinem Leben mal jemand, für den er sich heute schämt. Wenn man für Gruppenzwang empfänglich ist, kann er einen dazu bringen, zu jemandem zu werden, der man niemals sein wollte – und zu einem Menschen, den man selbst nicht mag.«

»Ich wette, dass dich noch nie im Leben jemand unter Gruppenzwang gesetzt hat«, gab Charlie schmunzelnd zurück.

Seine Augen waren von so viel Zuneigung erfüllt, als sie mein Gesicht aus der Ferne streichelten, dass sich ein Kloß in meiner Kehle bildete. Beim Hinunterschlucken konnte ich praktisch hören, wie er sich löste.

»Du würdest dich wundern«, erwiderte ich, als ich mich an die Karussells und dergleichen in den Vergnügungsparks erinnerte, die zu benutzen ich mich hatte überreden lassen, oder an die Nächte in meinen Teenagerjahren, in denen ich eigentlich nach Hause wollte, aber geblieben war, um es jemand anders recht zu machen. An die Hände der Jungs, die ich weiter hatte streifen lassen, als mir lieb gewesen war, weil ich nicht als prüde gelten wollte. Ich dachte an das eine und einzige Mal, als ich eine Zigarette geraucht hatte und mich dann in einem nahe gelegenen Gebüsch übergeben musste, weil ich einen Geschmack im Mund hatte, als hätte ich einen Grillrost abgeleckt. Und natürlich dachte ich auch an Joel und all die Male, bei denen ich mich von ihm zu Entscheidungen hatte drängen lassen, beispielsweise Geld in sein Geschäft zu investieren und länger bei ihm zu bleiben, als ich es hätte tun sollen. Oder dass ich längst erloschene Flammen wieder entfacht hatte, die eigentlich für immer hätten ruhen sollen ...

»Das glaube ich nicht.« Charlies Blick glitt sekundenlang hinab zu meinen Lippen, bevor er mir wieder in die Augen sah. »Ich glaube, du bist der echteste Mensch, dem ich je begegnet bin.«

»Das Gehirn meiner Mutter ist wie Aladins Höhle voller unnützer Fakten und Kühlschrankmagnet-Metaphern, und einmal hat sie mich in ihrem Schlafzimmer gefunden, als ich gerade mal zwölf war und mir Schminke ins Gesicht klatschte und weinte, weil mich einige Mädchen in der Schule als ›hässlich‹ bezeichnet hatten. Mum holte ein feuchtes Tuch und half mir, das von mir angerichtete Chaos zu beseitigen. Sie sagte, vorzugeben, jemand zu sein, der man nicht ist, sei wie das Tragen einer dieser großen Halloween-Masken aus Gummi. Man kann sich so lange dahinter verstecken, wie man will, doch irgendwann wird die Maske unangenehm, und man muss einmal tief durchatmen. Und das Einzige, was man dann tun kann, ist, sie abzunehmen. Wenn sie mich jetzt nur sehen könnte«, sagte ich und zeigte auf mein scheinbar verwesendes Gesicht.

»Sie fehlt dir sehr, nicht wahr?«

»Ja«, gab ich leise zu. Ich wunderte mich, wie viel Traurigkeit mich überkam, wenn ich an sie dachte, was neuerdings immer häufiger geschah.

»Deiner Beschreibung nach scheint sie eine dieser weisen Frauen zu sein, die allwissend und was weiß ich nicht alles sind.« Er runzelte wieder die Stirn, als wüsste er selbst nicht ganz, wie er mir vermitteln sollte, was er meinte. Nach einem Moment glättete sich jedoch seine Stirn, und seine Augenbrauen hoben sich. »Wie Rafiki«, sagte er.

»Rafiki?«, wiederholte ich lachend. »Wie der Mandrill aus dem *König der Löwen*?«

»Ist das nicht ein Pavian?«

»Das ist ein häufiger Irrtum. Und auch bloß eine weitere unnütze Information«, wischte ich den gedanklichen Abstecher beiseite. »Versprich mir nur eins, Charlie«, bat ich und legte meine Hand auf seinen Arm, der entspannt auf unserer gemeinsamen Armlehne lag, »wenn du gerne lebst, dann sag ihr bitte niemals ins Gesicht, dass sie dich an Rafiki erinnert.«

»Zur Kenntnis genommen«, antwortete er. »Aber bedeutet das, dass ich noch lange genug in deiner Nähe sein werde, um sie kennenzulernen?«

Ich errötete, wandte jedoch den Blick nicht ab. »Wenn du dich anständig benimmst«, erwiderte ich lächelnd.

Da war er wieder, dieser intensive Blick von ihm, der mir das

Gefühl gab, Hunderte von sich windenden kleinen Würmern verschluckt zu haben. Sich in jemanden zu verlieben war so lächerlich, so absurd und gegen alle Selbsterhaltungstriebe, dass es mich nicht wunderte, wie viele Menschen darüber sangen, schrieben und ihr Leben darauf ausrichteten.

Ich fragte mich, ob er wohl das Gleiche empfand wie ich. Das Brausen des Blutes, das in meinen Ohren rauschte und in meinen Schläfen pochte, und das Kribbeln der Vorfreude auf meiner Haut.

Ich hatte versucht, mich nicht auf Charlie einzulassen und mich nicht in ihn zu verlieben, was jedoch schlicht und einfach unmöglich gewesen war. Mein Herz arbeitete unabhängig von meinem Kopf, und Logik hatte kein Mitspracherecht mehr dabei. Ich dachte wieder daran, mich zu ihm vorzubeugen und ihn zu küssen, um endlich zu erfahren, wie es sich anfühlen würde – nach so vielen verpassten Gelegenheiten.

Doch während ich im Geiste noch mit dem Gedanken spielte, wechselte sein Gesichtsausdruck von einem einladenden zu einem amüsiert-erstaunten.

»Was ist?«, fragte ich verwirrt und ein bisschen atemlos.

»Es ist bloß … na ja, deine Nase«, erwiderte er kichernd.

Ich runzelte die Stirn, hob mein Handy an mein Gesicht und aktivierte die Spiegelfunktion der Kamera. »Ach du meine Güte!« Ich hielt sofort eine Hand hoch, um zu verbergen, wie sich meine Latexnase von meinem Gesicht abschälte. »Kannst du das reparieren?«

»Lass mal sehen«, sagte er mit einem unterdrückten Lachen.

Ich nahm die Hand weg, und sogleich folgten ein dumpfer Ton und ein Rascheln, als sich der Kleber nun vollständig löste und meine falsche Nase in den Eimer mit Popcorn fiel, den ich auf dem Schoß hielt.

Ich presste die Lippen fest zusammen, bevor ich wieder zu Charlie aufblickte, dessen Finger nun auch seinen Mund bedeckten, um ein Lachen zu unterdrücken. Ich griff nach oben und berührte meine verschwitzte Nase, die mit winzigen Stückchen getrocknetem Klebstoff bedeckt war.

Bevor ich irgendetwas tun konnte, um es zu verhindern, drang ein glucksendes Geräusch aus meinem Mund. Charlie tat es mir nach und lachte, bis ihm die Tränen kamen.

Schnell fischte ich meine falsche Nase aus dem Popcornbehälter und drückte sie wieder an mein Gesicht, aber der Kleber war längst eingetrocknet.

»Das ist nur das Universum, das dir sagt, dass du viel zu hübsch bist, um dich hinter all dieser Theaterschminke zu verstecken«, sagte er lachend und hob eine Hand zu meinem Gesicht. Seine Fingerspitzen ruhten sanft an meiner Wange, während sein Daumen über meine Nase strich und den getrockneten Kleber so behutsam wie möglich entfernte. »Es war geradezu kriminell, dich hinter alldem zu verstecken«, stellte er dann leise fest und rieb behutsam weiter meinen Nasenrücken, bis ich mir ziemlich sicher war, dass der ganze Klebstoff verschwunden war. »Álainn«, sagte er so leise, dass ich es fast nicht hörte.

Ich wollte ihn gerade fragen, was das Wort bedeutete. Doch in diesem Moment erlosch das Licht, sodass der große Kinosaal wieder in Dunkelheit versank und die unheilvolle Musik von *Dawn of the Dead* ertönte.

Charlie warf mir einen letzten bedeutungsvollen Blick zu, bevor er sich so weit zurücklehnte, dass er fast auf seinem Sitz lag. Dann nahm er sich eine Handvoll Popcorn und stapelte es auf seinem Brustkorb, um es wie eine Taube nach und nach zu verputzen.

Eine schlafende Frau, die offensichtlich einen Albtraum hatte, erschien auf der Leinwand und leitete die zweite Etappe des Marathons ein. Gelangweilt wandte ich mich ab und zog mein Handy aus der Tasche. Ich versteckte es hinter meinem Bein am Gang, sodass Charlie es nicht sehen konnte, und stellte den Bildschirm dunkler. Dann versuchte ich, das Wort, das er gerade gesagt hatte, in eine Suchmaschine einzugeben. Ich hatte jedoch keine Ahnung, wie man es buchstabierte. Nachdem ich von einem Mann gegenüber mit einem wütenden Blick bedacht worden war, steckte ich das Telefon seufzend wieder ein.

Der kleine Plastik-Zombie mit dem wackelnden Kopf stand auf dem Armaturenbrett, als ich in der Nähe des Hauses hielt, in dem sich Charlies Wohnung befand. Er hatte mir gesagt, ich solle um die Ecke parken, weil das Einbahnstraßensystem in der Gegend sehr verwirrend sei. Deshalb sah ich also nicht wirklich sein Wohnhaus, sondern nur die allgemeine Umgebung. Es war ein nettes Viertel, nicht halb so gut wie Neds und meines, aber auch nicht so heruntergekommen wie der ständig nach Kebab riechende Stadtteil, in dem ich früher gewohnt hatte.

»Danke, dass du mitgekommen bist«, sagte Charlie mit einer Hand auf der Beifahrertür. »Ich wollte schon immer mal zu so einem Film-Marathon gehen.«

Er sah sehr komisch aus im Licht der Straßenlaterne, das durch die regennasse Windschutzscheibe drang. Auch er hatte gegen Ende des zweiten Films von seiner juckenden falschen

Nase genug gehabt und sie abgenommen wie in der berühmten Szene in *Poltergeist*, wo der Mann sich im Badezimmerspiegel das Gesicht abreißt. Er hatte es mit voller Absicht vor den Augen der Quasselstrippe getan, die zwei Reihen weiter hinten saß und bei deren entsetztem Gesichtsausdruck ich mir sicher war, dass sie sich schon bald zu einer Therapie entschließen würde. Charlies echte Nase ragte durch das ruinierte Make-up und Gummi, was eine erfreuliche kleine Erinnerung daran war, dass sein gut aussehendes Gesicht unter all dem karnevalesken Drumherum noch existierte.

»Vergiss deinen Preis nicht«, sagte ich und griff nach dem Zombie mit dem Wackelkopf.

Es war ein Preis, der den Aufwand, den Charlie betrieben hatte, nicht wirklich rechtfertigte, doch auch seine Mittelmäßigkeit besaß ihren Reiz. Die Figur war uns kurzerhand von einem Platzanweiser überreicht worden, der sich nicht im Geringsten darum scherte und irgendwie sogar noch mehr wie ein Zombie aussah als wir. Wir hatten beschlossen, den Wackelkopf zu Ehren des George-Romero-Marathons George zu nennen, und schnell festgestellt, dass wir beide schon sehr an dem kleinen Zombie hingen.

»Kannst du dich erst einmal um ihn kümmern?«, fragte Charlie und tippte auf Georges Kopf, wodurch dieser mit einem leisen Knarren seiner Federn wackelte.

»Klar. Meine Anwälte werden sich wegen des Sorgerechts mit deinen in Verbindung setzen«, erwiderte ich kichernd und setzte George auf das Armaturenbrett zurück. »So«, sagte ich und drehte mich wieder zu ihm um, als er die Beifahrertür öffnete. »Dann sehen wir uns bald wieder?« Es war eine Frage, die wesentlich mehr beinhaltete als die eigentlichen Worte.

»Keine Bange, Nell. Ich werde nirgendwo hingehen, das schwöre ich dir bei Georges Leben.« Dann beugte er sich über die Handbremse und drückte seine Lippen auf meine Wange. Für einen Moment verweilten sie dort, bevor er sich zurückzog, mir ein letztes Lächeln schenkte und aus dem Auto stieg.

Ich sah ihm nach, bis er mit einem Winken um die Ecke verschwand, und verspürte ein Ziehen im Magen.

Warum fühlte es sich nur jedes Mal, wenn er ging, so endgültig an, als würde ich ihn nie wiedersehen?

Kapitel 11

Der Februar ging in den März über, mit einem Chor von Vogelstimmen, der am Tag zuvor noch nicht zu hören gewesen war. Es war fast so, als hätten die Vögel nur darauf gewartet, dass der kalte Februarwind vorüberging, bevor sie herauskamen und nun um die Fenster des Büros herumflogen, um die Wärme des Frühlings in sich aufzunehmen.

»Ich mag ihn«, sagte Ned, dessen Füße auf der Kante seines Schreibtischs ruhten, während er mit der Anmut eines Müllwagens sein Geflügelsalat-Sandwich verspeiste.

Ned hatte sich zwar schon auf die gelbe Soße vorbereitet, die nun seine Brust bekleckerte, und Flecken auf seinem Hemd vorgebeugt, indem er den Müllbeutel seines Abfalleimers aufgeschnitten und wie eine Serviette zwischen das tropfende Sandwich und sein Hemd geschoben hatte. Doch das war natürlich absolut kein eleganter Anblick.

»Ich glaube, Charlie tut dir genauso gut wie du ihm«, bemerkte Ned mit vollem Mund.

»Meinst du wirklich?«, fragte ich mit einem erfreuten Grinsen auf den Lippen.

»Na ja, ich glaube, ich habe dich noch nie so viel lächeln gesehen wie in den letzten Wochen. Natürlich nicht, wenn er dich mal wieder ärgert. Aber die restliche Zeit scheint es dir nicht zu gelingen, dir ein Lächeln zu verkneifen.«

Ich biss in mein eigenes Sandwich und legte die Tüte so vorsichtig wieder hin, als wäre sie ein verletztes Kätzchen. Das Sandwich war mir vor etwa zwanzig Minuten von einem mir noch unbekannten ehrenamtlichen Mitarbeiter gebracht worden, der auch mich nicht kannte und meinen Namen deshalb einfach quer durch den Raum gerufen hatte, bis mein Kopf aus meiner Arbeitskabine hochfuhr wie der eines Maulwurfs aus seinem Bau. Froh, mich gefunden zu haben, brachte er mir einen heißen Becher Kaffee und ein Hummus-Paprika-Sandwich aus dem *Cool Beans Café* mit einer auf die Tüte gekritzelten Nachricht.

Versuch, dieses Sandwich hier nicht auf irgendwelche ahnungslosen Iren zu werfen.
Wie wär's mit Dinner heute Abend? Gib mir Bescheid, und dann hole ich dich von der Arbeit ab, wenn du willst.
Bis dahin soll das hier dir über die Runden helfen.
Charlie

Die Röte war mir ins Gesicht geschossen, als ich die Nachricht gelesen hatte. Meine Wangen hatten geradezu geglüht.

Als Ned das bemerkt hatte, hatte er mit schriller Stimme aus seiner Kabine gerufen: »Oho! Nell hat einen Liebesbrief bekommen!«

Alle anderen Mitarbeitenden hatten sich zu mir umgedreht, und ich war schnell zu meinem Platz zurückgeeilt, bevor ich vor Verlegenheit spontan in Flammen aufgehen konnte.

»Wenn du nicht aufhörst zu grinsen, wird dein Gesicht in

zwei Hälften zerspringen«, murmelte Ned undeutlich mit vollem Mund.

»Halt die Klappe, alter Mann«, gab ich zurück.

Daraufhin erwiderte er seufzend: »Oh, welch Glück, jung und verliebt zu sein.«

»Du bist doch nur neidisch, weil du dir selbst etwas zu essen besorgen musstest«, erwiderte ich, bevor ich so begierig in mein Sandwich biss, dass ich beinahe daran erstickte.

Danach vergingen die Stunden so unglaublich langsam, dass ich mich irgendwann fragte, ob Ned vielleicht heimlich die Uhr auf meinem Bildschirm verstellt hatte, um mich zu ärgern. Je langsamer die Zeit verstrich, desto nervöser wurde ich.

Gelangweilt tippte ich George, den Wackelzombie, an, worauf die Federn in seinem Kopf ein leises Quietschen von sich gaben. Seit wir ihn gewonnen hatten, saß er während meiner Arbeitsstunden stets auf meinem Computer. Und wenn ich nach Hause ging, steckte ich ihn in meine Tasche, weil ich den Gedanken nicht ertragen konnte, ihn über Nacht allein zu lassen.

Heute Abend war nicht das erste Mal, dass ich etwas mit Charlie unternehmen würde, aber doch das erste Mal, das sich wie ein richtiges Date anfühlte – nach seiner romantischen Notiz und der überraschenden Einladung zum Abendessen.

Vorher erhielt ich jedoch noch einen kurzen, aber positiven Anruf von Jackson, bei dem er mir erzählte, dass er es irgendwie geschafft hatte, *Game of Thrones* zu Ende zu sehen, seit ich das letzte Mal mit ihm telefoniert hatte. Ich musste mir eine fünfzehnminütige Schimpftirade darüber anhören, welches Ende ihm viel lieber gewesen wäre. Es tat gut, ihn wieder so begeistert von irgendetwas sprechen zu hören. Die neuen Medikamente, die ihm der Arzt verordnet hatte, wirkten besser als alle anderen, die er bisher ausprobiert hatte, und so hoffte er, bald angstfrei genug zu sein, um das Mädchen in seiner Firma, auf das er ein Auge geworfen hatte, um ein Date zu bitten. Dies war ein Riesenschritt für ihn. Bei unserer allerersten Unterhaltung hatte er mir gestanden, dass er kaum in der Lage war, mit dem Postboten zu reden, und jetzt dachte er schon darüber nach, sich mit einem Mädchen zu verabreden! Deshalb hatte ich unser heutiges Telefongespräch mit dem erfreulichen Gefühl beendet, dass es Jackson bald wieder gut gehen würde. Das verlieh meinen Schritten noch mehr Elan.

Viele Leute betrachteten die Einnahme von Antidepressiva und Medikamenten gegen Angstzustände oft als Schwäche, was jedoch nicht weiter von der Wahrheit entfernt sein könnte. Den Mut zu haben, um Hilfe zu bitten, war eine Stärke, die nur allzu viele Menschen nicht besaßen, und das soziale Stigma bezüglich Angstzuständen, Depressionen oder anderen psychischen Problemen nahm den Menschen oft das letzte Quäntchen Mut, sich die Hilfe zu holen, die sie brauchten.

Am Ende unserer Schicht ging Ned mit dem Enthusiasmus mit mir die Treppe hinunter, der aus dem Wissen resultierte, dass ihn zu Hause ein voller Eisbecher von Ben & Jerry's und eine neu gekaufte Box mit *Cold Case Files* erwarteten. Wir hatten versucht, mit unseren Eissorten ein wenig abenteuerlicher zu werden, von *Chocolate Fudge Brownie* über *Cherry Garcia* bis hin zu dem, was uns jetzt erwartete, nämlich Eis mit Geburtstagskuchengeschmack. Es gab zwei Möglichkeiten, aber ganz gleich, ob er es mochte oder hasste, es würde in weniger als dreißig Minuten verputzt sein, und ich würde nicht einmal einen Blick in den Behälter werfen können.

Meine Begeisterung, als ich neben ihm die Treppe hinunterhüpfte, hatte jedoch einen ganz anderen Grund. Ich verrenkte mir fast den Hals, als wir uns dem letzten Treppenabsatz näherten, und spähte durch die Glastüren, um einen Blick auf Charlie zu erhaschen. Aber seine grüblerische Silhouette war nirgendwo zu sehen.

Bevor ich das Büro verlassen hatte, war ich noch kurz im Bad verschwunden, um meine Haare zu bürsten und mein Make-up und die Mascara aufzufrischen. Während ich mir mein Spiegelbild in dem nicht gerade sauberen Badezimmerspiegel genauestens angesehen hatte, hatte ich mir eine aufmunternde Ansprache gehalten.

»Also, meine Liebe«, hatte ich mir ganz im Ernst gesagt, »es besteht absolut kein Grund, nervös zu sein. Es ist alles in Ordnung. Du wirst dein Essen sorgfältig kauen und auf keinen Fall Salat bestellen, weil schließlich jeder weiß, dass man einen Salat einfach nicht anständig essen kann. Du wirst das Essen also nicht gegen dich arbeiten lassen. Und natürlich wirst du nachdenken, bevor du sprichst, und dich zusammennehmen, damit auch er zu Wort kommt. Hast du mich verstanden, Nell Coleman?«

Im selben Moment konnte ich die Spülung einer Toilette hören, und eine der Kabinentüren öffnete sich. Heraus trat jemand, der ein Abzeichen der Obdachlosenhilfe trug, die sich auf der anderen Seite des Flurs befand. Ich spürte, wie meine Wangen sich so stark erhitzten, dass sie jemandem einen Sonnenbrand hätten bescheren können, während ich hastig mein

Make-up und meine Haarbürste einzusammeln versuchte, sie dabei aber nur noch weiter außer Reichweite beförderte. Fast hätte ich aufgejault wie ein erschrockener Hund, als ich aufblickte und sah, wie die junge Frau mich im Spiegel anstarrte.

»Sie schaffen das schon, da bin ich mir ganz sicher«, sagte sie. »Und im Übrigen haben Sie recht: Es gibt keine elegante Art, einen Salat zu essen.«

»Danke«, erwiderte ich und schaute auf ihr Schlüsselband, auf dem *Kathy* stand.

»Gern geschehen.« Und schon war sie auf dem Flur verschwunden.

Ned beschwerte sich über irgendetwas, was die neue ehrenamtliche Mitarbeiterin, Maddie, gesagt hatte, während er darauf gewartet hatte, dass der Filterkaffee in die Gemeinschaftskanne getropft war.

Aber ich hörte gar nicht richtig zu. Mich erfasste ein brandneues Gefühl von ansteckender Zuversicht, als wir durch die automatische Tür hinaustraten. Die Luft war noch genauso kalt wie im Januar, die Frühlingsluft getrübt durch einen eisigen Hauch des Winters.

Draußen vor dem Gebäude stand die Gestalt, auf die ich gewartet hatte, mit einer Schulter an das Schild gelehnt, auf dem die Namen von *Healthy Minds* und all den anderen Unternehmen standen, die sich mit uns das Gebäude teilten. Ich erkannte sogleich die grüblerische Neigung seiner Schultern, die lässige Art, wie er ein Bein hinter dem anderen verschränkte und auf der Sohle eines dicken schwarzen Stiefels balancierte wie ein schmuddeliger Flamingo. Er hielt sich das Handy ans Ohr. Ich konnte die blecherne Stimme der anderen Person, deren Worte durch eine schlechte Verbindung verzerrt waren, sogar von hier aus hören. Um Ned zum Schweigen zu bringen, legte ich einen Finger an meine Lippen und wies auf Charlie, bevor ich mich hinter ihn schlich.

»Buh!«, schrie ich in sein freies Ohr.

»Fuck!«, rief Charlie, während er sich mit einer Hand an die Brust griff und verblüfft herumfuhr.

»Aber doch nicht hier, oder?«, scherzte ich.

Er hielt das Telefon von seinem Ohr weg, und der Bildschirm leuchtete wieder auf. Die Stimme am anderen Ende der Leitung sagte etwas in verzerrten, verstümmelten Tönen, und ich schaute lange genug hin, um zu sehen, dass die Nummer nicht in seinem Telefon gespeichert war. Schnell beendete er das Gespräch und schob das Handy in seine Hosentasche.

»Willst du mich umbringen? Denn wenn ja, hättest du das auch schon vor ein paar Jahren machen können.« Er tat so, als wäre er verärgert, aber ich konnte sehen, wie ein besorgtes Lächeln versuchte, sein erzwungen mürrisches Gesicht zu durchbrechen.

»Das ist nicht witzig«, gab ich lautstark zurück.

»Schade. Und dabei hatten wir so viel Arbeit in die Planung deines Untergangs gesteckt«, erklärte Ned todernst. Dann reichte er Charlie die Hand, was sehr förmlich wirkte für zwei Männer, die vor weniger als einer Woche noch feuchte Augen wegen Channing Tatum bekommen hatten.

Charlie schüttelte Neds Hand und steckte dann beide Fäuste in die ausgefransten Taschen seiner Jeansjacke. Er trug eine rote Mütze, die sein Haar über den Augen herabdrückte, sodass es unter dem Saum hervorlugte und doppelt so lang aussah, wie es tatsächlich war.

»Hast du dich schon entschieden, wo du essen möchtest? Heute ist nämlich Damenwahl«, sagte Charlie.

»Ach, das ist mir egal … obwohl ich Lust auf Knoblauchbrot hätte«, antwortete ich.

»Gut, dann also italienisch.« Er lächelte, seine Augen leuchteten auf, und ich hätte schwören können, dass sie jedes Mal, wenn ich sie sah, einen noch tieferen Blauton annahmen. »Du kannst gern auch mitkommen, Ned, wenn du möchtest.«

Mit großen Augen, die auch ohne Worte für mich sprachen, drehte ich mich zu Ned um. »Wag es bloß nicht, Ned!«, sagten sie. »Dies ist meine Chance! Meine Chance, mehr als nur eine Beraterin für diesen wunderbaren Mann zu sein. Geh nach Hause, iss dein Eis, und sieh dir an, wie ein paar jahrzehntealte Verbrechen aufgeklärt werden.«

Ned erwiderte meinen Blick. »Als ob ich mitkommen und zusehen wollte, wie du ihn in Gedanken über den Tisch hinweg entkleidest«, schien er mir zu sagen. Und laut: »Danke für das Angebot, aber ich habe gleich ein Date mit einem Löffel und zwei Männern. Außerdem habe ich Nell schon einmal Spaghetti essen gesehen und leide noch immer unter einer posttraumatischen Belastungsstörung deswegen.« Dann beugte er sich vor und küsste mich auf die Stirn.

Als ich aufsah, fing ich seinen Blick ein. Er zwinkerte mir zu, verabschiedete sich und ging seines Weges.

»Zwei Männer, ein Löffel?«, fragte Charlie, als Ned außer Hörweite war.

»Ben und Jerry«, erklärte ich.

»Na, Gott sei Dank!«, sagte Charlie und seufzte. »Für einen Moment lang dachte ich, er hätte irgendwo einen uralten Porno aufgetrieben.«

Während wir Ned in der Dunkelheit verschwinden sahen, vergrößerte sich die Befangenheit wegen des ersten richtigen Dates zwischen uns.

Charlie schaute mich an und verzog die Lippen zu einem schiefen Lächeln. »Du musst mir helfen«, sagte er. »Ich war schon so lange nicht mehr richtig auswärts essen, dass ich nicht einmal mehr weiß, wo sich die Restaurants befinden.«

Ich hob eine Hand und deutete in die Richtung von *Giorgio's*, dem einzigen Italiener in der Gegend, zu dem es sich zu gehen lohnte, und wir machten uns langsam auf den Weg. Dabei tat ich es Charlie nach und steckte die Hände in die Manteltaschen.

Ich wünschte, ich hätte schon am Morgen gewusst, dass wir zusammen ausgehen würden, da ich mich dann vielleicht ein bisschen weniger büromäßig und etwas extravaganter gekleidet hätte. Verglichen mit Charlies lässigem Kleidungsstil sah ich so aus, als könnte ich seine Buchhalterin oder Bewährungshelferin sein.

»Und – bist du inzwischen über Channing Tatum hinweggekommen?«, fragte ich, da ich den Schauspieler für ein unverfängliches Gesprächsthema hielt.

»Kann irgendjemand jemals wirklich über Channing Tatum hinwegkommen?«, gab er zurück und reichte mir einladend den Arm.

Etwas verblüfft über diese unerwartete Einladung zum Körperkontakt, zögerte ich zunächst ein wenig, bevor ich mich bei ihm unterhakte. Der grobe Stoff seines Ärmels streifte im Gehen den meines Mantels und verursachte zischende kleine Geräusche.

»Na ja, es gibt da etwas, was ich dir sagen sollte.« Mit gespielter Besorgnis blickte ich ihm auf und sah, wie seine Brauen sich scheinbar beunruhigt zusammenzogen. »Es gibt auch noch ein alternatives Ende in den DVD-Extras. Ich habe Ned gestern Abend dabei erwischt, wie er es sich angeschaut hat, als ich nach Hause gekommen bin. Ich bin mir also ziemlich sicher, dass wir uns den Film noch einmal ansehen und das andere Ende abspielen müssen.«

Charlies Stirn glättete sich, und sein Lächeln war wieder da. »Ich weiß nicht, ob mein Herz das aushält«, sagte er leise lachend.

Dann versteifte er sich ein wenig, griff mit der Hand in seine Gesäßtasche und zog sein Handy heraus, um stirnrunzelnd dieselbe unbekannte Nummer, die eben schon angerufen hatte, anzustarren.

»Gehst du jemandem aus dem Weg?«, fragte ich, und wie so oft in seiner Gegenwart beschlich mich wieder dieses seltsame Gefühl der Angst. Hatte diese hartnäckige Person am anderen Ende der Leitung etwas mit den Dingen zu tun, von denen er mir erzählt hatte? Oder handelte es sich um eine ganz andere Geschichte?

Er rümpfte die Nase und schüttelte den Kopf. »Es war nichts Wichtiges.« Er steckte das Telefon wieder ein, bevor er sich mir mit einem erzwungenen Lächeln zuwandte. »Deine unappetitliche Art, Spaghetti zu essen, ist alles, woran ich im Augenblick denken kann. Und ich stelle mir dabei so etwas vor wie die Ood mit den langen Mundtentakeln aus *Doktor Who*.«

»Glaubst du, ich wüsste nicht, wer die Ood sind? Du hast nicht das Monopol für dich gepachtet, ein schrulliger Sonderling zu sein. Und sei vorsichtig mit dem, was du dir wünschst, weil mir nämlich schon gesagt wurde, dass ich angeblich eine frappierende Ähnlichkeit mit den Ood besitze.«

»Na, das ist ja prima!«, entgegnete er in spöttischer Begeisterung. »Weil ich die Ood nämlich schon immer für die erotischsten aller Geschöpfe bei *Doctor Who* gehalten habe.«

Als wir in der Fensternische bei *Giorgio's* Platz nahmen und ein lächelnder Kellner uns Eiswasser einschenkte, kam mir der Gedanke, dass es ein für meine Verhältnisse ganz schön elegantes Restaurant war, was ich vorgeschlagen hatte. Von der Decke hingen offensichtlich künstliche, aber ästhetisch ansprechende Weintrauben, deren Reben sich auch um große Säulen rankten, und die pseudorustikalen Wände waren mit lustigen Wandmalereien bedeckt.

Ich umklammerte meine Speisekarte mit nervösen Fingern, während Charlie die Mütze abnahm und sich mit einer Hand durchs Haar fuhr.

Leise Geigenmusik ertönte aus den Lautsprechern, und das gedämpfte Licht sorgte für die perfekte Beleuchtung für all die Paare an den Tischen. Der Kellner zog ein Feuerzeug aus der Tasche und zündete geradezu manisch lächelnd eine Kerze zwischen uns an, als hätte ihn das jahrelange Hören der immer wieder gleichen Geigenmusik schon an den Rand des Wahnsinns getrieben.

Charlie, der von dem erzwungenen Maß an Romantik völlig unbeeindruckt zu sein schien, warf erneut einen Blick auf sein Telefon und schob es dann unter seine Mütze, die er neben eine übertrieben große Pfeffermühle auf den Tisch gelegt hatte.

Aber wer wusste schon, ob dies nicht vielleicht genau die Art von Ambiente war, die er angestrebt hatte, als er mich gebeten hatte, ein Lokal zum Essen auszusuchen? Oder vielleicht war er auch einfach nur zu höflich, um sich sein Missfallen über das Paar am Nebentisch anmerken zu lassen, das sich gegenseitig mit in Schokolade getauchten Erdbeeren fütterte. Dann griff die Frau auch noch zu einer Fondue-Gabel, mit der sie eine kleine Waffel aufspießte und sie in die brodelnde Schokolade tauchte, bevor sie sie zum Mund ihres Partners führte. Er erwischte die Waffel jedoch etwas zu spät, sodass die Schokolade von seinem Kinn herabtropfte und auf dem blütenweißen Tischtuch landete. Beide kicherten belustigt, und er wischte sich mit dem Zeigefinger die Schokolade vom Kinn und hielt ihn dann schmunzelnd seiner Begleiterin hin. Schockiert verfolgte ich, wie sie tatsächlich seinen Finger in den Mund nahm und genüsslich die Schokolade von seiner Haut ableckte.

Ich warf Charlie einen Blick zu, aber er hatte offenbar nichts davon mitbekommen.

Unwillkürlich fragte ich mich, ob er und ich wohl jemals diesen für mich unerträglichen Grad an Klischee erreichen würden, bei dem es einem völlig schnuppe ist, dass man ein Klischee ist, weil die Endorphine einen innerlich mit einem wunderbar wohlig-warmen Gefühl erfüllen.

Ich wandte mich wieder Charlie zu, der stirnrunzelnd die Speisekarte anstarrte, als hätte sie ihn beleidigt.

Obwohl wir zum Essen ausgegangen waren, trug er ein rot kariertes Hemd und darunter das T-Shirt mit der Aufschrift *Night of the Living Dead*, das ich auch schon bei unserer ersten Begegnung im Café an ihm gesehen hatte. Im Stillen musste ich über seine Jungenhaftigkeit und die Erinnerung an uns zwei einsame Zombies lächeln, die Seite an Seite in einem Kino voller völlig normal aussehender Menschen gesessen hatten …

An diesem Abend strahlte er jedoch eine nervöse Energie aus, die ihm eine Aura unterschwelliger Unruhe verlieh.

»Alles klar?«, fragte ich ihn.

Er schaute von seiner Speisekarte auf, hielt den Blickkontakt mit mir aber nicht lange und senkte dann wieder den Kopf. »Bestens. Und bei dir?«

»Ebenso«, erwiderte ich ohne große Überzeugung. »Und wozu soll das Ganze hier gut sein?«

Wieder blickte er auf, und diesmal lehnte er sich auf dem Stuhl zurück. »Na ja, da ich dich schon ein paarmal dazu gebracht habe, Arbeitsrichtlinien zu verletzen, und abgesehen davon ein Mistkerl war, der so getan hat, als gäbe es dich nicht mehr, und schließlich auch noch die Bombe meiner psychischen Verfassung platzen gelassen habe, wollte ich zur Abwechslung einmal etwas Nettes für dich tun.« Er trank etwas von seinem Wasser und zerbiss dann einen Eiswürfel mit offenbar völlig unempfindlichen Zähnen. »Du verdienst so etwas wie das hier nach allem, was du den ganzen Tag für andere tust.«

Ich grinste noch immer glücklich, als der Kellner kam und unsere Bestellung aufnahm.

Nach kurzer Überlegung bestellte ich ein Glas Rotwein, das Charlie gleich zu einer ganzen Flasche machte. Als Vorspeise gab es Oliven. Charlie entschied sich außerdem für eine Peperoni-Pizza, und ich bestellte Ravioli, weil sie mir von allen angebotenen Speisen am leichtesten und anmutigsten zu essen erschienen. Als ich dann jedoch die Worte *mit reichhaltiger Tomatensoße* las, blickte ich an meiner hellblauen Bluse hinunter und entschuldigte mich im Stillen bei ihr für die kommenden Flecken, denen ich mit der Nagelbürste und einem ganzen Eimer Oxi Action würde zu Leibe rücken müssen, um sie wieder zu entfernen. Und ich bestellte auch noch das Knoblauchbrot, auf das ich mich schon die ganze Zeit gefreut hatte.

Der Kellner gratulierte uns überschwänglich zu unserer Wahl. Dann schlenderte er leise vor sich hin summend davon und kehrte kurz darauf mit einem Töpfchen Oliven auf einer Untertasse und hübsch darauf zurechtgelegten Zahnstochern in kleinen Papierhülsen zurück.

»Natürlich werde ich für mich selbst bezahlen«, erklärte ich unaufgefordert.

Es war mir immer unangenehm, wenn andere Leute mir etwas ausgaben – was wahrscheinlich daran lag, dass Joel nie für irgendwas bezahlt hatte oder bezahlte. In siebeneinhalb Jahren hätte ich an einer Hand abzählen können, wie oft er mich zum Essen ausgeführt und gezahlt hatte. Allerdings konnte ich an mehreren tausend Händen abzählen, wie oft er seine Brieftasche »vergessen« hatte oder seine Karte »erstaunlicherweise« abgelehnt worden war und ich am Ende die ganze Rechnung hatte begleichen müssen …

»Wenn du deine Hälfte bezahlen willst, ist das okay, doch eigentlich habe ich dich eingeladen und übernehme also gern die ganze Rechnung. Betrachte es als ein Dankeschön für all die Überstunden, die du für mich geleistet hast.«

Ohne mich anzusehen, griff er nach der Olivenschale, nahm einen Zahnstocher von dem Tellerchen darunter und zwirbelte es zwischen den Fingern.

»Das ist Unsinn«, sagte ich, »denn meine Arbeit macht mir Freude. Außerdem ist es ja nicht so, als glaubte ich, dass die Menschen mir für meine Hilfe etwas schuldig sind.«

»Weswegen du auch ein wesentlich besserer Mensch bist als der Rest von uns.« Er lächelte und fuhr sich mit einer Hand durchs Haar. »Du hast genug Geduld für zehn Leute. Du bist eine gute Seele, Nell.«

Eine gute *Seele*? Na großartig, wie sexy sich das anhört!, dachte ich.

»Weißt du, ich habe da einen ganz speziellen Anrufer«, begann ich, um das entstandene Schweigen zu brechen. »Ich telefoniere schon seit Jahren mit ihm, und wann immer er anruft, will er nur mit mir reden.«

»Was ich gut verstehen kann«, erwiderte Charlie mit einem hintergründigen Lächeln und einem intensiven Blick aus blauen Augen, der mein Herz zum Flattern brachte.

Der Halsausschnitt seines T-Shirts, der vom häufigen Tragen ausgeleiert war, hing noch etwas tiefer als normalerweise, wodurch die wenigen dunklen Haare auf seinem Brustansatz zu sehen waren … Ich hielt einen Moment inne, um meine Gedanken in den Griff zu bekommen, bevor sie Amok liefen, und mich wieder auf den Augenblick zu konzentrieren.

»Er ist mein Lieblingsanrufer«, sagte ich, als ich endlich die Stimme wiederfand.

»Ich werde versuchen, das nicht als beleidigend zu empfinden.«

»Anwesende natürlich ausgenommen.«

»Glaubst du, dass du diesen Job dein Leben lang machen wirst, oder ist er nur ein Sprungbrett?«

»Ich hatte nie vorgehabt, so lange dabeizubleiben«, gab ich zu. »Inzwischen habe ich jedoch das Gefühl, dass ich noch sehr viel mehr bewirken könnte und möchte. Aber ich mache mir auch Sorgen, was geschehen würde, wenn ich ginge.«

Charlie beugte sich zu mir vor und legte die verschränkten Arme auf die Tischkante.

Ich hörte auf, mit einem der Zahnstocher zu spielen, und spießte eine grüne Olive auf, weil die schwarzen für mich stets so schmeckten, als wären sie kurz vor dem Verderben.

»Ich wollte immer mit Menschen und nicht mit Telefonleitungen zusammenarbeiten. Wie mit Jack–« Ich unterbrach mich, weil ich gerade noch rechtzeitig merkte, dass ich im Begriff war, meine Schweigepflicht Jackson gegenüber zu verletzen. »Wie mit meinem Lieblingsanrufer. Ich kenne ihn inzwischen so gut, dass ich ihn sogar als Freund bezeichnen würde, und doch habe ich ihn noch nie gesehen. Ich habe ihm über die Jahre sehr geholfen, und das alles immer bloß per Telefon. Stell dir nur mal vor, was ich für ihn hätte tun können, wenn wir im selben Raum gewesen wären!«

Charlie nickte verständnisvoll.

»Und in letzter Zeit habe ich tatsächlich darüber nachgedacht …« Ich hielt kurz inne und blickte auf meine Hände herab, weil ich mir nicht sicher war, ob das, was ich sagen wollte, absurd klingen würde oder nicht. »Ich habe darüber nachgedacht, wieder zur Uni zu gehen und das Studium, das ich begonnen hatte, zu beenden.«

»Das ist eine großartige Idee, finde ich! Aber warum hast du dein Studium eigentlich aufgegeben?«, fragte er.

Bei dem Wort »aufgegeben« zuckte ich zusammen, weil es so schrecklich endgültig klang.

»Ich glaube, ich war einfach noch nicht bereit dazu. Ich hatte keine Ahnung, was ich tat, und habe zugesehen, wie meine Schulfreundinnen die typischen Universitätserfahrungen machten, und festgestellt, dass das nicht das war, was ich wollte. Doch jetzt, da ich älter bin, habe ich das Gefühl, dass dieser ständige Druck, sich zu betrinken und wie ein Idiot aufzuführen, sowieso nicht mehr mein Ding wäre. Im Grunde glaube ich sogar, dass ich wieder Spaß am Lernen haben könnte. Doch ich weiß nicht, ob ich an die Uni zurückkehren kann.«

»Und warum nicht?«

»Was soll denn aus all meinen Anrufern werden, wenn ich gehe? Oder aus Ned?«

»Ned ist ein großer Junge, der damit fertigwerden wird. Natürlich ist die Situation mit deinen Anrufern nicht leicht, aber könntet ihr nicht trotzdem in Kontakt bleiben?«

»Das ist eigentlich nicht erlaubt – was allerdings nicht heißt, dass ich nicht schon mal gegen die Regeln verstoßen hätte.« Ich grinste Charlie an, steckte mir die Olive in den Mund und ließ die bittere kleine Frucht auf meiner Zunge kreisen. »Wie dem auch sei, ich finde, wir haben jetzt genug über die Arbeit geredet. Also schalte mal ab, Nell«, fügte ich, die Olive immer noch im Mund, hinzu.

Und dann kam auch schon der Kellner mit zwei Gläsern und der Flasche Wein zurück. Nachdem er eine kleine Menge in mein Glas eingeschenkt hatte, hielt er inne und schaute mich fragend an.

Nach einem unsicheren Blick auf Charlie trank ich ein Schlückchen und sah dann mit einem Anflug von Panik zu dem Gesicht des erwartungsvoll dreinschauenden Kellners auf. »Ja, das ist definitiv Wein«, sagte ich und nickte.

»Eccellente«, erwiderte er leise lachend, worauf ich mich fragte, ob dieser Mann tatsächlich Italiener war oder ob es zur Arbeitsplatzbeschreibung gehörte, dass er vorgab, es zu sein. War er wirklich Luca aus Sizilien, wie sein Namensschild und Akzent vermuten ließen, oder war er etwas weit weniger Beeindruckendes wie zum Beispiel Kyle aus Small Heath?

Luca grinste über das ganze Gesicht, als er zuerst mir und dann Charlie Wein einschenkte, bevor er sich dann wieder in Richtung Küche zurückzog.

»Und worauf trinken wir?«, fragte ich mit feierlich erhobenem Glas.

Charlie warf mir einen nachdenklichen Blick zu, bevor auch er sein Glas anhob und mit mir anstieß. »Auf den großen Unbekannten, der den Sticker oben auf der Turmuhrmauer angebracht hat«, sagte er dann.

Ich erschrak ein bisschen bei dem Gedanken, was vielleicht passiert wäre, wenn dieser Aufkleber nicht da gewesen wäre und Charlie unsere Telefonnummer nicht gehabt hätte. Eigentlich war es sogar ein wahres Wunder, dass der Sticker sich dort oben auf dem Turm befand … Wer auch immer ihn dort angebracht hatte, war Charlies *wirklicher* Lebensretter.

»Auf den großen Unbekannten!«, stimmte ich zu, während ich mit ihm anstieß.

Charlie hob das Glas an die Lippen und trank einen großen Schluck, wobei er jedoch zur Decke aufblickte, als wäre er nervös.

»Bist du wirklich okay?«, fragte ich.

Erst dann nahm ich selbst einen ordentlichen Schluck, um den bitteren Olivengeschmack auf meiner Zunge loszuwerden.

»Hmm … « Er schluckte und stellte das Glas auf die Tischplatte, wo er es jedoch mit sichtlich unruhigen Fingern festhielt.

»Was hast du denn?«, hakte ich nach und rückte ein bisschen näher an den Tisch heran.

»Tja, weißt du«, begann er seufzend, »einer der Gründe, warum ich heute Abend mit dir essen gehen wollte, war, dass ich vorhatte, dir alles zu erzählen, was du wissen willst. Wie beispielsweise, warum ich in jener Nacht und in der Zeit davor so oft auf diesem Turm war. Aber jetzt komme ich mir wie ein Idiot vor, weil wir hier einen solch schönen Abend haben und ich nicht möchte, dass du dieses Restaurant für immer als das in Erinnerung behältst, in dem ich dir gesagt habe, dass meine Frau tot ist.«

Ich konnte spüren, wie mir der Hals eng wurde.

»Ach, verdammt!«, murmelte er.

»Du warst verheiratet, und deine Frau …?«, konnte ich gerade noch fragen, bevor mir die Stimme versagte.

»Ist gestorben, ja.«

»Aber wie? Und wann?«, war alles, was ich noch hervorbrachte.

»Am kommenden Samstag vor zwei Jahren.« Er stach in eine schwarze, mit Öl und Kräutern bedeckte Olive und zog sie mit den Zähnen von dem Cocktailspießchen.

»Oh Gott! Das tut mir schrecklich leid, Charlie.«

Er zuckte zusammen und hob die Hand. »Bitte nicht, Nell.« Er schluckte, schaute auf und suchte wieder meinen Blick, diesmal jedoch war der seine härter. »Als es passierte, war das alles, was die Leute zu mir sagten. Aber nach ein, zwei Wochen wurde ihr Mitleid unerträglich.«

Ich war noch immer so schockiert, dass ich keine Ahnung hatte, was ich erwidern sollte. Alles, was ich im Laufe der Jahre über Gespräche mit Trauernden gelernt hatte, war plötzlich wie weggefegt aus meinem Kopf, sodass ich mich für dieses Gespräch völlig unvorbereitet fühlte.

»Damals hatte ich viele Freunde, die sich jedoch ziemlich schnell vom Acker machten, als sich herausstellte, dass ich längst nicht mehr so amüsant oder unternehmungslustig war wie früher. Heute scheint mir, dass selbst Leute, die sich auch nur ein bisschen darum scheren, was du durchmachst, ein Verfallsdatum haben.« Er stach heftiger als zuvor in eine weitere Olive und aß auch diese. »Sie sagten allen möglichen Blödsinn wie: ›Die Zeit heilt alle Wunden.‹ Oder: ›Sie ist jetzt an einem besseren Ort.‹ All das ist nur verdammter Schwachsinn, weiter nichts. Die Zeit hat einen Scheiß getan, und obwohl ich das meiner Mutter gegenüber niemals zugeben würde, glaube ich nicht an diesen ganzen Himmelskram.«

»Ich bin mir sicher, dass deine Freunde dich nur trösten wollten«, entgegnete ich.

»Mag sein, doch geholfen hat es nicht.« Er griff nach seinem Glas und nahm einen großen Schluck daraus.

»Wie ist es passiert?«, fragte ich leise, wobei mir bewusst wurde, dass ich mich jetzt zu ihm vorbeugte und mit angehaltenem Atem auf Charlies Antwort wartete.

Er zuckte erneut zusammen. »Ich kann noch nicht darüber reden.«

»Okay, das hat keine Eile. Darf ich dich denn nach ihrem Namen fragen?«

Darauf räusperte er sich laut. »Abi.«

»Abi«, wiederholte ich.

Er beugte sich ebenfalls vor, bis seine Ellbogen an der Tischkante lehnten. »Ich möchte nicht, dass du denkst, dass ich Mitgefühl oder dergleichen suche. Ich wollte dich nur wissen lassen, warum ich mich an dem Tag, an dem ich bei dir angerufen habe, so beschissen fühlte.«

»Ich weiß, wie schwer das für dich gewesen sein muss. Danke, dass du es mir erzählst«, erwiderte ich. »Wie lange wart ihr beide zusammen?«

Er legte die Stirn in Falten, als er es ausrechnete. »Wir waren zwölf Jahre verheiratet und einundzwanzig Jahre zusammen. Mit Unterbrechungen allerdings.«

Meine Augen weiteten sich noch mehr. »Wow, das ist aber eine lange Zeit! Ihr müsst ja noch sehr jung gewesen sein, als ihr zusammengekommen seid.«

»Vierzehn«, antwortete er. »Abi hat oft im Scherz gesagt, wir seien nur zusammen, weil wir in so einer kleinen Stadt lebten und es dort praktisch keine anderen Möglichkeiten gab. Doch das war nicht die Wahrheit«, schloss er mit einem traurigen Lächeln und nippte wieder an seinem Wein.

Ich konnte mir nicht vorstellen, jemanden so lange zu lieben. Die siebeneinhalb Jahre mit Joel hatten sich für mich wie eine ständige Anstrengung angefühlt, aber das lag wohl vor allem daran, dass Joel und ich einfach nicht zusammenpassten. Vielleicht hatten wir diese Art von Liebe irgendwann sogar einmal empfunden, doch sie war nicht von langer Dauer gewesen.

»Wenn du darüber reden willst, höre ich dir gerne zu«, sagte ich.

Seine nervösen Finger hörten auf, mit dem schlanken Stiel des Weinglases zu spielen. »Wäre das nicht irgendwie … grotesk für dich?«, entgegnete er mit schmalen Augen.

»Warum? Warum sollte es das sein?«, entgegnete ich, obwohl es mir natürlich auf jeden Fall unangenehm sein würde, hier zu sitzen und mir von ihm erzählen zu lassen, wie sehr er eine andere Frau geliebt hatte und noch immer liebte.

»Ach, nur so«, gab er zurück und starrte mich vielsagend an.

»Damit verdiene ich meinen Lebensunterhalt – und abgesehen davon liegt mir wirklich viel an dir, Charlie. Wenn ich dir damit helfen kann, höre ich dir natürlich gerne zu.«

Beim Essen sprachen wir über andere Dinge, aber in meinem Kopf herrschte ein Chaos von neuen Informationen. Das Essen endete schnell, doch die Weinflasche war noch schneller leer, und Charlie hatte uns eine zweite bestellt.

»Wie machst du das?«, fragte ich, als Luca uns auf einem kleinen Tablett mit einer Handvoll Gummibärchen die Rechnung brachte.

»Was?«, wollte Charlie wissen.

»Mir etwas erzählen wie vorhin und dann ein ganz normales Gespräch beim Essen führen.«

Er dachte kurz nach, schaute auf die Rechnung und legte dann seine Karte auf das Tablett. »Weißt du, die meiste Zeit geht es mir gut. Der Schmerz ist zwar immer da und vergeht auch nicht, er ist jedoch so konstant, dass ich ihn fast vergessen kann. Bis dann irgendetwas passiert. Das kann etwas so Kleines und Unbedeutendes sein wie ein orangefarbenes Sitzkissen, das mich an Abis Haar erinnert, oder der Geruch von gebratenem Speck, der mich an unsere Sonntagmorgen denken lässt. Schon flammt der Schmerz ganz plötzlich wieder auf.« Er schwieg einen Moment, bevor er weitersprach. »Ich hasse es, wie sich dieser Schmerz anfühlt, aber er ist das Einzige, was sie mir gelassen hat, und er ist schon so lange ein Teil von mir, dass ich mich innerlich beinahe hohl fühle, wenn ich ihn einmal nicht spüre. Deshalb ertappe ich mich manchmal dabei, dass ich ihn selbst wieder entfache, etwa so, wie man an einem schadhaften Zahn herumstochert, um ihn zu spüren. Der Schmerz ist nicht immer da, aber wenn, dann ist es, als wäre der Sauerstoff aus dem Raum gepumpt und durch brennendes Gas ersetzt worden.«

»Oh …« Ich war mir nicht ganz sicher, was ich dazu sagen sollte.

Ich kannte das Gefühl, von dem er sprach – zwar nicht im gleichen Maß wie er, doch es war mir auch nicht unbekannt.

Charlie zahlte die Rechnung, obwohl ich ihm mehrmals angeboten hatte, mich zur Hälfte zu beteiligen. Als wir das Restaurant verließen, rief Luca uns ein lautstarkes »Ciao« nach. Draußen schlenderten wir ziellos und mit der noch halb vollen Flasche des übrig gebliebenen Weins in meiner Handtasche die Straße entlang.

»Weißt du, das Problem mit modernen Zombiefilmen ist, dass sie die ursprüngliche Bedeutung eines Zombies vollkommen verfehlen.« Charlie sprach schon eine ganze Weile über dieses Filmgenre, als wäre es nicht schon genug Selbstquälerei gewesen, sich einen Marathon von Zombiefilmen anzusehen. Wie sich herausstellte, war Charlie jedoch sogar noch leidenschaftlicher an diesem Thema interessiert, als ich gedacht hatte.

»Und was war das?«, fragte ich trotz meines Brummschädels nach der Menge von Montepulciano D'Abruzzo, die ich intus hatte.

»Zunächst einmal sind Zombies langsam. Sie gehen, doch sie rennen nicht, weil sie den Tod symbolisieren, der dich verfolgt. Der Gedanke, der dahintersteckt, ist, dass er dich am Ende immer einholen wird, egal, wie langsam er sich auch bewegt.«

War es das, woran er wirklich glaubte? Als wären diese beiden Nächte auf dem Uhrenturm stets präsent, im Nebel des Horizonts und auf dem Weg zu ihm?

Ich stieß nur einen schläfrigen Seufzer aus und legte im Gehen den Kopf an seine Schulter, während Charlie mir noch irgendetwas anderes über Zombies erzählte. Ich versuchte, ihm zu folgen, aber mein Gehirn hatte abgeschaltet. Immer wieder wollten mir beinahe die Augen zufallen. Ich weiß nicht, wie

lange ich an seiner Schulter lehnte, doch meine Beine bewegten sich wie auf Autopilot, während ich vor mich hin träumte.
Irgendwann schreckte mich die schrille Sirene einer Ambulanz
auf, und ich merkte, dass wir uns an einem mir unbekannten
Ort befanden.

»Wo sind wir eigentlich?« Ich sah mich blinzelnd um.

Daraufhin blieben wir stehen, und Charlie blickte auf. Auch
er wirkte überrascht.

»Oh, entschuldige bitte, doch ich war so sehr mit meinem
Monolog beschäftigt, dass ich zu mir gegangen bin anstatt zu
dir.«

»So, so!« Ich trat einen Schritt zurück und stemmte die
Hände in die Hüfte. »Wenn du wolltest, dass ich mit zu dir
komme, hättest du mich nur fragen müssen«, spöttelte ich.

»Na klar«, erwiderte er und kam näher. Auch seine Augen
waren etwas glasig von all dem Wein. »Welche Frau oder welcher Mann könnte einem liebenswerten, emotional verkrüppel-
ten und dazu noch arbeitslosen Witwer wie mir schon widerste-
hen?« Dabei tippte er sich an die Brust und nickte in gespielter
Selbstgefälligkeit.

Ich lachte leise und trat noch ein bisschen näher. Der Kragen
seines Hemdes war verrutscht und ragte über das Revers seines
Jacketts hinaus. Ich streckte eine Hand aus, um ihn wieder dar-
unterzuschieben, und für einen Moment verweilten meine Finger dort, wo der Stoff die zurückbehaltene Wärme seiner Haut
abgab.

»Mach dich nicht selbst runter. Du hast viele sehr ansprechende Eigenschaften, die ein Mädchen anziehend finden
würde …«

»Ach ja? Und was sind das für Eigenschaften, von denen du

sprichst?« Seine Hand landete auf meinem Arm, und ich war mir nicht sicher, ob aus Zuneigung oder der Not heraus, sich abzustützen.

»Na ja, du bist nicht hässlich und sprichst mit einem ziemlich reizvollen Akzent, den so manche sogar als ›sexy‹ bezeichnen würden – auch wenn das für mich nicht gilt, weil ich die wohlklingende Sprechweise eines echten Birminghamers bevorzuge.«

»Tatsächlich?«, entgegnete er mit einem selbstgefälligen Grinsen. »Dann sprich weiter.«

»Hm, mal sehen. Du besitzt ein Talent, was mehr ist, als man von der Mehrheit der Bevölkerung behaupten kann, und hast auch eine eigene Wohnung. Das sind alles Pluspunkte.«

»Ja, aber ich glaube nicht, dass meine Wohnung etwas ist, wofür man sich begeistern könnte.«

Ich blickte zu dem Wohnblock hinauf, den ich nicht hatte sehen können, als ich Charlie neulich abends abgesetzt hatte. Ich versuchte, mich zu erinnern, wie ich von hier nach Hause gekommen war. Doch mein benebeltes Gehirn hatte schon Mühe, dafür zu sorgen, dass ich mich auf den Beinen halten konnte, ohne mich auch noch orientieren zu müssen. Ich blinzelte, bis meine Augen anfingen, mit meinem Gehirn zusammenzuarbeiten.

Das Apartmenthaus war nicht besonders chic, aber es handelte sich auch nicht um einen dieser scheußlichen Betonbauten. Es war nicht hoch, sondern bestand nur aus drei Etagen aus warmem roten Backstein. Jede Wohnung schien Flügeltüren zu haben, die von einem Metallzaun umgeben waren, der sich dicht vor den Fenstern entlangzog. Ich wette, dass sie in den Prospekten als »Balkone« bezeichnet wurden, mit denen sie jedoch nur wenig zu tun hatten.

»Und warum ist das deiner Meinung nach so?«

»Weil die Wohnung eine regelrechte Müllkippe ist und ich mich für sie schäme. Du würdest wahrscheinlich schon allein bei ihrem Betreten sterben, und das nur vom Einatmen der Bakterien und Sporen. Mich haben sie bloß noch nicht umgebracht, weil ich mit der Zeit immun dagegen geworden bin.«

»So schlimm kann es nicht sein, und außerdem habe ich nichts gegen unordentliche Häuser oder Leute.«

»Das erklärt, warum du mich magst.« Er blickte zu einem der Fenster hinauf, von dem ich annahm, dass es zu seiner Wohnung gehörte, und dann wieder zu mir. Dabei verriet sein Gesicht Besorgnis. »Es herrscht dort oben wirklich ein fürchterliches Durcheinander.«

»Das ist mir egal, Charlie.«

Er seufzte melodramatisch und ging langsam auf das Gebäude zu. »Also gut, aber beschwer dich später nicht.«

Charlies Apartment lag im zweiten Stock, und so stiegen wir die Treppe mit der Trägheit zweier Menschen hinauf, die zu viel Wein in ihren Adern hatten. Als wir an der Tür von Nummer zwei vorbeikamen, nahm ich den nachhaltigen Geruch von Curry und anderen Gewürzen wahr. Nach dem reichhaltigen Essen spürte ich leichte Übelkeit in mir aufsteigen. Wer auch immer in Nummer drei wohnte, hatte offenbar einen schönen Abend, da das Aroma von Rosenduftkerzen unter der Tür hindurchkroch, begleitet von den durch die Wände gedämpften sinnlichen, ja sexy Klängen von D'Angelo.

Charlie war mir ein Stück voraus und schien all das nicht zu bemerken. Er stieg bereits die letzte Treppe hinauf und blieb in der zweiten Etage neben einer blassblauen Tür stehen, auf der in matten Silberzahlen die Nummer sechs stand.

Er blickte mich mit nur mühsam unterdrückter Sorge in den Augen an, als ich schließlich neben ihm stehen blieb. »Denk an dein Versprechen, dich nicht zu beschweren«, warnte er.

Ich hob drei Finger und schlug die Hacken zusammen. »Großes Pfadfinderehrenwort!«

Er schüttelte den Kopf, doch ich sah auch sein Lächeln, bevor er es verbergen konnte und sich wieder der Tür zuwandte. Er steckte den Schlüssel ins Schloss und versetzte der Tür einen Stoß. Sie öffnete sich mit einem Quietschen, das vermuten ließ, dass die Türangeln geölt werden mussten, und kam vorzeitig zum Stehen, als sie gegen irgendetwas im Flur stieß. Charlie griff durch die Türöffnung hinein und knipste das Licht an, bevor er sichtlich angespannt in die Wohnung schlüpfte.

Ich folgte ihm und zwang mich, meine Augenbrauen nicht hochzuziehen, während ich mich umsah. Doch unwillkürlich hörte ich dabei den Off-Kommentator aus einer der Dokumentationen über wahre Verbrechen, die Ned und ich so gern sahen. Der Anblick, der sich mir bot, unterschied sich aber auch wirklich nicht allzu sehr von den körnigen, abgedunkelten Aufnahmen, die am Anfang jeder Folge gezeigt werden, bevor jemand eine zerstückelte Leiche in einer Badewanne findet.

Die Wohnung war in dem Blauton gehalten, der durch die Eingangstür schon vorgegeben war, auch wenn der Farbton im Wohnzimmer mit der offenen Küche etwas dunkler war.

Ich schloss die Tür hinter mir und versuchte, nicht entsetzt auf den Stapel ungeöffneter Briefe auf dem Flurboden zu reagieren, der wie eine Schneewehe dort lag.

In der Spüle stapelten sich Schüsseln und Pfannen, und auf

dem Boden vor der Waschmaschine lag ein Stapel Schmutzwä-
sche, während ein anderer, offenbar noch feucht, in der Trommel vor sich hin vegetierte. Auf dem Couchtisch, der zwischen
einem Sofa und einem großen, an der Wand montierten Fernseher stand, lagen stapelweise Bücher und eine unüberschaubare
Anzahl von Fernbedienungen und Game-Controllern. Auf dem
Sofa erblickte ich einen unordentlichen Berg von Kissen und
eine Daunendecke. Offenbar hatte Charlie erst vor Kurzem dort
geschlafen. Auf dem Boden neben einer zweiten Couch lag neben einer verwelkenden Schweizer Käsepflanze, deren Blätter
traurig auf den grauen Teppich herabhingen, eine leere Whiskyflasche.

»Na ja, ich muss zugeben, dass du nicht gelogen hast«, bemerkte ich und war mehr als nur beeindruckt, dass er in der
Lage war, mit alldem zu leben.

»Danke. Die Instandhaltung ist fast ein Vollzeitjob«,
scherzte er. »Weißt du, wie schwer es ist, die Schüsseln so hoch
zu stapeln?« Er hob ein paar Dinge auf und betastete sie nervös, während er nach einem anderen Platz für sie suchte. »Aber
ich habe nicht mehr oft Besuch. Nicht mehr, seit … Na ja, du
weißt schon.« Er blickte zu einer vom Wohnzimmer abgehen-
den Tür hinüber, die ein wenig offen stand. Dann hielt er inne
und wirkte für einen oder zwei Momente wirklich unangenehm
berührt, bevor er sich zum Waschbecken umdrehte und anfing,
Wasser aus den eingeweichten Pfannen zu schütten.

*Selbstvernachlässigung. Das abnehmende Interesse an der eige-
nen Körperpflege und/oder der Sauberkeit der Wohnräume.* Dies
war das Thema einer der wenigen Arbeiten, die ich im ersten
Jahr meines Studiums verfasst hatte. Der Grund für diese Nachlässigkeit war, dass man sich selbst für so unbedeutend und

wertlos hielt, dass man es einfach nicht für nötig hielt, sich die Haare zu kämmen oder das Geschirr zu spülen. Es war schon seltsam, wie das menschliche Gehirn sich manchmal selbst sabotieren konnte.

Ich hoffte, dass ich dies alles von selbst erkannt hätte, wenn Charlie mir nicht zuvor von seinen Depressionen erzählt hätte. Aber andererseits war ich bisher ziemlich unfähig gewesen, auch nur die kleinsten Anzeichen seiner Erkrankung zu bemerken …

»Meinetwegen brauchst du nicht aufzuräumen.« Ich ging zu dem Sofa hinüber, auf dem Charlies Bettzeug lag.

An der Wand zu meiner Linken hingen etwa acht oder neun kleine Fotorahmen, alle in einer anderen leuchtenden Farbe und in einem verschnörkelten, überladenen Stil, der kitschig hätte wirken können, hier aber gut aussah. Doch alle Rahmen waren leer, und an der Stelle, an der sich eigentlich ein Foto hätte befinden müssen, war nur die Wand zu sehen. Ich fragte mich, ob das bloß eine skurrile Form der Inneneinrichtung war oder ob Charlie die Fotos nach Abis Tod entfernt hatte.

Unwillkürlich überlegte ich, was sie wohl von meiner Anwesenheit in der Wohnung oder auch von mir im Allgemeinen halten würde. Es war schwer, sich die Gefühle vorzustellen, die man der Person entgegenbrachte, die *nach* einem kam. Würde Abi sich freuen, dass Charlie endlich wieder anfing weiterzuleben, oder würde sie am liebsten aus dem Jenseits zurückkehren, um mir mit ihren gespenstischen Händen die Augen auszukratzen? Was würde ich selbst für die Frau empfinden, die Joel als Nächstes finden würde? Wahrscheinlich konnte das nur die Zukunft zeigen.

Ich schob ein leeres Zigarettenpäckchen beiseite und setzte mich auf das Sofa aus grauem Cord.

»Hast du ein paar saubere Gläser?«, fragte ich Charlie und zog die halb volle Weinflasche aus meiner Tasche.

»Wahrscheinlich nicht, doch ich werde mal sehen, ob ich noch weiß, wie man sie spült.«

Ich lehnte den Kopf zurück und gönnte mir den Luxus, für einen Moment die Augen zu schließen, weil die sanften Hände des Schlafs mir zuwinkten. Doch dann spürte ich, wie Charlie sich neben mir auf die Couch fallen ließ, und sofort war der Moment der Schläfrigkeit vorbei.

Ich merkte, dass er unbehaglich steif dasaß und auf den Plastikbecher starrte, der auf dem Tisch vor ihm neben einem dieser riesigen *Sports Direct*-Becher stand.

»Alles klar?« Ich hievte mich in eine akzeptablere, wenn auch weniger bequeme Position und stellte die Weinflasche auf den Couchtisch.

»Das wird schon wieder. Es fühlt sich alles nur ein bisschen seltsam an.« Es schien ihm schwerzufallen, Augenkontakt mit mir herzustellen. »Seit ihr ist keine Frau mehr in dieser Wohnung gewesen.«

»Verstehe«, antwortete ich, obwohl das nicht ganz stimmte.

»Sollen wir den Wein noch austrinken?« Er zeigte auf die Flasche und rutschte auf der Couch nach vorn. Ohne meine Antwort abzuwarten, goss er den Rest des Weins in die beiden Becher und reichte mir den von *Sports Direct*. »*Sláinte.*«

Ich vermutete, dass das auf Irisch »Prost« bedeutete, und wiederholte es, wobei ich mit Charlie anstieß.

Er leerte seinen Plastikbecher fast vollständig und stellte ihn neben einen Stapel Bücher auf den Tisch zurück.

Ich verspürte ein seltsames Gefühl im Magen, das ich nicht genau benennen konnte. Es fühlte sich an, wie wenn man ein Eis isst und es dann mit einer Cola herunterspült und merkt, wie es im Bauch gerinnt.

»Gab es jemanden seit Abi?«, fragte ich, ohne nachzudenken.

Er zuckte sichtlich zusammen und warf mir aus den Augenwinkeln einen Blick zu. »Nicht wirklich.« Seine Augen wurden ein bisschen glasig, als sich eine Erinnerung in sein Gedächtnis schlich, zumindest hatte ich den Eindruck. »Vor ungefähr einem Jahr hatten die meisten meiner Freunde sich schon verpisst, und nur Jamie war noch da. Eines Abends kam er, um mich zu einem Männerabend abzuholen.« Er lachte leise und blickte auf seine Hände. »Da war diese alte Packung Schweinehackfleisch im Kühlschrank – ich hatte noch nicht die Energie gefunden, sie wegzuwerfen. Das Zeug war schon seit fast vier Wochen abgelaufen, und glaub mir, ich habe damals ernsthaft erwogen, es roh zu essen, um dem Männerabend zu entgehen. Eine Lebensmittelvergiftung reizte mich mehr als die Aussicht, mit Jamie und seinen Freunden auszugehen, die allesamt nicht mehr Hirn besaßen als Vierzehnjährige. Jamie ist mit einer von Abis engsten Freundinnen, Una, verheiratet. Deshalb waren er und ich damals gewissermaßen gezwungen, auch Freunde zu werden. Wie auch immer, irgendwann an jenem Abend verwarf ich den Gedanken, mich mit dem vergammelten Hackfleisch zu vergiften, und ging stattdessen mit ihnen aus. Wir waren eine Gruppe von etwa zehn Leuten, alles anzüglich grinsende und eingebildete kleine Mistkerle. Wir gingen in diesen Club in der Stadt, den mit dem großen goldenen Schild. Kennst du ihn zufällig?«, fragte er und blickte auf.

Ich nickte und rümpfte dann die Nase. »Mit achtzehn war ich mal dort.«

Charlie fuhr fort: »Dann bin ich also in diesen Club gegangen und hasste jeden Augenblick des Abends. Die Lichter waren zu hell, die Musik war ohrenbetäubend laut, und die Leute – mein Gott! Ich muss meiner Mutter sagen, dass sie aufhören soll, für die Jugend von heute zu beten, weil sie in diesem Punkt auf völlig verlorenem Posten steht. Aber egal. Jamie schickte mir dann jedenfalls dieses Mädchen. Sie war bestimmt nicht älter als zwanzig und trug nur das Allernötigste an Kleidung.« Er schüttelte bei der Erinnerung den Kopf. »Ich wollte nicht mit ihr reden und hab auch bezweifelt, dass ich bei dem Lärm, der da herrschte, auch nur ein Wort von ihr verstehen würde. Trotzdem reichte ich ihr die Hand und sagte Hallo. Und stell dir vor – dieses Mädchen ergriff meine Hand und legte sie direkt auf ihre Brust. Dann zog sie mich einfach an sich und küsste mich.«

Ich verspürte einen Stich im Herzen, und das Gefühl von geronnener Eiscreme in meinem Magen verstärkte sich.

»Ich wollte sie wegschieben, aber sie klebte an mir wie eine Klette«, fuhr er fort. »Also ließ ich es einfach über mich ergehen und versuchte, so zu tun, als wäre sie Abi. Doch die Küsse waren überhaupt nicht wie die, die ich mit Abi getauscht hatte. Jemanden zu küssen, den man liebt, ist etwas Emotionales, Intimes – wie du sicher weißt –, aber bei diesem Kuss ging es nur um Sex und darum, dass sie mir ihre Zunge so tief in den Hals steckte, als wollte sie überprüfen, ob ich noch die Mandeln hatte. Als ich sie schließlich loswerden konnte, bin ich zu den Toiletten gegangen. Ich war so angewidert von mir selbst, dass ich auf mein Spiegelbild eingeschlagen und mich dabei verletzt habe.«

Charlie zeigte mir seine Hand, und wieder sah ich die feinen Narben, die mir schon an dem Tag unserer ersten Begegnung aufgefallen waren und die sich wie Eisfraktale über seine Knöchel zogen.

»Ich hab die Hand in Klopapier eingewickelt und bin wieder raus, um Jamie zu suchen. Ich wollte ihm sagen, dass ich mich aus dem Staub machen wollte, bevor man mich noch rausschmeißt. Und was fand ich vor?

»Ich will es gar nicht wissen«, murmelte ich.

»Ich fand Jamie im Raucherbereich mit einem Mädchen, das er an die Wand drückte und ... Ich denke, du kannst dir vorstellen, was ich meine.« Charlie biss die Zähne zusammen und schüttelte den Kopf. »Da stand ich und versuchte zu vergessen, dass meine Frau nicht mehr lebte, indem ich mir Mühe gab, mich zu amüsieren. Und dort war Jamie, der seine eigene Frau betrog, indem er sein Ding überall hineinsteckte, wo es nur ging.«

»Oh Gott. Und was hast du gemacht?«, fragte ich schockiert.

»Ich hab ihn angeschrien. Seine Pupillen waren so groß wie Golfbälle, und er meinte immer wieder, ich sollte mich beruhigen. Es erübrigt sich wohl zu sagen, dass ich das nicht getan habe. Am Ende versetzte er mir einen Schlag gegen den Kopf, als ich ihn angefahren habe, er sollte Una etwas Respekt entgegenbringen und es ihr beichten. Also habe ich auch ihm eine verpasst. Es sah wegen des Blutes von dem kaputten Spiegel zehnmal schlimmer aus, als es in Wirklichkeit war, doch sie haben mich trotzdem rausgeworfen, und danach habe ich nie wieder mit Jamie gesprochen.« Charlie holte tief Luft. »Und das ist die Geschichte der einzigen weiblichen Person, die ich seit Abi in meine Nähe gelassen habe, und auch die Geschichte, wie ich ein lebenslanges Hausverbot in diesem Club bekam.«

Ein unbehagliches Schweigen folgte, doch nur für einen Moment.

»Ich wusste ja gar nicht, dass du ein Krimineller bist«, scherzte ich, um die Stimmung aufzulockern.

»Danach fand ich mich mit der Lebensweise eines Mönchs ab. Und seitdem bin ich mir nicht einmal mehr sicher, ob da unten noch alles funktioniert.«

Soll ich es mal überprüfen?, dachte ich und schalt mich umgehend dafür.

»Ich hätte nicht geglaubt, dass es noch mal geschehen würde.«

»Was?«

»Etwas für jemanden zu empfinden. Ich dachte, das wäre endgültig vorbei … « Er wandte sich mir zu und sah mir direkt in die Augen. »Bis du ein Sandwich nach mir geworfen hast.«

Eine bedeutungsschwangere Pause folgte, und meine Augenlider flatterten, weil ich nicht sicher war, ob ich wegschauen sollte oder nicht.

»Das höre ich nicht zum ersten Mal«, gab ich zurück, um die unangenehme Stille zu füllen. »Und weißt du was? Die meisten Männer finden mich unwiderstehlich, wenn ich wie ein ausgehungerter Bluthund Essen in mich hineinstopfe – was für mich schon zu einer Manie geworden ist.«

»Genau das ist es!«, stimmte er mir mit erhobenem Zeigefinger zu. »Genau so hast du heute beim Abendessen ausgesehen.«

Daraufhin mussten wir beide lachen.

»Nell«, sagte Charlie leise, und ich blickte auf.

Bevor mein Gehirn jedoch auch nur ansatzweise die Zeit hatte, die Tatsache zu verarbeiten, dass sein Finger unter meinem Kinn lag und sein Gesicht mir näher kam, hatte er die Lippen bereits auf meine gepresst, und ich hielt verblüfft den Atem an.

Sein Mund war warm und weich, ein krasser Gegensatz zu den Bartstoppeln, die sich an meinem Gesicht rieben, als seine Lippen über meine glitten. Sanfte Fingerknöchel bewegten sich an meinem Kinn entlang. Seine Finger entfalteten sich und glitten in mein Haar, als er mich ein wenig fester an sich zog. Das Blut rauschte mir in den Ohren und verdrängte die Geräusche meines schweren Atems und des Aufeinandertreffens von Lippen auf Lippen.

War das falsch? Durfte das jetzt passieren, nachdem er mir gerade erst von Abi erzählt hatte? Oder war es das letzte Stück zurückgehaltener Information gewesen, das letzte Hindernis, das es zu überwinden galt, bevor er sich erlaubte, einen Schritt weiterzugehen?

Ich hatte mich nie wirklich mit der Frage auseinandergesetzt, ob ich an ein Leben nach dem Tod glaubte, doch falls es das tatsächlich gab und Geister noch dazu, was würde dann Abi zu alldem sagen?

Ich hatte keine Ahnung, wie sie aussah, aber ich konnte mir vorstellen, dass sie da war, wie eine Art gesichtsloser Nebel in meiner Peripherie, der mich hasserfüllt anstarrte, während ich mit ihrem Mann herumknutschte.

Tja, wie es scheint, ist bei ihm noch alles in Ordnung da unten, würde sie sagen oder etwas ähnlich Bissiges.

Ich glaube, Charlie und ich müssen zur gleichen Zeit diesen Gedanken gehabt haben, denn als ich mich gerade zurückziehen wollte, unterbrach auch er die Verbindung und lehnte sich zurück.

Einen Moment lang sahen wir uns nur an.

Ich räusperte mich. »Danke«, murmelte ich verlegen.

»Gern geschehen«, erwiderte er förmlich und legte die Hände in den Schoß zurück. »Und ich danke dir auch.«

Dann griff er nach seinem Wein und nippte an dem letzten Tropfen, der ihm geblieben war, während er mit beiden Beinen auf und nieder wippte, was die Couch, auf der wir saßen, ein wenig wackeln ließ.

»Also ... ähm ...«, stammelte ich unbeholfen und überlegte, wie ich meine Frage formulieren sollte. »Wie geht so was? Ich meine, wie ist so was möglich?«

»Sag du es mir. Du bist hier doch die Expertin, die anderen die guten Ratschläge gibt«, erwiderte er mit einem nervösen Lachen.

»Tja, mir scheint aber, dass ich in diesem Fall ratlos bin. Ich bin mir allerdings nicht sicher, ob es das Beste ist, eine Frau am selben Abend zu küssen, an dem man ihr von seiner toten Ehefrau erzählt«, sagte ich.

»Keine Ahnung. Ich weiß nur, dass es mir für ein Weilchen geholfen hat zu vergessen.«

Ich fragte mich, welchen Rat Ned – oder vielmehr Céline Dion – jetzt für mich hätte.

»Manchmal fühlt es sich so an, als wäre es erst zehn Minuten her, und dann wieder, als wäre es gar nicht passiert. An den Gedanken, irgendwas mit jemand anderem zu tun als mit ihr, werde ich mich erst gewöhnen müssen.«

»Das kann ich verstehen.« Ich nickte.

Der Hauch von Romantik war aus dem Raum gewichen,

und ein neues Unbehagen lag in der Luft wie der seltsame Geruch, der dem Waschbecken entströmte.

»Ich sollte jetzt besser gehen«, murmelte ich und zog mein Handy aus der Tasche, um mir ein Taxi zu bestellen.

Da sagte Charlie: »Das musst du nicht. Du kannst auf dem Sofa schlafen, wenn du willst. Ich weiß ja, wie müde du bist.«

Er hatte recht: Ich war so müde, dass mir selbst der Weg ins Bad zu anstrengend erschien.

»Bist du sicher?«

»Na klar. Dort drüben liegen schon ein Kissen und eine Bettdecke bereit.« Er zeigte auf die andere Couch im Raum.

»Okay.«

Und schon stand er auf und ging auf eine der beiden Türen zu, die aus dem Zimmer führten. »Ich schalte das Licht aus, wenn du bereit bist.« Er wartete, bis ich es mir unter der Decke bequem gemacht hatte.

»Bin brav im Bett«, rief ich ihm zu.

Charlie schickte mir ein Lächeln und schaltete das Licht aus. »Schlaf gut, Nell.«

»Du auch«, murmelte ich, während mir bereits die Augen zufielen.

Ich war so müde, dass ich auf der Stelle eingeschlafen wäre, wenn das Zimmer sich nicht um mich gedreht hätte. Mein einziger tröstlicher Gedanke war, dass ich am nächsten Morgen nicht verkatert zur Arbeit gehen musste, sondern den Tag damit verbringen konnte, langsam und in meinem eigenen Tempo ins Leben zurückzukehren.

Meine Lippen kribbelten noch immer von Charlies Kuss, und die Haut um sie herum war ganz empfindlich von seinen Bartstoppeln. Ich hoffte, dass morgen früh nicht alles peinlich und ganz anders sein würde. Dieser eine betrunkene Kuss auf der Couch würde ja wohl hoffentlich nicht alles verderben.

Die Situation war heikel. Charlie war kompliziert, und bis zu einem gewissen Grad war ich es wohl auch. Selbst als ich gewusst hatte, dass ich in Joel verliebt war, hatte ich mich nie so verletzlich gefühlt, als wäre mein Herz in irgendeiner Weise in Gefahr gewesen, wenn ich es ihm geschenkt hätte. Aber vielleicht lag das ja daran, dass ich es Joel niemals ganz geschenkt hatte?

Kapitel 12

Ich erwachte mit einem so schweren Kopf, als hätte jemand einen Tankwagen darauf geparkt. Nein, Wein war definitiv nichts für mich. Wie oft musste ich mir die Folgen noch antun, um mich davon zu überzeugen?

Mühsam öffnete ich erst ein Auge, dann das andere und war überrascht, dass es sich nicht so anhörte, als würde ein Klettverschluss auseinandergezogen. Es dauerte einen Moment, bis ich begriff, wo ich war.

Charlie war nirgendwo zu sehen, aber die jähe Erinnerung an das, was sich am vergangenen Abend auf diesem Sofa zugetragen hatte – ein *richtiger* Kuss in weinseliger Neugier –, beschleunigte meinen Herzschlag.

Ich stützte mich auf die Ellbogen und rappelte mich stöhnend und mühsam auf. Ich wischte mir über das Gesicht, und mir fiel ein, dass ich mich vor dem Einschlafen nicht gewaschen hatte. Meine Beine fühlten sich an, als wären sie in ihrer Position zusammengewachsen. Bei dem Versuch, sie auszustrecken, stöhnte ich wieder auf. Da wurde ich mir eines seltsamen Gewichts auf meinem Bauch bewusst. Verwundert senkte ich den Blick und begegnete dem eines Paares großer gelber Augen, die mich neugierig anstarrten. Nach einem kurzen Schreckmoment strich ich zaghaft über den flauschigen Kopf der roten Katze, die auf meinem Schoß saß … und sich bei genauerer Betrachtung als Kater herausstellte.

Er gehörte zu einer dieser Rassen, die wegen ihres langen, seidigen Fells fast jeden Tag gebürstet werden mussten, damit sich keine Knötchen darin bildeten. Aber Charlie hatte sich offensichtlich nicht an den Pflegeplan gehalten, falls der Kater ihm gehörte und kein herrenloser Streuner war, der irgendwie den Weg in die Wohnung gefunden hatte. Er hatte ein grimmiges Gesicht und eine Stupsnase, die ihm das Aussehen verlieh, als lebte er in einer Mülltonne in der *Sesamstraße*.

»Na du«, sagte ich, worauf der Kater ein leises, hohes Miauen von sich gab, von dem ich nur annehmen konnte, dass es eine Begrüßung war. Dann rollte er sich wieder zusammen und verbarg sein Gesicht seitlich an seinem Körper.

Ich saß eine ganze Weile da und wog das Für und Wider eines Ortswechsels ab. Meine Blase schmerzte, aber jeder, der schon einmal als Schlafplatz für eine Katze gedient hatte, weiß, dass sie zu stören das Schlimmste ist, was man in seinem Leben tun kann. Doch irgendwann musste ich einfach aufstehen, und so setzte ich die rotbraune Fellmasse sanft auf dem Boden ab, bevor ich zum Bad hinüberhuschte.

Vom Wohnzimmer gingen zwei Türen ab – eine davon führte in ein unbeschreiblich unordentliches Schlafzimmer. Die Bettdecke hing schlaff von der Matratze auf den Boden, und die Kissen waren auch nicht ordentlicher angeordnet. Hier sah ich mich vergeblich nach Charlie um und bemerkte nur ein paar Meter weiter ein paar feine Glasscherben auf dem Boden, bevor ich mich der anderen Tür zuwandte, hinter der ich zum Glück das Bad fand.

Ich eilte hinein und erledigte, was ich zu erledigen hatte, und als ich zum Waschbecken hinüberging, hörte ich das Geräusch von leisem Atmen.

Verwirrt schaute ich mich um und versuchte, den Serienmörder zu finden, der irgendwo in einer Ecke lauerte und darauf wartete, dass ich ihn entdeckte. Aber ich sah nichts dergleichen und fand auch nichts. Und so wanderte mein Blick weiter zur Badewanne. Ich zog den Duschvorhang ein Stück zurück – doch auch hier entdeckte ich keinen Serienmörder, sondern Charlie, der inmitten eines Bettes aus Handtüchern und Decken friedlich schlief. Er musste betrunkener gewesen sein, als ich angenommen hatte, um dort und nicht in dem einwandfreien Bett im Nebenraum zu schlafen. Selbst das zweite Sofa im Wohnzimmer wäre bequemer gewesen.

Ich machte mich leise auf den Weg nach draußen, schloss die Tür hinter mir und fragte mich, was ich jetzt tun sollte. Sollte ich einfach abwarten, bis er erwachte, oder besser schnell das Weite suchen? Nein, das hier war kein schäbiger One-Night-Stand! Ich würde bleiben und Charlie mit einer Tasse gutem Kaffee begrüßen, wenn er aufstand. Vorausgesetzt natürlich, ich fand das Kaffeepulver in all dem Durcheinander …

Und so ging ich in die offene Küche hinüber und sah mich nach Kaffee um. Zum Glück entdeckte ich immerhin eine Dose Nescafé im Schrank und stand prompt vor dem nächsten Hindernis, das zwischen mir und dem ersehnten Koffein lag. Wo waren die Kaffeebecher?

Um nicht lange suchen zu müssen, trat ich an die Spüle und wusch zwei Becher ab, was mich jedoch nicht ganz zufriedenstellte. Am Ende hatte ich das ganze schmutzige Geschirr gespült und dann auch noch die Wohnung nach hinter Vorhängen und Sofas verborgenen benutzten Tassen, Gläsern und Tellern durchsucht.

Der Kater war auf die Arbeitsfläche gesprungen und beobachtete jede meiner Bewegungen, als wollte er für die Zukunft etwas lernen.

Schließlich zog ich mein Handy aus der Tasche und öffnete zwei Nachrichten, die Ned mir am vergangenen Abend geschickt hatte. In der einen fragte er mich, ob ich vorhätte, nach Hause zu kommen. In der zweiten drückte er die Hoffnung aus, dass ich in Sicherheit war und nicht in einem flachen Grab auf offenem Ackerland lag. Da er jetzt gleich zur Arbeit gehen würde, beantwortete ich seine Nachrichten, entschuldigte mich dafür, mich bisher nicht gemeldet zu haben, und versicherte ihm, dass ich in der Tat noch lebte, auch wenn es sich nicht so anfühlte.

Dann goss ich mir in dem großen *Sports Direct*-Becher Kaffee auf und trank ihn in kleinen Schlucken, froh, dass das Koffein sehr schnell zu wirken begann.

Als meine Katerstimmung langsam nachließ, wandte ich mich dem Rest der Wohnung zu. Da ich schon einmal hier war und nichts zu tun hatte, konnte ich mich auch gleich ein bisschen nützlich machen. Ich ordnete die Bücherstapel, goss die Schweizer Käsepflanze – die vermutlich sehr erleichtert war, endlich etwas Wasser zu bekommen – und räumte und wusch den Couchtisch ab. Schließlich wandte ich mich dem Stapel Briefe hinter der Tür zu. Auf der Fußmatte sitzend sortierte ich sie nach Wichtigkeit, bis die braunen Briefe vom Finanzamt ganz oben und die Flyer von Imbissbuden ganz unten lagen.

Für die handgeschriebenen Umschläge, von denen es viele

gab, legte ich einen separaten Stapel an. Einige befanden sich in einfachen Kuverts mit blauen Luftpostaufklebern, andere in solchen mit roten und blauen Streifen am Rand. Da die Handschrift jedoch auf allen gleich aussah, legte ich sie alle zusammen in der Küche auf die Arbeitsfläche neben den leeren Brotkasten. Die Handschrift auf den Briefen war nachlässig, aber lesbar, und in der linken oberen Ecke eines jeden Umschlags standen ein Absender und ein Name: *Carrick Stone*.

Charlies Onkel – der, über den er sich die Geschichte ausgedacht hatte, als wir uns kennengelernt hatten. Warum sollte Carrick echte Briefe an seinen Neffen schreiben statt Nachrichten oder E-Mails … und dann auch noch so viele? Es mussten ungefähr zehn sein, allesamt ungeöffnet, und ich hatte beim Aufräumen noch mehr davon gefunden und sie in eine Küchenschublade gesteckt. Jetzt öffnete ich die Schublade wieder und zog vier weitere Briefe von Carrick zwischen dem Gerümpel darin hervor.

Ganz unten, unter einem anscheinend wenig erfreulichen Brief des Vermieters – immerhin geöffnet –, entdeckte ich ein Foto mit Hochglanzoberfläche und Eselsohren an den Ecken. Ich nahm es heraus und hielt es behutsam an den Ecken, wie es mir beigebracht worden war. Ich betrachtete das Bild von Charlie und einer Frau Abi. Auf dem Foto saßen sie zusammen an einem hohen Tisch. Beide trugen Alltagskleidung, einmal abgesehen von dem billig aussehenden Schleier, der an einem Plastikstirnband in Abis Haar befestigt war. Auf der Schärpe, die sie über der Brust trug, stand *Just Married*. Charlies Arme lagen um ihre schmale Taille, und er sah Abi an, als könnte er nicht glauben, dass er sie für sich gewonnen hatte. Sie dagegen blickte mit herausgestreckter Zunge in die Kamera und zwinkerte mit dem rechten Auge, wie es junge Mädchen oft auf Fotos tun. Sie war schlank und langbeinig. Ihre Haut war blass wie Charlies, und sie hatte Sommersprossen auf dem Nasenrücken und unter den Augen. Ihr langes, glattes Haar war in der Mitte gescheitelt und rot wie Herbstlaub. Sie war zierlich und sah so ätherisch aus, als tanzte sie in Kleidern aus Blütenblättern um ein Feenfeuer.

Okay, Nancy Drew, jetzt ist Schluss mit der Schnüffelei. Die Plötzlichkeit des Gedankens, den ich nahezu hören konnte, ließ mich zusammenfahren. Da war sie wieder, genau wie am vergangenen Abend, nur dass ich jetzt ein Gesicht für die Stimme meines als Abi verkleideten Gewissens hatte. Ich konnte sie mir gut vorstellen, wie sie frech an der Arbeitsplatte lehnte, die langen, schlanken Arme vor der Brust verschränkt. Schnell schob ich das Bild zurück unter die Briefe und schloss die Schublade.

Dann griff ich wieder zu meinem *Sports Direct*-Becher, gab drei Teelöffel Instantkaffee hinein und füllte den Becher bis zur Hälfte mit kochendem Wasser.

Da macht es sich jemand gemütlich, was? Und hat sich sogar schon eine Lieblingstasse zugelegt …

»Halt die Klappe«, sagte ich leise zu mir selbst, weil mir voll und ganz bewusst war, wie verrückt ich rüberkommen musste, falls außer einem passiv-aggressiven Kater noch jemand in der Nähe wäre, der mich sehen könnte.

Mit meinem Becher machte ich mich auf den Weg zum Sofa, setzte mich und stellte den Kaffee zum Abkühlen beiseite. Der Kater kam zu mir herüber und ließ sich wieder auf meinem Schoß nieder. Dann griff ich nach der Fernbedienung, schaltete den Fernseher ein und drehte die Lautstärke herunter. Während ich dem Kater sanft den weichen Kopf streichelte und er leise zu schnurren begann, schloss ich die Augen. Nicht um zu schlafen, ich wollte mich nur einen Moment ausruhen.

Als Nächstes wurde ich von dem Gefühl geweckt, dass sich jemand neben mir auf die Couch fallen ließ.

»Na, das ist ja ein wahres Wunder!«

Charlies Stimme schreckte mich auf, und ich wandte mich ihm mit müden Augen zu, während meinen Lippen ein sehr unattraktives, ja sogar leicht erschrockenes Stöhnen entwich.

Ich warf einen Blick auf den Fernseher und sah, dass gerade die Zehn-Uhr-Nachrichten liefen.

»Was ist ein Wunder?«, fragte ich, bevor ich mir rasch den Mund abwischte und mir die Haare glatt strich.

»Dass Magnus es sich auf dir bequem gemacht hat und freundlich ist. So ist er nämlich sonst nicht – zumindest nicht zu mir.«

»Magnus?«, wiederholte ich.

»Der Kater.« Er zeigte auf den Haufen fuchsig roter Haare auf meinem Schoß und runzelte die Stirn. »Er gehörte Abi. Der kleine Scheißer hasst schon die Luft, die ich atme. Ich persönlich glaube ja, dass er ein echter Männerhasser ist.« Er trank einen Schluck von seinem Kaffee und deutete auf eine volle, noch dampfende zweite Tasse auf dem Tisch. »Ich habe dir einen frischen aufgebrüht. Der letzte war nämlich schon kalt. Danke übrigens, dass du aufgeräumt hast, aber das wäre wirklich nicht nötig gewesen. Ehrlich gesagt ist es mir sogar ein bisschen peinlich.«

»Ach was. Das braucht es nicht. Ich wollte eigentlich nur zwei

Becher spülen, doch es hat meinem Brummschädel geholfen, sich auf etwas anderes als meine zunehmende Übelkeit zu konzentrieren – und dann habe ich wohl ein bisschen übertrieben.«

»Ich hätte schon seit Ewigkeiten etwas gegen das Chaos unternehmen müssen, aber es war eine so enorme Aufgabe, dass ich nicht mal wusste, wo ich beginnen sollte.«

Ich griff nach meinem Becher, nippte an der heißen Flüssigkeit und spürte, wie das Koffein fast augenblicklich seine Wirkung tat. Mit einem zufriedenen Seufzen ließ ich mich wieder gegen das zerknautschte Sofakissen fallen.

Von dort aus warf ich Charlie einen Seitenblick zu, als er die Hand ausstreckte und versuchte, dem Kater den Kopf zu streicheln. Doch Magnus schaute auf, noch bevor Charlie ihn berührte, fauchte angriffslustig, streckte die scharfen Krallen nach ihm aus und starrte ihn böse an, bis Charlie die Hand zurückzog.

»Siehst du? Ich habe nicht gelogen.«

»Oh, bevor ich es vergesse«, sagte ich schnell. »Im Schlafzimmer liegen ein paar Glasscherben. Ich wollte sie auffegen, konnte aber weder ein Kehrblech noch einen Handfeger finden.«

»Ja, das weiß ich schon. Aber das macht nichts, lass sie ruhig liegen«, antwortete er und blickte auf die Kaffeetasse in seinen Händen herab. Dann strich er mit dem Daumen über den Rand der Tasse und erhob erst dann wieder den Blick.

»Was ist in diesen Gläser drin, von denen offenbar eins zerbrochen ist?«, fragte ich neugierig.

»Es ist Meerglas oder auch Strandglas.« Er griff in die Tasche seiner Jeans, die völlig zerknittert war, weil er angezogen in der Badewanne geschlafen hatte, und zog den kleinen runden

Klumpen aus orangefarbenem Glas heraus, mit dem er so oft spielte. Er hatte eine leicht ovale Form, die einer Seifenblase ähnelte, die noch am Pustestab klebt. »Sie hat diese Steine gesammelt«, sagte er kopfschüttelnd und seufzte. »Wenn du wüsstest, wie viele Stunden ich damit vergeudet habe, die Strände nach diesen blöden bunten Steinen abzusuchen.« Er reichte mir seinen, und ich nahm das fast schwerelose Glas zwischen Daumen und Zeigefinger und hielt es gegen das Licht, wo es zu leuchten begann wie noch glühende Asche.

»Orangefarbenes Meerglas habe ich noch nie gesehen.« Ich dachte an die Strandspaziergänge, die ich im Laufe der Jahre mit meiner Mutter unternommen hatte. Dabei hatte ich grünes, durchsichtiges und gelegentlich auch braunes Glas entdeckt, doch nie orangefarbenes.

»Ja. Es ist wirklich selten. Abi hatte sogar rote und türkisfarbene Stücke, mit denen sie diese Gläser gefüllt hat, damit das Zeug das Licht einfing, wenn es durch das Fenster fiel.«

Ich gab ihm das Stückchen Glas zurück, und er steckte es wieder ein. Im Fernsehen übergab der Nachrichtensprecher gerade an den örtlichen Wetterfrosch Nathaniel Croome, einen hochgewachsenen Mann mit absolut perfekten Zähnen und den engsten Anzughosen dieser Welt. Er war so etwas wie eine lokale Berühmtheit und der Schwarm aller Mütter in den westlichen Midlands.

»Was glaubst du, wer mehr Kinder gezeugt hat: dieser Wetterfrosch oder Michael Bolton?«, fragte Charlie und wechselte damit das Thema.

»Oh, auf jeden Fall Nathaniel Croome«, erwiderte ich und zeigte auf den Mann, der bei jedem Blick in die Kamera mit ihr flirtete. »Ich habe ihn letztes Jahr bei der Eröffnung des *German*

Market aus der Ferne gesehen und bin mir ziemlich sicher, dass jede Frau im Umkreis von zwei Metern von ihm schwanger geworden ist, allein weil sie ihn angeschaut hat. Wenn du mich jetzt allerdings fragen würdest, wie viele Kinder bei der Musik von Michael Bolton gezeugt wurden, dann glaube ich nicht, dass es auch nur einen einzigen Mann gibt, der diesen Rekord brechen könnte.«

Ich schaute zu Charlie hinüber, der mich mit hochgezogener Augenbraue betrachtete. »Manchmal mache ich mir Sorgen um dich.«

»Ich auch, Charlie, ich auch«, erwiderte ich kichernd.

Er betrachtete mich einen langen Moment, bevor er eine Hand ausstreckte, sie auf mein Knie legte, das nicht von Magnus bewacht wurde, und es drückte.

»Geht's dir gut?«, fragte ich.

»Ja, ich bin bloß ein bisschen verkatert.«

»Musstest du dich übergeben? Hast du deshalb in der Badewanne geschlafen?«

»Nein.« Er zog die Hand zurück und griff nach seiner Tasse. Dann holte er tief Luft und biss sich auf die Lippe, bevor er wieder sprach. »Ich glaube, ich bin bereit«, erklärte er, während er die Knie mit Fingern umklammerte, deren Knöchel sehr bald weiß hervortraten.

»Bereit wozu?«

»Dir zu erzählen, was passiert ist … Falls du es hören willst«, fügte er schulterzuckend hinzu und wirkte plötzlich sehr nervös.

»Natürlich«, erwiderte ich und drehte mich ein wenig, um ihn ansehen zu können. »Aber bist du sicher, dass auch du wirklich so weit bist?«

Er nickte entschlossen und stand auf. »Komm mit!« Er streckte den Arm aus und blickte mich mit einer Intensität an, die mich schon fast vergessen ließ, wie man atmet.

Ich legte meine Hand in seine, und er zog mich hoch, wobei Magnus mit einem erbosten Miauen auf dem Boden landete.

Charlie schluckte schwer und führte mich, ohne den Blick von mir abzuwenden, zur Schlafzimmertür.

Kapitel 13

So nervös, dass ich nicht wusste, was ich mit meinen Armen anfangen sollte, blieb ich neben Charlies ungemachtem Bett stehen.

Er selbst verharrte wie erstarrt auf der anderen Seite der Tür, als hätte er Angst, die Schwelle zu überschreiten. »Ich habe das noch nie jemandem erzählt, also hab bitte Geduld mit mir.« Charlie biss sich auf die Oberlippe und stieß einen gequälten Seufzer aus. »Als ich vierzehn Jahre alt war, ist meine Mutter eines Tages von ihrem Strickkreis nach Hause gekommen und hat mir erzählt, dass die Damen gesagt hätten, Siobhan Murphy brauche Hilfe«, begann er mit gesenktem Blick. »Ihr Mann war vor etwa sechs Monaten gestorben, und da es ihr nun sehr schwerfiel, den Garten in Ordnung zu halten, hatte Mammy ihr meine Unterstützung angeboten. Darüber war ich nicht gerade glücklich; ich war schließlich noch ein Teenager. Der bloße Gedanke, dass die Arbeit mir die Zeit für die Proben mit meiner Band rauben würde, war mir zuwider. Doch Mammy meinte, ich müsste ein guter katholischer Junge sein und der armen Witwe beistehen. Patrick, Siobhans verstorbener Mann, hatte einen Schlaganfall erlitten. Er war nach dem Rasenmähen aus dem Garten gekommen, hatte sich mit einem Glas Bier in den

Sessel gesetzt, und nach und nach wurde das Bier auf dem Beistelltisch neben ihm warm. Erst nach einer ganzen Weile hat jemand gemerkt, dass er tot war.«

Ich schwieg und unterbrach Charlie nicht.

»Die Kinder hatten viel getratscht, seit Siobhan sich danach in ihrem Haus verkrochen hatte. Sie nannten sie eine ›Hexe‹ und eine ›Verrückte‹. Ich hatte mich diesen Beschimpfungen nie angeschlossen, muss jedoch zugeben, dass ich dennoch ein bisschen nervös war, als ich zu ihr ging. Als sie die Tür öffnete, dachte ich, ich hätte mich im Haus geirrt. Mrs. Murphy war eine Schönheit gewesen. Mein Onkel Carrick hat das immer gesagt und sie jedes Mal lüstern angestarrt, wenn er ihr zufällig in der Stadt begegnet war. In den sechs Monaten seit Mr. Murphys Tod schien sie jedoch um zehn Jahre gealtert zu sein. Ihr Haar, das früher so leuchtend rot wie die Flammen eines Lagerfeuers gewesen war, war weiß geworden, und sie hatte begonnen, sich in Tücher und Schals zu hüllen wie in Bandagen, mit denen sie sich zusammenzuhalten versuchte.« Er seufzte leise. »Sie tat ihr Bestes, um sich mir gegenüber normal zu verhalten, obwohl ich gemerkt habe, dass sie mit den Gedanken nicht wirklich anwesend war. Sie hat mir gesagt, wo ich den Rasenmäher und den Rest von Patricks Gartengeräten finden konnte, und bei der Erwähnung seines Namens kamen ihr die Tränen. Ich kann es nicht ertragen, wenn Menschen in meiner Gegenwart weinen – ich bekomme dann selbst feuchte Augen und muss irgendetwas anderes tun, um mich davon abzuhalten, mit ihnen zu schluchzen. Deshalb ging ich an jenem Tag schnell zum Schuppen und watete durch das kniehohe Gras und Unkraut in ihrem Garten. Das Gras war so hoch und schwer, dass es unter seinem eigenen Gewicht zusammengefallen war und sich mit all den toten

Halmen darunter zu Klumpen verfilzt hatte. Ich hatte keine Ahnung, wo ich anfangen sollte. Da ich mich in meinem ganzen Leben noch nie um einen Garten gekümmert hatte, erschien mir das wie eine Feuertaufe für diese Art von Beschäftigung.« Charlie machte eine kleine Pause. »Im Schuppen fand ich einen Rasentrimmer – eines der wenigen Geräte, die ich erkannte. Ich nahm ihn zusammen mit einem Verlängerungskabel mit raus und begann, das Gras zu schneiden. Anfangs ließ es sich noch relativ leicht kürzen, aber die Dichte dieses ganzen Gestrüpps nahm der Klinge ihre Schärfe, und nach weniger als einem Viertel der Rasenfläche kam ich nicht weiter voran. Ich weiß noch, wie ich mich auf den Haufen geschnittenen Grases gesetzt und geseufzt habe. Ich war durchgeschwitzt und stank zum Himmel. Von irgendwoher hörte ich eine Stimme, konnte aber nicht sehen, woher sie kam. ›Du hast keinen blassen Schimmer, was du da tust, oder?‹ – ›Und wie kommst du darauf?‹, gab ich zurück. In der hohen Platane auf der anderen Seite des Gartens raschelte es plötzlich, und einen Augenblick später entdeckte ich eine Gestalt dort oben in den Ästen. ›Weil du den Rasen meines Vaters völlig vermurkst hast, Charlie Stone.‹ Ich kniff die Augen zusammen, aber gegen die Sonne war die Gestalt im Baum nicht mehr als ein wie ein Mensch geformter Schatten. Ich beobachtete, wie sie an irgendetwas an ihrem Hosenbund herumhantierte und dann auf den Boden sprang, indem sie sich an einem Ast festhielt. Die Sonne war jedoch so grell, dass ich das Mädchen erst sah, als es sich neben mir ins Gras fallen ließ. ›Und was schlägst du vor, was ich tun soll, Abigale Murphy?‹, entgegnete ich verärgert und peinlich berührt zugleich, weil sie Zeugin meiner ungeschickten Versuche geworden war. Abigale war Siobhans älteste Tochter und ein Jahr unter mir in der Schule, und sie war ein genauso hübsches Mädchen, wie ihre Mutter es einst gewesen sein musste mit dem roten Haar und den Sommersprossen auf der Nase. ›Ich würde vorschlagen, dass du dir erst einmal das richtige Werkzeug suchst. Zunächst mal brauchst du eine Sense.‹ – ›Eine Sense wie der Sensenmann?‹, fragte ich spöttisch. Sie grinste mich an und zog die buschigen Augenbrauen hoch, bevor sie einen Salto rückwärts machte und zum Schuppen lief. Kurz darauf kam sie mit einer Sense, die im Vergleich zu ihrer gertenschlanken Gestalt geradezu lächerlich groß war, und einem Rechen wieder raus. ›Während ich es schneide, kannst du das Gras zusammenharken.‹ Sie warf mir eine Rolle Müllsäcke zu, zog ein Buch aus dem Hosenbund und legte es vorsichtig auf das Fensterbrett des Schuppens. Es war ein abgenutztes Buch, von dem ich noch nie gehört hatte, und der Einband war so zerknittert und gewellt, als wäre es schon hundertmal gelesen worden. ›Also los‹, sagte sie und fing an, das Gras zu mähen. Es war urkomisch, ihr dabei zuzusehen. Die schmale, kleine Abi Murphy schnitt mit der Sense durch das Gras, als wäre es Butter. Ich harkte alles zusammen, was sie mähte, und packte es in einen Müllsack nach dem anderen, bis die ganze Wiese gekürzt und all das tote Gras darunter der Sonne ausgesetzt war, damit es wieder sprießen konnte. Dann reichte Abigail mir eine Pappschachtel mit Grassamen, deren Inhalt wir verstreuten, ohne ein Wort zu wechseln. Danach bewässerte ich alles mit dem Schlauch, was in einer regelrechten Wasserschlacht zwischen uns endete. Ich bin mir ziemlich sicher, dass dies der Moment war, in dem ich mich in dieses Mädchen mit dem roten Haar, dem schmutzigen Gesicht und den niedlichen Sommersprossen verliebte … Nicht lange, nachdem wir beide bis auf die Haut durchnässt waren, rief ihre

Mutter sie jedoch ins Haus und sagte, ihre Schwester brauche sie. Mrs. Murphy hatte etwa drei Jahre zuvor ein weiteres Baby bekommen, weißt du? Es hieß Kenna. Es war ungeplant gewesen, und nun hatte sie ein kleines Kind, um das sie sich kaum noch kümmern konnte, sodass es hauptsächlich Abi war, die Kenna versorgte. Sie sagte mir, ich könne gehen, solle aber am nächsten Samstag wiederkommen, um die Dornenranken am hinteren Ende des Zauns zu beseitigen. Und so ging ich nach Hause und dachte von diesem Moment an an nichts anderes mehr als an Abi.« Charlie räusperte sich und blickte zu mir herüber, als hätte er meine Anwesenheit vollkommen vergessen. »Soll ich weitererzählen?«, fragte er. »Ich weiß, dass ich vom eigentlichen Thema abschweife …«

»Nein, nein, sprich weiter«, erwiderte ich mit einem seltsamen Kribbeln im Magen.

»Okay. Von diesem Tag an habe ich jeden Samstag im Sommer dort verbracht, und auch so manchen Sonntag, und manchmal las Abi mir aus ihren Büchern vor, während wir mittags auf dem nachgewachsenen Rasen picknickten. Sie hatte immer Schrammen und blaue Flecken, Schnitte und Beulen, über die sie sich jedoch nie beklagte. Jeden Samstagmorgen kaufte ich eine Schachtel Pflaster, um mich auf die unvermeidliche Wunde vorzubereiten, die sie sich an diesem Tag zufügen würde. Sie beharrte zwar stets darauf, dass sie nicht wehtaten, obwohl ich merkte, dass sie das sehr wohl taten. An jenem letzten Samstag, als der Sommer vorüber war und der Garten wieder so gut aussah, als hätte Mr. Murphy ihn selbst gepflegt, küsste sie mich am Seitentor und sagte mir, sie sei sich beinahe sicher, sich in mich verliebt zu haben …« Er lächelte bei der Erinnerung. »Von da an begannen wir, uns regelmäßig zu sehen, und alles lief sehr gut. Nach meinem Schulabschluss blieb ich noch ein Jahr dort, damit wir alles, was wir uns vorgenommen hatten, gemeinsam tun konnten. Abi bewarb sich um einen Studiengang in Illustration an der Uni in Dublin, und ich dachte, alles würde gut gehen, und wollte mich auch dort für ein Studium immatrikulieren. Alles war bestens geplant, doch sie wurde in Dublin nicht angenommen und musste stattdessen zur National University of Ireland in Galway gehen. Ich hatte bereits eine Wohnung gefunden, und da in Galway einfach nicht die gleiche Theaterbegeisterung vorherrschte wie in Dublin, hätte ich dort auch nichts zu tun gehabt.« Charley machte eine kleine Pause. »Wir haben uns eingeredet, dass es mit einer Fernbeziehung klappen würde, doch es lagen über zweihundert Kilometer zwischen uns, und es dauerte nicht lange, bis sie mir den Laufpass gab. Es hat mir das Herz gebrochen, und es ging mir ziemlich schlecht danach. Ich wurde zu einem echten Blödmann und traf einige ausgesprochen dumme Entscheidungen mit ein paar wirklich unmöglichen Leuten. Danach haben Abi und ich zwei Jahre lang nicht miteinander geredet, bis ich eines Tages in Dublin beim Verlassen des Theaters, in dem ich arbeitete, buchstäblich mit ihr zusammengestoßen bin. Wir waren beide gleichermaßen geschockt, sagten kein Wort und starrten uns nur mit einem strahlenden Lächeln an. Danach verbrachten wir den Abend in einer Bar und sprachen über alte Zeiten, und bevor der Abend vorüber war, waren wir wieder so verliebt, dass wir heirateten, so schnell wir konnten. Wir haben es noch nicht mal jemandem erzählt, weil wir keine große Sache daraus machen wollten. Als unsere Familien es herausfanden, waren sie alles andere als froh darüber. Sie schleppten uns buchstäblich nach Hause und zwangen uns, das Ganze noch einmal auf ›angemessene katholische Art‹ zu wiederholen, wie Mammy es ausdrückte. Nach Abschluss ihres Studiums ist Abi erst mal zu mir nach Dublin gezogen. Dann hat sie einen Job in London gefunden, und wir sind dorthin gezogen. Wir haben eine ganze Weile dort gelebt, bevor uns klar wurde, dass das Pendeln von Birmingham aus weniger kostet, als in London zu leben, und so sind wir schließlich hier gelandet.«

»Und du hast weiter in London gearbeitet?«, warf ich ein.

Charlie nickte. »Eine Zeit lang. Aber es ist eine harte Branche.«

»Was für eine schöne Geschichte«, sagte ich und vergaß darüber beinahe, dass ich das Ende dieser Liebesgeschichte bereits kannte und eigentlich wollte, dass er aufhörte zu erzählen. Wenn er jetzt nicht weitersprach, konnte ich immerhin so tun, als hätten die schlaksige Abigale Murphy und der dumme junge Charlie Stone ihr Happy End gefunden. »Wenn du willst, können wir hier stoppen und uns den Rest für später aufheben«, schlug ich vor.

Doch Charlie schüttelte den Kopf, und ich konnte die Tränen sehen, die in seinen Augen glitzerten. »Nein, es ist okay. Ich will es zu Ende bringen.« Dann schluckte er hörbar und atmete tief durch die Nase ein. »Dann bekam Abi plötzlich diese Knötchen in den Brüsten. Sie erschreckten uns beide zu Tode, als sie auftauchten, aber als Abi sie untersuchen ließ, meinte der Arzt, es seien nur verkalkte Gewebeklümpchen, die ihr nicht weiter schaden würden. Da sie nicht gerade die größten Brüste hatte, konnte man durch ihre Haut hindurch einen sehen, weißt du? Mich störte das absolut nicht, doch sie wollte sie unbedingt loswerden, und so ließ sie sich operieren und sie entfernen. Die Operation verlief gut, und an jenem Abend habe ich sie hierher zurückgebracht und sie ins Bett gelegt. Man hatte ihr diese langen, engen Strümpfe zum Anziehen gegeben, aber sie fand, dass sie blöd aussahen und ihr ins Fleisch kniffen. Deshalb weigerte sie sich, sie zu tragen. Und wenn Abi sich zu etwas entschlossen hatte, konnte man nicht viel tun. Als ich ihr ins Bett geholfen habe, war sie sehr schlecht gelaunt. Das lag wohl am Narkosemittel. Schon auf dem ganzen Heimweg hatten wir uns gestritten.«

Mir entging nicht, wie sich sein Gesichtsausdruck und seine Stimme veränderten, als die Geschichte sich ihrem Ende näherte.

»Sie küsste mich auf die Wange, nachdem ich sie im Bett an all die vielen Kissen gelehnt hatte«, fuhr er fort und sah fast ängstlich aus, als er auf das Bett zeigte. »Sie hat sich entschuldigt und mich gebeten, ihr eine der starken Schmerztabletten zu bringen, die man ihr mitgegeben hatte, und eine Tasse Tee. Ich weiß noch, wie ich zu ihr sagte: ›Abigale Murphy braucht ein Schmerzmittel? Du bist ja ganz schön weich geworden auf deine alten Tage.‹ Daraufhin verdrehte sie die Augen und sagte: ›Ach, verpiss dich und hol mir meinen Tee, okay?‹ Natürlich tat ich das dann auch. Nachdem ich den Wasserkocher gefüllt und angestellt hatte und darauf wartete, dass das Wasser heiß wurde, lenkte mich in den Nachrichten irgendetwas ab, was mich dazu veranlasste, im Wohnzimmer zu bleiben. Irgendwann fielen mir Abis Tee und das Schmerzmittel wieder ein. Ich war mir ziemlich sicher, dass sie mich ermorden würde, weil ich so lange gebraucht hatte, doch ich brachte ihr nun alles ins Schlafzimmer, so schnell es ging. Als ich dort ankam, schlief sie, eingesunken in die dicken Kissen, und so stellte ich den Tee vorsichtig auf ihren Nachttisch, legte die Schmerztablette daneben und ging zurück ins Wohnzimmer, um mir einen Film anzusehen. Weil ich es für das Beste für sie hielt, ließ ich Abi einfach schlafen. Während des Films schlief ich auf dem Sofa ein, und als ich wieder aufwachte, war es schon nach drei Uhr morgens. Um Abi nicht zu wecken, ging ich im Dunkeln ins Schlafzimmer und legte mich zu ihr ins Bett. Ich beugte mich vor, um sie auf die Stirn zu küssen, und merkte, da stimmte irgendetwas nicht. Als ich das Licht anmachte, sah ich es: Sie befand sich noch immer in derselben Haltung, in der sie gelegen hatte, als ich gegangen war, um ihr den Tee aufzubrühen. Sie hatte sich überhaupt nicht bewegt. Ich stupste sie vorsichtig an ...« Seine Stimme brach, und auf seinen unteren Augenlidern erkannte ich Tränen. »Trotz der Wärme in dem Zimmer war ihre Haut erschreckend kalt. Ich verstand es einfach nicht, bis ich ihr genauer ins Gesicht blickte. Sie hatte immer so ein lebhaftes Gesicht, selbst wenn sie schlief, aber jetzt war es einfach ... ausdruckslos und leer.« Charlie schwieg und versuchte, sich zu sammeln. »Ich habe einen Krankenwagen gerufen, der auch schnell da war, doch wir alle wussten bereits, dass sie tot war, auch wenn niemand es aussprach. Die Rettungssanitäter legten sie auf eine Trage und brachten sie heraus, und das war das letzte Mal, dass ich Abi gesehen habe. Auf dem Weg aus der Wohnung stieß einer der Sanitäter gegen eins ihrer geliebten Glasgefäße mit den Strandsteinen. Es fiel auf den Boden und zerbrach. Später sagte man mir, sie sei an einem enormen Blutgerinnsel in der Lunge gestorben, das von der Operation herrührte, und sei bereits Stunden tot gewesen, als man sie abholte. Und das wiederum bedeutet, dass sie schon nicht mehr gelebt hatte, als ich ihr den Tee gebracht hatte. Es heißt, je schneller man bei einer Lungenembolie handelt, desto besser sind die Überlebenschancen der betroffenen Person. Ich hätte Abi also retten können, wenn ich nicht durch die blöden Nachrichten abgelenkt gewesen wäre.«

»Charlie, ich … « Aber was konnte ich schon dazu sagen?

»Ich bin hierher zurückgekommen, um ein paar Klamotten und einige andere Dinge zu holen, und dann erst mal länger nicht mehr hier gewesen. Nach wie vor bin ich nicht gern in dieser Wohnung. Der Einzige, der sich hier ständig aufhält, ist der Kater. Meine Nachbarin versorgt ihn, wenn ich nicht da bin. Ich glaube, er mag es, dass es hier noch immer nach Abi riecht.«

Charlie holte tief Luft, und plötzlich kullerten die Tränen ungehindert über sein Gesicht, das zu einer Maske unvorstellbarer Trauer erstarrt war. »So, jetzt weißt du es. Das ist der Grund, aus dem ich dich an jenem Tag angerufen habe. Sie ist tot, weil sie sich Sorgen gemacht hat, dass ich sie mit dieser sichtbaren Beule in der Brust nicht mehr attraktiv finden würde, und weil ich Idiot mit dem verdammten Fernsehen beschäftigt war.«

»Es war nicht deine Schuld, Charlie«, erwiderte ich und ging zu ihm hinüber, um ihn in die Arme zu nehmen.

Er lehnte sich an mich, und ich konnte spüren, wie die Schulter meiner Bluse feucht wurde, als er hemmungslos zu weinen begann.

Deshalb also hatte er in der Badewanne übernachtet: Er hatte nicht in dem Bett schlafen wollen, in dem das schlimmste Ereignis seines Lebens stattgefunden hatte.

»In der ersten Nacht, als ich dich einfach so stehen gelassen habe, oder all die Male, als ich verschwunden bin, war das alles nur, weil sie auf irgendeine Weise noch am Leben ist, wenn ich mich verletzen lasse. Aber diese Gefühle zu haben und ihnen nachzugeben, und sei es auch nur für eine Sekunde, ist, als ließe ich zu, dass sie tot ist.«

Als er gerade schluchzend sein Gesicht an meinen Hals drückte, klopfte es dreimal lautstark an der Haustür. Wir zuckten beide erschrocken zusammen und lösten uns aus unserer Umarmung. Charlie wischte sich schnell das Gesicht ab, um seine Macho-Fassade aufrechtzuerhalten, aber es war fleckig und rot, und in seinen Augen lag eine bodenlose Traurigkeit.

»Ich gehe schon«, sagte ich, drückte beruhigend seinen Arm und trat ins Wohnzimmer.

Den Haustürschlüssel umzudrehen und die Wohnungstür zu öffnen war sehr viel einfacher, nachdem ich die Stapel von Briefen weggeräumt hatte.

In der Tür stand ein Mann Ende vierzig mit dicken grauen Locken, einer Gesichtsbehaarung, die mich an Zorro erinnerte, und einem fast blendend türkisfarbenen Halstuch.

»Oh ... hallo«, sagte ich, als der Mann seine überhaupt nicht zum Wetter passende Sonnenbrille abnahm und mich anstarrte, als hätte ich ihm splitternackt die Tür geöffnet.

»Wer zum Teufel sind Sie?«, fragte er mit einem Akzent, der Charlies sehr ähnlich war.

Falls dieser Akzent noch nicht ausgereicht hätte, um darauf hinzuweisen, dass dieser Mann ein Verwandter von ihm war, wäre es spätestens das auffallende Kornblumenblau seiner Augen gewesen.

»Ich bin Nell und nehme an, dass Sie Mr. Carrick sind.«

Er verzog eine Hälfte seines Mundes zu einem Grinsen und strecke die Arme aus, als wollte er sich mir präsentieren. »Höchstpersönlich«, antwortete er und sah dabei fast geschmeichelt aus. »Nell – das ist ein schöner Name. Es bedeutet ›leuchtendes Licht‹, wussten Sie das? Ist er da?«

»Nun ja ...«

»Hey, Charlie-Boy! Bist du da drinnen? Komm sofort her, und gib deinem Lieblingsonkel einen dicken Kuss!«, rief er in die Wohnung.

Während ich wartete, musterte ich Carrick unauffällig und entdeckte einen kleinen knallrosa Koffer neben ihm.

»Was willst du hier?«, fragte Charlie alles andere als freundlich, als er hinter mir auftauchte.

»Ich bin hergekommen, um deinen traurigen Arsch mit nach Hause zu nehmen.«

»Tja. Träum weiter!«, entgegnete Charlie unverblümt.

»Tja«, äffte Carrick ihn kurz nach, wurde dann aber wieder ernst. »Leider hast du keine andere Wahl, was das angeht, Junge.«

»Nein, Carrick! Wie oft muss ich dir noch erklären, dass ich auf gar keinen Fall dorthin zurückkehren werde?«, protestierte Charlie.

»Ich wäre ja bereit, dir mehr zu dem Thema zu sagen, wenn du mich hereinlassen würdest, statt mich wie eine Hotelnutte auf dem Flur stehen zu lassen.«

»Gut, dass du keine bist. Du hättest nur wenige Kunden«, versetzte Charlie, bevor er sich abwandte und in die Wohnung zurückkehrte.

»Soll das heißen, dass ich reindarf?«, wollte Carrick mit gedämpfter Stimme von mir wissen.

»Ich habe keine Ahnung«, antwortete ich ehrlich, trat jedoch zur Seite.

Er nickte mir anerkennend zu und ging an mir vorbei, wobei er seinen bonbonrosafarbenen Koffer hinter sich herrollte.

Dann sagte er zu niemand Bestimmtem: »Sie gefällt mir.«

Kapitel 14

Ich blieb vor dem Fenster des ersten Cafés stehen, das ich fand, nachdem ich Charlies Haus verlassen hatte. Es war einer dieser Coffee-to-go-Läden von irgendeiner Kette. Ständig lief darin undefinierbare Hintergrundmusik, die von den Geräuschen der Kaffeemaschinen und -mühlen übertönt wurde.

Ich hatte es für das Beste gehalten, aus Charlies Wohnung zu verschwinden und mir das zu ersparen, was ein unangenehmes Gespräch zwischen Onkel und Neffe zu werden versprach. Ich war mir nicht einmal sicher, ob Carrick mir sympathisch war oder ob er mir bald schon auf die Nerven gehen würde. Beides war durchaus möglich.

Ich schaute zu, wie der Barista drei Pappbecher mit Kaffee in einen Halter aus recyceltem Papier steckte und damit in meine Richtung kam.

Während er auf die Quittung herabschaute, sagte er: »Ein Americano, ein Milchkaffee und … eine heiße Schokolade mit Chai und Karamellsirup.« Bei Letzterem verzog er das Gesicht, was ich ihm nicht verübeln konnte.

Ich trat vor, nahm den Becherhalter entgegen und machte mich dann auf den kurzen Rückweg zu Charlies Wohnung.

Das Wetter wurde spürbar milder, während sich der Winter

seinem Ende näherte, aber es lag nach wie vor ein unbestreitbarer Hauch von Kälte in der Luft.

Ich zog die mir viel zu große Kapuzenjacke fest um den Körper und hielt mit meiner freien Hand den Reißverschluss zu.

Bevor ich losgegangen war, hatte ich feststellen müssen, dass Magnus auf meinem Mantel schlief, und da ich den Kater nicht zum zweiten Mal an diesem Morgen stören wollte, hatte ich Charlie gebeten, mir etwas zum Überziehen zu leihen. Er hatte mir den saubersten Hoodie zugeworfen, den er hatte auftreiben können, und ich hatte ihn angezogen, ohne zu überlegen. Als ich nun jedoch zerstreut die Vorderteile unten auseinanderfallen ließ und sie dafür oben bis zur Nase hochzog, begann ich, darüber nachzudenken, was für eine intime Handlung es doch war, die Kleidung eines anderen zu tragen. Ich bildete mir ein, dass die Jacke ganz leicht nach Charlie roch, ein ganz spezieller Duft, wie es keinen anderen gab auf dieser Welt. Es war der gleiche, den ich vergangene Nacht, als ich ihn geküsst hatte, eingeatmet hatte, der Duft, den ich nie vergessen wollte.

Na, gefällt er dir, sein Duft?

Verdammt noch mal, nicht sie schon wieder! Was geschah mit mir? War das wirklich nur mein Gestalt gewordenes Gewissen, oder hatte ich einen totalen geistigen Zusammenbruch?

Nee, nee, ich denke, es ist bloß dein schlechtes Gewissen.

»Es gibt nichts, weswegen ich ein schlechtes Gewissen haben müsste«, sagte ich leise. Passierte das gerade wirklich? Hatte ich tatsächlich mit jemandem gesprochen, von dem ich wusste, dass er gar nicht da war?

Oh nein, absolut nichts. Zwei Jahre. Zwei verdammte Jahre. Man kann nicht einmal die Uni in zwei Jahren abschließen, und

doch scheint das mehr als genug Zeit zu sein, um sich nach dem
nächsten Flittchen umzusehen.

Ein Postbote in roter Jacke kam mit einem Arm voller Briefe
aus einer Einfahrt und nickte mir grüßend zu.

Ich erwiderte den Gruß, bevor ich mich wieder der Erscheinung neben mir zuwandte und sie flüsternd anfuhr: »Ich bin
kein Flittchen!«

Der Briefträger blickte sich stirnrunzelnd über die Schulter
nach mir um, als ich um die nächste Ecke zu Charlies Wohnung
bog.

Aber nein, das bist du natürlich nicht. Du bist nur verzweifelt
hinter einem emotional gestörten Witwer her. Gleichzeitig hältst du
den Freund hin, zu dem du nie wieder zurückkehren wirst, obwohl
du genau weißt, dass es ihm das Herz brechen wird, wenn du irgend-
wann den Mut aufbringst, ihn in die Wüste zu schicken.

»Halt die Klappe!« Inzwischen joggte ich schon fast und
rannte buchstäblich vor meinen Problemen weg.

Die Getränke schwappten durch die Löcher in den Deckeln
der Kaffeebecher, aber das war mir egal. Ich musste zurück zu
Menschen, echten Menschen.

Als ich Charlies Wohnhaus erreichte und auf die Klingel
drückte, blickte ich mich nach Atem ringend um. *Sie* war weg –
oder zumindest nirgendwo mehr zu sehen.

Zurück in der Wohnung, verteilte ich die Getränke und
setzte mich dann zu Charlie auf das Sofa.

Carrick hockte sich auf die Kante des Couchtisches und
stützte die Ellbogen auf die knochigen Knie.

»So, was ist denn nun eigentlich los?«, fragte ich und versuchte, so zu tun, als merkte ich nichts von der in der Luft liegenden Spannung.

»Gar nichts«, antwortete Carrick mit mürrisch vorgeschobener Unterlippe. »Dieser junge Mann hier hat mich nur mal wieder enorm genervt, und dann hat auch noch der Kater mit seinen Krallen nach meinen Knöcheln ausgeholt, sodass ich mich hier ausgesprochen willkommen fühle.«

Ich wandte mich Charlie zu, und mein ganzer Körper versteifte sich vor Unbehagen.

Er schaute nicht zu mir auf, sondern drückte nur immer wieder auf dem Deckel seines Kaffeebechers herum, was ein unaufhörliches und sehr nerviges Klicken verursachte. *Klick, klick, klick.* Es hörte sich an wie das Ticken einer Uhr, was vermutlich auch ein sehr passender Vergleich war.

»Was führt dich denn hierher, Carrick? Hast du vor, länger zu bleiben?«, fragte ich.

»Nein, ich bin nur gekommen, um Charlies aufsässigen Hintern nach Westport zurückzubefördern und einige Dinge geradezubiegen.«

»Was für Dinge?«, hakte ich nach.

Charlie wand sich vor Verlegenheit auf seinem Platz, und mir wurde klar, dass noch mehr hinter dieser Geschichte steckte, als ich bisher erfahren hatte.

»Können wir nicht einfach alles so lassen, wie es ist?«, schaltete er sich schließlich in das Gespräch ein.

Eine helle Röte stieg Carrick für einen Moment ins Gesicht, und Wut flackerte in seinen blauen Augen auf. »Jetzt hör mal gut zu, Charlie-Boy! Du hast mir ein Versprechen gegeben – also vergiss das bitte nicht! Die Zeit ist fast vorüber, und als du dort oben auf dem Uhrenturm warst …« Hier unterbrach er sich und sah mich misstrauisch an, worauf sein Ärger jedoch ein wenig nachzulassen und er sich zu einem klügeren Vorgehen zu ermahnen schien. »Du kannst nichts ungeschehen machen, aber ebenso wenig kannst du deine Leute ohne jede Erklärung zurücklassen, egal, wie beschissen diese Erklärung auch sein mag.«

»Keine Bange«, entgegnete Charlie in gereiztem Ton. »Nell weiß Bescheid.«

Klick, klick, klick.

»Na, das ist ja immerhin schon etwas«, antwortete Carrick seufzend. »Aber zu Hause gibt es eine Menge Leute, die einen Schlussstrich unter all das ziehen wollen, und du bist der Einzige, der ihnen dabei helfen kann. Vielleicht kannst du ja auch selbst einen Vorteil daraus ziehen, wenn du siehst, dass alle anderen weiterleben und ganz im Gegensatz zu dir heilen.«

Also hatte auch Carrick in der Nacht, in der Charlie sich vom Turm hatte stürzen wollen, einen Anruf von ihm erhalten. Ich fragte mich nur, ob Charlie ihn vor oder nach Ned angerufen hatte.

Möglicherweise wäre das, was Carrick vorschlug, sogar sehr gut für Charlie. Immerhin war er zwei Jahre lang vor allem, was mit Abi zu tun hatte, davongelaufen und hatte sich damit begnügt, im Sumpf seiner Trauer zu versinken. Vielleicht würde eine Heimreise nach Irland ihn dazu zwingen, sich dem Schmerz zu stellen, anstatt ihn zu verleugnen und so zu tun, als existierte er gar nicht.

Ich wandte mich Charlie zu, der meinen Blick besorgt erwiderte. »Unter Umständen ist es gar keine so schlechte Idee, nach Hause zu fahren«, sagte ich ruhig und mit sanfter Stimme.

»Nicht du auch noch, Nell«, erwiderte er und seufzte verdrossen.

»Für wie lange wolltest du ihn denn nach Hause mitnehmen?«, fragte ich Carrick.

»Ein paar Tage nur. Gerade lange genug, um zu dem Gedenkgottesdienst zu gehen und seine arme alte Mum wiederzusehen«, antwortete er.

»Du kannst doch nicht dem Gedenkgottesdienst für deine eigene Frau fernbleiben! Das wäre ja … abscheulich!«

»Allerdings!« Carrick stieß ein humorloses Lachen aus. »Es ist ja nicht so, als wäre er wenigstens bei der Beerdigung aufgetaucht, und deshalb halte ich es nur für recht und billig, dass er zumindest an der Gedenkfeier anlässlich ihres zweiten Jahrgedächtnisses teilnimmt.«

Mit schockierter und verwirrter Miene drehte ich mich wieder zu Charlie. »Was?! Du warst nicht mal bei der Beerdigung deiner Frau?«

Klick, klick, klick, klick, klick. Nicht einmal jetzt hörte Charlie auf, dieses nervige Geräusch mit seinem Becher zu machen. Er blickte wieder auf seinen Kaffeebecher herab, und sein endloses Klicken, das immer schneller wurde, hörte sich so an, als liefe es auf irgendetwas zu.

»Ich konnte es nicht«, murmelte er. »Ich habe es versucht, es dann aber nicht mal bis ins Flugzeug geschafft.«

»Ja, klar, du hast es einfach nur uns anderen überlassen, nicht?«, fauchte Carrick ärgerlich.

»Hey!«, brachte ich ihn höflich, doch bestimmt zum Schweigen. »Charlie anzugreifen wird nichts ändern und ihm auch keine Hilfe sein«, sagte ich, denn ich sah, dass er schon wieder dichtgemacht hatte. Ich nahm mir einen Moment, um mich zusammenzureißen und den besten Weg zu finden, das Problem in Angriff zu nehmen. »Ich glaube, dass eine Heimreise dir guttun würde«, fuhr ich schließlich in beruhigendem Ton fort. »Ich weiß, dass du dein Zuhause wiedersehen möchtest, und es wird ja auch nur für ein paar Tage sein. Nächste Woche um diese Zeit wird alles längst vorbei sein.«

Er blickte zu mir auf, strich noch einmal mit dem Daumen über den Becherdeckel, und das Klicken hörte endlich auf. Seine Augen waren glasig, feucht und starrten blicklos vor sich hin.

»Niemand kann dich zu irgendetwas zwingen, Charlie, doch ich halte diese Reise wirklich für eine gute Idee.« Ich legte beruhigend eine Hand auf seine.

Er holte tief Luft, bevor er antwortete. »Na schön, dann komme ich eben mit.«

»Halleluja«, murmelte Carrick und seufzte.

»Aber nur unter der Bedingung, dass du mich begleitest, Nell«, wandte Charlie ein.

»Ich?«, fragte ich von Panik ergriffen. »Habt ihr denn vor, die Fähre zu nehmen?«

Carrick schüttelte den Kopf. »Es ist einfacher, nach Knock zu fliegen, anstatt das Schiff nach Dublin zu besteigen und dann den ganzen Weg bis Westport zu fahren.«

Ich schluckte hörbar und versuchte verzweifelt, mir eine Ausrede einfallen zu lassen. »Ich muss arbeiten.«

»Dann komme ich auch nicht mit«, sagte Charlie gleichmütig.

Carrick hob eine Hand an seine Stirn und stieß die Luft zwischen zusammengepressten Lippen aus. »Du bist herzlich willkommen, Nell, doch ich muss es rechtzeitig wissen, damit ich die Tickets buchen kann. Es wird ein Riesenspaß werden. Die Iren verstehen es, eine Gedenkfeier zu gestalten.«

Ein Riesenspaß?, dachte ich irritiert. War es nicht ein Jahresgedächtnis, von dem er sprach?

»Moment mal. Wartet ab und lasst mich sehen, was ich tun kann«, bat ich und zog mein Handy aus der Tasche. Dann suchte ich Barrys Nummer heraus und überlegte, was ich ihm sagen sollte.

Es war wichtig für Charlie heimzukehren, und wenn ein Flug die einzige Möglichkeit war, das zu erreichen, würde ich meine Flugangst wohl einfach überwinden müssen, nicht?

Kapitel 15

Ich saß am Küchentisch vor einem mit Kondenswasser beschlagenen Glas Cola, das einen dunklen, nassen Ring auf dem Tisch bildete. Meine zur Hälfte geleerte Schüssel Chili con Carne stand schon halb gestockt vor mir, aber mein Magen war noch nicht bereit, zwischen all meinen anderen Sorgen darin auch noch Platz für Essen zu schaffen. Den Blumen in der Küche hatte ich endgültig den Todesstoß versetzt, indem ich sie in die Mülltonne geworfen hatte. Der am wenigsten schlaffe Eukalyptusstängel ragte noch bis über den Rand der Tonne hinaus, als wollte er mir einen letzten Hilferuf senden, während auch er langsam in sein Verderben sank. Ned war überglücklich darüber, und seine Stimme würde nun endlich ihren nasalen Ton verlieren, da die Pollen jetzt nicht mehr in der Küche herumschwirrten, um ihn anzugreifen, wenn er sie betrat. Ich hatte nach meiner Heimkehr hier gesessen, ihm von Carrick erzählt und ihm alles, was seit unserer letzten Begegnung passiert war, in herzzerreißenden Einzelheiten geschildert.

»Der arme Kerl.«

»Ja, ich weiß.«

Nachdem ich von Barry die nächsten Tage freibekommen hatte, hatte ich Ned sofort angerufen, um ihn zu fragen, ob es okay für ihn sei, dass Carrick und Charlie heute bei uns übernachteten. So könnten wir alle zusammen am Morgen zum Flughafen fahren, von dem wir praktischerweise nicht weit entfernt wohnten. Zum Glück gab es hier im Haus auch noch ein freies Gästezimmer, das über ein einigermaßen bequemes Doppelbett verfügte.

Ned verschränkte die Hände und legte sie vor sich auf den Tisch, um seine Therapeutenhaltung einzunehmen. »Und wie denkst du über all das?«, wollte er wissen.

Ich überlegte einen Moment, bevor ich erwiderte: »Ich habe Angst, fühle mich total überfordert und leide unter völlig irrationaler Eifersucht. Genügt dir das, um mir eine deiner magischen Therapiesitzungen zuteilwerden zu lassen?«

»Zunächst einmal sind das alles sehr berechtigte Gefühle, Nell.« Er klang oft wie ein Fremder, wenn er so sprach, und viel zu professionell, um mein etwas schrulliger Freund Ned zu sein. Doch wahrscheinlich übte er diesen Beruf schon so lange aus, weil er schlicht und einfach dazu geschaffen war. »Ich weiß, was für eine Memme du bist, wenn es ums Fliegen geht, aber es ist ja nur eine kurze Strecke und somit geradezu perfekt, um dich daran zu gewöhnen. Im Übrigen liegt die Gefahr, dass euer Flieger abstürzt, bei eins zu fünf Millionen.«

Ich schluckte unwillkürlich. »Na, vielen Dank, Ned, du bist mir wirklich eine große Hilfe.«

Er ignorierte meine Bemerkung und fuhr fort: »Was Charlie angeht, kennst du die Anzeichen, Nell. Wenn ihn wieder das Gefühl ergreift, die Kontrolle zu verlieren, wirst du das erkennen, weil ihr inzwischen auf der gleichen Wellenlänge seid. Du weißt jetzt alles von ihm, also mach dir keine Sorgen, dass er es noch einmal versuchen wird. Und es ist völlig in Ordnung, wenn du das Gefühl hast, nicht zu wissen, was du tun sollst. Dies sind risikoreiche, unbekannte Gewässer für dich, wie sie es für die meisten Menschen sind, und es ist nicht deine Aufgabe, Charlie zu heilen, sondern ihm zu zeigen, dass es möglich ist, wieder glücklich zu sein.« Ned lächelte mich an. »Und was deine Eifersucht angeht, so kannst du sie dir sparen, weil du nicht mit seiner verstorbenen Frau um ihn konkurrierst. Er führt keine Tabellen mit euren Namen, auf denen er Dinge abhakt, in denen die eine oder andere von euch besser ist.« Hier löste Ned die Hände und legte eine beruhigend auf meine. »Du wusstest von Anfang an, dass es nicht leicht sein würde, ihm zu helfen. Aber falls es irgendjemandem gelingen kann, dann dir.«

Ich starrte ihn einen Augenblick lang schweigend an. Dann ergriff mich eine nervöse Unruhe, und ich war den Tränen nahe. Ich schluckte sie jedoch schnell hinunter und drückte Neds Finger. »Du bist verdammt gut, weißt du das?«, sagte ich, worauf er leise lachte und die Hand zurückzog.

»Und du bist viel stärker, als du glaubst, Nell. Denk also nicht mal für eine Sekunde, dass du es nicht schaffen wirst.«

Ich nahm meinen Löffel wieder auf und rührte in meinem Chili, während sich der nächste Satz in meinem Kopf bildete, mein Mund jedoch noch zögerte, ihn auszusprechen.

»Was?«, fragte Ned. »Heraus damit! Ich weiß, dass da noch mehr ist.«

Ich blickte wieder auf und schaute ihm in die Augen. »Es ist nichts Wichtiges. Ich habe nur neulich einen Anruf erhalten und wollte dich dazu etwas fragen. Von solchen Dingen habe ich nämlich noch nie etwas gehört.«

»Ich weiß nicht, inwieweit ich dir dabei behilflich sein kann, aber leg ruhig los und erzähl es mir.« Er lehnte sich in seinem Stuhl zurück, verschränkte die Arme vor der Brust und hörte mit Interesse zu.

»Nun ja, es war jemand, der sich wegen irgendetwas schuldig fühlte und anfing … Halluzinationen zu haben.«

»Was für eine Art von Halluzinationen?«

Auf dem Stuhl neben ihm saß plötzlich Abigale Murphy mit einer geradezu lächerlich glamourösen Frisur, glänzenden, zu einem Schmollmund geschürzten Lippen und lässig auf eine Hand gestütztem Kinn. *Ja, Nell. Was für Halluzinationen?*, fragte sie mich frech.

Ich atmete tief durch und wandte meine Aufmerksamkeit wieder Ned zu, der den Stuhl neben sich mit einem besorgten Stirnrunzeln beäugte.

»Na ja, die Anruferin hat Leute gesehen, die gar nicht da sind.« Ich richtete den Blick wieder auf mein Chili und schob mit dem Löffel eine besonders große Kidneybohne in der Schüssel herum.

Ned seufzte und überlegte einen Moment, bevor er antwortete. »Tja, was das angeht, bin ich mir nicht ganz sicher. Könnte es nicht sein, dass diese ›Wahnvorstellungen‹, um sie einmal so zu nennen, eine Manifestation ihrer Schuldgefühle sind, eine Art und Weise, damit umzugehen, weil sie nicht weiß, wie sie sie sonst bekämpfen soll? Dinge wie diese laufen normalerweise auf wahnhafte Störungen oder Psychosen hinaus.«

Na toll, dachte ich mit einem Blick zu Abi, die mich boshaft angrinste.

»Ja, genau das hab ich mir auch gedacht«, sagte ich zu Ned.

»Das menschliche Gehirn ist sehr komplex und kompliziert. Es wird nie aufhören, dich zu überraschen.« Und damit stand er auf und ging zum Waschbecken, um seinen Teller auszuspülen.

Ich holte tief Luft, kniff die Augen zusammen und blickte wieder zu dem Stuhl hinüber, von dem ich hoffte, dass er inzwischen leer sein würde ... aber sie war noch immer da und starrte mich mit boshaftem Vergnügen an. *So leicht wirst du mich nicht los*, sagte sie kichernd.

Um Viertel nach sieben klingelte es an der Tür, und ich merkte, wie ungewohnt nervös ich war.

Als ich die Tür aufriss, sah ich als Erstes Charlies unbewegte Miene. Seine Augen waren in einem Ausdruck purer Verzweiflung halb geschlossen. In den Händen hielt er Carricks pinkfarbenen Koffer, seinen eigenen schwarzen Rucksack und eine große Tragetasche, in der sich etwas befand, das wie eine Plastikbox aussah.

»Hey.« Ich schaute mich nach unerwünschten Erscheinungen toter Ehefrauen um, von denen ich zum Glück aber verschont wurde. »Wo ist Carrick?«

»Er kommt gleich nach. Der Idiot lockt gerade den Kater unter dem Fahrersitz hervor«, antwortete Charlie, trat ein und ließ das Gepäck auf den Boden fallen.

»Entschuldige, aber sagtest du gerade ›Kater‹?«

Neugierig blickte ich die Auffahrt zu dem am Bordstein stehenden Taxi hinunter. Der Fahrer gestikulierte aufgebracht, während Carrick auf dem Rücksitz hockte und im Fußraum herumfuchtelte. Ein paar Sekunden verstrichen, in denen ich beeindruckt zusah, bevor Carrick mit einem missmutigen Magnus in den ausgestreckten Händen aus dem Wagen stieg. Dann schrie er dem Fahrer eine letzte Beschimpfung zu. Der fuhr sich mit dem Handrücken unter dem Kinn entlang, um ihm zu zeigen, was er von ihm hielt. Dann brauste er davon.

»Geschafft!«, brüllte Carrick. Er eilte die Auffahrt hinauf und hielt den Kater wie eine ungesicherte Granate auf Armeslänge von sich ab.

Ned kam gerade in die Diele geschlendert, als Carrick die Tür erreichte.

»Hallo!«, rief er beim Eintreten. »Sie müssen Ned sein.«

»Der bin ich. Und Sie sind offenbar Carrick«, erwiderte Ned misstrauisch und blickte stirnrunzelnd zu dem Kater hinunter.

»So ist es.« Carrick schob Magnus in Neds Richtung. »Nehmen Sie das Biest, bevor ich meinen kleinen Finger verliere!«

Höflich wie immer tat Ned wie ihm geheißen, nahm Magnus auf den Arm und drückte ihn an seine Brust. Der Kater schien sich augenblicklich wohler zu fühlen und fand auch schnell den Weg zu Neds Schulter, wo er sich um dessen Nacken rollte und sich dort mit einem leisen Schnurren niederließ.

»Na, da schau her, Mann!«, sagte Carrick über seine Schulter zu dem noch immer verärgert dreinblickenden Charlie. »Wir haben es geschafft, das einzige männliche Wesen auf diesem Planeten zu finden, das der kleine Scheißer mag!« Carrick nahm Charlie die große Plastiktüte ab und hielt sie Ned hin. »Hier ist etwas Futter und eine Katzentoilette mit brandneuer Katzenstreu. Sagen Sie also nicht, wir hätten nicht mitgedacht.« Dabei zwinkerte er Ned zu, ging dann zu seinem Neffen hinüber und klopfte ihm auf die Schulter. »So, das mit Magnus ist geregelt. Und wo sollen wir beide hin?«, fragte er Ned.

Kapitel 16

Nur die Furcht, mich vor Charlie zu blamieren, hielt mich davon ab überzureagieren, während ich aus dem Flugzeugfenster schaute. Panische Angst ergriff mich, als ich die wolkenbedeckte Erde so tief unter mir sah. Aber dann holte ich tief Luft und ermahnte mich, dass es nicht mehr lange dauern würde, bis wir wieder auf festem Boden sein würden – auch wenn ich gar nicht an die Landung denken wollte, weil ich sie genauso hasste wie den Start. Wenn ich erst einmal in der Luft war, ging es mir normalerweise gut. Es waren nur die Starts und Landungen, die mir die Tränen in die Augen trieben wie Ned, wenn er eine Box mit *Bridget Jones*-DVDs geschenkt bekam. Meine Fingerknöchel schmerzten immer noch ein wenig nach dem Start der Maschine, bei dem ich Charlies Hand an die Armlehne gepresst hatte, bis sie bläulich angelaufen war.

Zuvor war an diesem Morgen jedoch alles erstaunlich reibungslos verlaufen. Charlie hatte sich nicht urplötzlich entschlossen, doch in Birmingham zu bleiben, wie ich befürchtet hatte. Carrick war weniger verkatert, als ich gedacht hatte, nachdem ich ihn und Ned kurz nach Mitternacht mit drei leeren Weinflaschen und einem besonders schwierigen *Jenga*-Spiel in der Küche vorgefunden hatte. Carrick musste dabei irgendwie sein Hemd verloren haben, denn seine nackte Brust war mit getrockneten Rotweinflecken übersät, und hin und wieder hörte ich ihn schreien: »Ha! Und wie wäre es damit, Mann?«

Jetzt beugte ich mich vor und blickte an dem schlafenden Charlie vorbei zu Carrick, um zu sehen, was er tat. Er hatte den Platz am Gang belegt, da die Höhe »seine Blase anregte«, wie er es so taktvoll wie nur möglich ausgedrückt hatte. An die Kopfstütze gelehnt und mit der Sonnenbrille über den lichtempfindlichen Augen schlief er jetzt seinen Rausch aus. Ich hatte eigentlich nicht am Fenster sitzen wollen, doch Charlie hatte gemeint, es würde mir guttun. Wenn ich ihn dazu bringen wollte, sich seinen Ängsten zu stellen, würde ich auch einigen von meinen ins Auge schauen müssen …

»Mach dir keine Sorgen seinetwegen. Carrick kuriert genauso oft einen Kater aus, wie er Hosen trägt«, bemerkte Charlie und schreckte mich damit aus meinen Gedanken auf.

»Für das Wohl aller in Westport hoffe ich, dass das ›oft‹ bedeutet.«

Charlie lachte und öffnete die Augen. »Wie geht es dir?«, fragte er und drückte meine Hand.

»Ganz gut. Du wirst nur die Hände von mir lassen müssen, wenn wir landen. Andernfalls könnte es sein, dass ich dir die Knöchel breche.«

»Aye, aye, Ma'am«, sagte er und wandte sich dem kleinen herausziehbaren Tisch zu, auf dem ein Tee stand, den er – wie könnte es auch anders sein? – natürlich hatte kalt werden lassen.

Plötzlich dachte ich wieder an den Teebecher neben dem Bett, in dem Abi gestorben war, und etwas machte *klick* in meinem Kopf.

Tee … Es war das Letzte, was er für sie getan hatte. Er hatte ihr eine Tasse Tee aufgebrüht, den sie nie getrunken hatte. Deshalb trank er wohl auch niemals seinen eigenen, weil er glaubte, es nicht zu dürfen, da Abi es nicht mehr gekonnt hatte … Kaufte er sich all die Becher Tee und trank sie dann nicht, weil er sich damit selbst bestrafen und daran erinnern wollte, nie wieder den Fehler zu begehen, sich ablenken zu lassen?

»Ich frage mich, wie Ned wohl mit dem Kater zurechtkommt«, unterbrach Charlie meinen Gedankengang.

»Oh, ich glaube, darüber brauchst du dir keine Sorgen zu machen. Sie sind Seelenverwandte, wie sie im Buche stehen«, erwiderte ich.

Es konnte jetzt nicht mehr lange bis zum Landeanflug der Maschine dauern, und je näher der Augenblick kam, desto mehr begannen meine Nerven, verrückt zu spielen. Was würden die Leute denken, wenn Charlie mit einer wildfremden Engländerin am Arm erschien? Würden sie glauben, er habe seine Freundin zur Gedenkfeier für seine verstorbene Ehefrau mitgebracht? Schließlich war ich nur zu seinem moralischen Beistand mitgekommen, und es war absolut nicht so, als wollten wir bei dem Büfett nach dem Gottesdienst Händchen halten oder sonst irgendwas in dieser Art tun.

»Nell?« Charlie drehte sich auf seinem Sitz, um mich so gut wie möglich ansehen zu können. »Als ich dich damals stehen gelassen habe und verschwunden bin … «

»Von welchem Mal sprichst du? Vom ersten oder vom zweiten, als du mich zwei Wochen ignoriert hast?«, erwiderte ich grinsend, um die Schärfe meiner Worte zu lindern.

»Haha«, entgegnete er spöttisch lachend. »Ich meine das zweite Mal. Es gab noch einen Grund dafür … Ob du es glaubst oder nicht, aber ich hatte Angst.«

»Angst wovor?«

»Vor dir.«

»Vor *mir*?«, entgegnete ich stirnrunzelnd. »Ich weiß, dass ich manchmal ein bisschen aufbrausend sein kann, doch ich finde nicht, dass ich sonderlich bedrohlich bin.«

»Nicht du selbst – aber das, was ich für dich empfinde.«

Meine Brust fühlte sich an, als würde sie zusammengedrückt wie ein Luftballon unter der Sohle eines Schuhs.

»Und ich habe gemerkt, dass es sehr viel mehr war, als ich geglaubt hätte, je wieder für jemanden empfinden zu können«, fuhr er fort. »Und deshalb hatte ich Schuldgefühle, Nell. Ich will, dass du eines nicht vergisst: Abi und ich waren nicht getrennt. Unsere Liebe hat nie nachgelassen und nie damit geendet, dass wir einander auf die Nerven gegangen sind. Abi war einfach gerade eben noch da und im nächsten Moment nicht mehr, und ich hatte und habe nach wie vor noch keine Ahnung, was ich mit all dem anfangen soll, was ich immer noch für sie empfinde. Und als ich bei dir plötzlich wieder dieses Kribbeln im Bauch verspürte und dich umarmen und küssen wollte … Oder als ich dieses Tattoo an deiner Schulter berührte und dich mit zu mir nach oben nehmen wollte, hatte ich die ganze Zeit das Gefühl, etwas völlig Falsches zu tun. Fast so, als käme ich nach Hause und Abi würde mich dort mit einem Privatdetektiv und einem mörderischen Gesichtsausdruck erwarten.« Nach einer kurzen Pause fuhr er fort: »Es hatte nichts damit zu tun, dass ich dich nicht mochte. Das Problem war, dass ich dich zu *sehr* mochte. Und ich wusste, dass ich wiederkommen und mit dir reden würde, um dir das alles zu erklären. Du bist mir schlicht und einfach nur zuvorgekommen.« Er legte die Hand auf meine und umschloss sie sanft mit seinen warmen Fingern.

Seit ich Charlie begegnet war, hatte ich etwas gespürt, was ich noch nie zuvor für einen anderen Menschen empfunden hatte. Es war eine Art stiller Intimität, die sich realer und vertrauter anfühlte als jede andere Verbindung, die ich schon einmal zu jemand anders gespürt hatte. Und dieses Gefühl bewirkte, dass sich alles zwischen uns, sogar diese neuen, schüchternen Berührungen, völlig natürlich und sogar unausweichlich anfühlte.

»Ich verstehe«, sagte ich so leise, dass es kaum mehr als ein Flüstern war. »Ich kann mir nicht mal vorstellen, wie schwer dies alles für dich sein muss. Du sollst auch nicht glauben, ich würde versuchen, Abi zu ersetzen oder dich zu etwas zu drängen. Was mich angeht, kann alles in deinem Tempo weitergehen …«

Charlie beugte sich vor und atmete hörbar erleichtert auf, als er seine Stirn an meine legte. »Ich bin so froh, dass ich dir begegnet bin, Nell«, murmelte er so dicht an meinem Gesicht, dass seine Augen für mich zu einem einzigen verschwammen. Doch was für einen gut aussehenden Zyklopen er abgab!

Unwillkürlich fragte ich mich, was aus meinem Leben geworden wäre, wenn wir uns nicht kennengelernt hätten.

Ein einsamer Platz an einem Tisch im Café. Eine Bestellung weniger beim Barista. Das Kreischen von Sirenen in der Ferne, dessen Ursache ich nicht kannte. Eine abgesperrte Straße, die meine Fahrt um ein paar Minuten verlängerte. Einige unglückliche Morgen mehr, an denen ich an Joels Seite erwachte. Einsamkeit.

Ich beugte mich ein bisschen vor und drückte die Lippen sanft auf seine. Dort ließ ich sie einen Moment verweilen, bevor ich mich zurückzog. »Ich bin genauso froh, Charlie.«

 Kapitel 17

ch hatte schon viele Dinge in meinem Leben gesehen, bei denen sich mir die Frage aufgedrängt hatte, wem zum Teufel sie gefallen könnten. Aber nie mehr als jetzt in diesem Augenblick, in dem ich auf einer Art Parkplatz voller Verkaufsstände stand und etwas betrachtete, was sich als »Muttergottes in einer Schneekugel« beschreiben ließ. Umgeben von Bäumchen und einer Dorfszenerie, die durch die Größe der Figur geradezu zwergenhaft zu sein schien, stand Maria inmitten dieser Kugel, in der sie hin und wieder von winzigen glitzernden Schneeflocken überschüttet wurde.

»Fünfzehn Euro«, sagte die verhutzelte kleine Frau hinter dem Stand. Sie sah so aus, als wäre sie genauso alt wie die heilige Maria selbst.

»*Wie* viel?«, fragte ich entsetzt, obwohl ich mich längst dazu entschlossen hatte, das Ding zu kaufen.

Ned hatte mich ausdrücklich darum gebeten, ihm ein »hübsches« Souvenir mitzubringen, und ich war entschlossen, dieses Adjektiv so sarkastisch wie nur möglich zu interpretieren.

Die alte Frau zog die Brauen hoch – oder zumindest glaubte ich, dass sie es tat, da die Härchen über ihren Augen so spärlich waren, dass sie sich kaum noch als »Augenbrauen« bezeichnen ließen.

»Fünfzehn Euro. Das Wasser da drin ist nämlich Weihwasser«, fügte sie hinzu, als könnte mich das irgendwie darüber hinwegtrösten, dreizehn Pfund für ein Marmeladenglas voller Wasser mit einem Plastikfigürchen und ein bisschen Glitzerkram darin auszugeben. Sie hielt meinem Blick mit ihren großen, freundlichen Augen stand, und bevor mir klar wurde, was ich tat, hatte ich meine Karte schon in das Lesegerät geschoben. Die alte Frau bedankte sich mit einem zuvorkommenden Lächeln. »Möchten Sie eine kleine Tüte dazu?«

Ich nickte, weil ich so viel wie möglich aus diesem teuren Kauf rausholen wollte. Und so wickelte sie Maria in ein Stück Zeitungspapier, das weder »klein« noch eine »Tüte« war.

Beim Weggehen fragte ich mich, wie sie es geschafft hatte, mich mit ihrem irischen Charme und ihren nicht vorhandenen Augenbrauen dermaßen um den Finger zu wickeln.

Nicht besonders glücklich kehrte ich auf den »Markt« zurück und fand Charlie an genau derselben Stelle wieder, an der ich ihn zurückgelassen hatte. Mit mürrischem Gesichtsausdruck stand er mit unserem Gepäck zu seinen Füßen neben einem Stand, der große leere Plastikflaschen zum Füllen mit Weihwasser anbot. Carrick war unterwegs, um den Wagen zu finden, den er bei einem Freund geparkt hatte. Er hatte es Charlie und mir überlassen, uns derweil die vielen Souvenirs anzusehen, die hier feilgeboten wurden.

Charlie lehnte mit halb geschlossenen Augen an einem Stromkasten und kaute auf der Unterlippe. Er beherrschte diesen mürrischen Gesichtsausdruck so gut, dass ich oft Mühe hatte festzustellen, ob er verärgert war oder nicht. Schmorte er innerlich vor Wut, oder hatte er einfach nur vergessen, wie man eine andere Miene aufsetzte?

»Was hast du da?«, wollte er wissen.

»Ein Souvenir für Ned. Ich hab versprochen, ihm eins mitzubringen.«

»Ich hätte weder dich noch Ned für religiös gehalten.« Er deutete auf das zusammengerollte Zeitungspapier in meiner Hand.

»Woher weißt du, dass ich etwas Religiöses gekauft habe?« Ich begann, die Glaskugel, die in Wahrheit nur ein Marmeladenglas war, auszuwickeln.

»Wir sind in Knock, Nell, einem der berühmtesten Marienwallfahrtsorte Europas. Hier ist alles religiöser Krimskrams.«

Ich wickelte das Glas ganz aus und gab ihm einen Kuss.

Seine Augen weiteten sich mit einem Ausdruck, den ich nur für tief empfundenen Neid darüber halten konnte, dass ich die Besitzerin eines solch exquisiten Gegenstandes war und er nicht.

»Es freut mich zu sehen«, spottete er, »dass du dich für etwas Geschmackvolleres als den üblichen Tinnef entschieden hast.« Er nahm mir das Glas aus der Hand, schüttelte es ein paarmal und verzog das Gesicht wegen des mehr als kümmerlichen Schneefalls. »Wie viel haben sie dir dafür abgenommen?«

»Fünfzehn Euro.«

»Fünfzehn Euro?«, rief er empört, begann dann aber gleich darauf, zu lachen und das Marmeladenglas wie wild zu schütteln.

»Hey, gib es mir zurück!« Ich entriss ihm die Schneekugel wieder. »Du müsstest eigentlich wissen, dass das Wasser darin geweiht ist!«

»Ach du meine Güte, ja! Entschuldige bitte!«

»Du bist wohl neidisch, was?«, fragte ich grinsend.

»Und wie! Ich meine, man muss sich ja bloß das handwerkliche Können ansehen und ... Ach du lieber Himmel!« Er ergriff mein Handgelenk und brachte das Glas ein wenig näher an sein Gesicht heran.

Auch ich spähte hinein und sah den vernichtenden Blick in den Augen der Muttergottes. Mit »Augen« meinte ich natürlich die funkelnden himmelblauen Steine, die ihr als Augen eingesetzt worden waren.

»Na, das ist ja mal nett«, kommentierte Charlie lachend.

In der Ferne erwachte das brüllende Geräusch eines dieser wie mit Düsenantrieb getunten Motoren junger Möchtegernrennfahrer zum Leben, zerriss die Stille der kleinen Stadt und veranlasste die Touristen, von ihren Einkäufen aufzuschauen.

Ich hatte diesen Narzissmus in Form von überlauten, frisierten und mit Spoilern versehenen Autos noch nie verstanden. Das Einzige, was sie mir über die Fahrer verrieten, war, dass sie das Minderwertigkeitsgefühl, das sie im Stillen empfanden, so zu kompensieren versuchten.

Ich erschrak, als Charlie seufzte, sich eine Hand an die Stirn legte und sie in kreisenden Bewegungen zu massieren begann. Als ich unwillkürlich in dieselbe Richtung wie er blickte, schoss ein auffallend orangefarbener BMW mit quietschenden Reifen um die Ecke und wäre Sekunden später fast gegen die Bordsteinkante geprallt. Kurz vorher kam er mit kreischenden Bremsen zum Stehen. Ich schüttelte den Kopf und verdrehte die Augen, als ich Charlie ansah, der plötzlich jedoch ungewohnt verlegen wirkte.

Dann öffnete sich das Fenster auf der Fahrerseite, und es

war Carrick, der sein strahlendes Gesicht zu uns herausstreckte. »Steigt ein, Kinder!«, rief er.

»Sag bloß, sie haben dir deinen Wagen zurückgegeben?«, fragte Charlie, während er unser Gepäck einsammelte und entschuldigend die Touristen anlächelte, die uns missbilligend beäugten.

»Nur unter der Bedingung, dass ich einen Schalldämpfer anbringen lasse«, antwortete Carrick, der immer noch den Kopf aus dem Fenster streckte wie ein Hund.

»So, so – und wann gedenkst du, das zu tun?«

»Wir sind gerade auf dem Weg zur Werkstatt … falls irgendjemand danach fragt«, erwiderte er.

»Wird dir schlecht beim Autofahren, Nell?«, erkundigte sich Charlie über das niedrige Dach des Wagens hinweg, als ich die Tür hinter dem Fahrersitz öffnete. Ich schüttelte den Kopf, und er nickte beruhigt. »Gut. Aber für alle Fälle liegt hinten in Carricks Wagen eine Tüte, falls du eine brauchen solltest. Mein Onkel ist bekannt dafür, dass er die Leute mit seiner Fahrweise zum Erbrechen bringt.«

»Na prima«, murmelte ich und ließ mich auf dem Rücksitz nieder.

Charlie stieg neben mir ein, und Carrick schob den Fahrersitz ein bisschen vor, um Charlies langen Beinen Platz zu machen.

»Willst du dich nicht nach vorne setzen?«, fragte ich.

»Nee, hier hinten ist es sicherer, glaube ich.«

»Seid ihr angeschnallt?«, wollte Carrick wissen, worauf ich schnell meinen Sicherheitsgurt anlegte und unserem Chauffeur im Rückspiegel den erhobenen Daumen zeigte. »Okay, dann mal los, Leute!«

Der Wagen schoss mit einer Geschwindigkeit aus der Parklücke, die mir das Gefühl gab, wieder in einem startenden Flugzeug zu sitzen. Die bloße Kraft von Carricks Beschleunigung
warf mich in meinem Sitz zurück. In Sekundenschnelle waren
wir auf der Straße und ließen nichts als Lärmbelästigung und
den Geruch nach verbranntem Gummi hinter uns zurück. Bevor ich auch nur Zeit hatte, der verärgerten Blicke der Fußgänger
vor und hinter uns wegen in Verlegenheit zu geraten, nahm Carrick wie ein Rallyefahrer eine Kurve, und schon waren wir außer
Sicht. Als ich aufs Neue mit dem Rücken gegen den Ledersitz
gepresst wurde und meine Schulter dabei gegen die Innenseite
der Tür stieß, kam mir der Gedanke, dass ich mich weder von
meiner Mutter noch von Ned verabschiedet hatte. Ich hatte ihn
nicht mal wie versprochen nach der Landung angerufen. Ich
konnte nur hoffen, dass ich hier nicht sterben würde, beschloss
aber sicherheitshalber, beiden eine Nachricht zu schicken.

Ich nahm kaum etwas von der Umgebung wahr, als wir mit
halsbrecherischer Geschwindigkeit an ihr vorbeischossen. Es
war nicht etwa so, dass Carrick ein schlechter Fahrer war. Tatsächlich fuhr er sogar besser als die meisten, wenn man bedachte, wie geschickt er bei dieser Geschwindigkeit den Wagen
lenkte. Dennoch hatte ich den Eindruck, dass er sich dazu be-
rufen fühlte, bei einer einzigen Fahrt gegen so viele Verkehrsre-
geln wie nur möglich zu verstoßen.

Wir kamen an einem braunen Straßenschild vorbei, das
ich allerdings nicht entziffern konnte, weil es nichts als ein ver-
schwommener braun-weißer Fleck in der Landschaft war. Aber
ich vermutete, dass es ein *Willkommen in Westport*-Schild war,
denn sowie wir daran vorbeifuhren, wurde Charlie unruhig und
sah nervös auf seinen Schoß herab.

Die Stimmung im Wagen wurde immer angespannter, je mehr wir uns dem Haus von Charlies Eltern näherten. Ich fragte mich besorgt, wie sie wohl sein mochten, denn nach allem, was ich bisher über sie gehört hatte, schien es nicht gerade leicht zu sein, mit ihnen warm zu werden ... Doch vielleicht erwartete mich ja auch eine angenehme Überraschung?

»Aufgepasst, liebe Touristen«, sagte Carrick und räusperte sich, bevor er fortfuhr. »Wenn Sie nach rechts schauen, werden Sie die malerische Clew-Bucht mit ihren Drumlins oder auch versunkenen Landschaftsformationen aus der Eiszeit sehen. ›Was ist ein Drumlin?‹, höre ich Sie fragen. Passen Sie gut auf, dann erkläre ich es Ihnen. Das Wort ›drumlin‹ leitet sich vom gälischen Wort ›drumin‹ ab, was ›Hügel‹ bedeutet. Anders ausgedrückt sind es also diese hübschen kleinen Hügel, die aus dem Wasser ragen und wie weibliche Brüste in einer Badewanne aussehen.«

»Hast du überhaupt schon mal Brüste in einer Badewanne gesehen?«, warf Charlie spöttisch ein.

»Unzählige, mein Junge, auf jeden Fall mehr als Drumlins, von denen es nur dreihundertfünfundsechzig gibt – also genau einen für jeden Tag des Jahres.«

»Bekommst du viele Aufträge als Fremdenführer?«, neckte ich ihn.

Carrick zwinkerte mir im Rückspiegel zu und erzählte mir, dass die Bucht einst der Mittelpunkt der zur See fahrenden O'Malley-Familie gewesen war, insbesondere Grace O'Malleys, der berühmten Freibeuterin. Sie hatte dereinst über diese Bucht geherrscht und die Seeleute terrorisiert, die in den Zeiten von Elizabeth I. von und nach Galway unterwegs gewesen waren. Ich wusste nicht, wie viel davon der Wahrheit entsprach – wie auch bei allem anderen, was Carrick sagte –, aber es lenkte mich zumindest von der Aussicht auf einen verfrühten Tod durch einen Autounfall ab. Deshalb war ich froh über Carricks Geschichten.

Als er gerade seine letzte beendet hatte, verlangsamte er die Fahrt und lenkte den Wagen an den Bordstein, parkte ihn an einer Bushaltestelle und ließ ihn mit dem hinteren Ende einfach auf der Straße stehen. Eine Hupe schrillte hinter uns, und mehrere alte Damen, die mit Plastikregenhaube auf dem Kopf an der Haltestelle standen, nörgelten und bekundeten uns so ihr Missfallen.

»Und damit ist dieser Teil der Tour auch schon beendet. Entschuldigt mich bitte einen Moment, aber ich muss schnell etwas holen«, fügte Carrick hinzu, bevor er seinen Sicherheitsgurt löste und eilig ausstieg.

Sobald er fort war, wandte Charlie sich mir zu und seufzte. »Ich kann mich nur für ihn entschuldigen. Er ist eigentlich ein sehr guter Fahrer, wenn er will.«

»Kein Problem. Ich habe mich höchstens dreimal mit dem Tode abgefunden.«

»Nur dreimal? Na, dann hätte ich mir ja keine Sorgen machen müssen.«

Die Bucht war wunderschön und bot die Art von pittoresker Ansicht, die man auf Ansichtskarten und Souvenirs findet.

»Und? Wie ist es, wieder daheim zu sein?«, fragte ich, während ich die alten Damen beobachtete, die miteinander flüsterten und uns unfreundliche Blicke zuwarfen.

»Fantastisch.« Er versuchte zu lächeln, doch was dabei herauskam, wirkte alles andere als echt. »War das überzeugend genug für dich?«

»Na ja, ich denke, du müsstest noch daran arbeiten.«

Plötzlich klopften lange, krallenähnliche Fingernägel, die gelb vom Alter waren, an Charlies Fenster.

»Ach du meine Güte«, murmelte er, setzte aber ein Lächeln auf und öffnete das Fenster.

»Gott segne meine Augen! Ist das wirklich Charlie Stone, den ich da sehe?«, fragte die Frau mit einem Anflug von Koketterie.

»Mrs. Kelly! Wie geht es Ihnen?«, antwortete Charlie so charmant, wie er konnte.

»Oh, nenn mich doch bitte Roisin. Du bist schließlich kein kleiner Junge mehr«, erwiderte sie kichernd.

»Freut mich, dich zu sehen, Roisin. Du schaust gut aus.«

Das Gesicht der Frau verzog sich plötzlich, und ich machte mich auf das gefasst, was jetzt kommen würde.

»Schreckliche Sache, das mit deiner Abi.« Sie schüttelte den Kopf, bekreuzigte sich und sah ihn mit einem mitleidigen Ausdruck an, von dem ich wusste, dass er ihn hasste. »Bist du deshalb so lange nicht mehr zu Hause gewesen?«

Ein weiteres Gesicht erschien neben ihrem, genauso zerfurcht und wettergegerbt und mit einem ganz ähnlichen Regenhäubchen über den Haaren. »Charlie Stone, du siehst jedes Mal, wenn ich dich treffe, noch besser aus als beim letzten Mal! Du solltest aufhören, dein gutes Aussehen zu vergeuden. Sonst wird am Ende keine von uns mehr für dich übrig bleiben«, sagte sie kichernd und legte eine Hand an ihr Herz. Dann glitt ihr Blick zu mir herüber. »Und wer ist das?«

Aller Augen wandten sich mir zu, worauf ich mich noch fester an die Innenseite der Tür drückte, in der Hoffnung, der Wissenschaft zu trotzen, durch das Metall zu schlüpfen und auf der anderen Seite herauszukommen.

»Das ist Nell, eine Freundin von mir, aus England.«

»So, so. Eine Freundin, ja?«, sagte Roisin mit erhobenen Augenbrauen.

»Zu hübsch, um nur eine Freundin zu sein, wenn ihr mich fragt«, ließ sich die zweite Frau vernehmen.

Dich hat aber keiner gefragt, dachte ich. Und jetzt verschwindet!

»Da kann ich dir nur recht geben, Agnes.«

Mit einem Kleidersack in der Hand erschien Carrick wieder auf der Straße und bedachte die alten Damen im Vorbeigehen mit einem anerkennenden Pfiff. »Ihr seht gut aus, Mädels.«

Die beiden Frauen strafften sich errötend und gackerten wie Hühner.

»Du hast wohl deinen Anzug für die Gedenkfeier abgeholt, was?«, wollte Roisin von ihm wissen.

»So ist es, meine Liebe.«

»Na, dann werden wir dich ja dort sehen, nicht?«

»Bestimmt«, fügte Agnes hinzu.

»Freut mich, euch wiedergesehen zu haben«, sagte Charlie, die Finger schon auf dem Fensterheber und drauf und dran, die alten Damen auszuschließen.

»Ja, es war sehr nett, dir und deiner neuen Freundin zu begegnen.« Agnes zwinkerte mir zu, bevor beide zu der Bushaltestelle zurückspazierten.

Carrick stieg wieder ein und warf die Anzughülle auf den Beifahrersitz neben ihm.

»Was ist das?«, fragte ich.

Carrick wandte sich mir zu, als hätte er nur darauf gewartet, dass ihm jemand diese Frage stellte. »Mein Anzug für morgen«, erklärte er stolz und zog den Reißverschluss der Plastikhülle auf.

Ich hielt mir schnell eine Hand vor den Mund, um einen erschrockenen Ausruf zu unterdrücken, und blickte abwartend von Carrick zu Charlie.

»Was zum Teufel ist das denn, du Idiot?«, fuhr Charlie auf.

»Mein Anzug«, wiederholte Carrick mit zusammengezogenen Brauen.

Charlie erhob den zornigen Blick zu mir und seufzte laut. »Schau dir doch bloß mal das Teil an!«

»Jetzt übertreib mal nicht, Junge! Ich habe lange darüber nachgedacht und auch viel Geld reingesteckt. Ich finde, wir sollten jetzt endlich mal ein bisschen Leben in die Bude bringen. Das Begräbnis und den ersten Jahrestag haben wir schon hinter uns, und deshalb ist es an der Zeit, Abi zu feiern, statt sie zu betrauern. Meine Meinung.«

»Was ... ähm ... «, murmelte ich, nicht sicher, wie ich meine Frage formulieren sollte. »Was für eine Farbe ist das, Carrick?«

»Ich glaube, die Verkäuferin nannte sie ›Chartreuse‹. Ich habe den Anzug extra anfertigen lassen. Wie findest du ihn, Nell?«

»Sehr ... auffallend, besonders in diesem hellen Grün.«

Carrick blähte stolz die Brust. »Siehst du!«, sagte er zu Charlie. »So solltest du auch reagieren, wenn dein Onkel sich schon so viel Mühe gibt!« Er zog den Reißverschluss der Plastikhülle wieder hoch und ließ sie mit einem hochmütigen Blick zurück auf den Beifahrersitz fallen.

»Er braucht keine Ermutigung, um ein Blödmann zu sein«, flüsterte Charlie mir zu.

»Du aber auch nicht«, versetzte ich, als der Wagen dröhnend ansprang. »Er gibt sich wirklich Mühe, und wenn irgendjemand einen solchen Anzug tragen kann, dann ist es Carrick.«

»Recht hast du, Nell«, stimmte Charlies Onkel mir zu, wobei er sich halb zu mir umdrehte und mir einen ernsten Blick zuwarf. »Und fühlst du dich nun stark genug? Weil wir die Sache nämlich nicht länger aufschieben können.«

»Na klar«, erwiderte ich. »Wie schlimm kann es schon werden?«

Carrick zog seine Oberlippe zwischen die Zähne und schaute verlegen zwischen Charlie und mir hin und her. Daraufhin konnte ich gar nicht anders, als Charlie mit erhobenen Augenbrauen anzusehen und ihm so stumm dieselbe Frage zu stellen.

»Mach dich einfach nur auf was gefasst«, sagte Carrick und tätschelte mir beruhigend das Knie.

Kapitel 18

ch glaube, es ist das Beste, unsere Ankunft wie eine unangenehme Wachsenthaarung zu betrachten«, bemerkte Carrick.
Er stieg aus, und die kiesbestreute Einfahrt der Stones knirschte
unter seinen Schuhen. »Es wird auf jeden Fall verdammt
schwierig werden, egal, wie du es anstellst. Aber wenn du es erst
mal hinter dir hast, wird es sicher leichter.«

Ich schob die Unterlippe vor und nickte ergeben. Dann stieg
ich aus, um ihm zu folgen.

Charlie blieb hinten im Wagen sitzen und spähte durch das
Fenster zu dem Haus hinüber, als befürchtete er, beim Betreten
gleich ermordet zu werden. Im Moment war ich mir nicht sicher, inwiefern das wirklich möglich war …

»Charlies Familie weiß doch hoffentlich, dass ich komme,
oder?«, fragte ich Carrick.

»Ja.« In seinen Augen lag ein Anflug von Besorgnis, die mir
die Magensäure in die Kehle trieb. »Sie sind bloß ein bisschen –
wie soll ich sagen? – bibeltreuer als ich. Also erwarte bitte keine
Begeisterung darüber, dass ihr beide in Sünde lebt«, beendete
er seinen beunruhigenden Satz.

»Aber so ist es doch gar nicht! Wir sind kein Liebespaar,
Charlie und ich«, widersprach ich kopfschüttelnd.

»Ach so. Na ja.« Carrick zog die Augenbrauen hoch und verdrehte die Augen. »Du meinst, ihr habt's noch nicht getan.«

Das Gespräch war mir so peinlich, dass es mich sogar noch nervöser machte, als ich ohnehin schon war. Würden diese Leute uns mit Heugabeln und Fackeln an der Tür erwarten, um mir ein rotes Hurenzeichen auf die Brust zu brennen? Es gab wohl nur einen Weg, das herauszufinden …

Ich kehrte zum Auto zurück, um zu sehen, wie weit Charlie inzwischen war. Er hatte es immerhin schon geschafft, seinen Sicherheitsgurt abzulegen, aber das war auch alles.

Und so öffnete ich die Autotür und beugte mich zu ihm hinab. »Wie kommst du zurecht?«, fragte ich.

»Ach, weißt du, ich habe einfach nur Angst mit einer Portion Panik, aber das ist nichts, womit ich nicht umgehen kann«, versuchte er zu spötteln. Dabei kamen ihm die Worte jedoch so schnell über die Lippen, dass sie sich schon beinahe überschlugen. »Lass mir nur noch ein paar Minuten Zeit, dann steige ich aus.«

»Na gut.« Ich schloss die Tür wieder, um ihn seiner Panik zu überlassen, bis ihm nichts anderes mehr übrig bleiben würde, als auszusteigen.

Ich dagegen wandte mich ab und ging tapfer ein bisschen näher an das Wohnhaus heran, um mir anzuschauen, wo Charlie aufgewachsen war.

Das Haus war von ebenso durchschnittlicher Größe wie auch alles andere daran. Nichts Besonderes, doch recht hübsch anzusehen, wenn auch nicht so, dass es je einen Preis für Originalität gewinnen würde. Es war in einem strahlenden Weiß getüncht, das einen blendenden Kontrast zum stahlgrauen Himmel bildete. Abgesehen davon war das Haus von Pflanzen umgeben, denen anzusehen war, dass sie liebevoll gepflegt wurden. Schon jetzt, im zeitigen Frühjahr, hatten sie die ersten Blütenansätze. Die Haustür, die sich unter einem Vorbau aus PVC befand, war leuchtend rot gestrichen, und etwas weiter oben parkte ein schlammbespritzter Landrover in der Einfahrt neben einer freistehenden Garage, aus deren offenem Tor leise klassische Musik nach draußen drang.

»Hey, Eoin, Bruderherz!«, brüllte Carrick in einer Lautstärke, die mich zusammenfahren ließ. »Ich habe dir ein paar Gäste mitgebracht.«

Die Musik verstummte, und einen Augenblick später trat ein stämmiger, wesentlich älter als Carrick aussehender Mann aus der Garage und wischte sich die Hände an einem ölverschmierten Lappen ab. Nachdem er sich kurz umgeschaut hatte, hielt er einen Moment inne, als wollte er nichts anderes, als sich wieder in seiner Männerhöhle zu verstecken. Dann kam er zögernd und mit konsternierter Miene auf uns zu.

»Nell«, sagte Carrick zu mir, als Eoin uns so nahe war, dass ich die kornblumenblauen Augen der Stone-Jungs und das fast schwarze, nur an den Schläfen schon ein wenig ergraute Haar sehen konnte. »Das ist mein Bruder Eoin. Eoin, das ist Nell, Charlies Freundin aus England.«

Eoin Stone musterte mich kurz, bevor er mir seine von Motoröl oder was auch immer geschwärzte Hand reichte. »Willkommen, Nell! Wie war der Flug?«

»Gut. Danke. Freut mich sehr, Sie kennenzulernen«, erwiderte ich schüchtern.

»Ach ja, mich auch, mich auch.« Er stieß einen leisen Seufzer aus und wischte sich erneut die Hände ab.

Ich drückte die Finger gegen meine Handfläche und spürte

die öligen Rückstände, die er bei unserem Händedruck auf mich übertragen hatte.

Für den Bruchteil einer Sekunde blickte Eoin zu Carricks Auto hinüber, bevor er auf den Lappen in seinen Händen hinuntersah und mit einer Stimme, die mich erneut zusammenzucken ließ, seinem Sohn zurief: »Jetzt steig schon aus, Junge, und lass deinen Vater mal sehen, wie du inzwischen aussiehst!«

Es lag eine gerade greifbare Spannung in der Luft, als die Autotür sich schließlich zaghaft öffnete. Aber es dauerte noch gut zwanzig Sekunden länger, bis ein verlegen dreinschauender Charlie mit fest auf den Boden geheftetem Blick ausstieg.

»Na, komm schon her«, sagte Eoin, diesmal etwas leiser. »Meine Augen sind auch nicht mehr das, was sie mal waren.«

Ich wandte mich wieder Eoin Stone zu. Während die Spannung stieg, wartete ich darauf, dass das Knirschen der Kieseinfahrt verstummte und Charlie neben mir stehen blieb. Da ich seltsamerweise nicht in der Lage war, irgendjemanden anzuschauen, blickte ich stattdessen auf meine Füße.

»Du bist dünn geworden, Junge«, bemerkte Eoin.

»Ganz im Gegensatz zu dir«, versetzte Charlie.

»Na ja, du weißt doch, wie gut deine Mutter kocht, und so, wie sie mich vollstopft, könnte man meinen, sie hätte vor, mich umzubringen. Weiß sie überhaupt, dass du hier bist?«

»Nein«, gab Carrick nach einem für ihn ungewohnt langen Schweigen zurück. »Diese ganz spezielle Giftschlange haben wir noch nicht provoziert.«

Eoin schnappte besorgt nach Luft und entfernte sich von seinem Sohn in Richtung Haus. »Tja, Leute, was du heute kannst besorgen, das verschiebe nicht auf morgen.«

Ava Stone, Charlies Mutter, hatte eine freundliche, ja sogar mütterliche Ausstrahlung, die mich zunächst annehmen ließ, dass alles, was die anderen über sie gesagt hatten, boshaft und maßlos übertrieben war. Aber es dauerte nicht lange, bis ich merkte, dass mein erster Eindruck von ihr nur dazu gedient hatte, mich in falscher Sicherheit zu wiegen.

Sie war ein bisschen kleiner als ich und hatte feine, schmale Gesichtszüge, die auf ein sanftmütiges Wesen hinzuweisen schienen. Ihre Augen waren von einem dunklen, schon an Schwarz grenzenden Braun, das perfekt zu ihrem üppigen, mehr als schulterlangen Haar passte. Ihre Kleidung war sowohl von der Farbe als auch von der Beschaffenheit her weich und feminin. Über einem mehr als knielangen cremefarbenen Jerseykleid trug sie eine flauschige himmelblaue Strickjacke, deren oberster Knopf unter dem runden Kragen des Kleides und einer Perlenkette geschlossen war.

Ava hatte mich auf eine reservierte und etwas voreingenommene Art begrüßt, und wann immer sie mich seitdem ansah, war offensichtlich, dass sie mich wie eine Laborratte studierte. Ich erwartete schon fast, dass sie jeden Moment ein Klemmbrett zücken und sich Notizen machen würde – was ein latentes Gefühl von Panik in den tiefsten Winkeln meines Bewusstseins auslöste, wie längst vergessene Erinnerungen an furchterregende Lehrer und autoritäre Vorgesetzte.

Jedenfalls glaubte ich nicht, dass mir der bestmögliche Empfang durch sie oder ihren Mann Eoin zuteilgeworden war. Es lag außerdem eine Anspannung in der Luft, die auf Charlie abzielte. Vielleicht war ich ja einfach nur ins Kreuzfeuer geraten?

Wir setzten uns in den Garten, wo Ava ununterbrochen über die Sträucher und andere Pflanzen sprach, die den Rasen umgaben. Sie tat es mit Wörtern, die ich nur sehr selten hörte. Dazu gehörten beispielsweise »laubabwerfend« oder »mehrjährig«. Ich hatte gehofft, es würde anfangen zu regnen und wir müssten ins Haus gehen. Aber der stahlgraue Himmel hielt an seinen Regentropfen fest, als wäre er begierig darauf, noch mehr darüber zu erfahren, warum Ava seit Kurzem angefangen hatte, grüne Teeblätter als Kompost mit der Erde zu vermischen.

Nachdem Charlies Mutter fast eine Stunde lang kaum Luft geholt und über nichts anderes geplappert hatte, war ich mehr als bereit für eine gute halbe Stunde allein in einem dunklen Raum.

Sie stellte weder Fragen über mich oder darüber, warum ich hergekommen war, wie mein Leben zu Hause aussah oder ob ich tatsächlich mit ihrem gar nicht so lieben Jungen »in Sünde« lebte. Tatsächlich hatte sie mich nach der Begrüßung kaum noch beachtet, außer um mich zu fragen, ob ich eine Tasse Tee wolle.

Die Uhr zeigte kaum die Mittagszeit an, als wir alle durch die Vordertür hineingescheucht und um den großen Mahagonitisch platziert wurden, der derart auf Hochglanz poliert war, dass sich die altmodische Messingleuchte mit dem Milchglasschirm auf der Oberfläche widerspiegelte.

Überhaupt fühlte ich mich in eine andere Zeit zurückversetzt, seit ich dieses Haus betreten hatte. Es war in etwa so, wie man es eher bei den Großeltern als bei den Eltern erwarten würde, mit einem Kruzifix oder anderem religiösen Krimskrams in jedem einzelnen Zimmer (einschließlich der Toilette im Erdgeschoss!), einer so hoch aufgedrehten Heizung, dass man sich wie im australischen Busch fühlte, und überall herumstehendem Schnickschnack, der von geschmacklos bis zu regelrecht abscheulich reichte. Ein Porzellanfigürchen, das eine Schäferin darstellen sollte, starrte mich aus seinen winzigen schwarzen Augen an. Es hatte den Hirtenstab hoch über den Kopf erhoben und drei oder vier Schafe um sich versammelt, die so aussahen, als wären sie von jemandem entworfen worden, der in seinem ganzen Leben noch kein einziges Schaf zu Gesicht bekommen hatte.

Im Haus war es so ruhig, dass es mich fast schon beunruhigte, als Ava mit einem altertümlich anmutenden Keramiktopf, den sie wie eine mittelalterliche Dienstmagd im Arm hielt, um den Tisch herumging. Neben Carrick war ein Platz frei, was bei einem Sechser-Tisch nicht ungewöhnlich ist, wenn nur fünf Personen anwesend sind. Doch ich fand es seltsam, dass Ava den Tisch für sechs gedeckt hatte. Hatte sie noch jemanden erwartet? Oder war es ein Zeichen des Respekts, einen Platz für Abi freizuhalten? Oder konnte sie die fehlende Symmetrie eines nicht perfekt gedeckten Tisches vielleicht einfach nicht ertragen?

Ava trat hinter Carrick und gab mit einer Kelle ein hellbraunes Eintopfgericht in seine Schüssel, bevor sie zu Eoin weiterging, der am Kopfende des Tisches saß.

Die Familienähnlichkeit der Stones war unübersehbar bei den Männern, da alle die gleichen markanten Gesichtszüge hatten, als wären sie zum Leben erweckte Bronzebüsten. Dass Carrick und Eoin Brüder waren, war mir jedoch trotz ihrer unbestreitbaren Ähnlichkeit ein Rätsel. Während Carrick amüsant und exzentrisch war, wirkte Eoin eher stoisch und gelassen. Charlie hatte mir nicht viel über die Kindheit und Erziehung der beiden erzählt, doch soweit ich sehen konnte, mussten ihre Erfahrungen sehr unterschiedlich gewesen sein. Eoin saß mit ernster Miene, steif und freudlos da, während Carrick vor sich hin grinsend mit den Fingern auf die Tischkante trommelte und seinen auffallenden türkisfarbenen Schal gefährlich nahe an seine Schale mit dem Eintopf heranbrachte. Ich konnte mir gut vorstellen, dass Eoin es gewesen war, der des Öfteren eins hinter die Ohren bekommen hatte, während Carrick viel zu oft verschont geblieben war. Aber war das bei den verwöhnten jüngeren Geschwistern nicht recht häufig so? Ich persönlich konnte nicht viel darüber sagen, da ich ein Einzelkind war. Doch irgendwie schien es mir immer so, als kämen die Jüngsten mit so gut wie allem davon.

Ich kämpfte schon seit gut zwanzig Minuten gegen den Drang zu reden an, genauer gesagt, seit wir hineingegangen waren und die Gespräche über Blumen, Beete und Sträucher verstummt waren. Mein Mund war dieses anhaltende Schweigen nicht gewohnt. Wo Stille herrschte, war ich stets bestrebt, sie zu füllen … Aber die nervöse Anspannung in der Luft, die mit ungesagten Worten und ungeklärten Fragen einherging, machte mich nun sprachlos, und ganz abgesehen davon war ich auch noch nie mit Menschen zusammen gewesen, die »Gott segne dich« sagten, wenn ich nieste – und schon gar nicht mit überzeugten irischen Katholiken. Deshalb befürchtete ich auch, dass mir etwas Blasphemisches über die Lippen käme und ich einen angespannten Nachmittag womöglich noch schlimmer machen würde.

Ava kam zu mir und schenkte mir ein freundliches, wenn auch nicht ganz aufrichtiges Lächeln. »Mir scheint, du brauchst etwas zu essen, Kind«, sagte sie, während sie mir eine Portion Eintopf servierte, die mit einem dumpfen Geräusch in meine Schüssel schwappte. »Nimm dir noch ein Stück Brot dazu«, riet sie und wies mit dem Kopf auf einen Brotkorb in der Mitte des Tischs, worauf ich, ohne zu zögern, zugriff.

Dann ging sie zu Charlie weiter, der neben mir saß und dessen Schultern sich immer mehr versteiften, je näher seine Mutter ihm kam. Sie servierte ihm schweigend das Essen und setzte sich dann an das andere Ende des Tisches zu ihrem Mann.

»Es riecht köstlich, wirklich köstlich«, sagte Carrick und fuchtelte mit seiner Serviette herum, wobei sein Akzent sich nun, da er wieder bei seiner Familie war, verstärkt zu haben schien. »Ava macht einen großartigen Eintopf«, fügte er wahrscheinlich meinetwegen hinzu und griff ebenfalls nach einem Stück Brot.

Da ich das als Aufforderung auffasste, mit dem Essen zu beginnen, nahm ich meinen Löffel auf und tauchte ihn in die Schüssel.

Doch Ava räusperte sich, und sofort konnte ich Charlies warme Hand auf meinem Knie spüren. Er drückte es warnend, und als ich aufblickte, sah ich Avas Lächeln, das sich jedoch auch durchaus mit einer Grimasse verwechseln ließ ...

»Möchtest du das Dankgebet sprechen, Nell?«, fragte sie. Ihre dunklen Augen hatten sich genüsslich bei meinem ersten Ausrutscher verengt.

Ich ließ den Löffel auf den Tisch sinken und bemerkte zu spät, dass er noch mit Suppe bekleckert war und ich diese nun über den halben Tisch verteilte.

Ich murmelte eine Entschuldigung, als Carrick sich schnell erhob, den Schal über die Schulter warf und mit seiner eigenen Stoffserviette die von mir verursachte Schweinerei entfernte. »Lass mich das machen«, sagte er, und ich dankte es ihm mit einem Blick.

»Ich … na ja, ich weiß nicht richtig, wie«, begann ich und kam mir plötzlich wieder wie früher in der Schule vor, wenn ich spontan eine Frage beantworten sollte, mit der ich nicht gerechnet hatte.

»Lass nur, ich mache das schon«, warf Charlie ein und rettete mich aus meiner Verlegenheit. Er warf mir noch einen entschuldigenden Seitenblick zu, bevor er den Kopf senkte und die Hände faltete.

Alle am Tisch folgten seinem Beispiel, und ich tat es ihnen nach.

Charlie räusperte sich, dann sprach er die Worte, von denen ich wusste, dass er sie selbst nicht glaubte. »Segne uns, o Herr, und diese deine Gaben, die wir durch deine Großzügigkeit erhalten haben. Durch Christus, unseren Herrn. Amen.«

Die wenigen Colemans, die es von uns gab, waren nie eine Familie gewesen, die etwas anderes zu sein vorgab als das, was wir waren. Mein Onkel war schwul gewesen, meine Mutter war ein Workaholic und eine Feministin. Was mich selbst anging, hatte ich eine Weile gebraucht, um herauszufinden, wer ich war. Doch sowie ich mir darüber klar geworden war, wurde auch ich akzeptiert. Sogar Joel und seine Familie begrüßten jeden in ihrer Mitte, ohne etwas von ihm zu erwarten. Deshalb war es eine ganz neue Erfahrung für mich, jemanden zu sehen, der sich verstellte. Ich fand es falsch, dass Charlie diese Schau für seine Eltern abziehen musste, die ja eigentlich wissen mussten, dass er nicht viel von dem Glauben hielt, mit dem er aufgewachsen war. Aber wahrscheinlich war jede Familie anders.

Das Wort »Amen« schallte über den Tisch. Auch ich murmelte das Wort, sprach es jedoch nicht laut aus. Da dies nicht mein Glaube war, wäre es mir wie Heuchelei erschienen, in die

Worte einzustimmen. Alle bekreuzigten sich, nur ich nicht, und das klirrende Geräusch von Löffeln gab mir die Sicherheit, auch meinen eigenen wiederaufnehmen zu können.

»So, ihr beiden«, begann Ava. Ihr auf mich gerichteter Blick entfachte ein Feuerwerk der Angst in meiner Brust. »Wie habt ihr euch eigentlich kennengelernt?«

Verdammt! Ich war nicht vorausschauend genug gewesen, mir eine plausible Geschichte auszudenken. Wir hatten uns weder auf diese Frage vorbereitet, noch uns auf eine überzeugende Lüge geeinigt. Ich war mir sicher, dass die Stones keine Familie war, die offen über die psychische Verfassung der einzelnen Familienmitglieder sprach, ganz zu schweigen von der Tatsache, dass ich ihren Sohn ausgerechnet in der Nacht kennengelernt hatte, in der er Selbstmord hatte begehen wollen, zum Glück aber vorher unsere Hotline für psychisch Kranke angerufen hatte.

Mit voller Absicht nahm ich einen extragroßen Löffel Eintopf in den Mund und blickte entschuldigend in die Runde. Eifrig kaute ich, um klarzustellen, dass ich nicht mit vollem Mund sprechen wollte.

»Nell und ich haben uns in einem Café kennengelernt. Dort sind wir ins Gespräch gekommen und seitdem befreundet«, kam Charlie mir zu Hilfe.

»Tatsächlich?« Charlies Mutter lächelte, aber ihr Blick blieb scharf und kritisch. Diese Frau war eine Meisterin in passiv-aggressiven Gesichtsausdrücken. »Es war sehr nett von dir, dich mit Charlie … anzufreunden. Doch ich bin sicher, dass es einem so hübschen Mädchen wie dir ganz sicher nicht an … *Freunden* mangelt.«

Charlie warf ihr einen warnenden Blick zu und drückte noch einmal beruhigend mein Knie.

Da Avas Stichelei auch mir nicht entgangen war, atmete ich tief ein, um mich zu beruhigen. Offenbar war es in diesem Haus in Ordnung, jemanden am Esstisch als »Flittchen« zu bezeichnen, solange man es in andere Worte packte.

Ich warf Ava ein erzwungenes Lächeln zu.

»Womit verdient ein Mädchen wie du seinen Lebensunterhalt?«, fragte sie daraufhin ganz unverfroren.

In meinen Ohren rauschte es plötzlich, und schon war auch Abi wieder da. Sie lehnte an der Wand mir gegenüber und trug dasselbe Outfit, das ich auf dem Foto in Charlies Schublade gesehen hatte, auch den Plastikhaarreif mit Schleier. *Schön, dass ich nicht die Einzige bin, die dich in Verlegenheit bringen kann*, sagte sie, die Arme vor der Brust verschränkt.

Na prima! Das war das Letzte, was ich jetzt noch brauchte: ein Hirngespinst, das dieses Gespräch sogar noch schwerer machte, als es ohnehin schon war.

»Was bist du von Beruf, Nell?«, fragte Ava.

»Oh, entschuldige bitte«, sagte ich schnell und versuchte, Abi so gut wie möglich zu ignorieren. Für einen Moment überlegte ich, ob ich Avas Frage nach meinem Beruf ehrlich beantworten oder einfach behaupten sollte, ich sei die Hohepriesterin eines Satanskults. Doch die Versuchung, Charlies Mutter zu erzürnen, war schnell verflogen. »Ich arbeite bei einer telefonischen Beratungsstelle für psychisch Kranke«, erwiderte ich schließlich selbstbewusst, aber Avas Gesichtsausdruck nach zu urteilen, wäre die Hohepriesterin sogar die bessere Wahl gewesen.

Oh, das wird ihr gefallen. Abi kicherte boshaft.

»Tatsächlich?« Ava legte den Kopf schief und beugte sich über ihr Essen. »Das kann ja keine angenehme Tätigkeit sein, doch irgendwer wird sie wohl tun müssen, schätze ich.«

»Ganz im Gegenteil. Ich liebe meine Arbeit und empfinde es als überaus befriedigend, Menschen beim Verarbeiten von Dingen beizustehen, die ihnen Kummer bereiten. Wir helfen Männern und Frauen, die in finanziellen oder seelischen Nöten sind, mit psychischen Problemen zu kämpfen haben, und anderen, die an Selbstmord denken.« Als ich mich verärgert räusperte, sah ich gerade noch, wie Charlie bei meinen letzten Worten zusammenzuckte.

Ava schnappte nach Luft und bekreuzigte sich. Dann verzog sie spöttisch das Gesicht und schüttelte den Kopf. »Tja, dann muss der Herr dich mit der Geduld einer Heiligen gesegnet haben, um mit diesen Menschen reden zu können, ohne sie zu verurteilen. Mit Sicherheit sind viele von ihnen drogenabhängig oder obdachlos«, sagte sie tadelnd. »Das Leben zu vergeuden, das uns Gott, der Herr, geschenkt hat, ist schlicht und einfach unentschuldbar.«

Ich konnte spüren, wie Wut in mir aufstieg und Charlie unbehaglich neben mir hin und her rutschte.

»Wie geht es eigentlich Siobhan, Mammy?«, warf er schnell ein, um das Thema zu wechseln.

Aber das ließ ich nicht zu. Eines meiner größten Ärgernisse waren unempathische Menschen, und Ava hatte mich auf genau die Art und Weise verärgert, um eine entsprechende Antwort zu verdienen.

»Einige von ihnen sind Süchtige oder Süchtige auf dem Weg der Besserung, das ist schon richtig, doch wir verurteilen sie deswegen nicht«, antwortete ich Ava, und Charlies Frage verflüchtigte sich, als wäre sie nie gestellt worden. »Es gibt sehr viele Ursachen für psychische Erkrankungen«, fuhr ich fort, »die sowohl körperlich, umgebungsbedingt oder psychologisch sein können. Wir betrachten diese Menschen jedoch nicht, als würden sie ihr Leben verschwenden, oder als seien ihre Entscheidungen unentschuldbar. Wir sehen in diesen Menschen vielmehr Männer und Frauen, die Dinge erlebt haben, die uns selbst nicht widerfahren sind, und denen wir helfen und Trost spenden können.« All das sagte ich mit einem angespannten Lächeln, obwohl ich Ava mit einer Kraft ins Gesicht blickte, die ich schon lange nicht mehr verspürt hatte. »Wir arbeiten sogar mit einigen örtlichen Kirchen zusammen, für diejenigen Klientinnen und Klienten, die Trost in ihrem Glauben finden.«

Es war offensichtlich, dass Ava Stone es gewohnt war, jeden in einem Raum zu dominieren, aber ich hatte keine Angst vor ihr und würde sie nicht einmal einen Moment lang in dem Glauben lassen, ich hätte es.

Mann oh Mann, du hast ja wirklich Mumm, was? Abi klang sogar ein bisschen beeindruckt, bevor das Rauschen in meinen Ohren plötzlich nachließ und Abi wieder dorthin verschwand, woher sie auch immer gekommen war.

»Siobhan, Ma«, sagte Charlie mit etwas mehr Nachdruck. »Wie geht es ihr?«

Ava hielt meinen Blick noch ein wenig länger fest, und ich konnte sehen, wie in ihr ein Kampf tobte zwischen dem Wunsch, nicht den Eindruck zu erwecken, einen Streit provozieren zu wollen, und dem, nicht die Erste zu sein, die wegsah. Am Ende schaute sie jedoch ihren Sohn an und beantwortete seine Frage.

Als ich mich wieder meinem Eintopf widmete, bemerkte ich aus dem Augenwinkel Carrick, der die Lippen fest aufeinanderpresste, um sich ein Grinsen zu verkneifen.

In Birmingham hatte ich mich gefragt, warum es Charlie

so widerstrebte, über seine Familie zu sprechen. Jetzt jedoch wusste ich, warum, und auch, wieso er so lange nicht mehr zu Hause gewesen war. Charlie war weder voreingenommen noch boshaft in seiner Ausdrucksweise, und er verbarg auch nichts dergleichen hinter vorgetäuschter Frömmigkeit. Ich hatte nichts gegen Menschen, die in der Religion Trost fanden – jeder sollte so leben, wie er wollte. Aber ich hatte ein Problem mit der Unfähigkeit, irgendetwas aus dem Blickwinkel einer anderen Person zu betrachten – und sie stattdessen für seine Lebensweise zu verurteilen. Wie hatte Charlie es bloß geschafft, so integer und vorurteilsfrei aus dieser Familie hervorzugehen?

Vermutlich hatte er sein freundliches Wesen dem Einfluss von jemandem zu verdanken, der ihn von seinen Eltern weggeholt und ihm die große weite Welt gezeigt hatte. Carrick hatte mit Sicherheit etwas damit zu tun, doch es gab noch eine andere Person, die ihn zu dem gemacht haben musste, der er heute war, und *sie* war der Grund, warum wir fünf hier versammelt waren.

Das Knarren der sich öffnenden Haustür veranlasste uns alle, beim Essen innezuhalten, und wir schauten uns um, als die zielstrebigen Schritte in der Diele lauter wurden. Ich warf einen Blick auf den leeren Platz neben Carrick und fragte mich, ob er für den Gast sein mochte, der noch nicht gekommen war.

Aus dem Augenwinkel sah ich, wie Charlie sich versteifte, sein Löffel stieß klirrend gegen seine Schüssel und verschwand dann fast komplett unter der Oberfläche seines Eintopfs.

Als die Frau schließlich in der Tür erschien, hörte ich mich selbst leise aufatmen. Ein paar beängstigende Momente lang dachte ich, es sei Abi, die mit grimmiger Miene im Eingang stand. Aber je länger ich sie und ihr perfektes Filmstar-Gesicht betrachtete, die langen, rotbraunen Korkenzieherlocken, die sie noch kleiner erscheinen ließen, als sie war, desto klarer wurde mir, dass dies Abis Schwester Kenna sein musste.

Mit funkelnden Augen ließ sie den Blick über den Tisch und durch das Zimmer schweifen, während wir alle sie in stummer Ehrfurcht anstarrten. Sie war geradezu winzig, und doch beherrschte sie den Raum wie ein Riese. Ihr Blick wanderte über jeden Einzelnen von uns und verweilte ein paar Sekunden länger auf mir, als es angenehm war, bevor er weiter zu Charlie glitt. Ich vermutete, dass er es war, nach dem sie gesucht hatte, denn im selben Moment, in dem sie ihn erblickte, setzte sie ihre kindlich kleinen Füße in Bewegung und machte sich auf den Weg zu ihm.

Charlies Brustkorb hob und senkte sich unter gehetzten Atemzügen.

Kenna blieb mit dem Rücken zu Ava stehen, die liebevoll die Hand hob und ihr auf die Schulter klopfte.

»Hallo Ken«, sagte Charlie mit schwacher Stimme.

Seine Begrüßung wurde jedoch durch Kennas kleine Hand unterbrochen, die mit überraschender Geschwindigkeit und Kraft auf seiner Wange landete. Das Geräusch hallte durch den Raum wie das letzte Läuten einer Glocke, und die Ohrfeige war so perfekt platziert, dass ich keinen Zweifel daran hatte, dass sie Spuren hinterlassen würde.

Dann blickte Kenna seufzend zu mir, lächelte mich an und reichte mir über Charlie hinweg die Hand, als wäre er gar nicht da. »Ich bin Kenna Murphy und freue mich, dich kennenzulernen.«

»Ebenfalls«, antwortete ich und erwiderte beinahe ängstlich den Händedruck. »Ich bin Nell.«

Kenna schenkte mir ein erstaunlich aufrichtiges Lächeln, bevor sie zu dem freien Platz am Tisch ging und sich etwas von dem Eintopf in die Schale schöpfte. Dann setzte sie sich, wobei ihre fantastische Haarpracht sich einen Moment bewegte, als wäre sie ein eigenständiges Wesen, das sie auf ihrem Weg begleitete. Schließlich faltete sie die Hände, sprach das Tischgebet und führte einen großen Löffel des wirklich köstlichen Eintopfs zum Mund. »Mmm, superlecker«, murmelte sie, noch bevor sie gekaut und geschluckt hatte.

Ich drehte mich zu Charlie um, der wie erstarrt dasaß und Kenna ansah, als könnte sie jeden Moment über den Tisch springen, um ihn wieder anzugreifen.

»So«, sagte sie fröhlich, als wäre nichts geschehen, »wie geht's euch allen denn so?«

Kapitel 19

Mit meinem Handy in der Hand saß ich der frühen Nachmittagssonne von Westport in Ava Stones Garten und
konnte spüren, wie der Tau in den Stoff meiner Leggings drang.

Schon während des Mittagessens, das eines der ungemüt-
lichsten meines ganzen Lebens gewesen war, hatte ich das
Brummen meines Smartphones unter meinem Hosenbund gespürt, in den ich es vorher gesteckt hatte. Natürlich hatte ich aus
Höflichkeit abgewartet, bis alle gegessen und Charlie aufgehört
hatte, erfundene Geschichten über seine aktuelle Lebenssitua-
tion zu erzählen. Erst dann hatte ich mich in den Garten verzogen, um die Nachrichten zu lesen.

Was Charlie seiner Familie *nicht* erzählt hatte, war, dass er
seinen Job gekündigt hatte. Aber da sie ja ohnehin nicht wussten, dass er eine Anstellung bei ALDI angenommen hatte,
machte das auch wenig Sinn. Soweit ihnen bekannt war, arbeitete Charlie immer noch in den Theatern von Birmingham, und
seine Karriere und sein Leben verliefen nach wie vor in völlig
geordneten Bahnen.

Ich tröstete mich damit, dass ich hier nicht die Einzige war,
die wusste, dass er log. Auch Carrick hatte gesehen, in was für
einen Zustand Abis Tod ihn gestürzt hatte. Trotzdem hatten wir

Charlie die erfundenen Geschichten über sein erfülltes und zufriedenes Leben, die nicht weiter von der Wahrheit entfernt sein könnten, ohne Einwände erzählen lassen.

Ich schaute gerade auf das Display meines Handys, als Kennas unüberhörbar wütender irischer Akzent durch den Garten schallte, wo sie sich mit Charlie »unterhielt«. Sie hatte die Arme über ihren Brüsten verschränkt, die etwas zu groß und fest aussahen, um natürlich zu sein, doch ich wollte nicht diejenige sein, die solch pauschale Urteile fällte.

Die Nachricht, die mich erreicht hatte, war von Joel und eine Fortsetzung seiner gestrigen, die etwa so gelautet hatte:

Also, gehe ich richtig davon aus, dass dieser lächerlich attraktive Typ, der neulich abends bei dir war, bedeutet, dass du nicht mehr mit mir über uns reden willst?

Die heutige Textnachricht war genauso kurz und knapp und alles andere als nett.

Du kannst dir ruhig vormachen, dass es mit uns vorbei ist, Nell. Du kannst mit diesem Kerl herumstolzieren und ihn vor mir zur Schau stellen, aber du weißt genauso gut wie ich, dass wir immer wieder zueinander zurückkehren werden. Weil wir uns nämlich nach wie vor lieben und füreinander bestimmt sind. xxx

Herumstolzieren? Zur Schau stellen? Soweit ich mich erinnern konnte, hatte ich nichts von alldem getan. Na ja, okay. Möglicherweise war ich ja ein bisschen grausam gewesen, als ich Joel vorgemacht hatte, unsere Beziehung sei vielleicht noch zu retten. Aber nicht grausam, was Charlie anging … Ich war ja nicht einmal diejenige gewesen, die Joel die Tür geöffnet hatte, als er bei uns geklingelt hatte.

Joel irrte sich. Es war uns keineswegs vorbestimmt, zusammen zu sein. Und auch ganz sicher nicht, immer wieder zueinander zurückzukehren. Außerdem liebte ich ihn nicht mehr oder jedenfalls nicht so, wie er es gern gehabt hätte.

Ich zuckte bei meinen eigenen Gedanken zusammen. In meinem Gehirn machte etwas *klick*, und plötzlich spürte ich, wie sich etwas löste, das wie ein eisernes Band um meine Brust gelegen hatte. Meine Lungen fühlten sich an, als dehnten sie sich plötzlich weiter, und die Luft, die in sie eindrang, erschien mir reiner. Ich liebte Joel nicht mehr, und das lag nicht nur daran, dass ich nun positiv dachte und mir meine Wünsche eingestand. Ich liebte ihn wirklich, entschieden und ganz sicher überhaupt nicht mehr.

Ich drückte auf das kleine Telefonsymbol am oberen Rand unseres Chats und ärgerte mich über eine meiner nicht gerade subtilen Einladungen zum Sex, die ich halb versteckt ganz oben auf dem Bildschirm gerade eben noch sehen konnte, als schämte auch sie sich für meine vergangenen Aktionen.

Nach dreimaligem Klingeln raschelte es in der Leitung, als Joel sein Telefon ans Ohr hielt.

»Nell.« Er hörte sich traurig und gleichzeitig auch enthusiastisch an. »Ich bin ja so froh, dass du anrufst! Hast du meine Textnachricht bekommen? Ich wusste ja, dass du zur Vernunft kommen würdest ...«

»Joel«, unterbrach ich ihn, bevor er noch mehr sagen konnte, was ihm in Kürze leidtun würde. »Ja, ich habe deine Nachricht bekommen, aber ich rufe nicht aus dem Grund an, aus dem du glaubst.«

»Oh … Ist alles in Ordnung? Oder ist etwas passiert?« Sein Tonfall war schon deutlich niedergeschlagener.

»Nein, nein, es geht mir gut«, antwortete ich, was zwar nicht ganz stimmte, jedoch auch keine Lüge war. »Ich bin im Augenblick in Irland.«

Ich konnte fast hören, wie er das Telefon wütend an sein Ohr drückte, um sich zu vergewissern, dass er richtig gehört hatte. »In Irland? Was … Was machst du denn da?«

»Ich bin hergekommen, um Charlies Eltern kennenzulernen.« Den Teil mit Abis Gedenkfeier ließ ich aus.

Er atmete laut und zittrig aus. »Das geht ein bisschen schnell, oder?«

»Hör zu, Joel«, sagte ich. »Ich rufe an, weil … nun ja, weil das, was wir in den letzten sechs Monaten getan haben, falsch und dumm war und etwas, wovon wir hätten wissen müssen, dass es für uns beide ja doch nur schmerzlich enden würde.«

»So habe ich das nicht gesehen. Für mich waren es Versuche, etwas wieder in Ordnung zu bringen, von dem wir beide wissen, dass es das Beste für uns ist.«

Über die Telefonverbindung hinweg konnte ich hören, dass er zielstrebig auf und ab ging. Das tat er immer, wenn er wütend war.

»Es tut mir sehr leid, Joel, dass ich dazu beigetragen habe, die Wunde offen zu halten, die wir schon vor langer Zeit hätten verheilen lassen sollen. Doch jetzt tue ich, was ich schon hätte tun sollen, als das alles angefangen hat, und sage Nein.«

»Nell, denk bitte noch einen Moment darüber nach!«

»Nein«, wiederholte ich, während ich den Druck von heißen Tränen hinter meinen Lidern spüren konnte.

»Du weißt doch wohl, was dir mit diesem Charlie passieren wird, oder? Diese Sorte von Männern sind alle gleich!«

»Was für eine Sorte?«, fauchte ich.

»Die von der gut aussehenden, charmanten, eingebildeten Sorte. Er wird in dich verknallt sein, solange du noch neu und interessant bist. Das wird ihm ein gutes Gefühl geben, und er wird sich sogar besser fühlen, weil du eine bodenständige, lustige und normale Frau bist. Aber sobald sich das Neue abgenutzt hat, wird er merken, dass er von all dieser Normalität – und dir – gelangweilt ist, und wieder anfangen, sich mit gefragteren Mädchen wie Models und dergleichen zu treffen. Mit solchen, die sich nur von Grünkohl ernähren und Strapse für ihn tragen.«

Bei seinen letzten Worten zuckte ich zusammen und presste eine Hand an meine Brust, weil mir etwas eingefallen war, was sich in unserem dritten Jahr als Paar ereignet hatte.

Zu diesem Zeitpunkt hatten wir noch miteinander geschlafen, aber es war ein bisschen fad geworden. Daraufhin hatte er mir zu meinem Geburtstag sexy Unterwäsche geschenkt und mich gebeten, sie für ihn anzuprobieren. Damals hatte ich in dieser Reizwäsche im Schlafzimmer gestanden, mich im Spiegel betrachtet und war mir lächerlich und billig vorgekommen. Ich wusste, dass manche Frauen sich in Reizwäsche selbstbewusster fühlten, doch das war nichts für mich. Stattdessen war ich mir vorgekommen, als würde ich gezwungen, der Pornostar zu werden, von dem einige Millenial-Jungs heutzutage glaubten, Mädchen seien so.

Also hatte ich das Zeug sofort wieder ausgezogen und war in meiner normalen Unterwäsche zu Joel hinausgegangen. Er hatte einen Wutanfall bekommen und mich angeschrien, wie teuer die Sachen gewesen seien und dass ich ihn nicht wirklich lieben könne, weil ich nicht anziehen wollte, was er mir gekauft hatte.

Das, so glaubte ich heute, war der Anfang vom Ende gewesen. Und trotzdem war ich danach noch so lange geblieben. Warum nur hatte ich all diese kostbare Zeit vergeudet?

»Tja, zumindest kann Charlie sich dazu durchringen, mich anzufassen. Er kann ein Gespräch führen, das nicht nur um ihn selbst kreist, und es kümmert ihn sogar, wie ich mich fühle. Ich wusste gar nicht, dass Männer so sein können wie er. Aber andererseits habe ich ja auch nicht viel Erfahrung mit Männern, nicht?«

Joel stieß einen Seufzer aus, der jedoch mehr wie ein Knurren klang. »Weißt du was? Du bist müde, Nell. Mit Sicherheit warst du während des Flugs gestresst, und das hat dich durcheinandergebracht. Wir reden weiter, wenn du wieder zu Hause bist.«

Ich öffnete den Mund, um zu erwidern, dass ich mir lieber hier auf diesem makellos gemähten Rasen sämtliche Zehennägel ausreißen würde, als jemals wieder sein Gesicht zu sehen, aber die Leitung war schon tot.

Ein paar Tränen liefen mir über die Wangen, als ich mein Handy auf den Rasen warf und die Hände vors Gesicht schlug.

Während man in einer Beziehung lebte, versicherte man sich gegenseitig gern, dass man natürlich auch der beste Freund des anderen war. Und dass sich das nicht ändern würde, wenn man sich einmal trennen sollte. Doch war das überhaupt möglich, wenn das Ego so leicht zu verletzen war? Es war schon komisch, dass die kleinste Veränderung im Beziehungsstatus Türen zu einem Teil der Persönlichkeit öffnen konnte, von denen man nicht wusste, dass sie in der Person existierten, die man in- und auswendig zu kennen glaubte. In einem Moment erschien es einem etwa genauso unwahrscheinlich, dass man sie einmal hassen könnte, wie der absurde Gedanke, dass Dwayne Johnson Primaballerina beim Königlichen Ballett werden könnte. Und im anderen Moment redeten sie plötzlich ganz anders und verhielten sich so, wie man es niemals für möglich gehalten hätte, und die einzige Ursache dafür war verletzter Stolz.

Ich hörte, wie die Haustür zuschlug.

Offenbar war der Streit vorüber.

»Nell? Was ist mit dir, Nell?«, vernahm ich Charlies Stimme in der Nähe, und das bittere Gefühl der Leere in mir ließ ein wenig nach.

Schnell nahm ich die Hände vom Gesicht, wischte mir dabei die Tränen ab und sah Charlie vor mir im Gras kauern.

»Ich habe mit Joel telefoniert«, antwortete ich, wobei meine Stimme etwas brüchiger klang, als mir recht war.

»War er gemein zu dir?«

»Ja.«

»Was hat er denn gesagt?«, fragte Charlie, und seine Augen verengten sich von einer Wut, die ich bei ihm noch nicht gesehen hatte.

»Nicht viel. Nur, dass es dir mit mir mit Sicherheit irgendwann langweilig wird und du dich wieder den heißen Girls zuwendest, die du gewohnt bist. Dass ich ohne ihn im Grunde gar nichts bin und allein hier draußen in der großen Welt nicht überleben werde.«

»Mistkerl«, murmelte er leise vor sich hin. »Möchtest du, dass ich ihm eine Abreibung verpasse? Denn das werde ich tun, wenn du es willst. Oder wir könnten auch zusammen zu ihm gehen und ihn beide ordentlich verprügeln.«

Ich lächelte und war zugleich traurig. »Nein, ich will natürlich nicht, dass du ihn schlägst, Charlie.« Ich vergewisserte mich schnell, dass niemand in der Nähe war, der uns sehen konnte. Dann erhob ich meine Hand zu seinem Gesicht und strich mit dem Daumen sanft über seine Wange, die nach Kennas Ohrfeige noch immer leicht gerötet war. »Aber trotzdem danke für das Angebot.«

Sein Blick wurde weicher, als ich es wagte, ihn noch einen Moment länger zu berühren, bevor ich meine Hand sinken ließ. Er schaute ihr nach und zog dann meine Finger wieder sanft an sein Gesicht. Zärtlich drückte er seine Wange an meine Hand und zündete damit ein wahres Feuerwerk in meiner Brust.

Wie hatte er meine Niedergeschlagenheit nur derart schnell vertreiben können? Lag es vielleicht daran, dass ich wusste, dass Joel sich irrte und Charlies Interesse an mir nicht nur eine vorübergehende Laune war? Oder weil mir klar war, dass Charlies und meine Beziehung so viel mehr war als das, was Joel und mich jemals verbunden hatte?

Oh Gott, wie gerne hätte ich ihn jetzt an mich gezogen, ihn geküsst und die Nähe gespürt, nach der ich mich sehnte! Aber da dies weder der richtige Zeitpunkt noch der richtige Ort war, entzog ich ihm meine Hand und richtete mich auf.

Charlie tat es mir nach, und langsam schlenderten wir zum Haus zurück.

»So, da du jetzt also weißt, wie mein Streit verlaufen ist, wie war denn deiner?«, fragte ich und wies mit dem Kopf zu der Stelle hinüber, an der er und Kenna sich vor ein paar Minuten noch wütend angeschrien hatten.

»Ach, das war gar nichts, Nell. Nur Kennas und meine Art und Weise, miteinander zu kommunizieren. Aber trotzdem haben wir uns sehr gern.«

»Ja, das war offensichtlich«, entgegnete ich spöttisch.

Charlies Handrücken streifte wie zufällig den meinen. »Sie hat aber auch Recht darauf, mir böse zu sein – nach dem, was ich getan habe.«

»Und was hast du getan?« Ich blieb stehen, um ihn anzusehen.

Auch er hielt inne und drehte sich mit zusammengepressten Lippen zu mir um. »Ich würde es dir ja erzählen, doch es ist eine lange Geschichte, und jetzt muss ich dir erst mal Steve vorstellen.«

Na wunderbar, noch mehr Verwandte!, dachte ich. Aber ich beherrschte mich.

»Und wer ist Steve?«

»Wir beide kennen uns schon sehr lange.«

»Wird er dich auch ohrfeigen?«

»Das hoffe ich nicht. Wir haben uns kennengelernt, als ich sechzehn war, und sind beste Freunde geworden. Obwohl das Leben weitergegangen ist und wir uns mit der Zeit entfremdet haben … bis heute, meine ich.« Mit einem verschmitzten Lächeln auf den Lippen drehte er sich um und ging auf die Einfahrt zu.

Ich folgte ihm und musste fast schon laufen, um mit ihm Schritt zu halten.

»Er war in einem ziemlich schlechten Zustand, als wir uns getroffen haben, aber Dad hat mir geholfen, ihn wieder auf die Beine zu stellen«, sagte er, während wir eine kleine Steintreppe neben dem Haus hinunterstiegen und die Kieseinfahrt erreichten.

Charlie ging ein Stück weiter und verschwand in der Garage, aus der Eoin ein paar Stunden zuvor gekommen war. »Und wenn ich ›Beine‹ sage, meine ich eigentlich ›Reifen‹.« Dann streckte er die Arme in die Höhe und präsentierte mir Steve.

»Steve ist ein Motorrad?«, fragte ich, erleichtert und froh darüber, dass ich nicht noch mehr Leuten mit aufgestauter Wut auf Charlie begegnen musste.

»Steve ist nicht nur ein x-beliebiges Motorrad, Nell, sondern eine Triumph TR6 Trophy, was für einen Iren ziemlich schwierig auszusprechen ist. Aber alle großen Liebesaffären sind nun mal nicht frei von Hindernissen.«

»Und warum nennst du das Motorrad Steve?«

»Weil es das gleiche Modell ist, das in den Verfolgungsszenen in *The Great Escape* verwendet wurde.«

»Ah ja, der Film mit Steve McQueen. Alles klar.«

»Sehr gut«, sagte er grinsend.

Ich wusste nicht, ob es nur Wunschdenken war, doch irgendwie hatte ich das Gefühl, bereits eine Veränderung in ihm zu sehen. Nur eine ganz leichte, aber spürbare. Die Vorstellung, hierher zurückzukommen, wo Abi und er sich ineinander verliebt hatten, musste sehr beängstigend für ihn gewesen sein. Doch dann hier zu sein und zu sehen, dass nicht jeder sein Leben an seiner Trauer hatte zerbrechen lassen, schien ihn zu beruhigen und ihm vor Augen zu führen, dass auch für ihn alles wieder besser werden konnte.

»Also, die Fähre nach Clare legt um halb vier ab. Und ich habe mich gefragt, ob du vielleicht einen Ausflug mit mir und Steve unternehmen möchtest«, sagte er mit einem jungenhaften Grinsen.

»Clare? Fähre? Was?«, murmelte ich vollkommen verwirrt. »Nur damit ich dich richtig verstehe – ist Clare eine Person oder ein anderes Transportmittel?«

»Weder noch. Clare ist eine Insel. Sie ist nicht weit entfernt, etwa fünf Kilometer vor der Küste. Wir werden dort bei einer

Freundin von Carrick übernachten. Würdest du gerne mit dem Motorrad hinfahren? Carrick nimmt unser Gepäck im Auto mit.«

»Es scheint mir jedenfalls sicherer zu sein, als mit Carrick zu fahren«, erwiderte ich schulterzuckend, und Charlie antwortete mit einem leisen Lachen.

»Aber warum übernachten wir auf einer Insel und bleiben nicht hier? Liegt Carricks Haus nicht ganz in der Nähe?«, fragte ich, während Charlie zwei Helme von Haken an der Garagenwand nahm und sie von jahrealten Spinnweben befreite.

»Carrick dachte, es wäre eine gute Idee. Abi war nie auf dieser Insel, und deshalb hält er sie für eine triggerfreie Zone, in der wir den empfindlichen kleinen Charlie sicher aufbewahren können, während wir auf die Gedenkfeier warten.«

»Das ist sehr aufmerksam von ihm.«

»Denk bloß nicht zu positiv von ihm«, brummte Charlie und legte die beiden Helme auf den glänzenden Ledersitz des Motorrads. »Es ist im Grunde bloß ein Vorwand, um Orlagh zu besuchen, der das Hotel auf der Insel gehört.«

Ich zog fragend die Augenbrauen hoch.

Charlie nickte. »Das ist eine lange Geschichte.«

Ich sah ihn an, als wollte ich sagen: Ich habe den ganzen Tag lang Zeit.

Daraufhin begann er, mir die Geschichte zu erzählen.

»Hast du den kleinen Gemischtwarenladen namens Cornerstone gesehen, als wir in die Stadt gefahren sind?«

Ich schüttelte den Kopf. »Nein. Ich war wohl zu sehr damit beschäftigt, mir die Brüste-im-Bad-Hügel anzuschauen«, antwortete ich.

»Verständlich«, erwiderte er schmunzelnd. »Na ja, wie

auch immer, meiner Familie gehört dieser Laden und noch einige andere in der Grafschaft. Irgendwann hat Carrick das Geschäft von meinen Großeltern übernommen. Im ersten Sommer, in dem er dort gearbeitet hat, hat er Orlagh McCarthy kennengelernt, die dort ebenfalls gerade einen Job angenommen hatte, um etwas Geld zu verdienen, bevor sie aufs College ging. Er war zu diesem Zeitpunkt etwa achtundzwanzig, ich ungefähr sechzehn. Ich erinnere mich noch gut, wie ich ihn ständig damit aufgezogen habe, weil sie zehn Jahre jünger war als er. Ich sagte, er sei ein Päderast und so weiter. Aber sie liebten einander, daran bestand kein Zweifel. Sie waren etwa drei Monate zusammen, bevor es zu Ende ging.«

»Warum?«, fragte ich, wieder einmal in eine der romantischen Erzählungen der Stone-Männer hineingezogen.

»Nun ja, sie ging zur Uni, und er blieb hier. Drei Jahre später kam Orlagh mit einem Abschluss in der Tasche nach Hause und ohne die geringste Ahnung, was sie damit anfangen sollte. Carrick stellte sie wieder ein, während sie überlegte, wie es weitergehen sollte, und sechs Monate später waren sie verlobt und verheiratet.«

»Carrick ist verheiratet?«, entfuhr es mir, völlig verblüfft darüber, dass er es geschafft hatte, eine Frau zu finden, die es mit ihm aushielt.

»Er *war* verheiratet. Vergangenheitsform. Orlagh wollte Kinder, Carrick nicht. Und so ließen sie sich am Ende scheiden, obwohl sie sich wirklich liebten. Ironie des Schicksals eigentlich.«

»Wieso Ironie des Schicksals?«

»Du bist ein kluges Mädchen, Nelly, und ich bin sicher, dass du es gegen Ende der Geschichte verstehen wirst. Sie hat vor etwa zehn Jahren wieder geheiratet. Ihr Mann ist ein netter Kerl. Ziemlich dick, aber nett.«

»Das ist so traurig!«, sagte ich. »Lieben sie sich denn noch, Carrick und sie?«

»Oh ja, und ob!«

»Habt ihr hier eigentlich keine Geschichten, die glücklich enden?«

»Das werde ich dir sagen, wenn ich mit dieser hier fertig bin«, erwiderte er und sah mich mit einem Blick an, bei dem mir die Brust ganz eng wurde. »Aber jetzt sollten wir uns besser auf den Weg machen, wenn wir die Fähre noch rechtzeitig erreichen wollen. Meinst du, wir können einfach die Flucht ergreifen, oder sollen wir zurückgehen, um uns zu verabschieden?«

»Ich glaube, für dich ist es sicherer, dich zu verabschieden – angesichts der Ohrfeige, die du dir eingefangen hast.«

Charlie nickte widerwillig, und wir machten uns auf den Weg zurück ins Haus.

Meine Haare wehten im Wind, und ich schlang die Arme fest um Charlies Oberkörper, als wir durch die irische Landschaft brausten.

Überall um uns herum befanden sich Hügel, Bäume und Wasserflächen, und wir hielten auf eine Fähre zu, die uns nach Clare Island bringen sollte. Doch egal, wie weit wir fuhren, der gespenstische Geist von Croagh Patrick verweilte drohend in unserem Blickfeld. Es war wunderschön hier, ganz so, wie ich mir Irland immer vorgestellt hatte, aber ich hätte mir nie auch nur im Traum ausmalen können, welche Umstände mich hierherführen würden.

Ich schlang die Arme noch fester um Charlie und konnte das tiefe, zufriedene Lachen in seiner Brust spüren. In diesem Moment gab es keinen Joel, keine Abi, keine Traurigkeit, sondern nur ihn, mich und ein Motorrad namens Steve, mit dem wir durch die Landschaft rasten.

Kapitel 20

E s ist ein Leuchtturm!«, rief ich mit einem entzückten Lachen. »Ein Leuchtturm auf einer Inselklippe!«

»Das ist es«, erwiderte Carrick, als wir aus dem Taxi stiegen. »Und wenn dir das Hotel gefällt, dann warte, bis du erst
die Besitzerin siehst!«

Carrick hatte sein gemeingefährliches orangefarbenes Kil-
lermobil auf der Fähre nicht mitnehmen können, aber da er mit
deren Besitzer schon seit der Schule befreundet war, hatte der
Mann sich zumindest bereiterklärt, Steve zu befördern.

Während ich meine Tasche aus dem Kofferraum des Taxis
holte, spürte ich eine Hand im Rücken. Es war Charlies, der
wieder da war, nachdem er sich vergewissert hatte, dass Steve
sicher unter einer Plane verstaut war.

»Kannst du die Ironie des Ganzen bereits sehen?«, flüsterte
er mir ins Ohr, als Carrick sich auf den Weg zur Tür machte und
läutete.

»Ich werde die Augen offen halten«, versprach ich ihm genauso leise.

»Das wird nicht nötig sein, Nell.«

Wir folgten Carrick und erreichten die Tür gerade noch
rechtzeitig, bevor sie sich ein wenig öffnete und eine Frau mit

einem elfenhaften Gesicht und goldblondem, straff zurückgestecktem Haar, das ihre hohen Wangenknochen betonte, durch den Spalt lugte.

»Carrick!« Ihr Mund verzog sich, und ihre blassgrauen Augen leuchteten auf, als sie ihm die schlanken Arme um den Hals warf und ihn an sich zog.

»Orlagh«, murmelte er ihren Namen an ihrem Nacken.

Ich fühlte mich ein bisschen unwohl angesichts dieses intimen Moments, der mich nichts anging.

»Es ist lange her – zu lange«, sagte sie mit geschlossenen Augen, während ihre Finger die Rückseite seiner Jacke umklammerten, als befürchtete sie, dass dies nur ein Traum war, der ihr jeden Moment entschlüpfen könnte.

Charlie und ich standen unbeholfen da. Die Umarmung der beiden dauerte viel länger, als es angemessen war. Aus Verlegenheit begann ich schon, mich sehr für einen kleinen, nur wenige Zentimeter von meiner Schuhspitze entfernten Stein zu interessieren. Irgendwann lösten sie sich voneinander, und die Frau wandte sich nun uns zu.

»Orlagh, das ist Nell, Charlies … Freundin.« Carrick deutete auf mich und dann auf seinen Neffen. »Und diesen Clown da kennst du ja bereits.«

»Freut mich, dich wiederzusehen, Charlie – und herzlich willkommen, Nell! Ich habe dir das Zimmer mit der besten Aussicht gegeben, weil ich es nicht an diese Kretins verschwenden will.« Sie rümpfte die Nase und lächelte zugleich, als sie mir die Tasche aus der Hand nahm und sie in die Diele trug.

»Nein, nein, die nehme ich selbst«, sagte ich, weil sie kein Aufheben von mir machen sollte, und folgte ihr in einen breiten, luftigen Flur.

»Ach was, das macht doch keine Mühe«, erwiderte sie und winkte ab. »Ich bin stärker, als ich aussehe.«

Das ist gut, dachte ich, da ihre dünnen, drahtigen Glieder den Anschein erweckten, als könnte ein starker Wind Orlagh umwerfen.

Als Nächstes betraten wir ein Wohnzimmer. Das warme gelbe Licht der hohen Stehlampen erfüllte den Raum mit einem gemütlichen Schein, in dem ich mich sofort zu Hause fühlte.

»Das andere Zimmer ist von Gästen belegt, also denkt daran, dass sie in der Nähe sein werden«, sagte sie, wobei sie jedoch hauptsächlich zu Carrick sprach.

Aus der Nähe ertönte ein Rascheln, und wie aus dem Nichts heraus sprang ein flinker Schatten von einem der Sofas. Dabei rutschte ein Buch von einem Kissen und fiel auf den kastanienbraunen Langflorteppich. Einen Moment später verspürte ich eine Art Luftzug, als etwas an mir vorbeirauschte und gegen Carricks Beine prallte. Der gab einen lauten, vorgetäuschten Schmerzenslaut von sich und hob den Schatten auf. Nun, da dieser stillhielt und sich nicht mehr mit tausend Stundenkilometern bewegte, erkannte ich, dass der Schatten ein Junge war, vielleicht sechs oder sieben Jahre alt.

»Und wer bist du, mein Kleiner?«, fragte Carrick, während er das Kind hochhielt und es von oben bis unten prüfend musterte.

»Ich bin's, Onkel Rick«, erwiderte der Junge kichernd.

»Nein, nein, das kann nicht sein, dafür bist du viel zu groß.«

»Mami kocht mir manchmal Grünkohl zum Abendessen und sagt, dass er mich so stark wie Popeye macht.«

»Grünkohl? Also erstens müsste deine Mami sich besser informieren, denn was Popeye stark macht, ist nicht Grünkohl, sondern Spinat. Und zweitens sollte ich jetzt sofort das Jugendamt anrufen, weil das Verfüttern von Grünkohl nichts anderes als Kindesmisshandlung ist.« Er zog den Jungen wieder in die Arme und drückte ihn liebevoll an sich.

»Du hast völlig recht«, sagte Charlie, der an Carricks Seite trat und dem Kleinen durch die goldblonden Haare fuhr. »Dieser Junge hier kann unmöglich der kleine Darlow sein.«

»Ich bin es aber, Charlie«, entgegnete Darlow kichernd, und ich merkte gleich, wie ansteckend sein Lachen war.

Charlie blickte in meine Richtung, und in seinen Augen lag etwas, was mir sagte, dass mir etwas hätte auffallen müssen. Ich überlegte, doch ich wusste nicht, was er meinte.

Carrick setzte den Kleinen schließlich wieder ab und drehte ihn an den Schultern zu mir herum. »Das ist Nell. Sag ihr Guten Tag, Darlow.«

Der Kleine schenkte mir ein etwas scheues Lächeln. »Hallo Nell«, sagte er mit hoher, schüchterner Stimme.

Für einen Moment verschlug es mir – hoffentlich von den anderen unbemerkt – den Atem, als ich Darlow in die Augen sah.

»Braver Junge.« Carrick klopfte ihm auf die Schulter.

»Freut mich, dich kennenzulernen, Darlow.« Ich reichte ihm die Hand.

Der Junge blickte auf meine ausgestreckte Rechte, errötete vor Verlegenheit, drückte sein Gesicht an Carricks Bein und legte die pummeligen Arme um dessen mageren Oberschenkel.

»Du bist so berechenbar, mein Junge. Kaum siehst du ein hübsches Mädchen, wirst du verlegen«, scherzte Carrick, während er den kichernden Jungen hochhob und ihn sich über die Schulter warf. »Du darfst einer Dame gegenüber nicht respektlos sein, indem du ihr nicht einmal die Hand gibst. Würdest du bitte die Tür öffnen, Orlagh? Denn leider wird uns nichts anderes übrig bleiben, als diesen jungen Mann hier ins Meer zu werfen.«

Darlow begann zu kreischen und zugleich zu lachen, während er wild mit den Beinen strampelte, um heruntergelassen zu werden.

Doch Carrick hielt an seinem Scherz fest. »Tut mir leid, mein Junge, aber leider geht's nicht anders.«

Während die beiden ihr lärmendes Spiel fortsetzten, ging ich zu Charlie hinüber und flüsterte: »Jetzt verstehe ich, was du mit ›Ironie‹ meintest.«

Carrick und Orlagh hatten sich scheiden lassen, weil er im Gegensatz zu ihr keine Kinder gewollt hatte. Deshalb hatte sie wieder geheiratet und diesmal einen Mann, der sich das Gleiche wünschte wie sie, und so hatte Orlagh ein Kind zur Welt gebracht. Ich blickte wieder zu dem kleinen Jungen hinüber, der inzwischen auf den Beinen stand und mit großen, glücklichen Augen um uns herumwuselte. Sie waren blau, seine Augen, blau wie Amethyste.

Der stahlgraue Himmel schien sich bis in die Ewigkeit zu erstrecken. Ich hatte mich auf einem Fleckchen trockenen Grases niedergelassen und blickte auf den Ozean hinaus, der ebenso endlos schien wie der Himmel. Charlie saß neben mir, die Beine ausgestreckt und die Arme aufgestützt gegen den unbarmherzigen Wind, der auch mich bis zum Ermüden peitschte.

Ein paar tausend Kilometer entfernt, in einer geraden Linie hinter diesem weiten, endlosen Meer, lagen Kanada, die Vereinigten Staaten und Südamerika – alles Orte, die ich schon immer hatte kennenlernen wollen. Aber bisher war ich noch nicht in der Lage dazu gewesen, dorthin zu fliegen. Das Gute an meinem halb einsiedlerischen Leben mit Ned war, dass es nicht viel kostete, und daher hatte ich eigentlich das Geld, um zu reisen und um mir etwas von der Welt anzuschauen. Doch mit wem sollte ich auf Reisen gehen? Ned würde mich zwar begleiten, aber er hatte all das schon einmal gesehen. Und ich hatte immer das Gefühl, dass es etwas Trauriges hatte, etwas mit Leuten zu unternehmen, die schon alles erlebt hatten. Es war die irrationale Angst, etwas zu verpassen, die einen noch trauriger machte und die dazu führte, dass man sich ausgeschlossen fühlte.

Joel hatte das Sofa, das schon den Abdruck seines Sitzfleischs trug, nie verlassen wollen, Mama war immer zu beschäftigt, um mehr als einen kurzen Ausflug zu unternehmen, und ich war nicht selbstbewusst genug, um allein zu reisen. Ich wäre ein Nervenbündel, wenn ich mich plötzlich in einer geschäftigen Metropole wie New York City wiederfände. Ich war zwar nicht gerade ein Landei, befürchtete jedoch, dass ich in der Vorstadt von Birmingham nicht das nötige Knowhow erlernt hatte, damit es in irgendeiner Gasse in der Großstadt kein böses Ende mit mir nehmen würde.

Ich wandte mich von der Aussicht ab und drehte mich zu Charlie um, der mit ungewohnt ernster und besorgter Miene, die ich so bei ihm noch nie gesehen hatte, auf das Meer hinausstarrte.

Unwillkürlich fragte ich mich, ob er schon einmal etwas von all dem unternommen hatte, was ich mir so sehr wünschte: in kristallklaren Ozeanen zu tauchen, durch Nationalparks zu wandern und Sehenswürdigkeiten zu Gesicht zu bekommen, die ich bisher nur aus dem Fernsehen kannte und nie wirklich als ganz real akzeptiert hatte. Würde er mein Partner bei diesen Abenteuern sein, oder würden sie für ihn bloß Wiederholungen von anderen Abenteuern sein, die er schon *mit ihr* erlebt hatte?

Ich zog mein Handy aus der Tasche, um zu sehen, wie spät es war. Wir hatten noch etwa eine Stunde Zeit, bevor wir zurückkehren mussten, um, wie versprochen, bei den Vorbereitungen für das Abendessen zu helfen. Es würde mir verdammt schwerfallen, mich von dieser Aussicht loszureißen.

Nach einer Rundfahrt über die Insel auf Steve hatten wir an den Überresten eines sogenannten Martello-Turms an den Klippen haltgemacht. Diese einstigen Signaltürme waren Befestigungen, die das britische Empire zwischen 1796 und 1814 zur Zeit der Napoleonischen Kriege zum Schutz der Inseln errichtet hatte, erklärte Charlie mir. Heute war der Turm allerdings nur noch ein Haufen alter Steine, von dessen ursprünglicher Struktur höchstens noch ein Meter übrig war.

Hier hatten wir uns hingesetzt und seitdem nicht mehr von der Stelle bewegt.

»Wo ist ihr Ehemann?«, fragte ich laut genug, um über den Wind hinweg gehört zu werden.

Charlie wandte sich mit seinem etwas leeren Blick von der Aussicht ab. »Donal arbeitet in Dublin, deshalb ist er nie sehr lange hier.«

»Weiß er eigentlich, dass Darlow Carricks Sohn ist?«

»Er hat es noch nie angesprochen. Es ist allerdings nicht schwer zu erraten, wenn der Beweis dir praktisch in die Augen springt.« Charlie seufzte. »Hinzu kommt auch noch, dass der Name Darlow wörtlich übersetzt ›geheime Liebe‹ bedeutet, sodass es also so ziemlich das offensichtlichste Geheimnis der Welt ist.«

»Aber warum verlässt sie Donal dann nicht und kehrt zurück zu Carrick?«

»Weil sie dann den Leuchtturm und das Hotel verlieren würde – und wohl auch, weil Carrick im Gegensatz zu Donal ein schwieriger und nicht leicht zu liebender Mensch ist.«

»Ist Donal denn wenigstens ein netter Mann?«, fragte ich.

»Oh ja, das ist er zweifellos. Auf jeden Fall hat er nicht verdient, was sich da hinter seinem Rücken abspielt.«

»Die Umarmung an der Tür hat mehr als deutlich gemacht, dass Carrick heute Nacht nicht in einem der Hotelzimmer schlafen wird.«

»Genau. Das ist mir auch klar. Ich habe die beiden gebeten, vorsichtig zu sein. Eines Tages wird Darlow mit irgendetwas rausplatzen und die beiden gewollt oder ungewollt verraten. Doch ich schätze, wenn ich an ihrer Stelle wäre und dies die einzige Möglichkeit wäre, mit dem Menschen zusammen zu sein, den ich liebe, würde ich wahrscheinlich genau das Gleiche tun.«

Plötzlich verspürte ich wieder dieses nagende, unangenehme Gefühl in der Magengegend, das ich vorher nicht genau hatte bestimmen können.

Deprimiert das grünäugige Monster dich mal wieder? Ach, du arme Nelly, hörte ich Abis Stimme irgendwo hinter mir, reagierte diesmal allerdings nicht darauf, ja, ich zuckte nicht mal mit der Wimper. Ich hatte gewusst, dass sie kommen würde. Wann immer sie in meiner Nähe war, breitete sich dieses unangenehme Gefühl in meinem Magen aus, diese tief sitzende, irrationale Eifersucht und dieses Gefühl der Minderwertigkeit, alles ausgelöst von der Frau, die Charlie einmal geliebt hatte und noch immer liebte. Ich war eifersüchtig auf alles, was sie je zusammen getan hatten und wir nie tun würden.

Wahrscheinlich gab es in jeder Ecke seiner Heimatstadt und in jedem Winkel Birminghams Erinnerungen an sie, und jede Bank war vermutlich schon einmal Zeugin eines zärtlichen Kusses oder eines nächtlichen Disputs gewesen. Jeder in Westport kannte Charlie als Abis Charlie, nicht als Nells Charlie, woran sich wohl auch niemals etwas ändern würde.

Es ist nicht seine Schuld, hörte ich Abis Stimme wieder, diesmal näher und so laut, als hätte sie die Lippen an mein Ohr gepresst. *Ich bin eben nur ziemlich schwer zu vergessen.*

Ich schluckte mühsam und zwang mich aufzustehen. »Wir sollten uns jetzt wahrscheinlich besser auf den Weg machen, wenn wir noch bei der Zubereitung des Abendessens helfen wollen.«

Charlie blickte noch einmal auf das Meer hinaus und stand dann seufzend auf. »Tja, da hast du wohl leider recht, Nell.«

Als wir zu Steve zurückgingen, war ich für einen Moment versucht, Charlie zu fragen, wie er sich bezüglich des morgigen Tages fühlte, aber dann ließ ich es doch lieber sein. Morgen war ein Tag der Trauer, der Tag, den er in den letzten zwei Jahren so gefürchtet hatte, und ich musste nicht auch noch dazu beitragen, seinen Schmerz schon heute einsetzen zu lassen.

Zurück im Leuchtturm, trafen wir Carrick in der Küche beim Teigausrollen an, während Orlagh mit etwas köstlich Duftendem in einer Pfanne auf dem Herd beschäftigt war.

Sobald wir hereinkamen, beauftragte sie uns damit, Sahne

steif zu schlagen und Erdbeeren für den schon fertigen Biskuitkuchen zu putzen und zurechtzuschneiden.

»Die anderen Gäste müssten bald zurück sein. Sie haben nur einen Ausflug zur Abtei gemacht«, erzählte sie, während sie eine mit Teig ausgelegte Pastetenform mit dem Inhalt ihrer Pfanne füllte.

Mir lief das Wasser im Mund zusammen, als ich den Duft wahrnahm.

»Es gibt hier also auch eine Abtei?«, fragte ich.

»Ja, aber nur eine sehr kleine«, antwortete Carrick. »Erinnerst du dich an die Piratenkönigin, von der ich dir auf dem Weg in die Stadt erzählt habe?«

Ich nickte.

»Sie ist dort begraben, und ihr Schloss liegt unten am Hafen. Charlie kann es dir zeigen, bevor wir morgen abreisen.«

Das Geräusch von Stimmen in der Diele veranlasste uns, uns umzudrehen, und Orlagh verwandelte sich von der flirtenden Köchin in eine charmante Gastgeberin. Nachdem sie sich schnell die Hände an einem grün-weiß karierten Geschirrtuch abgewischt hatte, ging sie zur Tür, wo sie und die Gäste einen gedämpften Gruß austauschten. Als sie zurückkam, brachte sie die beiden mit hinein.

Dicht hinter ihr trat eine Frau ein, deren braunes Haar vom Wind zerzaust war. Sie warf Carrick ein strahlendes Lächeln zu.

»Die beiden Herren sind mein lieber Freund Carrick und sein Neffe …«

»Charlie!«, rief die Fremde und stürzte entzückt zu ihm hinüber, um ihn in die Arme zu schließen.

Er erwiderte die Umarmung steif, das Messer, mit dem er die Erdbeeren geschnitten hatte, noch immer in der Hand. Er klopfte ihr verlegen auf die Schulter, bis sie ihn losließ und zurücktrat.

»Wie zum Teufel geht es dir?«

»Ganz gut. Es ist lange her«, erwiderte er mit einer Stimme, die ganz fremd in meinen Ohren klang. »Bist du wegen der Gedenkfeier hier?«

Sie nickte und blickte dann sichtlich verwirrt von Charlie zu mir herüber. »Entschuldigung – wie unhöflich von mir! Wer ist denn diese junge Dame?«, erkundigte sie sich.

»Nell«, antwortete Charlie.

»Hi Nell. Ich bin Una.«

Una. Wo hatte ich diesen Namen schon einmal gehört? Und war es nicht der Anflug eines Birminghamer Akzents, den ich bei ihr heraushörte?

»Warst du auch eine Freundin von Abi?«, wollte Una wissen.

»Nein, sie hat Abi nicht gekannt«, sagte Charlie, bevor ich selbst antworten konnte.

Es hätte mich geärgert, dass er mich nicht zu Wort kommen ließ, wenn ich nicht wüsste, dass er damit nur eine andere Antwort zu verhindern versuchte. Ich hatte schon oft genug sinnloses Geschwätz von mir gegeben, um zu merken, wenn jemand mich davon abzuhalten versuchte.

»Sind die Mädchen hier?«

Una verdrehte die Augen und grinste übers ganze Gesicht. »Sie sind bei meinen Eltern«, sagte sie, wobei ihre verkniffenen Lippen erahnen ließen, dass noch mehr dahintersteckte. »Wir dachten, wir verschwinden lieber noch einmal allein, solange wir noch können«, sagte sie und legte eine Hand auf ihren Bauch.

»Du bist … Schon wieder?«, fragte er.

Sie nickte. »Und es sind auch wieder Zwillinge! Könnt ihr euch das vorstellen?«

»Nein«, gab Charlie mit ausdrucksloser Stimme zurück.

»Oh«, antwortete Una unsicher, bevor sie sich ihm noch mal zuwandte. »Jamie wird sich so sehr freuen, dich zu sehen! Sie schaute sich um und rief: »Jamie! Guck mal, wer hier ist!«

Jetzt auch noch Jamie! Woher kannte ich diese Namen? Wieso wusste ich …

Als Jamie eintrat, fiel es mir schlagartig wieder ein. Jamie war Charlies ehemaliger Freund, der ihn in jener Nacht praktisch gezwungen hatte, mit ihm auszugehen, und Una war Jamies Frau, die im Raucherbereich eines Nachtclubs von ihm betrogen worden war.

Ich sah, wie ungehalten Charlie reagierte und wie seine Hände sich um das Messer in seiner Hand schlossen, dessen Klinge von den Erdbeeren noch immer wässrig rot gefärbt war. Ich konnte nur hoffen, dass dieser Farbton in den nächsten paar Sekunden nicht noch dunkler werden würde.

Jamie war groß und breitschultrig, und ihm war anzusehen, dass er betrunken war, so nachlässig, wie ihm das Hemd aus der Hose hing. Unter seinen Klamotten sah er vermutlich aus wie Chris Pratt, nur eben in einer ekligen, untreuen, lüsternen, abscheulichen Version. Sein Haar war blond, und er trug es glatt zurückgekämmt, obwohl der Wind sein Bestes getan hatte, um es in Unordnung zu bringen, und er kam mit einem süffisanten Lächeln herein, als weidete er sich an Charlies offensichtlichem Unbehagen.

»Wir haben ein paarmal versucht, dich zu erreichen, aber es schien, als wärst du von der Landkarte verschwunden. Dünn bist du auch geworden«, bemerkte Una und musterte Charlie von oben bis unten, während Jamie zu ihr trat, den Arm um ihre Schultern legte und sie auf das Haar küsste.

»Es ist schon eine Weile her.« Jamie hielt Charlie die Hand hin.

Für einen schrecklich angespannten Moment dachte ich, dass Charlie sich abwenden würde. Aber er tat es nicht, und ich atmete erleichtert aus, als die beiden einen Händedruck tauschten und Jamies Finger über die feinen Narben auf Charlies Knöcheln strichen. Diese Narben waren in derselben Nacht entstanden, die der Grund für all dieses Unbehagen war. Wusste Una Bescheid? Hatte ihr Mann ihr den Seitensprung gebeichtet, und hatte sie ihm verziehen? Oder war das Mädchen aus dem Club nur eines von vielen gewesen, über die nie gesprochen werden würde?

»Mir kommt's gar nicht so lange vor«, erwiderte Charlie, während er Jamie fest und mit einem mehr als verächtlichen Blick in die Augen sah.

»Ich glaube, wir sollten uns jetzt besser umziehen und vor allem diese schlammbedeckten Stiefel loswerden«, warf Una ein, um die angespannte Atmosphäre aufzulockern.

»Das Abendessen ist bald fertig«, sagte Orlagh.

»Wunderbar!« Una ergriff Jamies Hand und führte ihn zur Tür zurück.

»Schön, dich endlich mal zu sehen, Charlie«, sagte Jamie mit schmalen Augen. »Wir haben dich letztes Jahr und das davor nämlich vermisst.« Nach einem letzten vielsagenden Grinsen drehte er sich endlich um und ging.

Sofort nahm ich Charlie das Messer aus den vor Wut zitternden Fingern, legte es auf die Arbeitsfläche und ergriff dann wieder seine Hand. »Komm, lass uns ein bisschen frische Luft schnappen«, sagte ich und führte ihn zu der Hintertür, von der ich annahm, dass sie in den Garten hinausging.

Wenn ich mir die angeschlagenen Liebesgeschichten aller am Tisch Versammelten so ansah, kam ich nicht umhin zu denken, dass die Liebe und das Leben oft zwei unvereinbare Dinge waren. Den kleinen Darlow betraf das zwar vorerst noch nicht, doch ich war mir sicher, dass auch er in etwa vierzehn Jahren unserer Liste der zum Scheitern verurteilten Liebesbeziehungen eine weitere hinzufügen würde.

Die Liebe war der Disney-Film der Emotionen, die zärtlichen Küsse und Tänze bei Sonnenuntergang und das plötzliche Verdunkeln der Leinwand nach dem unvermeidlichen Happy End. Aber es gab kein glückliches Miteinander bis ans Lebensende, sondern höchstens dann und wann ein bisschen Glück. Liebe konnte nicht ewig halten, weil sie durch schlechte Entscheidungen, mangelnde Vereinbarkeit, Egoismus, Gier oder letztlich durch den Tod ausgelöscht wurde.

Zwischen Joel und mir war sie leidenschaftlich, aber vergänglich gewesen, und wenn ich heute zurückblickte, hatte sich schon damals irgendetwas nicht ganz richtig angefühlt. Es war wie eine Art Geschwür gewesen, das wuchs und wuchs, bis unsere Liebe davon überwältigt wurde und sich nach und nach in Hass verwandelte.

Abi mochte gestorben sein, doch Charlie liebte sie noch immer, genau wie Carrick, Kenna und unzählige andere Menschen in der Stadt, die wir auf einem Motorrad namens Steve für eine Zeit lang hinter uns gelassen hatten. Aber wenn Charlie starb, dann starb auch seine Liebe. Was die Frage aufwarf: Lohnte es sich überhaupt zu lieben?

Klar, eine gewisse Zeit machte es dich glücklich, gab deinen Tagen einen Sinn und dir die Möglichkeit, jemandem nach einem schlechten Arbeitstag etwas vorzujammern. Aber irgendwann würde diese Liebe jemandem Schmerz zufügen, wenn sie es nicht bereits getan hatte. Denn selbst die größte Liebe hatte schon immer irgendjemanden verletzt. Alle sprechen von Romeo und Julia, doch was war mit dem Grafen Paris, dem Edelmann aus Verona, der um Julias Hand angehalten hatte, obwohl sie ihn nicht ausstehen konnte? Verschwendet noch irgendwer einen Gedanken an diesen Mann, der im Nu vergessen war, als ein anderer Julias Interesse geweckt hatte?

Ich wusste, dass Charlie etwas für mich empfand, aber was genau? Und selbst wenn es Liebe war – wie ließe sie sich mit der Liebe vergleichen, die er für seine verstorbene Frau fühlte? Würde er die Liebe, die er möglicherweise für mich empfand, immer als irgendwie mangelhaft wahrnehmen, ohne genau sagen zu können, warum sein Herz nie so schnell schlug und seine Handflächen nie so feucht wurden wie früher, wenn er Abis Hand gehalten hatte?

Charlie aß schweigend seine Pastete, während Carrick uns mit einer Geschichte aus der Zeit unterhielt, in der er und Orlagh noch verheiratet gewesen waren.

Wie konnte es sein, dass ich eifersüchtig auf Abi war? Auf jemanden, dem ich nie begegnet war und auch niemals begegnen würde. Auf eine Frau, die keine Gefahr für mich darstellte, weil sie längst tot und begraben war? Aber auch die Toten spukten oft noch in den Köpfen der Lebenden herum.

Selbst das widerlichste Subjekt auf dieser Welt konnte seinen letzten Atemzug tun, und es würde trotzdem noch jemanden geben, der den Satz sprach, den man bei allen Beerdigungen zu hören bekam: »Er wurde von vielen Menschen geschätzt und wird von allen vermisst werden, die ihn kannten.« Doch so war es keineswegs, weil der Verstorbene in Wahrheit eine Ratte mit Kleinwüchsigkeits-Komplex gewesen war, der jedem, der ihn gekannt hatte, nichts als Hass eingeflößt hatte. Und kaum war er verstorben, wurde er auf das Podest gesetzt, das einem nur der Tod verleihen konnte.

Ich wollte damit natürlich nicht sagen, dass Abi kein netter Mensch gewesen war. Schließlich war ich ihr nie begegnet und konnte es daher auch nicht wissen. Aber ihr Tod hatte sie quasi zu einer Heiligen gemacht und auf göttliche Ebenen erhoben, die ich zu Lebzeiten nicht einmal im Traum würde erreichen können ...

Kapitel 21

Irgendwann nach dem Abendessen saß ich mit Charlie auf dem Sims des eigentlichen Leuchtturmteils des Hotels, trank einen Schluck von dem mitgebrachten Whisky und lauschte dem Rauschen der Wellen in der Ferne. Unwillkürlich schaute ich in den Abgrund hinunter, und fast drehte sich mir der Magen um, denn ich konnte nicht einmal den nachtschwarzen Boden tief unter uns ausmachen. Als ich dann jedoch meine Unterschenkel sah, die zwischen den Gitterstäben des Geländers herabbaumelten, regte sich ein bisschen Stolz über diesen kleinen Sieg in mir, auch wenn mir wegen des fehlenden festen Bodens unter den Füßen nach wie vor ein bisschen übel war.

»Zwillinge!«, rief Charlie plötzlich mit emotionsgeladener Stimme, in der vor allem eine leise Wut mitschwang. »Und dann auch noch gleich zweimal!«

»Ich weiß«, erwiderte ich seufzend. »Aber wer braucht schon so viele Kinder? Sobald sie auf der Welt sind, wird der Vater unter permanentem Schlafmangel leiden und ständig mit irgendeiner Art von Körperflüssigkeit bedeckt sein … Ist das wirklich das, was du dir vom Leben wünschst?«

Charlie nahm einen Schluck aus der Flasche Bourbon, die

er sich auf dem Weg durch die Küche geschnappt hatte. Er hatte versprochen, sie zu ersetzen, bevor Donal zurückkam.

»Nein, eigentlich nicht. Oder jedenfalls nicht gleich vier rotznäsige, ständig klebrige Kleinkinder auf einmal. Aber eins wäre schon schön.«

Der Wind war hier weniger heftig als unten auf den Klippen, doch immer noch kalt und stark genug, um meine Kleidung zu durchdringen und mir eine Gänsehaut zu machen.

»Ich frage mich nur, was zum Teufel ich falsch mache«, fuhr Charlie fort, »wenn ein Typ wie Jamie auch noch dafür belohnt wird, dass er ein komplettes Arschloch ist.«

»Du machst gar nichts falsch. Aber das Leben ist nun mal nicht fair.«

»Da hast du verdammt recht, denn das ist es wirklich nicht. Er hat Una, Kinder, ein beneidenswert schönes Haus und einen tollen Job. Und was habe ich? Einen Scheißdreck habe ich, sonst nichts!«

Diese letzte Bemerkung tat ein bisschen weh. Du hast immerhin mich, dachte ich.

»Was reizt dich eigentlich so an Türmen?«, fragte ich, um das Thema zu wechseln, und merkte, dass mein Mund noch immer von dem Whisky brannte.

»Ich bin nun mal gern hoch oben«, antwortete er. »Wie Katzen, aber natürlich nicht wie Magnus. Der ist ein kompletter Blödmann.«

»Hey!«, rief ich. »An Magnus ist nichts auszusetzen. Er ist bloß ein sehr guter Menschenkenner, weiter nichts.«

»Autsch. Jetzt verletzt du mich, Nell Coleman!«

Dennoch konnte ich spüren, wie er sich immer mehr entspannte, je weiter sich das Gespräch von Jamie entfernte.

»Wie fühlst du dich, wenn du an morgen denkst?«

»Ich versuche, *nicht* daran zu denken«, erwiderte er und nahm einen weiteren Schluck aus der Flasche, bevor er sie an mich weiterreichte. Das Glas war noch warm von seiner Hand. »Doch die Wahrheit ist, dass ich eine Scheißangst vor der Begegnung mit Siobhan habe. Bei ihr könnte ich mir vorstellen, dass sie mir auf der Stelle das Fell über die Ohren zieht.«

»Keine Bange, Charlie, Carrick und ich werden dich beschützen«, versicherte ich, obwohl ich nicht einmal halb so zuversichtlich war, wie ich mich anhörte.

»Ha! Ich glaube, da meinst du dich und nur dich, Nell. Carrick wird bestimmt kein Blut auf seinen hübschen grünen Anzug bekommen wollen.«

Ich lachte leise und nahm einen Schluck aus der Whiskyflasche.

»Warum sollte Siobhan dir denn etwas antun wollen?«

Charlie schwieg einen Moment, bevor er antwortete.

Ich trank noch einmal aus der Flasche und gab sie ihm dann zurück.

»Als es passiert ist, habe ich völlig dichtgemacht. Ich habe niemanden angerufen, um es zu erzählen, sondern lag nur wie gelähmt auf dem Sofa und habe meine ganze Energie darauf verwandt, den nächsten Atemzug zu tun. Dann bekam ich eines Tages einen Anruf des Gerichtsmediziners. Er fragte, was wir mit der Leiche vorhätten.« Charlie schüttelte den Kopf, wie um die Erinnerung daran abzuschütteln. »Da ich nicht darüber reden, ja nicht einmal daran denken konnte, dass Abi als ›die Leiche‹ bezeichnet wurde, gab ich dem Mann nur Siobhans Nummer und informierte ihn, dass sie sich um Abis Rückführung nach Irland und ihre Beerdigung kümmern würde.« Charlie presste sich eine Hand an die Schläfe. »Diese Frau hat vom Tod ihrer Tochter durch einen Anruf des Gerichtsmediziners erfahren – zwei Wochen nachdem es passiert war! Der Mann hat sie gefragt, wohin er Abis Leiche schicken sollte.«

»Wow«, murmelte ich und versuchte, mir meine Meinung zu diesem Thema nicht anmerken zu lassen. »Dann ist das also der Grund, warum sie alle so wütend auf dich sind?«

Er nickte. »Das und die Tatsache, dass ich weder zur Beerdigung noch zu ihrem ersten Jahresgedächtnis gekommen bin. Sie glauben, die Reise nach Irland sei mir einfach zu lästig gewesen, aber so war es absolut nicht.«

»Wenn du dabei gewesen wärst, hättest du dir eingestehen müssen, dass Abi wirklich tot ist und du absolut nichts mehr daran ändern kannst. Das war der wahre Grund, nicht?«

Charlie nickte. »Und das ist genau das, was ich morgen tun muss«, sagte er mit versagender Stimme und einem zittrigen Atemzug, der jähe Tränen auslöste. Sie liefen ihm über das Gesicht, sammelten sich in seinen Bartstoppeln und blieben dort wie Tautropfen auf Grashalmen sitzen. Dann schürzte er die Lippen und stieß einen Atemzug aus, mit dem er sich selbst zu beruhigen versuchte.

»Was ist eigentlich passiert, als du das erste Mal auf den Uhrenturm gestiegen bist?«, hakte ich leise nach.

Er warf mir einen Blick zu, und ich konnte sehen, dass sein Gesicht im Schein des fast vollen Mondes ganz unnatürlich bleich geworden war. Nach einem tiefen, unsicheren Atemzug starrte er wieder in die Dunkelheit hinaus.

»Das Leben war plötzlich sehr viel schwieriger geworden als zuvor. Allein schon das Atmen wurde zu einem bewussten Gedanken und war nichts mehr, was ganz automatisch irgendwo im Hintergrund ablief. Ich bekam Panikattacken, wenn ich zu lange zu Hause war, und konnte mich nicht einmal mehr dazu durchringen, das Bett im Schlafzimmer auch nur anzusehen, ganz zu schweigen davon, mich hineinzulegen. Ich ertrug aber auch den Gedanken nicht, bei Freunden zu übernachten, weil ich ihnen dann hätte erzählen müssen, was geschehen war. Stattdessen habe ich einige kalte Nächte auf Bänken in der Stadt verbracht. Einmal hat mir ein Mann ein Sandwich gegeben und einen Zehner daruntergelegt, während ich auf einer Bank geschlafen habe. Als ich aufgewacht bin, hab ich einem Obdachlosen das Essen und das Geld gegeben.« Er holte tief Luft, als wollte er Kraft für seinen nächsten Satz sammeln, rieb sich den Nacken und fuhr fort: »Etwa einen Monat nach Abis Tod fasste ich einen Entschluss. Ich ließ meinen Ersatzschlüssel an einem Ort, wo Mrs. Finney, meine Vermieterin, ihn finden würde, und schob ihr einen Zettel unter der Tür hindurch, um ihr mitzuteilen, dass ich eine Zeit lang nicht zu Hause sein würde. Ich bat sie, während meiner Abwesenheit auf Magnus aufzupassen, ihm ab und zu etwas Gesellschaft zu leisten und ihn zu versorgen. Dann schrieb ich einen Brief an meine Familie, legte ihn auf den Couchtisch und machte mich auf den Weg zum Uhrenturm. Ich saß vier Stunden lang auf diesem Sims, bis mir so kalt war, dass ich das Gefühl hatte, auf der Stelle zu erstarren. Ich glaube nicht, dass ich sterben wollte. Ich wünschte mir einfach nur, dass das alles aufhörte. Ich wollte nicht mehr jeden Morgen erwachen und diesen Bruchteil einer Sekunde erleben, in dem ich mich nicht an das erinnern konnte, was passiert war – bevor die Realität einsetzte und mir wieder bewusst wurde, dass Abi nicht mehr war und ich etwas hätte tun können, um ihren Tod zu verhindern.«

»Du darfst dir nicht die Schuld daran geben, dass sie gestorben ist, Charlie. Niemand weiß, ob du sie hättest retten können, selbst wenn du schon früher nach ihr gesehen hättest.«

Ich wollte die Hand ausstrecken, um tröstend die seine zu ergreifen. Doch ich wusste nicht, ob ihm das in diesem Moment recht war. Und so legte ich meine Hand auf mein Knie, damit er sie nehmen konnte, falls er es wollte.

»Aber ich hab mir die Schuld daran gegeben und gebe sie mir noch immer«, sagte er leise, und wieder rannen Tränen über seine Wangen. »Da stand ich also auf dem Sims des Uhrenturms, mein Herzschlag donnerte mir in den Ohren. Ich war plötzlich total verängstigt, und nach ein, zwei Sekunden ließ ich mich mit dem Rücken gegen die Wand fallen, glitt an der Wand hinunter, rollte mich auf dem Boden vor dem Zifferblatt zusammen und weinte Gott weiß wie lange wie ein kleines Baby.«

»Weinen macht dich nicht zu einem kleinen Baby, Charlie«, warf ich ein. »Warum hat ein erwachsener Mensch wohl Tränenkanäle, wenn er sie nicht benutzen soll?«

Ohne darauf einzugehen, holte er wieder tief Luft und fuhr fort: »Und dann sah ich diesen Aufkleber an der Wand, rief die Nummer darauf an und landete bei Ned. Wir haben über eine Stunde lang miteinander gesprochen, und er hat mir geraten, mit meinem Onkel zu telefonieren.«

Ich verspürte eine Welle der Panik in der Brust bei dem Gedanken, dass Charlie dort gewesen war, so dicht am Abgrund und so kurz davor, keinen Fuß mehr in mein Leben zu setzen.

»Und warum hast du so lange bis zum zweiten Versuch gewartet?«, fragte ich und versuchte, die Panik niederzuringen.

Es war noch gar nicht so lange her, dass Charlie erneut dort oben auf dem Turm gewesen war, ein zweites Mal bereit zu springen. Da war seine Verzweiflung nicht schwächer gewesen als beim ersten Mal.

Er räusperte sich, während sich ein paar weitere Tränen in seinen dichten dunklen Wimpern sammelten. »Ich habe auf Ned gehört und Carrick angerufen. Als ich ihm erzählt habe, was ich vorhatte, kam er sofort zu mir und lebte einen Monat lang bei mir in meiner Wohnung, um meine Selbstmordtendenzen zu beobachten. Er schlief auf der Couch und ich auf einem ausklappbaren Futon auf dem Boden. Ich verbot ihm unter Androhung der Todesstrafe, meinen Eltern je zu erzählen, was ich vorgehabt hatte, und er versprach, es nicht zu tun. Seine Bedingung war, dass ich versuchen sollte, ein Jahr zu überstehen, was ich dann auch tat. Am Ende dieses Jahres bat er mich, es noch ein weiteres Jahr zu versuchen. Er sagte, ich sollte eine Stunde, einen Tag, ein Jahr nach dem anderen überstehen, bis das Atmen leichter werde. Und so entwickelte ich eine Art Routine, die mir half, mein Versprechen Carrick gegenüber einzuhalten. Nach dem ersten Jahr stellte ich fest, dass ich ganze dreihundertfünfundsechzig Tage ohne Abi überlebt hatte, auch wenn es mir am Anfang völlig unmöglich erschienen war. Deshalb stimmte ich einem weiteren Jahr zu und merkte, dass ich es aushalten und weiterleben konnte, wenn es nicht gerade allzu sehr wehtat oder unerträglich wurde.«

»Und was ist passiert zwischen ›aushalten und weiterleben können‹ und dem Abend, an dem du mich angerufen hast?«, fragte ich.

Charlie beugte sich ein wenig vor und blickte auf das zum Hof abfallende Gelände herab. Wir waren hier zwar nicht so hoch oben wie auf dem Uhrenturm, aber das Wissen um diese

Höhe verursachte mir trotzdem ein sehr ungutes Gefühl im Magen.

»Es war etwas so Belangloses, dass es sich geradezu dumm anhört, wenn ich es laut ausspreche.« Charlie schluckte. »Ich war bei der Arbeit bei ALDI und räumte die Fladenbrote ein, als jemand, mit dem ich bei einigen Shows zusammengearbeitet hatte, mich gesehen hat und zu mir herübergekommen ist, um Hallo zu sagen. Wir waren damals gute Freunde gewesen, ja sogar ein paarmal mit Abi und der Frau des Kollegen – June – zusammen ausgegangen. Er arbeitete gerade bei *Shrek The Musical* und hatte danach einen Job bei *Cats* in Aussicht. All das erzählte er mir, während ich neben einem Korb mit reduziertem Brot stand, das noch ausgezeichnet werden musste. Und dann fragt er mich, wie es Abi geht, und aus irgendeinem Grund antworte ich, es ginge ihr gut und ich würde ihn sehr bald anrufen, um mal wieder zusammen was zu unternehmen.« Charlie schwieg einen Moment. »Nach der Arbeit bin ich nach Hause gegangen, und irgendetwas hatte sich geändert. Plötzlich erschien mir alles trostlos, weil meine Karriere am Ende war und ich soeben eine Verabredung vorgeschlagen hatte, die nie stattfinden konnte, weil Abi nicht mehr lebte. Mir war, als hätte ich tausend Schritte zurückgemacht. Das Atmen fiel mir plötzlich unsagbar schwer. Trotzdem fühlte ich mich beim zweiten Mal mit alldem irgendwie im Reinen. Ich hatte Carrick die Zeit gegeben, um die er mich gebeten hatte, und konnte daher wieder zu meinem ursprünglichen Plan zurückkehren. Deshalb kündigte ich meinen Job, regelte wieder die Sache mit dem Kater und kaufte mir eine gute Flasche Whisky, was ich schon immer hatte tun wollen, mir aber finanziell nicht hatte leisten können. Dann machte ich mich auf den Weg zum Uhrenturm. Unterwegs hat mich jedoch der Mut verlassen, und deswegen hab ich mir in einem Café eine Tasse Tee geholt und mich für ein paar Minuten dorthin gesetzt.« Wieder richtete sich sein Blick auf mich, und ich konnte die Tränen in seinen Augen glitzern sehen. »Und dann kamst du.« Endlich griff er nach meiner Hand, und ich zögerte nicht, die seine fest zu umfassen. »Aber natürlich konnte mein Kopf mir keine Ruhe lassen«, fügte er spöttisch hinzu. »Ich begann, mich schuldig zu fühlen, weil noch keine zwei Jahre seit Abis Tod vergangen waren und ich mit einer Frau in einem Café saß und mit ihr flirtete.«

»Weiterzuleben muss dir keine Schuldgefühle einflößen«, entgegnete ich. »Irgendwann wirst du dir erlauben müssen, wieder glücklich zu sein. Ich weiß, dass es sicherlich sehr schwer sein wird, doch du kannst nicht ewig trauern.«

Er drückte meine Hand noch ein bisschen fester und blinzelte die letzten Tränen weg. »Vermutlich hast du recht. Und ich habe langsam auch wirklich das Gefühl, als könnte ich es schaffen.«

Das Geräusch der gegen die Klippen schlagenden Wellen in der Dunkelheit tief unter uns brachte mich auf eine Frage. »Und was war es, das deine Meinung geändert hat an dem Tag, als wir uns in dem Café begegnet sind?«

»Die Fröhlichkeit, die du ausgestrahlt hast«, erwiderte er. »Sie ist dir buchstäblich aus dem Gesicht gesprungen.«

»Ich habe nicht das Gefühl, dass es im Moment aus mir herausbricht.«

»So ist es aber! Und du kannst gar nichts dagegen tun. Ich weiß, dass dein Job nicht einfach und dieser Joel ein Volltrottel ist, doch trotz allem hast du fast immer ein Lächeln im Gesicht. Als du im Café neben mir gesessen hast, hast du mich etwas von deiner Fröhlichkeit spüren lassen, allein durch deine Nähe habe ich etwas davon aufgesogen.« Er legte eine Hand an mein Gesicht, und während seine Finger sich um mein Kinn schlossen, strich er mit dem Daumen die Konturen meiner Lippen nach.

Ich hatte so lange kein echtes Glück mehr empfunden, dass es mich geradezu schockierte, als ich endlich etwas davon spürte. Ich konnte es fühlen, obwohl es nicht mein Gefühl war, und dachte, wenn ich noch fähig war, ein solches Glück zu verspüren, könnte es das nächste Mal, wenn es geschah, vielleicht tatsächlich *mein* Glück sein.

Kapitel 22

Am nächsten Morgen war ich mit einem schweren Kopf erwacht und hatte mich kaum noch daran erinnern können, wo ich war. Da mir jedoch zumindest noch vage bewusst war, dass unsere Fähre um acht Uhr ablegen würde, hatte ich mich aus den warmen Decken geschält und meine Sachen zusammengepackt.

Am Frühstückstisch hatte ich Charlie vorgefunden, der vor einem Teller Cornflakes saß und sie lustlos mit dem Löffel in der Milch herumschob. Ich hatte ihn mit einer erzwungenen Fröhlichkeit begrüßt, die ich angesichts meiner zunehmenden Kopfschmerzen und der allgemeinen Tristesse, die den Raum erfüllte, absolut nicht empfand. Aber heute musste ich für Charlie da sein und dafür sorgen, dass alles so erträglich wie nur möglich für ihn war. Er hatte aufgeblickt, doch nur einen tief aus der Kehle kommenden Laut ausgestoßen und sich dann wieder seiner Schüssel zugewandt.

Darlow und Orlagh hatten uns zu den Docks begleitet und winkten uns zum Abschied zu, nachdem Carrick sich nur widerwillig von ihnen verabschiedet hatte. Die Art, wie er neben ihnen stehen geblieben war, und seine ganz ungewohnt gedämpfte Stimmung, als sie aus unserem Blickfeld verschwunden waren, machten deutlich, dass er viel lieber bei der Frau geblieben wäre, die er liebte, und dem Sohn, dem er nie ein richtiger Vater würde sein können.

Auf dem Weg zum Festland hatte ich versucht, Konversation zu machen, aber es war mehr als offensichtlich gewesen, dass niemand von uns reden wollte. Charlie und ich waren noch verkatert von dem Whisky, den wir oben auf dem Leuchtturm getrunken hatten, und die Angst vor dem Tag, der uns erwartete, lähmte uns allen die Zunge.

Ich war schon fast erleichtert, als wir das Festland erreichten und auf Charlies altes Motorrad stiegen. Es nahm immerhin den Druck von uns, die Stille mit ein paar dahingeworfenen Worten ausfüllen zu müssen.

Schließlich rasten wir auf Steve über die kurvenreichen Straßen nach Westport und zu Carricks Haus zurück. Froh, einen Vorwand dafür zu haben, hielt ich Charlie die ganze Zeit über mit beiden Armen fest umklammert und zwang mich, mir keine Gedanken über den Tag zu machen, der vor uns lag.

Die Zimmertür flog auf, als ich unter ungeschickten Verrenkungen die Druckknöpfe meines Bodys gerade ziemlich unsanft schloss. Erschrocken schrie ich auf und drehte mich zur Tür um, in der Carrick stand. Er sah mich mit verwirrter Miene an. Schnell warf ich mein Kleid über und räusperte mich ein bisschen verlegen.

»Ich werde gar nicht erst fragen, was zum Teufel du da gerade gemacht hast«, sagte er und schüttelte den Kopf. »Bist du so weit?« Er öffnete die Tür ein bisschen weiter, woraufhin das Licht aus dem Fenster hinter mir auf seinen neuen Anzug fiel.

»Ach du … Wow!«, murmelte ich und blinzelte, während meine Augen sich an den Angriff auf meine Hornhäute gewöhnten.

Carrick hatte seinen dreiteiligen hellgrünen Anzug mit einem purpurroten Hemd kombiniert. Die türkisfarben gerahmte Sonnenbrille, die er dazu trug, sollte Carrick wahrscheinlich vor dem Erblinden schützen, solange er dieses grelle, mehr als extravagante Outfit trug.

»Selber wow, Nell – du siehst fantastisch aus!«, sagte er, während er mit ausgebreiteten Armen ins Zimmer spazierte.

»Danke. Aber du hast nicht zufällig eine Strickjacke für mich, oder? Nur, um das hier zu verdecken.« Ich drehte mich um, um ihm mein Tattoo zu zeigen.

»Also wirklich, Nell!« Er legte mir die Hände auf die Schultern und hielt mich auf Armeslänge von sich. »Glaubst du im Ernst, irgendjemand würde dich anschauen, wenn *ich* neben dir stehe?«

»Da ist was dran«, erwiderte ich lachend.

Er ließ mich los, und ich wandte mich wieder dem Spiegel zu und betrachtete den Knoten, zu dem ich mein Haar aufgesteckt hatte. Mit geschürzten Lippen dachte ich kurz nach, bevor ich entschlossen das Gummiband herauszog und mein langes Haar ausschüttelte, bis sogar die Tätowierung darunter verschwand. Das würde genügen müssen. Zufrieden griff ich nach meinem Handy, steckte es in meinen BH und folgte Carrick aus dem Zimmer.

»Schau doch mal nach Charlie, ja?«, sagte er ein bisschen behutsamer als sonst. »Ich glaube, er könnte jetzt eine sanfte Stimme in seinem Ohr gebrauchen.«

Ich nickte und ging zu Charlies Zimmer hinüber. Heute war

ich seine ganz persönliche Cheerleaderin und Mutmacherin, seine Schulter zum Ausweinen oder was auch immer er sonst noch von mir brauchen mochte. Ich klopfte dreimal an, wartete einen Moment und öffnete die Tür.

Er saß in seinem schwarzen Anzug am Fußende des Bettes und hatte die Ellbogen auf die Knie gestützt, während seine Finger mit dem orangefarbenen Seeglasstück spielten, von dem ich wusste, wie viel es ihm bedeutete.

»Hey«, sagte ich, betrat den viel zu stillen Raum und ging zu ihm. »Bist du so weit?«

Er blickte nicht auf, aber ich konnte die glänzenden Überreste hastig weggewischter Tränen sehen.

»Ich glaube schon«, antwortete er, ließ das Seeglas in seine Brusttasche fallen und schaute mit geröteten Augen zu mir auf. »Wow! Du siehst bezaubernd aus!«

Ich strich mir die Haare hinters Ohr und blickte lächelnd auf meine Schuhe herab. Erst jetzt bemerkte ich, dass sie noch mit dem Kiesstaub der letzten Beerdigung, an der ich teilgenommen hatte, überzogen waren. Wessen Beerdigung war das gewesen? Die meines Onkels? Oder vielleicht die einer entfernten Tante, an deren Namen ich mich im Augenblick nicht erinnern konnte.

»Ich bin froh, dass du hier bist«, sagte Charlie. »Ohne dich würde ich es nicht schaffen.«

»Ich werde bei jedem Schritt an deiner Seite sein«, sagte ich, beugte mich dann vor und küsste ihn sanft auf die Wange. »Oh!«, platzte ich dann etwas zu laut heraus. »Jetzt hätte ich doch fast etwas vergessen. Bleib da stehen«, befahl ich mit erhobenem Zeigefinger und lief in mein Zimmer zurück. Ich durchwühlte meine Reisetasche, bis ich das Gesuchte fand, verbarg es hinter meinem Rücken und kehrte damit zu Charlie zurück. »Ich dachte, du könntest heute ein bisschen zusätzliche emotionale Unterstützung gebrauchen, und da dein Sorgerechtswochenende auch noch zufälligerweise auf den heutigen Tag fällt – voilà!« Ich streckte die Hand aus und hielt ihm George, den Wackelzombie, hin.

Charlies Gesicht verzog sich zu einem etwas widerstrebenden Lächeln, aber dann nahm er George und brachte mit einem Fingerschnippen den kleinen Kopf zum Wackeln.

»Wie du ja weißt, hat er eine Laktose-Intoleranz, also gib ihm bitte kein Eis, egal, wie sehr er bettelt, und um neun Uhr sollte er heute Abend im Bett sein. Ich werde nicht dulden, dass mein Zombiesohn zu einem nächtlichen Herumtreiber wird.«

»Du zweifelst doch wohl nicht an meiner Erziehungskompetenz?«, entgegnete Charlie schmunzelnd und ließ George in seine Tasche gleiten. Doch dann wurde er wieder ernst. »Egal, was du heute tust, Nell, lass mich bloß nicht zu viel weinen. Ich will mich nicht blamieren.«

»Wenn du weinen willst, Charlie, dann tu es, Herrgott noch mal!«, entgegnete ich kopfschüttelnd. »Ich werde dich bestimmt nicht daran hindern.« Ich strich mit den Händen über die Schultern seines Jacketts, nicht weil sie abgestaubt werden müssten oder so, sondern weil es etwas war, was ich in Filmen gesehen hatte. Dies war genau der richtige Zeitpunkt dafür, fand ich. »Was meinst du? Sollen wir es in Angriff nehmen?«

Kapitel 23

Die Kirche St. Mary's befand sich im Zentrum der Stadt, durch deren Mitte sich sogar ein kleiner Fluss schlängelte. Über das Wasser führten mehrere blumengesäumte Brücken, die von derart langsam dahinkriechenden Autos überquert wurden, als verfügten ihre Fahrer über alle Zeit der Welt.

Die Kirche selbst war ein leicht bedrohlich wirkendes Steingebäude mit einer großen Rosette aus Buntglas über dem Hauptportal. Von hier unten konnte ich jedoch weder den genauen Farbverlauf noch das Muster richtig erkennen, weil das dunkle Innere der Kirche die Schönheit des Buntglasfensters überhaupt nicht zur Geltung brachte.

Nicht lange, nachdem ich George in Charlies Obhut gegeben hatte, war Ava schon in heller Aufregung an Carricks Haustür aufgetaucht, weil sie befürchtet hatte, dass wir nicht rechtzeitig an der Kirche sein würden, um die ersten Gäste zu begrüßen. Eoin und sie hatten uns angeboten, uns in ihrem Wagen mitzunehmen, doch nachdem sie Carricks Anzug gesehen hatten, schienen sie mehr als froh gewesen zu sein, nicht zusammen mit uns einzutreffen.

Charlie hatte kein Wort mehr gesprochen, seit wir das Haus verlassen hatten, ganz abgesehen davon, dass Carricks nicht abreißender Redestrom auf unserem kurzen Fußweg in die Stadt ihm sowieso keine Gelegenheit dazu gegeben hätte. Ich wusste nicht, ob er so viel redete, weil er uns alle ablenken wollte, weil er nervös war oder weil er, wie auch ich manchmal, fand, dass es einfach zu viele Worte gab, die gesagt werden mussten.

Wir waren gerade mal ein paar Minuten unterwegs, als eine Gänsehaut meine Arme überzog. Carrick, der es bemerkte, nahm schnell seinen türkisfarbenen Schal ab und legte ihn mir um die Schultern. Ich zog ihn fest um mich und spürte sofort die seidige Wärme der Kaschmirwolle an meiner vor Kälte erstarrten Haut.

Als wir die Kirche erreichten, blieben wir vor der Tür stehen. Charlie begann, nervös gegen Steinchen zu kicken und zum Fluss hinüber- und wieder zurückzumarschieren, als wollte er seine Schrittzahl für den Tag erhöhen. Carrick, der derweil wie ein ungeduldiges Kind auf den Eingangsstufen hockte und in seinem schrillen Anzug wahrscheinlich bis ans andere Ende der Straße zu sehen war, fiel auf wie ein Prolet in Ascot.

Ava und Eoin waren schon vor uns eingetroffen, hielten aber genug Abstand, um nicht sofort mit uns und dem hellgrünen Papagei hinter mir in Verbindung gebracht zu werden.

Es dauerte nicht lange, bis es auf den Eingangsstufen der Kirche von Menschen wimmelte, deren Blicke unentwegt nach Charlie suchten, der zaudernd neben mir stand und nervös die Hände rang, als der unvermeidliche Moment unaufhaltsam näher rückte. Auch Agnes und Roisin trafen ein, diesmal mit schwarzen Kopftüchern anstelle von Regenhauben, und nickten mir zur Begrüßung zu. Una und Jamie waren noch nirgendwo zu sehen, und ich fragte mich ganz unwillkürlich, ob Jamie möglicherweise Bedenken hatte, seine Frau in die Nähe des Mannes zu lassen, der etwas wusste, das seine Ehe zerstören konnte.

»Oh, verdammt«, hörte ich Charlie vor sich hin murmeln und folgte seinem Blick zu den nächsten beiden sich nähernden Personen.

Eine der beiden Frauen war Kenna, die an ihrem Haarschopf schon aus der Ferne zu erkennen war, und die andere, so vermutete ich, war die Frau, der zu begegnen Charlie so große Angst hatte.

Sein ganzer Körper versteifte sich, und er drehte sich auf dem Absatz um. »Ich kann nicht«, sagte er mit gesenktem Kopf und der Stirn schon fast auf meiner Schulter.

»Natürlich kannst du!«, entgegnete ich entschieden, ohne den Blick von den Frauen abzuwenden. »Darum sind wir schließlich hier.«

Alle drehten sich um und schauten zu, als Kenna über den Bürgersteig auf uns zustolzierte, als befände sie sich auf einem Laufsteg. Ihre schwindelerregend hohen Plateauabsätze verhalfen ihr zu einer normalen Größe und betonten jeden Muskel unter der makellos hellen Haut an ihren Beinen. Ihr Kleid war hauteng und reichte ihr bis über die Knie, wo es sich zu einem jener Meerjungfrauenkleider erweiterte, in denen normale Menschen nur mühsam laufen können – im Gegensatz zu Kenna. Darüber hinaus schnürte es ihre geradezu lächerlich schmale Taille ein und hatte kurze Fledermausärmel, die ihr das Aussehen verliehen, als bräuchte sie nur noch eine schwarze Perücke und einen dicken schwarzen Eyeliner, um in die Rolle der Morticia Addams zu schlüpfen. Kennas Haar war dicht und üppig, und ihre Locken leuchteten an diesem Tag in einem kräftigen Orangerot und waren auf eine Art frisiert, auf die selbst Dolly

Parton stolz gewesen wäre. Zweifellos war Kenna es gewohnt, die Blicke aller auf sich zu ziehen, an denen sie vorbeiging.

Tatsächlich lenkte sie sogar mich so sehr ab, dass ich die Frau vollkommen vergaß, die sie begleitete und die sich auf den Weg zu Ava und Eoin machte, die dicht neben mir standen.

»Na, Sie sind aber hübsch! Sind Sie eine Freundin von Abigale?«, fragte die Frau, die keine andere als Siobhan sein konnte.

Die Gene der Murphy-Frauen schienen ebenso stark zu sein wie die der Stone-Männer. Siobhan hatte weiß gesträhntes rotes Haar, das mit dem Alter zwar stumpfer geworden war, aber immer noch einen Funken seiner einstigen Lebendigkeit erkennen ließ. Ihre braunen Augen und die mit Sommersprossen bedeckte Nase waren denen ihrer Tochter zum Verwechseln ähnlich.

»Nein, ich habe sie leider nicht gekannt. Ich heiße Nell«, sagte ich mit unsicherer Stimme.

»Und ich bin Siobhan und freue mich, Sie kennenzulernen«, antwortete sie und reichte mir die Hand.

Der tiefe Schmerz in ihren Augen machte jedoch deutlich, dass die freundliche Begrüßung und das höfliche Lächeln nur vorgetäuscht waren. In ihrem Inneren war diese Frau wie ausgehöhlt.

Ich hörte, wie Charlies Füße über den Boden schlurften, als wollte er sich aus dem Staub machen, aber er konnte nirgends hin, da er buchstäblich zwischen mir, Carrick und Siobhan eingeklemmt war. Seine einzige andere Möglichkeit wäre, direkt gegen die Steinmauer der Kirche zu rennen und sich dabei wahrscheinlich umzubringen, was ich ihm im Moment jedoch nicht zutrauen würde. Charlie *musste* mit Siobhan reden. Daran führte kein Weg vorbei, und so schluckte ich und biss in den sprichwörtlichen sauren Apfel.

»Ich bin eine Freundin von Charlie«, erwiderte ich, drehte mich zu ihm um und zwang ihn gewissermaßen, sich an dem Gespräch zu beteiligen.

Als er Siobhan mit kindlicher Angst ansah, konnte ich die erstickten, abgehackten Atemzüge hören, die er von sich gab. Dann folgte ein Moment, in dem alle buchstäblich den Atem anhielten. Ich bemerkte, wie Ava mit großen Augen zu uns herüberblickte und ignorierte, was auch immer Kenna gerade zu ihr sagte. Es war fast unerträglich, darauf zu warten, dass etwas geschah. Währenddessen verstrichen die Sekunden quälend langsam.

»Siobhan. Ich freue mich, dich wiederzusehen«, sagte Charlie mit stockender Stimme, die so gar nicht wie die seine klang.

Nach scheinbar minutenlangem stummem Anstarren war ich bereit, alles zu tun – ihn anzuschreien, ihm eine Ohrfeige zu verpassen, einen Mord zu begehen –, einfach alles, um diese schier unerträgliche Spannung zu lösen.

Aber blaue Augen starrten nur wortlos in braune, bis Siobhan schließlich die Stille brach, indem sie so laut ausatmete, dass ihr zittriger Atem pfeifend ihrer Nase entwich. Dann erhob sie langsam die Hand …

Schlag ihn, er hat's verdient, dachte ich und machte mich darauf gefasst, dass Charlie ein zweites Mal angegriffen wurde. Doch zu meiner Überraschung glitt ihre Hand nur bis zu seiner Schulter, wo sie sie sanft ablegte.

Sie biss sich auf die zitternde Unterlippe. »Du hast dir ganz schön Zeit gelassen, um zu mir zu kommen«, sagte sie in einem Ton, der ihre äußere Stärke Lügen strafte.

Charlie schüttelte den Kopf, und Tränen traten ihm in die Augen, als er murmelte: »Es tut mir leid.«

»Na, na, na. Nicht weinen, bitte«, erwiderte sie, um ein Lächeln bemüht. »Ich bin nur froh, dass du es nun endlich geschafft hast.«

Ohne ein weiteres Wort ließ Charlie sich in ihre Arme fallen wie ein erschöpftes Kind, und sie legte ihm ihre schmale, von dunklen Adern durchzogene Hand beruhigend auf den Hinterkopf. Ich konnte sehen, wie Charlies Schultern bebten, und wusste, dass er weinte, obwohl er genau das hatte vermeiden wollen.

Auch Siobhan liefen Tränen über das Gesicht, doch ihre Augen schienen sich inzwischen so sehr daran gewöhnt zu haben, dass sie ganz und gar mit alldem im Reinen zu sein schien. Vermutlich waren Siobhan und Charlie – neben Kenna – die einzigen beiden Menschen, die die Trauer des anderen auch nur annähernd verstehen konnten.

Es dauerte einen Moment, bis Charlie zurücktrat und ich Eoins verlegenen Gesichtsausdruck bemerkte, als sein Sohn sich die Tränenspuren von den Wangen wischte.

»Und jetzt reiß dich zusammen, Junge! Ich will bei keinem von euch mehr Tränen sehen. Ist das klar?«, sagte Siobhan, obwohl auch ihre Stimme noch immer zitterte. Dennoch war sie sehr entschieden. Sie strich Charlie mit ihrer knochigen Hand wie einem Kind das Haar glatt. »So, und nun zu diesem Mädchen hier.« Sie nickte in meine Richtung, aber noch immer, ohne den Blick von Charlies abzuwenden.

Mein Herz schlug schneller.

»Ist sie deine Freundin?«, fragte sie ganz unverblümt, worauf ich mich nervös nach den Reaktionen der Umstehenden umsah.

»Tja … ähm … ich weiß nicht … Wir haben noch nicht …«, stammelte er und wandte sich mir Hilfe suchend zu, obwohl ich genauso ratlos war wie er. »Ich weiß es nicht«, wiederholte er schließlich.

Siobhan lächelte verständnisvoll und wandte sich mir mit ausgestreckten Händen zu. Und natürlich legte ich meine Hand in ihre, weil ich Angst vor dem hatte, was passieren könnte, wenn ich es nicht tat.

Sie drückte meine Finger mit einer Kraft, die mich überraschte. »Na, Sie sind ja wirklich reizend, Kindchen.«

Da ich jedoch weder wusste, ob eine Antwort von mir erwartet wurde, noch, was ich sagen sollte, schwieg ich nur bescheiden.

»Du musst sie mitbringen, Charlie, wenn du mich mal wieder besuchst«, fuhr sie dann traurig lächelnd fort. Sie nahm eine ihrer Hände von meiner, um Charlies zu ergreifen, als wären wir Kinder, die von ihrer Mutter in die Schule gebracht wurden. »Nun kommt schon«, drängte sie und führte uns die steinernen Stufen zur Kirchentür hinauf. »Wir wollen uns doch einen guten Platz in der ersten Reihe sichern. Und was in Jesu Namen hast du da eigentlich an, Carrick Stone?«

Drinnen bestand die Kirche hauptsächlich aus hohen Decken und polierten Marmorsäulen. Das von außen so trist wirkende Buntglasfenster brach innen in rote, blaue und gelbe Segmente auf. Von dieser Seite gab es so viel mehr Leben in dem Glas als von außen. Aber wahrscheinlich ist das bei den meisten Dingen so, dachte ich. Die Art und Weise, wie man etwas betrachtet, macht den Unterschied aus. Noch mehr Buntglas in Lila- und Blautönen säumte die Wände, und der Altar stand stolz an der Stirnseite der Kirche, reich verziert und in Gold- und Rottönen schimmernd.

Es war ein eigenartiges Gefühl, ganz vorne in der ersten

Kirchenbank zu sitzen. Ich hatte Abi nicht einmal gekannt und dachte, dass sie sich wahrscheinlich im Grab umdrehen würde, falls sie mich in demselben Gebäude sah, in dem jetzt gleich die Erinnerung an sie gefeiert werden würde.

Aber Charlie wollte mich dabeihaben, und ich wäre nicht die engagierteste Beraterin der Welt, wenn ich jetzt die Flucht ergreifen würde, wie ich es am liebsten täte.

Charlie saß zwischen mir und Siobhan, die während des gesamten Gottesdienstes seine Hand hielt.

Es war schon fast zwei Uhr nachmittags, als Charlie endlich aufhörte, mit Leuten Konversation zu machen, die er seit Jahren nicht mehr gesehen hatte. Mit zusammengebissenen Zähnen hatte er deren Beileidsbekundungen entgegengenommen. Um Jamie machte er allerdings einen großen Bogen. Er redete mit den anderen Leuten, als wäre er nicht schon wieder den Tränen nahe und als hätte ihm der Gedenkgottesdienst nicht das Gefühl gegeben, sterben zu müssen.

Ich schlenderte zum Fluss hinunter und lehnte mich dort an die Mauer. Das Wasser plätscherte langsam an mir vorbei, und das Geräusch war beruhigend nach einer Stunde voller Gespräche, Gebete und Musik. Kurz schloss ich die Augen.

Das hat dir wohl gefallen, was?

Oh Mist, verdammter, nicht *sie* schon wieder!

Doch als ich die Augen öffnete, war sie da, saß mit über der Brust verschränkten Armen auf der Mauer und beobachtete die sich auflösende Menge.

»Nicht so, wie du es zu vermuten scheinst«, erwiderte ich ruhig.

Na ja, meine Mutter mag dich offenbar. Vielleicht kannst du sie ja um der alten Zeiten willen zu eurer Hochzeit einladen ...

»Warum bist du so gemein zu mir?«, entgegnete ich.

Frag nicht mich, meine Liebe, ich bin nur das Produkt deines Gehirns.

»Ich will weder, dass er dich vergisst, noch, dass er dich ersetzt, und ich glaube, das weißt auch du.«

Wenn du es weißt, weiß ich es ebenfalls. Ich bin in deinem Kopf, oder hast du das bereits vergessen?

Sie lächelte mich an, und zu meinem Erstaunen lag sogar ein Anflug von Zuneigung darin.

»Ich will nur, dass Charlie glücklich ist«, erwiderte ich und schloss die Augen erneut, während ich die frische Frühlingsluft tief einatmete.

Kurz darauf hörte ich leichtfüßige Schritte hinter mir, und als ich die Augen wieder öffnete, war Abi fort.

»Mit wem sprichst du?«

Ich drehte mich um und sah, dass Charlie sich neben mich an die von Blumen überwucherte Mauer lehnte.

»Mit niemandem außer mir selbst«, antwortete ich, was im Grunde nicht einmal eine Lüge war. »Und wie geht's jetzt weiter?«, fragte ich, um ihn abzulenken.

»Sie gehen nun alle zum Aughaval, doch ich dachte, wir könnten schon mal zu Siobhans Haus zurückgehen, und ich könnte dir auf dem Weg ein paar hübsche Orte in der Stadt zeigen.«

»Aughaval?«, entgegnete ich, ohne auf seine Frage einzugehen.

Charley nickte. »So heißt der Friedhof hier.«

»Solltest du dann nicht besser mit den anderen dorthin gehen?«, gab ich stirnrunzelnd zurück.

Er seufzte nur und starrte ins Wasser vor uns. »Ich weiß nicht, ob ich das kann.«

Daraufhin schaute ich mich schnell um und vergewisserte mich, dass uns niemand beobachtete. Erst dann nahm ich seine Hand und drückte sie beruhigend.

»Bist du nicht deshalb hergekommen? Um mit alldem abzuschließen und dein Leben fortsetzen zu können?«

»Ich *habe* damit abgeschlossen. Es ist ja nicht so, als machte ich mir Illusionen, dass sie noch lebt! Ich will bloß nicht das Stück Gras über ihren Knochen sehen.«

»Nein, das ist es nicht. Es ist ihre letzte Ruhestätte. Es ist der Ort, an dem sie für den Rest der Zeit sein wird, und ich denke, das musst du mit deinen eigenen Augen sehen. Ich weiß, dass du sie gesehen hast, nachdem es passiert war, doch damals standest du sehr stark unter Schock, Charlie. Dein Gehirn hat die Tatsache, dass sie nie wieder zurückkommen wird, wahrscheinlich noch immer nicht verarbeitet, ich meine, *wirklich* verarbeitet. Ich denke, dass du ihr Grab mit eigenen Augen *sehen* musst, bevor du richtig weiterleben kannst.«

Er wandte sich vom Wasser ab und blickte mich an. »Ich verstehe, was du meinst, und ich weiß auch, dass du recht hast, Nell. Aber ich glaube trotzdem nicht, dass ich dort hingehen kann.«

»Natürlich kannst du das.« Carrick war ganz unvermutet hinter uns aufgetaucht. »Und nun komm schon, du Feigling! Du darfst sogar neben mir in der Limo sitzen. Hoffentlich ist es eine von den langen mit Champagner und Disco-Lichtern.«

»Na klar. Ich habe sogar gehört, dass sie für Beerdigungen grundsätzlich die mit Stripperstangen vermieten«, spöttelte Charlie und verdrehte die Augen.

»Na prima!« Carrick grinste. »Ich wollte sowieso mal wieder an meiner Technik arbeiten. An meinem Feuerwehrmann-Spin muss ich definitiv noch etwas feilen.«

Einen Moment lang starrten wir ihn beide an, und in unseren Köpfen spielten sich schaurige Szenarien ab, bevor ich mich wieder Charlie zuwandte und Carricks unangebrachte Bemerkung ignorierte.

»Oder wie wäre es damit?«, schlug ich vor. »Du steigst mit Carrick ins Auto, Charlie, und wenn du dich dazu in der Lage fühlst, steigst du aus und stellst dich eine Weile auf den Friedhof. Und wenn dir das gelingt und es nicht allzu schlimm ist, kannst du vielleicht sogar zu Abis Grab hinübergehen. Was hältst du davon?«

Einen Moment dachte er nach, und sein Körper war so angespannt, als wollte er jeden Moment die Flucht ergreifen. Aber Charlie war auch vernünftig genug, um zu wissen, dass Abis Grab zu sehen der eigentliche Grund war, aus dem wir hergekommen waren.

»Na schön«, antwortete er schließlich widerstrebend.

»Siehst du, was für ein kluges Mädchen sie ist?«, bemerkte Carrick, bevor er sich bei seinem Neffen unterhakte und ihn sanft in Richtung Auto zog. »Viel zu klug für dich.«

»Möchtest du auch mitkommen?«, fragte Charlie mich.

Ich schüttelte den Kopf. »Nein, ich finde, das ist etwas, bei dem du mich nicht brauchst.«

Er wirkte besorgt. »Was willst du dann so lange machen?«

»Sie kann mich begleiten«, schlug Kenna vor, die hinter Carrick auftauchte und neben mir stehen blieb. »Ich gehe nämlich auch nicht mit. Ich halte es dort nicht aus«, fügte sie erschaudernd hinzu. »Kommst du mit mir nach Hause, Nell? Zu Fuß?«

»Gern. Wir sehen uns dann später«, sagte ich zu Charlie, während Carrick sich abmühte, ihn in Richtung Auto zu bugsieren. »Ich komme auch gut allein zurecht.«

»Prima«, sagte Kenna grinsend. »Dann kannst du mir helfen, die Cocktailwürstchen anzurichten.«

Daraufhin drehte ich mich zurück zu Charlie und zuckte mit den Schultern. »Wie könnte ich ein Angebot wie dieses ablehnen?«

Der Gedanke, mit Kenna allein zu sein, war weitaus erschreckender als die Tatsache, tatsächlich mit ihr allein zu sein.

»Und nun erzähl doch mal, was du da drüben machst! In Birmingham, meine ich«, sagte sie, als wir durch die Stadt spazierten, Brücken überquerten und an bunt bemalten Geschäften vorbeigingen.

»Ich bin so eine Art Therapeutin bei einer telefonischen Beratungsstelle für psychisch Kranke.«

»Im Ernst? Was für ein prima Job!«

»Und was machst du?«

Wir bogen nach links in ein etwas gepflegteres Stadtteil ab.

»Ach, ein bisschen was von allem. Ab und an arbeite ich als Model in Dublin und manchmal auch drüben in London, und ich teile mir mit ein paar anderen Mädels eine Wohnung mit Ausblick auf den Liffey.«

Kennas Englisch war kultivierter als Charlies und ihre Stimme so sanft und wohltuend, dass mir der Gedanke kam, sie könnte ihre wahre Berufung als Sprecherin von Hörbüchern verfehlt haben.

»Beeindruckend.« Ich versuchte, mich nicht wieder von ihr

einschüchtern zu lassen. »Und für wen oder welche Firma modelst du?«

»Im Prinzip für jeden, der mich haben will«, antwortete sie seufzend. »Vor allem viel für Schuhfirmen, weil ich wirklich schöne Füße habe. Meistens also Schuhzeug, aber mein Fuß und mein Unterschenkel sind auch auf diesen Blasenpflastern zu sehen, die in der lila Schachtel sind.«

»Wie interessant«, sagte ich mit einem Blick auf ihre monströs hochhackigen Schuhe mit ebenso monströsen Spitzen.

Soweit ich ihre Füße sehen konnte, waren sie wirklich schön. Ich war mir nur nicht sicher, in welchem Zustand sie sich befinden würden, wenn wir zum Haus zurückkehrt wären, das noch kilometerweit entfernt zu sein schien.

Meine Schuhe hatten zwar nicht annähernd so hohe Absätze wie Kennas, aber sie waren dennoch höher, als meine armen Füße es gewohnt waren.

»Ich habe auch privat für eine Kundin gemodelt. Sie wollte allerdings nur Bilder von meinen Füßen, die in Dingen wie Kuchen und Pudding standen …«

»Ach du liebe Güte! Und was wollte sie denn damit?«

»Manchmal fragt man besser gar nicht erst«, gab sie zurück, worauf wir beide kicherten.

»Und du bist jetzt also mit Charlie zusammen?«, fragte sie nach einer kurzen Pause.

»Tja, um ehrlich zu sein, habe ich keine Ahnung, ob ja oder nein«, antwortete ich, da ich nicht wusste, wie ich mit ihr darüber reden sollte.

»Charlie Stone ist ein sehr anständiger und netter Mann. Klar, manchmal ist er auch der größte Trottel dieser Welt, doch er ist ein guter Mensch.«

Ich blickte auf meine Schuhspitzen hinunter und lächelte.

»Und was ist mit dir?«, entgegnete ich, um das Thema möglichst schnell zu wechseln. »Wahrscheinlich musst du Scharen von Männern abwehren, die eine Schwäche für schöne Füße haben, was?«

Sie lachte und schwenkte lässig die Arme hin und her. »Schon möglich, aber sie interessieren mich nicht. Oder Männer überhaupt, wenn ich ehrlich sein soll. Ich habe eine … Freundin in London. Sie heißt Naomi, doch noch ist es nichts Ernstes zwischen uns …«

Abrupt wandte sie sich nach rechts und ging eine Auffahrt hinauf zu einer großen blauen Haustür unter einem mit Glyzinien überwucherten Vordach. Das Blau erinnerte mich an das von Charlies Wohnungstür in Birmingham und weckte in mir die Frage, ob Abi sie vielleicht als Erinnerung an ihr Zuhause so gestrichen hatte.

»Ich möchte nur, dass du weißt«, sagte ich, als sie die Tür aufstieß, »dass unsere … Annäherung nicht leicht für Charlie gewesen ist. Und sie ist es auch nach wie vor nicht.«

Kenna lächelte mich an. Wieder fiel mir auf, wie schön ihre Lippen und die sanften braunen Augen geformt waren.

»Vergiss nicht, dass es Charlie Stone ist, von dem wir hier reden. Bei ihm ist gar nichts einfach. Und jetzt komm, denn diese Cocktailwürstchen werden sich nicht von selbst mit Ketchup dekorieren.«

Kapitel 24

Ich setzte mich auf eine kleine Steintreppe, schaute in Siobhans großen Garten hinunter, der inzwischen perfekt gepflegt war, und stellte mir dabei die jüngeren Versionen von Abi und Charlie vor, wie sie es sich dort nach ihrem ersten Versuch, den Dschungel zu zähmen, im Gras bequem gemacht hatten. Wie hätten sie damals schon wissen können, welche Auswirkungen sie auf das Leben des jeweils anderen haben würden? Ich glaubte nicht, dass es Konfetti regnete oder dass Blaskapellen spielten, wenn die Menschen, die einmal die wichtigsten für dich sein würden, plötzlich in dein Leben traten …

Ich stellte mein halb leeres Glas Prosecco auf der niedrigen Mauer neben mir ab und fragte mich, wie lange Charlie und Carrick wohl noch brauchen würden. Langsam wurde ich ungeduldig, sagte mir aber immer wieder, dass Charlie Zeit brauchte für das, was er tun musste.

Du warst in der Stadt und hast nicht mal bei uns vorbeigeschaut, um Hallo zu sagen.

Ich seufzte hinter vorgehaltener Hand und sah Abi plötzlich ganz lässig neben mir auf den Stufen sitzen und in gespielter Enttäuschung den Kopf schütteln.

»Bist du wirklich hier?«, fragte ich und wandte mich ihr zu, um ihr prüfend ins Gesicht zu schauen. Ich sah sie genauso klar und deutlich wie die Treppenstufen unter ihr. »Oder leide ich unter irgendeiner Art Psychose in Bezug auf dich?«

Ich weiß nicht, wovon du sprichst.

»Natürlich weißt du das! Schließlich lebst du quasi in meinem Kopf. Also sag mir, ob ich wirklich mit dir rede oder ob ich allmählich den Verstand verliere!«

Abi stieß laut den Atem durch die Nase aus und blickte in den weitläufigen Garten vor uns.

Wer weiß das schon? Das Einzige, bei dem ich mir sicher bin, ist, dass die Leute dich komisch ansehen, wenn du mit mir redest.

Dann hörte ich plötzlich das Geklapper von Geschirr und drehte mich zum Küchenfenster um, an dem ich Siobhan und Kenna an der Spüle stehen sah. Das Gesicht an die Schulter ihrer Tochter gedrückt, weinte Siobhan so heftig, dass ihr ganzer Körper bebte.

»Die arme Frau«, flüsterte ich.

Immer der Trauernde, niemals der Leichnam, sagte Abi bedrückt. *Und Gott weiß, wie sehr sie wünscht, wir könnten die Plätze tauschen.*

»Wenn sie vom Friedhof zurück ist, kann das nur bedeuten, dass Charlie auch wieder hier ist«, erwiderte ich, und mein Herz machte einen kleinen Satz, als ich aufsprang.

Mit meinem Glas Prosecco in der Hand schritt ich auf das Haus zu und ließ den Blick suchend durch die Gästeschar gleiten.

Sag meinem Mann, dass ich seine Mühe zu schätzen weiß, rief Abi mir nach, woraufhin ich stehen blieb und mich noch einmal zu ihr umdrehte. Ihre Augen waren verschleiert von etwas, das wie Traurigkeit aussah. *Sag ihm, dass er es eines Tages schaffen wird, es loszulassen, und wenn er es tut, möchte ich es bei mir haben ...*

Ich runzelte die Stirn und fragte mich, was zum Teufel sie wohl damit meinte. Sie dürfte eigentlich keine Dinge sagen, die ich nicht verstand, da sie doch in meinem Kopf und eine beständige Manifestation meines instabilen Gewissens war!

Ohne ein weiteres Wort wandte ich mich um, betrat das Haus und nickte höflich den Leuten zu, die mich anlächelten und grüßten, doch leider war Charlie nicht unter ihnen.

So ging ich weiter, in die Küche, wo Siobhan und Kenna sich unter dem Vorwand, für die Gäste Tee zu kochen, ein bisschen Zeit für sich nahmen.

»Hi«, begrüßte ich sie nervös.

Siobhan drehte sich mit einem traurigen Lächeln und geröteten Augen zu mir um, und ich konnte sehen, dass ihre Wimpern noch immer nass von Tränen waren.

Ich öffnete schon den Mund, um die in solchen Momenten üblichen Fragen zu stellen, wie »Alles in Ordnung?« oder »Wie ist es gelaufen?«. Dann jedoch erschienen sie mir zu platt und unsensibel für diesen Augenblick, und so fragte ich stattdessen: »Sind Carrick und Charlie auch wieder zurück?«

»Nein, meine Liebe. Sie wollten lieber zu Fuß nach Hause kommen. Das dauert fast eine Stunde, also lass ihnen etwas Zeit«, antwortete Siobhan mit sanfter und von unterdrückter Emotion schwankender Stimme. »Möchtest du eine Tasse Tee?«

»Nein, danke.« Ich hielt mein Sektglas hoch.

»Lass mich das machen«, sagte Kenna und schenkte mir Prosecco nach.

Fast anderthalb Stunden vergingen, von denen jede einzelne Sekunde sich ewig dahinzog. Ich verbrachte die meiste Zeit am Fenster, trank nervös ein Glas Prosecco nach dem anderen und knabberte an gekühlten Samosas und dreieckigen Schinken-Sandwiches, als mir allmählich etwas schwindelig wurde.

Der Büfett-Tisch am vorderen Fenster war ein guter Platz, um auf Charlies und Carricks Rückkehr zu warten, der Nachteil daran war leider, dass ich andauernd von grauhaarigen, dickbäuchigen Männern, die etwa alle zwanzig Minuten an den Tisch zurückkehrten, um ihre Pappteller mit noch mehr Räucherlachs und Miniatur-Quiches zu füllen, in Small Talk verwickelt wurde.

Warum riechen eigentlich alle Büfett-Tische gleich – egal, ob man auf einer Beerdigung oder einem Kindergeburtstag ist? Nach dieser Mischung aus langsam muffig werdendem Brot, schon leicht ranziger Margarine und Zuckerguss …

Die Angst, dass Charlie etwas zugestoßen sein könnte – oder er selbst sich »zugestoßen« war –, hatte vor etwa einer Stunde eingesetzt, aber ich tröstete mich mit der Gewissheit, dass Carrick bei ihm war.

Ich zog das Handy aus meinem BH hervor und warf erneut einen Blick auf das Display: keine Textnachricht, keine Antwort auf die Nachricht, die ich Charlie geschickt hatte.

Ich räusperte mich frustriert und trank das letzte bisschen Prosecco, das noch in meinem Glas verblieben war. Dann schlenderte ich in Richtung Küche, wobei die Spitzen meiner Schuhe mit jeder Minute mehr in meine Zehen zwickten.

Ich war schon fast in der Küche angelangt, als ich eine vertraute und unverhohlen laute Stimme hörte. Ich drehte mich um und sah Carrick in der Mitte des Raumes stehen, mit leicht glasigem Blick und inmitten einer Gruppe von Leuten, die alle über etwas zu lachen schienen, das er gesagt hatte. Ich entdeckte auch Ava und Eoin in einer Ecke, die beide sehr verlegen aussahen, weil Carrick die ganze Aufmerksamkeit auf sich zog.

»Ihr zwei habt euch aber Zeit gelassen. Wo ist Charlie?«

»Keine Ahnung, ich bin gerade erst gekommen«, antwortete er.

»Was? Du warst nicht bei ihm?«, fragte ich, während mir das Herz in den Magen rutschte.

»Auf dem Friedhof schon, doch dann sind wir in die Stadt zurückgelaufen und zu *Matt Malloy's* gegangen. Dort haben wir einen Schluck von dem schwarzen Zeug getrunken, und ich habe ein Weilchen mit jemandem geplaudert. Charlie meinte, er würde sich schon mal auf den Heimweg machen.«

»Hier ist er aber nicht!«

»Ach, der wird schon kommen«, entgegnete Carrick flapsig, obwohl ich jetzt einen Anflug von Angst in seinen Augen sehen konnte, der eben noch nicht da gewesen war.

»Carrick, du weißt, wie ich ihn kennengelernt habe. Und du weißt auch, was er damals vorhatte«, sagte ich leise, weil so manch einer der Anwesenden die Ohren spitzte, um mitzuhören, vor allem Ava und Eoin.

»Natürlich. Doch so was würde er nicht tun. Nicht heute.« Seine Worte klangen jedoch, als versuchte er, sich selbst zu überzeugen.

»Du meinst, an dem Tag, an dem er Abis Grab zum ersten Mal besucht hat? An dem Tag, an dem er sich all dem stellen musste, vor dem er bisher davongelaufen ist? Also wirklich, Carrick – musstest du dir ausgerechnet *diesen* Tag aussuchen?!«

»Na, dann komm schon!«, erwiderte er, stellte sein Getränk

weg und ergriff mein Handgelenk, um mit mir zur Haustür zu marschieren. »Wir sind seit höchstens dreißig Minuten«, er warf einen Blick auf die Uhr an der Wand, »na ja, fünfunddreißig Minuten getrennt.«

»Das ist ein ziemlich großer Vorsprung.« Ich stellte mein leeres Glas auf einer Anrichte im Flur ab und ging in den Vorgarten hinaus.

Natürlich fielen mir draußen sofort all die hochgelegenen Orte ein, die ich auf meinem Spaziergang durch die Stadt gesehen hatte. Doch leider kannte ich mich nicht gut genug aus, um einzuschätzen, wo Charlie sein könnte.

Ich legte eine Hand an meine Stirn, deren Haut sich, von meiner Angst erwärmt, ganz heiß anfühlte.

»Wo würde er hingehen?«, fragte ich, während ich mit dem Daumen auf das Display meines Telefons drückte und Charlies Nummer wählte.

Auch Carrick, der mich eingeholt hatte, hielt sein Smartphone in der Hand.

»Keine Ahnung. Weißt du, wie du zurückkommst, wenn wir uns trennen?«

»Nein«, antwortete ich ärgerlich, als mein Anruf auf Charlies Mailbox landete. »Aber ich habe Google Maps.« Ich öffnete die App, stellte meinen aktuellen Standort als Zuhause ein und drehte mich erwartungsvoll zu Carrick um. »Wohin soll ich gehen?«

»Ähm … Am besten nimmst du diesen Weg«, er deutete hinter mich, »und ich gehe da lang. Ruf mich an, falls du ihn findest.«

»Okay. Du mich aber auch!«, antwortete ich, bevor ich loslief, so schnell ich es in diesen Schuhen konnte.

Ich gab mir die größte Mühe, nicht in Panik zu geraten, als ich durch die Straßen einer mir unbekannten Stadt lief, doch der Gedanke, dass Charlie wie vom Erdboden verschluckt und nicht mehr da war, trieb mir heiße Tränen in die Augen.

Der Himmel war mit dunklen, sturmgrauen Wolken bedeckt, und ich wusste, dass er in Kürze seinen Zorn auf mich herabschicken würde.

Zum sicher zehntausendsten Mal wählte ich Charlies Nummer und hielt mir das Telefon ans Ohr. Wieder nur die Mailbox! Ich stöhnte und tippte eine Textnachricht.

Charlie, bitte lass mich wissen, ob es dir gut geht! Ein einziges Wort genügt!

Dann schickte ich die Nachricht ab und wartete darauf, dass sich auf dem Display etwas veränderte. Aber es tat sich nichts.

Für einen Moment hielt ich inne, weil mir plötzlich ganz schwindlig war – von dem Prosecco und vor Angst. Halt suchend griff ich nach einer Mauer und sah, wie weiß meine Finger von dem Druck wurden, den ich auf sie ausübte.

Verzweifelt versuchte ich, Abi mit der Kraft meiner Gedanken herbeizurufen, um sie zu fragen, wohin Charlie gegangen war, doch sie erschien nicht. Ich verstand nicht, warum ich nun auch noch die Kontrolle über meine imaginäre Freundin verlor.

Und plötzlich ertönten die Xylophon-Klänge meines Handys-Klingeltons und schallten mir in den Ohren.

Mein Herz machte einen Sprung, als ich auf dem Display Charlies Namen sah. Ich hatte das Telefon so hektisch hervorgezogen, dass ich es mir fast auf die Nase geschlagen hätte.

Schnell nahm ich den Anruf an und presste das Handy ans Ohr. »Charlie! Dem Himmel sei Dank! Wo steckst du?«

»Hast du ihn schon gefunden, Nell?«

Mir sank das Herz, als ich erkannte, dass es Carricks Stimme war, die zu mir sprach.

»Nein. Aber wo hast du sein Telefon gefunden?«, fragte ich.

»Auf dem Tisch im Pub. Er muss es dort vergessen haben. Ich werde aber weitersuchen.«

Und schon war die Leitung tot, und ich konnte spüren, wie die Knie unter mir nachgaben. Schnell hockte ich mich hin und stützte mich mit der Stirn an der Mauer ab, um mich zu beruhigen. Noch nie zuvor hatte ich so große Angst, ein solch allumfassendes Grauen verspürt. Alles, wirklich alles stand hier auf dem Spiel. Und jetzt war über mir auch noch ein Grollen zu vernehmen, und der Himmel verdunkelte sich mehr und mehr, als spiegelte er meinen eigenen inneren Tumult wider. Auf den Zehenspitzen drehte ich mich um und lehnte mich mit dem Rücken an die Mauer hinter mir. Dann ergriff ich wieder mein Handy und tat, was ich immer tat, wenn ich Hilfe brauchte.

»Nell?«, hörte ich Neds Stimme durch das Telefon.

»Ned«, flüsterte ich. Während mir die Tränen die Wangen herunterliefen. »Ich brauche deine Hilfe.«

Ein dicker, kalter Regentropfen landete platschend auf meinem Knie, bevor der Himmel in Sekundenschnelle seine Schleusen vollends öffnete.

»Was ist denn los?« Neds Stimme nahm jetzt einen besorgten, väterlichen Ton an, und ich konnte hören, wie er aufstand, um sich auf eine der klassischen Ned-Sitzungen vorzubereiten, bei denen er auf und ab zu gehen pflegte.

»Wir können ihn nicht finden – Charlie, meine ich! Er ist

verschwunden und hat sein Telefon nicht bei sich. Ich habe wirklich Angst, dass er … dass er etwas angestellt hat.«

»Okay, Nell. Beruhige dich. In solchen Momenten neigt man dazu, das Schlimmste anzunehmen, aber nur weil ihr ihn nicht finden könnt, heißt das noch lange nicht, dass er … nun ja, dass er …«

»Tot ist?«, fragte ich, während mir die Sicht vor lauter Tränen und Regen verschwamm.

»Wo bist du jetzt gerade?«

»Ich habe keine Ahnung.« Suchend blickte ich mich um. Am Ende der Straße konnte ich sehen, dass die Gebäude immer weniger wurden und die Bucht sich zum offenen Meer öffnete. »Carrick und ich haben uns getrennt, um ihn zu suchen.«

»Okay, aber du bist nicht in der Verfassung, jetzt allein zu sein. Geh zurück zu Carrick, und sieh zu, dass du bei ihm bleibst.«

Meine Kleidung war bereits durchnässt, doch meine Angst hielt mich noch warm.

»Aber ich muss ihn finden!«, widersprach ich und zwang mich, wieder aufzustehen, um zum Ende der Straße zu gehen.

»Ich weiß, und das wirst du auch, doch im Moment mache ich mir mehr Sorgen um dich.«

Irgendetwas am Himmel gab nach, und der ganze Regen kam urplötzlich auf einen Schlag herab.

Ich stemmte mich hoch und lief zum Ende der Straße, um irgendwo Schutz vor diesen unerbittlichen Wassermassen zu suchen. Die aufgewühlten grauen Wolken färbten das Wasser der Bucht in dem gleichen zornigen Farbton. Ich ließ den Blick über die Szenerie vor mir schweifen und wurde auf eine Reihe von Bänken aufmerksam, von denen man auf das Meer hinaus-schauen konnte. Bis auf eine waren alle leer.

»Oh Gott«, sagte ich ins Telefon, während meine Füße wie auf dem Boden festgefroren waren. »Ich habe ihn gefunden.«

»Ist er okay, Nell?«

Ich antwortete nicht, sondern schaltete einfach mein Handy aus und rannte los. Ich schlängelte mich zwischen geparkten und fahrenden Autos hindurch. Hartes Pflaster wich aufge-weichtem Gras, als ich zu Charlie lief und meine Fersen fast im Schlamm versanken.

»Charlie!«, rief ich der regungslosen Gestalt zu, die auf-recht auf der Bank saß, aber meine Stimme drang kaum durch das Rauschen des Regens und der See. »Charlie!«

Als ich mich der Bank näherte, wurde ich langsamer, und mein Herz pochte so wild, als schickte es sich an, nun endgültig zu zerbrechen. Warum saß er so reglos im strömenden Regen?

Ich ging um die Bank herum und sah endlich sein Gesicht. »Charlie?«

Die Hand auf dem Knie, das orangefarbene Seeglas zwi-schen den Fingern eingeklemmt, sah er mich aus stark geröteten Augen an, die jedoch auch überrascht wirkten. »Was machst du hier?«, fragte er mit einer Stimme, die so geistesabwesend klang, als wäre er noch halb in den Gedanken versunken, die ihn gerade beschäftigt hatten. »Du wirst dir bei dem Wetter den Tod holen«, sagte er, stand auf und kam zu mir herüber.

Ich konnte sehen, wie er das orangefarbene Glasstück wie-der einsteckte, und dachte an Abis letzte Worte an mich.

Sag ihm, dass er es eines Tages schaffen wird, es loszulassen, und wenn er es tut, möchte ich es bei mir haben …

Hatte sie das Seeglas damit gemeint? Aber wie konnte das

sein? Zu dem Zeitpunkt war mir doch nicht einmal bewusst gewesen, dass Charlie es in der Absicht mitgenommen hatte, es ihr aufs Grab zu legen.

Seine Hände umfassten meine Schultern, doch ich stieß sie weg.

»Was zum Teufel tust du, Charlie?«

»Was habe ich denn getan?«

»Du lässt dein Handy irgendwo liegen und verschwindest, obwohl ich doch weiß, dass du dich schon zweimal fast von einem Gebäude gestürzt hättest!« Ich ertappte mich dabei, dass ich schon fast schrie, um das Prasseln des Regens zu übertönen.

Das Wasser der Bucht um uns herum kochte wie Quecksilber, und der Regen brachte eine neue Kälte mit sich, die jetzt tief in meine Knochen drang.

»Es tut mir leid, aber ich war einfach noch nicht in der Lage, zum Haus zurückzukehren. Ich brauchte mehr Zeit«, antwortete er.

An seiner Stimme konnte ich hören, wie leid es ihm tat.

Ich war jedoch immer noch von wütender Panik erfüllt, und die einzige Möglichkeit, sie zu überwinden, war, ihn anzuschreien. »Ich muss einfach wissen, dass du nicht zermatscht auf irgendeinem Bürgersteig oder total bedröhnt von irgendwelchen Pillen irgendwo in einer Gasse liegst! Du weißt, dass ich dich liebe! So einen Mist darfst du mir nicht antun!« Die Worte sprudelten nur so aus mir hervor, ohne dass mein Gehirn den kleinsten Anteil daran hatte.

Ich kniff die Augen zu, um den Regen loszuwerden, und bevor ich sie wieder öffnen konnte, spürte ich, wie Charlie mich in seine Arme zog. Sofort schmiegte ich mich an ihn, passte mich der Form seines Körpers an und genoss alles, was ich vor einer

Minute noch verloren geglaubt hatte. Seine festen Muskeln, die Stärke seiner Arme, mit denen er mich an sich drückte, die großen, vernarbten und schwieligen Hände, die mein Haar streichelten und versuchten, mich vom Zittern abzuhalten.

»Es tut mir leid«, murmelte er in mein regennasses Ohr. »Es tut mir so leid!«

»Bitte, bitte, geh nicht!«, sagte ich, während sich mehr meiner Tränen mit dem Regen vermischten.

Vielleicht war es Egoismus, sich zu wünschen, dass er weiterlebte, weil ich ihn wollte, jedes Stück und jeden Teil von ihm, auch die gebrochenen. Aber ich wollte auch, dass er für sich selbst lebte, dass er nicht jeden Tag diesen erdrückenden Schmerz spürte, sondern wieder Anteil nehmen konnte am Leben. Ich wollte, dass er *sein* Leben wieder schätzte!

# Kapitel 25

Sobald ich konnte, rief ich Carrick an, der heilfroh klang, als ich ihm berichtete, dass ich Charlie gefunden hatte, dass er zwar bis auf die Knochen durchnässt, aber ansonsten noch sehr lebendig und unverletzt war. Da ich beim Einschalten des Telefons sechs verpasste Anrufe von Ned auf dem Display hatte, schickte ich ihm eine kurze Nachricht mit dem Versprechen, mich bei ihm zu melden, sobald ich wieder in der Lage war, vollständige Sätze zu bilden. Ich versicherte ihm, dass es Charlie und mir gut ging.

Emotional und wetterbedingt in einem Ausnahmezustand, machten wir uns dann auf den Weg zurück zu Siobhans Haus.

Mein Körper war noch nie zuvor von Panikattacken wie den heutigen heimgesucht worden, die jetzt zwar langsam schwächer wurden, in meinen Muskeln jedoch noch immer kribbelten und schmerzten, als würden sie im nächsten Moment vielleicht wieder zurückkehren.

Ich überließ Charlie die Führung, da ich momentan weder den Orientierungssinn noch die geistige Befähigung besaß, uns dorthin zurückzubringen.

Als das große Haus mit den weißen Glyzinien über der Pergola in Sicht kam, konnte ich spüren, wie Charlie sich neben mir versteifte. Unwillkürlich hielten wir beide inne und blickten zu dem Wohnhaus hinauf, das für ihn mit so vielen Erinnerungen behaftet war.

Ich ließ ihm Zeit und wartete, da der Regen jetzt nur noch wie ein feuchter Schleier war, der mein Gesicht benetzte.

Mit diesem Haus und dieser Stadt verbanden Charlie Jahre der Erinnerungen. Wahrscheinlich war jeder Winkel mit gemeinsamen Momenten mit Abigale Murphy gepflastert.

Ich kam mir wie ein schlechter Mensch vor, weil ich eifersüchtig darauf war. Ich wollte meine eigenen Momente und Erinnerungen mit Charlie, und mit der Zeit würden wir sie hoffentlich auch erschaffen. Im Augenblick jedoch konnte ich nur zusehen, wie er jeden einzelnen der gemeinsamen Momente mit Abi noch einmal durchlebte.

Es gab keine Ablauffrist für Trauer, und Charlie war so ziemlich der einzige Mensch auf diesem Planeten, bei dem ich mir vorstellen konnte, geduldig abzuwarten, bis er so weit war.

»Bist du bereit?«, fragte ich und dachte kurz daran, seine Hand zu nehmen, ließ es dann aber.

»Nein«, antwortete er knapp.

Dennoch ging er einen Schritt auf die Haustür zu.

Ich saß am Fußende von Kennas Bett und rieb mein Haar mit einem weichen braunen Handtuch trocken, während Kenna eine Schublade im Kleiderschrank durchwühlte.

»Die meisten meiner guten Sachen sind in London, aber ich bin mir sicher, dass ich auch hier etwas finde, das nicht hässlich ist.« Dabei warf sie T-Shirts, Leggings und Kleider quer durch den Raum wie ein Hund, der mit seinen Pfoten die Erde aufwirbelt, und die Kleidungsstücke landeten in einem unordentlichen Berg auf dem Teppich neben dem Bett. »Hier!«, sagte sie dann zufrieden und kam mit einem schwarzen Pullover mit V-Ausschnitt und einem Paar Jeggings zu mir herüber.

Ich wusste es zu schätzen, dass sie nicht einmal für einen Moment so tat, als hätten wir dieselbe Größe. Wo sie Kurven hatte, hatte ich nur flache Kanten, wo sie feminin war, glich ich eher einem Zaunpfahl. Aber die Sachen, die sie ausgesucht hatte, passten mir dennoch ziemlich gut, auch wenn sie an einigen Stellen ein bisschen durchhingen. Der tiefe V-Ausschnitt des Pullis, in dem Kenna mit Sicherheit wie ein *Cosmopolitan*-Model aussehen würde, ließ mich wie einen Schuljungen aus den 1950er-Jahren erscheinen – es fehlte nur noch der weiße Kragen.

»Und, wie ist deine Singstimme?«, wollte sie wissen und zog erwartungsvoll die Augenbrauen hoch.

»Furchtbar, hundsmiserabel und abscheulich«, antwortete ich, wobei ich jedes einzelne Wort betonte. »Warum fragst du?«

»Weil es jetzt auf den alkohollastigen Teil der Gedenkfeier zugeht und jemand eine Rede halten wird, bei der Mammy sich entschuldigen und auf die Toilette im Keller flüchten wird, um zu weinen. Dann, wenn alle total deprimiert sind, kommen wir mit ein paar Liedern herein. Das ist die irische Version einer Gedenkfeier.«

»Oh, dann wäre es zweifelsohne besser, wenn ich mich da zurückhalten würde. Ich glaube nicht, dass irgendjemand noch mehr deprimiert werden muss, als er es ohnehin schon ist. Genau das wird aber passieren, wenn irgendwelche musikalischen Klänge meiner Kehle zu entkommen versuchen.«

»Hmm …« Kenna legte einen Finger an die Lippen und wandte einen Moment den Blick ab. »Und wie kommst du mit einem Tamburin zurecht?«

Als ich wieder hinunterging, befand sich das Erdgeschoss des Hauses in einem Durcheinander, in dem es nicht gewesen war, als ich es verlassen hatte. Fast das gesamte kalte Büfett war inzwischen geplündert worden, und alles, was sich noch auf dem Tisch befand, waren leere Teller, verstreute Krümel und zurückgelassene Gläser mit den unterschiedlichsten Getränkeresten.

Ich entdeckte Charlie, der am Rande einer Gruppe von angeregt plaudernden Leuten seines Alters stand. Wahrscheinlich waren es Freunde aus seiner Schulzeit, die Charlie und Abi immer nur als Pärchen gekannt hatten. Sein Lächeln wirkte gezwungen und nicht sehr glaubwürdig.

Da geriet ein geschliffenes Kristallglas mit einem großen Eiswürfel und einer ordentlichen Portion Whisky darin in mein Blickfeld. Jemand hielt es mir vors Gesicht.

»Jetzt geht's los«, sagte Carrick neben mir und nickte in Richtung Kenna, die entschlossen den Raum durchquerte. »Hier, meine Liebe, den wirst du brauchen.« Er reichte mir den Whisky.

Ich nahm das Glas und nippte an der kühlen, herben Flüssigkeit. Carrick tat es mir mit seinem eigenen, etwas volleren Glas nach und seufzte angesichts der scharfen, betäubenden Flüssigkeit. Bisher hatte er gut verbergen können, wie aufgewühlt er gewesen war, doch an seinem angespannten Blick konnte ich erkennen, welch große Vorwürfe er sich machte, Charlie aus den Augen gelassen zu haben. Er sah sogar noch derangierter aus als vorher. Sein durchnässtes chartreusefarbenes Jackett hatte er achtlos über das Treppengeländer geworfen, und sein dunkelrotes Hemd war inzwischen bis zum dritten Knopf geöffnet und an den Schultern vom Regen noch dunkler gefärbt. Das ergraute Haar fiel ihm in schlaffen, feuchten Locken in die Augen, als er nervös wieder an seinem Glas nippte.

Kenna ging bis zu den Flügeltüren, die in den Garten führten. Die Innenseiten der nach außen aufgehenden Türen waren mit Tröpfchen besprenkelt, weil sie nach dem Einsetzen des Regens nicht schnell genug geschlossen worden waren. In der Hand hielt sie eine sogenannte Bodhrán, eine dieser meist mit Ziegenfell bespannten irischen Rahmentrommeln, die man so oft in Folkbands sieht. Als sie die Türen erreichte, hob sie den doppelendigen Trommelstock und schlug damit hart auf das gespannte Fell der Trommel.

Die Gäste brauchten jedoch wenig Ermutigung, um zu Kenna hinüberzuschauen. Sie war wie die Sonne: Selbst wenn man sie nicht ansah, war man sich ihrer Anwesenheit doch stets bewusst. Die Gespräche wurden leiser, bevor sie ganz verstummten und sich ihr alle Gäste zuwandten.

Kenna setzte die Trommel ab. »Hallo alle miteinander«, sagte sie, und ihre Stimme klang erstaunlich forsch und entschieden in dem überfüllten Raum. »Ich dachte, ich könnte vielleicht noch eine kleine Rede halten, bevor ihr alle zu betrunken seid, um euch auch nur zu erinnern, warum wir heute hier sind.« Sie lachte in sich hinein, und die Menge stimmte leise mit ein. Doch dann räusperte Kenna sich, und ihr Lächeln verblasste ein wenig. »Abi war nicht wie ich. Sie stand nicht gern im Rampenlicht, und deshalb wäre es ihr ausgesprochen peinlich, mit anzusehen, was für einen Wirbel wir in den letzten zwei Jahren um sie gemacht haben. Aber es wärmt unserer Familie das Herz, so viele Menschen zu sehen, die immer noch so viel Liebe für meine große Schwester empfinden.« An dieser Stelle brach ihre Stimme ein wenig, und sie räusperte sich, atmete tief ein und fasste sich wieder.

Ich blickte zu Charlie hinüber, der auf der anderen Seite des Raumes stand. Seine Augen waren glasig, und ich konnte sehen, wie er sich auf die Unterlippe biss. Ich bemerkte, dass er seine Atmung kontrollierte und einen Atemzug nach dem anderen nahm, wie Carrick es von ihm verlangt hatte. Ich hätte ihn so gern getröstet, doch er war zu weit weg, getrennt von mir durch viele Menschen und Bodhráns.

»An diesem Tag vor zwei Jahren hat die Welt eine liebenswürdige, lustige, unfallanfällige, aufbrausende, aber auch gutherzige Frau verloren, die in ihrem Herzen genug Liebe für jeden einzelnen Menschen in diesem Raum und noch mehr gehabt hat. Wir haben eine Tochter, eine Schwester, eine Freundin und eine Ehefrau verloren.«

Ich schaute mich nach Siobhan um, konnte sie jedoch nirgendwo entdecken und nahm an, dass sie genau dort war, wo Kenna es prophezeit hatte: nämlich in ein dickes Handtuch schluchzend im WC im Keller.

Kenna wischte sich mit einem ihrer gepflegten künstlichen Fingernägel eine Träne aus dem Augenwinkel, zog den Finger aber schnell wieder zurück, vielleicht um ihren dicken Kajalstrich nicht zu verschmieren.

»So, genug der Plauderei«, sagte sie dann und schaute zur Tür hinüber, als zwei dunkel gekleidete Männer mit Tabletts voller kleiner Whiskygläser hereinkamen.

Sie boten mir eins an, doch ich lehnte ab, da ich das Glas, das Carrick mir bereits gegeben hatte, bisher kaum angerührt hatte.

»Nimm einen Drink, während ich alle meine verborgenen musikalischen Talente aktiviere und wir auf Abi anstoßen.« Carrick erhob sein Glas und leerte es in einem Zug, nahm sich ein neues und ging damit in die Zimmerecke, wo ein Klavier an der Wand stand.

Kenna folgte ihm und legte ihm eine Hand auf die Schulter, als er den Deckel aufklappte und mit den Fingern über die Tasten strich.

Ich hatte nicht gesehen, dass Charlie seinen Platz verlassen hatte, aber als Carrick den ersten Ton anschlug, spürte ich Charlie neben mir, und seine nervöse Energie brachte die Luft um ihn herum fast zum Vibrieren.

Dann wurde es still im Raum, als Carricks Finger eine düstere Melodie anschlugen und Kenna zu singen begann.

»Of all the money that e'er I had,
I spent it in good company,
And of all the harm that e'er I've done
Alas it was to none but me.
For all I've done for want of wit,
To memory now I can't recall,
So, fill to me the parting glass!
Goodnight and joy be with you all.«

»All das Geld, das ich je hatte,
gab ich in guter Gesellschaft aus.
Und wenn ich jemandem etwas zuleide getan habe,
dann immer nur mir selbst.
Denn an alles, was ich aus Gedankenlosigkeit getan habe,
kann ich mich jetzt nicht mehr erinnern.
Also füllt mir das letzte Glas zum Abschied!
Gute Nacht und mögt ihr alle glücklich sein!«

Kennas Stimme klang glockenhell in der entstandenen Stille. Sanft und wehmütig sang sie die Worte mit derart viel Gefühl, dass mir eine Gänsehaut über den Rücken lief. Ich konnte spüren, wie sich ein Kloß in meinem Hals bildete, und musste meine Atmung kontrollieren, um nicht in Tränen auszubrechen.

>>*Of all the comrades that e'er I had,*
They are sorry for my going away,
And of all the sweethearts that e'er I've had,
They would wish me one more day to stay.
But since it falls unto my lot,
That I should rise and you should not,
I'll gently rise and softly call,
Goodnight and joy be with you all.<<

>>*Alle Weggefährten, die ich jemals hatte,*
bedauern, dass ich sie verlassen habe.
Und alle Liebsten, die ich jemals hatte,
wünschen sich, ich wäre wenigstens noch einen Tag geblieben.
Doch da es mein Los war,
in eine andere Welt überzuwechseln, und eures noch nicht,
will ich mich sanft erheben und euch leise zurufen:
Gute Nacht und mögt ihr alle glücklich sein!<<

Die Zeilen prasselten wie Hagelkörner auf mich ein, und jedes perfekt passende Wort traf mich noch härter als das vorangegangene. Ich wischte mir mit der Handfläche die Tränen fort und blickte Charlie an, der Kenna mit feucht glitzernden Augen und zusammengebissenen Zähnen beobachtete. Ich ließ die Hand sinken, um seine zu ergreifen, und drückte sie ganz fest.

Ich hatte das Ausmaß der Trauer, die in ihm herrschte, vorher nicht wirklich verstanden, doch nachdem ich durch die Straßen von Westport gelaufen war, mit der Panik im Nacken, Charlie zu verlieren, verstand ich sie jetzt wohl ein wenig besser.

Kenna hob ihr Glas, und alle außer Carrick, der noch immer dieselbe Melodie spielte, taten es ihr nach. »Auf Abigale Murphy!«, sagte sie, bevor sie die Augen schloss und die letzte, traurige Zeile sang.

»Gute Nacht und mögt ihr alle glücklich sein!«

»Auf Abi!«, riefen sämtliche Anwesenden wie aus einem Mund.

»Auf Abi!«, sagte auch ich mit unsicherer Stimme, als ich mein Glas an die Lippen hob.

»Auf Abi!«, rief Charlie und stürzte den Whisky in einem Zug hinunter.

Es folgte ein Moment der Stille, in dem die letzten leisen Klaviertöne durch den Raum rieselten und die Luft von allgemeiner Trauer erfüllt war.

»So«, sagte Kenna, während sie sich die Augen wischte und ein Lächeln aufsetzte. »Jetzt brauche ich noch ein paar Musiker, wenn wir dies zu einer Gedenkfeier machen wollen, zu der es sich zu kommen gelohnt hat. Nell? Dein Tamburin ist hier bei mir.«

Mein Magen rutschte mir in die Kniekehlen, und ich zog den Kopf wie eine Schildkröte ein und versuchte, mich zu verstecken. Ich wusste, dass sie davon gesprochen hatte, konnte mich aber nicht erinnern, zugestimmt zu haben.

»Ich sehe dich, Nell!« Sie deutete auf das Tamburin.

»Und du, Charlie, glaub nur ja nicht, dass du so leicht davon-
kommst!« Ihre Augen funkelten ihn an. »Also beweg deinen
Hintern hierher!«

»Wir sollten besser tun, was sie sagt«, sagte Charlie seufzend zu mir. »Sie wird nicht eher Ruhe geben, bis wir uns fügen.«

Er zog ein bisschen an meiner Hand, und wir gingen beide
zu Kenna. Ich dachte, er würde mich loslassen und meine Hand
freigeben, als wir aus der Menge auftauchten, doch das tat er
nicht. Er hielt sie fest, bis er nach einer Gitarre griff, die neben
dem Klavier lag.

Resigniert nahm ich von Kenna das Tamburin entgegen,
während das Publikum ermutigend klatschte. Carrick stand auf
und verschwand für einen Moment, bevor er mit einer Geige
zurückkehrte.

Was hatte es mit all den versteckten Talenten auf sich? Wer
zum Teufel war diese Familie? Die Corrs?

»Ich weiß beim besten Willen nicht, was ich hier tue. Welches Lied spielen wir überhaupt?«, flüsterte ich Kenna zu, als
mich ein schreckliches Gefühl von Lampenfieber überkam.

»Ach, hau einfach drauf auf das Ding. Damit kannst du
nichts falsch machen«, antwortete sie, nahm ihre Bodhrán wieder in die Hand und atmete tief ein.

»Das alte Lieblingsstück?«, fragte Charlie, und in seinen
Augen schimmerte etwas, das wie freudige Erregung aussah.

»Ihr kennt es. Seid ihr alle bereit?«, fragte sie, ohne jedoch
eine Antwort abzuwarten.

Mit einer Drehung ihres Handgelenks ergriff sie den kleinen
Trommelstock und schlug damit dreimal auf das Fell, während
Carrick die Geige auf die Schulter hob. Alle beobachteten ein-

ander, worauf ich in Panik geriet und das Tamburin gegen meinen Oberschenkel klopfte. Zuerst klang es klobig und völlig aus dem Takt, aber als ich die Melodie als die von *Galway Girl* von Steve Earle erkannte, passte mein Rhythmus sich wie von selbst dem der anderen an.

Das Tempo war perfekt für jemanden, der keine Ahnung hatte, was er mit einem Tamburin anstellen sollte, und schon bald überlegte ich, ob ich meinen Job nicht aufgeben und mit den dreien auf Tour gehen sollte. Ich konnte mir mich selbst sehr gut als Folkmusikerin vorstellen – Kenna allerdings nicht so sehr.

Sie sang, und bei jedem Wort und jedem Anschlag von Charlies Gitarre spürte ich, wie ein Teil meiner Trauer von mir abfiel. Und die größte Überraschung war, dass ich ein Lächeln auf Charlies Gesicht entdeckte, als ich zu ihm aufblickte. Er sah so vertraut aus mit der Gitarre in seinen Händen, und seine schwieligen Fingerspitzen kamen nach langer Zeit wieder einmal zum Einsatz, um sich gegen die beißenden Saiten zu wehren. Ich klopfte mit dem Tamburin gegen mein Bein, bis meine Haut zu schmerzen begann und sämtliche Trauergäste lächelten.

Charlie suchte meinen Blick, und sein Grinsen wurde noch breiter. Auch meinen Lippen entwich ein Lachen, und ich dachte daran, was Carrick zu mir gesagt hatte, als er zum ersten Mal versucht hatte, mich zu dieser Reise zu überreden. Ich konnte gar nicht anders, als ihm jetzt von Herzen zuzustimmen: Die Iren wussten wirklich, wie man einen Abschied begeht!

Kapitel 26

Ich erwachte vom Geschrei der Möwen, das mich an die Ferien meiner Kinderjahre an der Küste erinnerte. Müde wälzte ich mich auf den Rücken und blickte zur Zimmerdecke auf, um meine Augen langsam an das Licht des neuen Morgens zu gewöhnen.

Nach der spontanen Gründung unserer Band war der gestrige Abend in Musik, Trinken und Tanzen ausgeartet, und sogar Siobhan hatte sich anscheinend ein bisschen amüsiert, nachdem Kenna sie gefunden und aus dem WC im Keller gezogen hatte.

Später waren wir auf unsicheren Beinen zu Carricks Haus zurückgetorkelt und hatten uns gegenseitig mit ebenso unsicheren Armen gestützt. Charlie war noch nicht bereit gewesen, schlafen zu gehen – oder allein zu sein –, und so war er bei Carrick geblieben, während ich mich todmüde in mein Schlafzimmer zurückgezogen hatte. Dort war ich ins Bett gefallen und fast augenblicklich eingeschlafen, wurde aber noch ein paarmal wach, wenn auch nur gerade lange genug, um Musik und das Klirren von Gläsern wahrzunehmen.

Ich wagte nicht einmal, daran zu denken, in was für einem Zustand die beiden Männer sich an diesem Morgen befinden mochten …

Nach einer Weile stand ich auf und ging duschen. Danach putzte ich mir die Zähne und entfernte den nach Whisky schmeckenden Belag auf ihnen und zog Jeans, einen senffarbenen Pullover mit Zopfmuster und meine gemütlichen Turnschuhe an. Anschließend packte ich meine Sachen und steckte die schlammverschmierten Pumps, die der Grund für meine schmerzenden Füße waren, in eine Plastiktüte und in meine Reisetasche. Nachdem das erledigt war, legte ich ein bisschen Make-up auf und beschloss, mein widerspenstiges Haar zu einem Zopf zu flechten. Er wurde jedoch so fest, dass er einen ziehenden Schmerz an meiner Kopfhaut verursachte und meinen ohnehin schon beginnenden Schmerz dort noch verstärkte, aber er war die einzige Option, ohne einen Fön zur Hand zu haben. Mit etwas lauwarmem Wasser aus dem Hahn im Bad spülte ich zwei Paracetamol herunter und hoffte, dass sie helfen würden.

Unten fand ich Carrick an einer Südinsel, deren Marmorplatte mit Chips übersät war. Die Tatsache, dass er es geschafft hatte, nur auf einem Hocker sitzend und mit dem Gesicht auf der Arbeitsplatte die Nacht zu verbringen, grenzte schon fast an ein Wunder. Kopfschüttelnd holte ich ein sauberes Glas aus der Spülmaschine und füllte es mit kaltem Wasser, bevor ich zu Carrick hinüberging und ihn sanft wachrüttelte.

»Carrick? Lebst du noch?«, flüsterte ich.

Er stöhnte, als er erwachte und sich seines brummenden Schädels bewusst wurde. »Ich glaube schon. Leider«, erwiderte er, richtete sich auf und sah blinzelnd zu dem schwachen Licht hinüber, das die Vorhänge durchdrang. »Wie spät ist es? Du wirst doch nicht deinen Flug verpassen?!«

»Ach, bis dahin haben wir noch Stunden Zeit«, antwortete ich und amüsierte mich über seinen Brummschädel.

»Ist Charlie schon auf?«

»Ich glaube nicht. Aber ich wollte dich fragen, ob du etwas für mich tun könntest, Carrick.«

»Das kommt darauf an, ob es viel Nachdenken erfordert oder nicht«, gab er stöhnend zurück, bemerkte dann das Wasser und stürzte es in einem Zug hinunter.

»Langsam, wenn du dich nicht auch noch übergeben willst«, warnte ich ihn.

»Ich? Ha!«, erwiderte er leise lachend. »Seit 1993 ist mir das nicht mehr passiert. Aber was willst du denn nun von mir?«

»Könntest du einfach nur den Namen des Friedhofs in mein Handy eingeben?«, antwortete ich und schob es ihm mit aktivierter Navigations-App über die Marmorplatte zu.

»Warum willst du denn dorthin?«

»Nur um Abi … die Ehre zu erweisen«, sagte ich.

Carrick zuckte mit den Schultern und gab den Namen ein.

Ich strich ihm liebevoll über den Kopf, bevor ich sein Wasserglas noch einmal auffüllte und ihn an der Kücheninsel weiterdösen ließ.

Ich zog meinen Mantel über und schlüpfte aus der Haustür.

Aughaval war eigentlich kaum mehr als ein von Bäumen und Büschen umgebenes Feld mit dem allgegenwärtigen und fast immer von Nebel umhüllten Berg Croagh Patrick im Hintergrund. Auf dem Friedhof reihten sich die Gräber aneinander. Sie waren mit Steinen verschiedener Höhen und Formen gekennzeichnet, und das Gelände schien sich schier unendlich weit zu erstrecken. Aughaval war der bei Weitem größte Friedhof, den ich je besucht hatte. Zugegebenermaßen war ich bisher aber auch noch nicht auf sehr vielen gewesen.

Mum hatte mir Fotos des Pariser Friedhofs Père Lachaise geschickt, als sie dort gewesen war, der den Aughaval größenmäßig mit Sicherheit in den Schatten stellte. Ich wusste, dass Mum mit ihren Fotos nur versuchte, mich an ihren Erlebnissen teilhaben zu lassen, doch im Grunde wünschte ich, sie würde sie mit mir an ihrer Seite teilen und nicht per Internet und Fotos. Und nach Paris müsste ich nicht einmal fliegen …

Kurz bevor Carrick wieder eingenickt war, hatte er mir den Weg zu Abis Grab beschrieben, das an der hinteren rechten Ecke des Friedhofs unter einer Konifere lag. Es war mit einem schwarzen Grabstein mit silbernen Schriftzeichen versehen, hatte er mir noch erklärt.

Es war so ruhig auf diesem Friedhof, dass nichts als Vogelgesang und das gelegentliche Motorgeräusch eines vorbeifahrenden Autos die absolute Stille unterbrach.

Ich ging zwischen den Steinen umher, schaute mir jeden genau an und dachte, dass ich Abis Grab wohl niemals finden würde, bis ich plötzlich vor ihm stand.

Bisher war Abigale Murphy nichts als eine Geschichte für mich gewesen, eine traurige, aber leider wahre Geschichte, deren ganze Tragik mir jedoch erst in dem Moment so richtig bewusst wurde, als ich vor Abis schwarzem Grabstein mit den eingemeißelten silbernen Lettern stand.

Bingo! Du hast mich also gefunden. In lässiger Haltung an ihren Gedenkstein gelehnt, saß sie plötzlich vor mir.

»Ich hätte es unhöflich gefunden, den ganzen weiten Weg hierherzukommen und dich nicht zu besuchen«, erwiderte ich, während ich nachdenklich mit den Fingern über die silberne Inschrift mit ihrem Namen und dem Datum ihres Todestages auf dem Stein strich und mich unwillkürlich fragte, welche Zahlen einmal auf meinem eigenen stehen würden.

»Mir tut leid, was dir zugestoßen ist. Ganz ehrlich«, fuhr ich fort, ohne mich nach möglichen Zuhörern umzusehen oder mir Sorgen zu machen, was andere von meinen scheinbaren Selbstgesprächen halten könnten.

Denn dies war ein Friedhof, und wenn es einen Ort gab, an dem man mit Verstorbenen reden konnte, ohne dafür schief angesehen zu werden, war es hier.

Aber sicher doch, entgegnete sie sarkastisch. *Wahrscheinlich wäre dir nichts lieber, als dass ich noch da wäre und dir im Weg stünde.*

Ich blickte zu ihr auf und starrte sie an. Dabei überlegte ich, was ich darauf erwidern sollte. »Du hast ja recht. Aber wenn du nicht gestorben wärst, hätte ich Charlie nie kennengelernt. Wir hätten beide mit unserem Leben weitergemacht, ohne voneinander zu wissen.«

Ein Windstoß fuhr zwischen den Grabsteinen hindurch und verursachte kleine Windkanäle, die dicke Haarsträhnen aus meinem Zopf lösten und sie mir ins Gesicht bliesen, während Abis lange rote Locken vom Wind völlig unberührt blieben.

»Weißt du, dass ich sogar eifersüchtig auf dich bin?«, sprach ich endlich aus, was ich schon seit geraumer Zeit empfand. »Ich hasse es, dass ich dich in seinen Augen sehen kann, wenn ich einmal einen schönen Moment mit ihm verbringe. Es ist, als erinnerte ihn jeder neue Augenblick mit mir an einen ähnlichen, den er früher mal mit dir erlebt hat.«

Ich bin tot und somit keine Konkurrenz für dich.

»Ich weiß, aber wenn es um Liebe geht, denkt man nur selten rational.« Nach einem tiefen, etwas unsicheren Atemzug begann ich, an dem Nagellack an meinem Daumen zu zupfen, um Abi nicht ansehen zu müssen. »Ich will dich nicht aus Charlies Leben streichen, weil du ein sehr großer und sehr wichtiger Bestandteil davon warst. Dich daraus auszuschließen würde bedeuten, einen Teil von ihm selbst auszulöschen.«

Meine gespenstische Begleiterin blickte auf das Gras auf ihrem Grab hinab und spielte nervös mit den Fingern in ihrem Schoß. *Es ist ja nicht so, als wollte ich nicht, dass er jemand anderen findet. Ich habe nie gewollt, dass er für immer allein bleibt, nachdem ich gestorben war. Es ist bloß schwerer für mich als erwartet zuzusehen, wie er sich in jemand anderen verliebt.*

Ich runzelte die Stirn bei ihren Worten. Ihre Eigenständigkeit und Unabhängigkeit von mir, einige der Dinge, die sie sagte, und die Art, *wie* sie sie sagte, riefen Unbehagen in mir hervor.

»Es ist aber auch schwer, ihn zu lieben, obwohl ich sehr wohl weiß, dass er immer auch noch eine andere Frau lieben wird«, erwiderte ich und blickte unter gesenkten Wimpern zu ihr auf.

Sie suchte und fand meinen Blick, und einen Moment lang starrten wir uns gegenseitig an, bis ich spürte, wie meine Mundwinkel sich zu einem Lächeln verzogen und Abis es ihnen nachtaten. Sie sah mir noch ein bisschen länger in die Augen, bevor sie sich abwandte und so tat, als hätte es diesen fast schon liebevollen Moment zwischen uns nie gegeben.

Was für ein Gespann wir beide doch abgeben!, sagte sie seufzend.

Ich blieb vor dem Grab sitzen, bis meine Hände steif vor Kälte und meine Wangen vom Wind gerötet waren. Erst dann rappelte ich mich auf und war erstaunt über den Schmerz in meinen Knien, als ich wieder auf den Beinen stand. Meine Mutter hatte mich schon vorgewarnt, dass das Aufstehen mir eines Tages schwerer fallen würde, aber ich hätte nie gedacht, dass das bereits in meinen Zwanzigern geschehen würde. Doch nun stand ich auf einmal da und hielt mich an dem Grabstein fest, bis das Gefühl in meine Zehen zurückkehrte.

»Ich sollte jetzt besser gehen, wenn ich nicht meinen Flug verpassen will«, sagte ich zu Abi, die immer noch mit versonnenem Blick neben dem Grabstein hockte. »Aber ich nehme an, dass ich dich heute nicht zum letzten Mal gesehen habe.«

Keine Ahnung. Aber ich glaube, es wird Zeit für uns, Abschied zu nehmen, antwortete sie mit einem traurigen, ein wenig schiefen Lächeln. *Denn wenn sogar ich schon anfange, dich zu mögen, wird es Zeit, auf Distanz zu gehen.*

»Ich weiß nicht, ob ich die Antwort auf meine Frage wirklich wissen will, aber sehe ich dich tatsächlich? Oder passiert das alles nur in meinem Kopf?«

Sie schaute mit ihren großen braunen Augen zu mir auf und seufzte leise. *Ich glaube, du kennst die Antwort darauf schon.*

Ich konnte spüren, dass ich den Tränen nahe war, als ich auf dem Parkplatz des Flughafens stand und Carrick mich an sich zog und fest umarmte. Von allen anderen – seinen Eltern, Kenna und Siobhan – hatten Charlie und ich uns bereits verabschiedet. Zuvor hatte Charlie sogar noch emotionaler Abschied von Steve, seinem Motorrad, genommen und ihm schließlich versprochen, es bald wieder abzuholen.

»Pass gut auf ihn auf, ja?«, flüsterte Carrick mir leise genug zu, damit Charlie ihn nicht hörte, der hinter dem orangefarbenen »Todesmobil« stand, wie ich Carricks BMW im Stillen nannte, und unser Gepäck aus dem Kofferraum holte. »Glaub ja nicht, dass ich nicht zu schätzen weiß, was du und Ned für ihn und mich getan habt! Ich weiß nicht, was ich ohne diesen Jungen anfangen würde. Er kann sich wirklich glücklich schätzen, dass sich jemand wie du um ihn kümmert.« Carrick holte so tief Luft, als hätte er seit Minuten nicht mehr geatmet, und seine Augen glänzten plötzlich verdächtig. »Es war so schön, ihn wieder hierzuhaben. Und ohne dich wäre das unmöglich gewesen.«

Wie Charlie verstand es auch Carrick, seine wahren Gefühle sehr gut zu verbergen, aber in diesem Moment, und wenn auch nur für eine Sekunde, sah ich eine tief sitzende Einsamkeit in seinen hellen blauen Augen.

Diesmal zog ich ihn in die Arme und drückte ihn an mich. »Du bist uns jederzeit willkommen! Versprichst du mir, dass du uns bald wieder besuchen wirst? Ich bin mir sicher, dass Ned Lust auf eine weitere Runde betrunkenes Jenga mit dir hätte.«

»Ah, dieses Spiel *kann* man nur mit einem Weinglas in der Hand spielen.« Er atmete tief durch, zog sich dann von mir zurück und grinste, als er zu seinem Neffen hinüberging und ihn kräftig auf den Hintern schlug.

Sie verbrachten einen letzten ungestörten Moment hinter dem Kofferraum, dessen Klappe ihre Gesichter und Worte gut verbarg. Ich wusste, dass Carrick noch immer ein schlechtes Gewissen hatte, weil er Charlie am vergangenen Tag hatte entwischen lassen, doch wie alle anderen hatte auch er sich täuschen lassen und angenommen, Charlies Trauer habe nachgelassen und er sei endlich wieder bereit, sein Leben weiterzuführen und glücklich zu sein.

Hier zu sein hatte Charlie gutgetan. Sich den Folgen dessen zu stellen, dass er Siobhan und Kenna nicht einmal persönlich über Abis Tod unterrichtet hatte, an den Schauplatz des Anfangs seiner Liebesgeschichte mit Abi zurückzukehren und den Boden zu sehen, in dem sie ruhte … All das waren unglaubliche Meilensteine im Kampf gegen seine Trauer gewesen. Doch Heilung funktionierte nicht auf diese Weise. Die Trauer um einen geliebten Menschen hielt schlicht und ergreifend so lange an, wie sie anhielt, sei es nun eine Woche oder ein ganzes Leben lang. Es gab keine schnellen Lösungen für sie, und niemand konnte vorhersagen, wann das Erwachen nicht mehr die erste Qual des Tages und Tränen nicht mehr seine erste lästige Pflicht wären. Es gab keine Möglichkeit, mit Worten zu beschleunigen, dass die Dinge wieder normal werden würden, denn normal gab es nicht mehr. Normal war so tot wie Abi.

Ich wusste, dass Charlies Trauerbewältigung noch ein langer und schmerzhafter Weg für ihn und auch für mich sein würde, doch ich war bereit, ihn mit ihm zu gehen, falls auch er es war.

»Lass das Mädchen nicht entwischen, Junge!«, rief Carrick uns nach, als wir auf die Glastüren des Terminals zugingen. »Auch wenn sie eigentlich viel zu gut für dich ist.«

Charlie lachte leise und schaute mich kurz an. Ich konnte sehen, dass seine Augen klarer waren als früher und weniger vom Schmerz getrübt als noch vor ein paar Tagen, was sie irgendwie sogar noch blauer wirken ließen.

»Der Mann hat recht, Nell«, sagte er. »Du bist wirklich viel zu gut für mich.«

Bei der Sicherheitskontrolle am Flughafen gerieten wir in unerwartete Schwierigkeiten, als die Kontrolleurin in meine Tasche griff und die Schneekugel herauszog, die ich für Ned gekauft hatte. Das Weihwasser darin schwappte umher und ließ die kleinen weißen Flocken in der Flüssigkeit tanzen.

»Das können Sie nicht mit ins Flugzeug nehmen«, informierte sie mich stirnrunzelnd.

»Aber das ist Weihwasser!«, protestierte ich und runzelte ganz unwillkürlich die Stirn über meine eigenen Worte.

»Es muss sich in Ihrem eingecheckten Gepäck befinden, wenn Sie es mitnehmen wollen.«

»Ich habe aber nur Handgepäck«, erwiderte ich verwirrt.

Die Kontrolleurin, eine korpulente Frau mit einem viel zu engen Gürtel, mit dem sie wie ein in der Mitte zusammengedrückter Ballon aussah, beugte sich vor und schwenkte die Schneekugel, bis die ganze spöttelnde Warteschlange hinter uns sie sehen konnte.

»Gieß einfach das Wasser aus, und füll es nach, wenn du zu Hause bist«, sagte Charlie seufzend.

»Aber es ist doch Weihwasser!«

»Und wenn schon. Glaubst du wirklich, dass Ned den Unterschied erkennen kann?«, fragte er mit skeptisch hochgezogenen Augenbrauen und schief gelegtem Kopf.

»Na gut. Kann ich das Wasser einfach wegschütten?«

Daraufhin schraubte die Frau den Deckel des Gefäßes ab und goss das Wasser, das auch all die kleinen künstlichen Schneeflocken mitriss, in einen Behälter unter dem Tresen. Sichtlich verärgert warf sie dann die jetzt leere kleine Schneekugel achtlos auf die Kleidung in meiner Tasche und ließ sie noch einmal durch den Scanner laufen.

»Ich wollte dich etwas fragen«, sagte Charlie, als wir im Flugzeug unsere Plätze eingenommen hatten und die Beklommenheit in meinem Magen sich verstärkte. »Hättest du etwas dagegen, wenn ich nach unserer Rückkehr eine Weile bei dir bliebe? Ich glaube nicht, dass ich jetzt schon in meine Wohnung zurückkann.«

»Aber ja, natürlich«, antwortete ich, während mein Herz bei dem bloßen Gedanken daran vor Freude schneller schlug. »Und Ned wird es sicher auch recht sein.«

»Danke.« Charlie lehnte sich sichtlich erleichtert zurück. »Und du hattest wirklich recht, Nell – ich hätte schon viel früher nach Hause zurückkehren sollen, anstatt mich immer wieder davor zu drücken.«

»Du musst geduldig mit dir selbst sein«, erwiderte ich. »Hab einfach nur Geduld, dann wird es irgendwann leichter.«

»Oh, das hätte ich fast vergessen …« Charlie zog die Tasche zwischen den Füßen hervor, kramte darin herum und nahm George heraus, den er mir dann lächelnd überreichte. »Nimm ihn als Glücksbringer.«

»Ich glaube nicht, dass ein Wackelkopf großen Einfluss darauf haben wird, ob das Flugzeug abstürzt oder nicht«, entgegnete ich, obwohl der kleine Plastikzombie mir ein Lächeln ins Gesicht gezaubert hatte.

Die Flugzeugtür wurde geschlossen, und die Flugbegleiter standen für die Sicherheitseinweisung auf. Ich schluckte den Kloß in meinem Hals hinunter und machte mich auf eine weitere leichte Panikattacke gefasst, während ich George umklammerte und meine Knöchel ganz weiß um ihn herum wurden.

Charlie sah mich an und streckte einladend die geöffnete

Hand nach meiner aus. »Du schaffst das, Nell«, sagte er, als ich sie ergriff und seine Finger fest zusammendrückte. »Du schaffst das, Nell. Du schaffst das schon.«

» … und mein Sohn Jeremiah hat gerade angefangen, in einem *Wetherspoon*-Pub zu arbeiten, um etwas mehr Geld zu haben, während er studiert«, sagte John, unser Uber-Fahrer, mit Blick in den Rückspiegel.

Gerade wies das Navi ihn an, rechts heranzufahren und uns dort abzusetzen.

»Alle Achtung!«, sagte ich, während ich meine Tasche ergriff und Charlie ein entschuldigendes Lächeln schenkte. »Ich hoffe, ihm gefällt sein erstes Studienjahr. Ich habe gehört, dass Derby ein fabelhafter Studienort sein soll.«

Der Wagen verlangsamte sich, und ich öffnete schnell die Tür, um nicht noch die gesamte Familiengeschichte des Fahrers hören zu müssen.

»Grüßen Sie Ihre Frau von mir«, sagte ich, bevor ich die Tür schloss und mich fragte, warum ich das gesagt hatte.

»Du liebe Güte!«, kommentierte Charlie, der mir gefolgt war. »Hast du noch nie daran gedacht, als Verhörspezialistin zu arbeiten?«

Ich lachte, als wir auf das Haus zugingen.

»Da du deine Flugangst besiegt hast, bedeutet das wohl, dass dir jetzt die ganze Welt offensteht, oder?«

»Nun ja, dass ich meine Angst besiegt habe, würde ich nicht behaupten, sondern höchstens, dass sie sich verringert hat. Doch irgendwie hast du schon recht. Ich meine, ich werde zwar immer noch jedes Mal mit dem Tod rechnen, wenn das Flugzeug auch nur in eine Turbulenz gerät, aber es war immerhin schon mal ein guter Anfang.«

Und das stimmte. Zu wissen, dass ich in einem Flugzeug gesessen hatte und nicht in den Tod gestürzt war, ließ die Welt plötzlich ein bisschen kleiner erscheinen. Die Reiseziele, die ich einst für unerreichbar gehalten hatte, waren jetzt verlockend nahe. Wer hätte gedacht, dass ich innerhalb kürzester Zeit zu diesen unerträglichen Leuten gehören könnte, die Bilder von kristallblauem Wasser auf Instagram posten und Sätze mit Phrasen beginnen wie: »Was ich beim Wandern in Antigua gelernt habe, war ... «

Ich stellte meine Reisetasche auf die Stufe vor unserem Eingang und öffnete sie, um meinen Schlüssel zu suchen. »Weißt du, ich hätte wirklich nicht gedacht, dass es möglich wäre, dieses Ding noch hässlicher zu machen«, sagte ich, als ich die nun schnee- und wasserfreie Schneekugel herausholte und sie mir ansah.

»Füll sie einfach wieder auf. Ned wird nichts merken.« Charlie schmunzelte und wartete neben der Haustür, als ich meinen Schlüssel ins Schloss steckte und sie öffnete.

Der Klang einer lauten Power-Balladen drang durch die Küchentür, was vermutlich bedeutete, dass Ned nach der Arbeit eine After-Work-Chill-out-Session mit Musik des unvergleichlichen Michael Bolton machte.

»Ich habe oben noch etwas Körper-Glitzer von einer 90er-Party, auf der ich vor ein paar Jahren mal war. Vielleicht gebe ich den mit ins Wasser«, sagte ich, während ich die Treppe hinaufging und Charlie mir folgte.

In meinem Zimmer fand ich den Glitzer ganz hinten in einer Schublade und kippte die Reste davon in die Schneekugel.

Ich machte mich auf den Weg ins Bad, um die Kugel wieder mit Wasser aufzufüllen.

Da erblickte ich Charlie. Er wusste offenbar nicht, wohin er gehen sollte, und stand zaudernd auf dem Treppenabsatz.

Ich drückte die Glaskugel schützend an mich und holte tief Luft. »Du kannst das Gästezimmer haben, wenn du willst, oder auch hier bei mir bleiben, falls du nicht allein sein möchtest«, sagte ich und wies mit dem Kopf zu meiner offenen Tür hinüber. Mein Magen verkrampfte sich. »Ohne jeden Zwang. Fühl dich frei zu gehen, wohin du willst«, fügte ich hinzu, bevor ich weiter ins Bad ging und Charlie die Entscheidung überließ.

Am Becken füllte ich die Kugel mit ganz gewöhnlichem Wasser und schraubte den Deckel wieder auf das frisch gefüllte Ding. Als ich damit die Treppe hinunterging, warf ich einen Blick durch das Geländer und sah, wie Charlie auf meinem Bett Platz nahm. Meine Lippen verzogen sich zu einem Lächeln, während ich die restlichen Stufen hinunterstieg und auf die Küchentür zuging. Dort schüttelte ich noch einmal schnell die Schneekugel, um zu überprüfen, ob sie echt wirkte. Ich lächelte, als der Glitter darin aufstieg und wieder heruntersank, ebenso kitschig wie der falsche Schnee, der sich jetzt auf der anderen Seite der Irischen See auf dem Boden eines Mülleimers befand.

Vor der Küchentür saß Magnus und begrüßte mich mit einem liebevollen Miauen, das jedoch kaum zu hören war wegen der vertrauten Klänge von *When a Man Loves a Woman*, die aus der Küche drangen. Aber Magnus kam sofort zu mir herüber und rieb sich schnurrend an meinen Fußknöcheln.

»Hallo mein Junge«, sagte ich und beugte mich zu ihm hinunter, um ihn mit meiner freien Hand, die nicht die schönste aller Schneekugeln der Welt festhielt, hochzuheben.

Mit ihm in meinen Armen wandte ich meine Aufmerksamkeit wieder der Tür zu und drückte sie mit dem Fuß auf. Die Musik wurde noch lauter.

Meine Augen weiteten sich, als ich den Raum betrat und die sich vor mir entfaltende Szene sah. Wie gelähmt verharrte ich in der Tür. Die beiden Gestalten bemerkten nicht einmal, dass sie beobachtet wurden. Die Schneekugel fiel mir aus der Hand, zerschellte erstaunlicherweise aber nicht, als sie über die Küchenfliesen hüpfte. Meine nun freie Hand legte ich über die Augen des unschuldigen kleinen Katers in meinen Armen, und ich drückte ihn ganz fest an meine Brust, um ihn vor dem Horrorszenario zu schützen, dessen Zeuge ich gerade wurde.

Ned drehte den Kopf in die Richtung, aus der das scheppernde Geräusch der Kugel gekommen war, und seine Augen wurden so groß, dass er aussah wie jemand aus einem schlechten Cartoon.

Erschrocken riss ich den Mund auf und schnappte nach Luft, als die andere Person sich zu mir umdrehte und ihr Gesicht sich angesichts der Peinlichkeit der Situation verzog. Ich schnappte nach Luft und stieß einen Schrei aus, der durch das ganze Haus schallte.

Im ersten Stock ertönten hektische Schritte. Charlie eilte mir zu Hilfe, aber es gab nichts, was er tun konnte, um das Problem zu lösen.

»Oh Gott! Mach die Augen zu, Nelly!«, schrie meine Mutter, während sie von Ned und dann vom Tisch herunterstieg und ihre Kleidung vom Küchenboden aufhob.

»Das kann ich nicht!«, rief ich. »Ich möchte es tun, aber ich kann es nicht!«

Oh Gott! So viel nacktes Fleisch, so viele klatschende Geräusche, die mich bis auf die Couch eines Psychiaters verfolgen würden.

Mir drehte sich fast der Magen um, als ich Neds erigierten Penis sah, bevor es ihm gelang, ihn in einer Jogginghose zu verstecken.

Die Musik dröhnte immer noch, und ungeachtet der lebensverändernden Szene, die sich auf dem Küchentisch abspielte, sang Michael Bolton mit rauer Stimme weiter.

»Nelly …« Meine Mutter hielt sich die Hand an die Stirn, während sie sich mit der anderen die Kleidung an die nackte Brust drückte. »Oh Gott! Es tut mir leid. Es tut mir schrecklich leid, Nell!«

»Wir dachten, du kämst erst viel später zurück«, mischte sich nun Ned ein und zog mit hektischen Bewegungen sein Hemd über.

Magnus miaute und befreite sich aus meinen Armen, bevor er genau das tat, was ich am liebsten getan hätte: Er verkroch sich unter dem Küchentisch. Ob dort auch noch Platz für mich war?

Mum kam zu mir herüber und legte mir eine Hand auf die Schulter, woraufhin ich zusammenzuckte und sie erschaudernd wegschlug. »Fass mich nicht an! Ich weiß, wo diese Hand gewesen ist!«, fuhr ich sie an.

Charlie kam gerade rein, als die Kleidung meiner Mutter sie nicht mehr schützte und eine große rosa Brustwarze zum Vorschein kam.

»Herrgott noch mal, Ned! Die Leute essen hier!«, rief er.

»Mach die Augen zu!« Blitzschnell hob ich eine Hand und legte sie über seine blauen Augen. Ich würde auf keinen Fall zulassen, dass er die Brüste meiner Mutter sah, bevor er meine zu

Gesicht bekommen hatte! »Und du, zieh dir um Himmels willen etwas an, Mum!«

»Was zum … Das ist deine Mutter?!« Charlie räusperte sich und reichte ihr die Hand. »Freut mich, Sie kennenzulernen, Mrs. Coleman.«

Verlegen ergriff sie sie. »Nenn mich doch bitte Cassie!«

Ich hob meine freie Hand, ohne die andere von Charlies Augen zu nehmen, und schlug ihnen auf die Handgelenke, bis sie sich voneinander lösten. »Fass sie nicht an!«, schnauzte ich Charlie an, bevor ich ihn an den Schultern packte, ihn blitzschnell umdrehte und ihn mit mir ins Wohnzimmer zog.

Erst als keine nackten Körper elterlicher Gestalten mehr zu sehen waren, löste ich meine Hand von Charlies Augen und ließ mich auf das Sofa fallen. Aber dann kam mir der Gedanke, dass der Küchentisch vielleicht nicht die einzige Fläche war, auf der Ned unsere Freundschaft entweiht hatte. Ich sprang abrupt wieder auf und setzte mich auf den Boden neben dem Kamin.

Charlie stemmte die Hände in die Hüfte und stieß die Luft durch die geschürzten Lippen aus.

Nervöse Schritte näherten sich, und einen Augenblick später erschien Ned in der Tür.

»Vorsicht, Ned! Zu deiner eigenen Sicherheit solltest du sie vorerst besser in Ruhe lassen«, bemerkte Charlie.

»Tut mir leid, dass du das sehen musstest«, sagte Ned, als er auf mich zukam. »Mach ihr eine Tasse Tee, ja?«, bat er Charlie. »Mit Milch und einem Stück Zucker.«

Charlie verschwand augenblicklich, und ich konnte nur hoffen, dass meine Mutter inzwischen vollständig bekleidet war, damit er kein zweites Mal einen Blick auf ihre Brustwarze erhaschen konnte.

»Tee wird das nicht wiedergutmachen«, erklärte ich und stützte den Kopf in die Hände. »Sie ist meine *Mutter*, Ned. Meine *Mutter*!«

»Ich weiß. Es tut mir leid, dass du es auf diese Weise herausfinden musstest.«

»Herausfinden? Wie lange geht das denn schon so?«, fragte ich und schaute ihm ins Gesicht.

Auf seiner Stirn bildete sich ein leichter Schweißfilm, und er presste die Lippen zu einer schmalen Linie zusammen.

»Seit wann, Ned?«

Er zögerte noch immer mit der Antwort.

»Sieben oder acht Mal im Laufe des letzten Jahres«, sagte er dann schließlich doch. »Seit sie nach ihrer Geschäftsreise zu uns gekommen und ein paar Tage bei uns geblieben ist.«

Ich schluckte, worauf Ned sich ein Lächeln verkneifen musste.

»Wir haben dir nichts davon erzählt, weil wir wussten, dass du so reagieren würdest. Außerdem hatten wir beschlossen, zunächst einmal abzuwarten, ob es etwas ist, was wir fortsetzen wollen, bevor wir es dir sagen. Aber auch, weil wir nicht wollten, dass du ausflippst.«

»Und da habt ihr beschlossen, dass ein anschauliches Beispiel auf dem Küchentisch der beste Weg ist, um es mir beizubringen?«

Ned seufzte und setzte sich vor mich hin. »Nell, wenn ein Mann eine Frau liebt …«

»Lass das!«, erwiderte ich und hielt warnend einen Finger hoch. »Wag es ja nicht, den wunderbaren Michael Bolton zu benutzen, um dich aus dieser Sache herauszuwinden!«

»Na schön. Tut mir leid. Aber darf ich dir eine einzige Frage stellen, Nell?«

Ich schaute ihn an und wartete darauf, dass er mich etwas zutiefst Verstörendes fragen würde, etwa: »Könntest du nicht anfangen, mich ›Dad‹ zu nennen?« Oder: »Was würdest du von einem Geschwisterchen mit meiner Nase halten?«

Stattdessen hob er die Hand, in der er die Schneekugel hielt, und fragte: »Was zum Teufel ist das denn?«

Kapitel 27

Ich weiß nicht, ob die Schneekugel eine Art Ehrenplatz auf dem Küchenregal erhalten hatte, um mir den mentalen wie auch emotionalen Schock zu erleichtern, meine Mutter mit gespreizten Beinen wie ein gegrilltes Hähnchen auf dem Küchentisch liegen gesehen zu haben, oder ob Ned tatsächlich Gefallen an einer kitschigen, saphiräugigen Jungfrau Maria gefunden hatte, die in einem Glas mit Glitzerwasser stand. Was auch immer der Grund sein mochte, die Schneekugel war da, und Marias Blick bohrte sich in meinen, während ich versuchte, das Sushi zu essen, das Mum besorgt hatte, um mich ein bisschen aufzuheitern.

Obwohl ich eine erwachsene Frau war, die Sex hatte und durchaus verstand, dass meine Mutter ebenfalls eine erwachsene Frau war, und eine äußerst attraktive noch dazu, die die gleichen körperlichen Bedürfnisse hatte, gab es Dinge im Leben, die einem zwar bewusst waren, auf die man aber nicht näher eingehen wollte. Und es gab Anblicke, die man kaum je wieder vergessen konnte. Deshalb spießte ich nur lustlos ein Lachs-Nigiri von meinem Teller mit bisher unberührtem Essen auf ein Stäbchen und tauchte es in das Schälchen mit der Sojasoße. Dann führte ich es zum Mund. Ich hatte versucht zu vergessen, was ich gesehen hatte, doch schon beim Aufspießen des Sushis brach mir der kalte Schweiß aus. Im Geiste stach ich mir die Stäbchen in die Augen, damit sie nie wieder durch solch schamlose Bilder verletzt werden konnten.

Mum und Charlie füllten derweil das unbehagliche Schweigen zwischen Ned und mir, indem sie über die Arbeit meiner Mutter sprachen. Ich glaube, Charlie war aufrichtig interessiert daran, aber ich bemerkte auch Mums angespannten Gesichtsausdruck. Und Charlies Blick, der zu besagen schien: »Ich habe deine Brustwarze gesehen, Cassie Coleman.« Und dann las ich wieder die Bitte in ihren Augen: »Bitte verrate es niemandem ...«

Ich starrte Ned unter halb gesenkten Lidern und mit zusammengebissenen Zähnen über den Tisch hinweg an. Er tat so, als bemerkte er es nicht, und zeichnete mit seinem Essstäbchen Muster in seine Wasabi-Paste.

Wie war es möglich, dass mein engster Freund mich derart hinterging? Sie waren so diskret gewesen und hatten mich so geschickt belogen, dass ich nicht einmal für einen Moment Verdacht geschöpft hatte. Aber warum hätte ich einen solchen Verrat auch ausgerechnet von dem Menschen vermuten sollen, der stets die Rolle meines besten Freunds und Ersatzvaters gespielt hatte? Vielleicht wollte er die Vaterrolle jetzt ja auf eine neue Ebene heben?

Im Moment befand sich das Bild von Neds Verrat noch immer in gleißender 4K-Ultra-HD-Auflösung in meinem Kopf. Doch ich hoffte, dass mein Gehirn diese peinliche Erinnerung bald mit einem hübschen kleinen Feigenblatt verdecken würde.

Ich kaute das Lachs-Nigiri dreimal, bevor ich es wieder auf den Teller spuckte und den Mund mit lauwarmem Wasser ausspülte.

Es dauerte einen Moment, bis ich merkte, dass ich von allen beobachtet wurde. »'tschuldigung«, sagte ich mit einem Blick auf das halb zerkaute Sushi auf dem Teller vor mir. Erst jetzt ging mir auf, wie eklig mein Ausspucken gewirkt haben musste. »Ich kämpfe gerade mit einer posttraumatischen Belastungsstörung.«

»Während deiner Abwesenheit war Joel übrigens wieder hier«, wechselte Ned geschickt das Thema. »Er hat dir noch einen Karton gebracht.«

»Ach ja?«, antwortete ich, während ich mit einer passiv-aggressiven Bewegung ein Thunfisch-Maki-Röllchen aufspießte und es ausgiebig mit Wasabi bestrich. Vielleicht würde das Brennen des japanischen Meerrettichs ja die Erinnerungen vertreiben. »Was war denn diesmal in dem Karton? Eine Wollmaus, von der er dachte, sie sei mir ans Herz gewachsen, oder ein zerbrochener Pfannenwender von vor sechs Jahren?«

»Nee. Diesmal war es nur ein Teil«, sagte er und streckte ein Bein zur Wand aus, wo ein leerer Karton von Walkers Chips auf dem Boden stand. Mit dem Fuß zog er ihn unter den Tisch.

Zwischen meinen Knien hindurch schaute ich auf den neuesten Schatz hinunter, den Joel mir zurückgebracht hatte. Der Karton war groß genug für etwa fünfzehn Bücher, aber in der rechten hinteren Ecke lag nur etwas winzig Kleines, das mir ein flaues Gefühl im Magen bescherte. Ich bückte mich und nahm den Ring heraus – einen silbernen Ring mit einem großen schwarzen Stein, in den kleine zarte Blumen aus demselben Silber eingelassen waren, mit dem der Stein befestigt war. Ich schluckte den Kloß in meinem Hals hinunter und holte tief Luft, als sich hinter meinen Augen Druck aufbaute.

»Was ist es?«, fragte Charlie und legte mir tröstend eine Hand aufs Knie.

Die Wärme seiner Haut riss mich aus meinen Gedanken, und ich steckte den Ring an meinen Finger.

»Bloß ein altes Schmuckstück«, antwortete ich wenig überzeugend.

Später stand ich im Bad, und Tränen tropften von meinem Kinn ins Waschbecken, als ich auf den Ring an meiner Hand starrte. Ringe waren so klein, und man konnte sie so leicht verlieren, dass ich ihn nur aus Angst, ihn zu verlegen, in dem Karton aufbewahrt hatte. Aber ihn jetzt an meinem schmaler gewordenen Finger zu haben weckte die verschiedensten Erinnerungen in mir. Nicht alle von ihnen waren schön, doch eben trotz allem Erinnerungen.

Ich seufzte tief und starrte prüfend auf mein Spiegelbild. Wieso dachte ich überhaupt an Joel, obwohl Charlie schon in meinem Schlafzimmer war und sich bereitmachte, in dasselbe Bett wie ich zu steigen?

Bevor ich ins Bad gegangen war, hatten wir ein kurzes Gespräch über die Verhaltensweisen von zwei Menschen geführt, die ein Bett miteinander teilen wollen und von denen einer beziehungsweise eine am liebsten jeden Quadratzentimeter des anderen küssen würde, es aus Rücksicht auf den Trauerprozess des anderen aber nicht tun kann. Schließlich hatten wir vereinbart, dass wir beide uns nicht gezwungen fühlen mussten, etwas anderes zu tun, als zu schlafen. Charlie wollte nicht allein sein, und um ehrlich zu sein, wollte ich es genauso wenig. Wir waren zwei erwachsene Menschen und somit durchaus fähig, nebeneinander zu schlafen, ohne unseren Hormonen zu erliegen – auch wenn Ned und meine Mutter das offenbar nicht fertigbrachten.

Plötzlich klopfte es dreimal leise an der Badezimmertür, die sich dann unaufgefordert einen Spalt öffnete, bevor Mums Gesicht darin erschien. Abgesehen von dem Ereignis, von dem ich hoffte, dass ich es bald verdrängen würde, und dem anschließenden furchtbar peinlichen Abendessen konnte ich mich nicht erinnern, wann ich sie das letzte Mal gesehen hatte.

»Hallo Nelly«, sagte sie mit einem besorgten Lächeln und schlüpfte in den Raum.

Ich holte tief Luft, trocknete mir mit einem Handtuch das Gesicht ab und bemühte mich, mich nicht an den verzückten Gesichtsausdruck meiner eigenen Mutter zu erinnern.

»Hi Mum«, erwiderte ich, als sie mich umarmte. »Wieso hast du mir nicht gesagt, dass du zurückkommst?«, fragte ich.

Fast hätte ich noch hinzugefügt, dass sie es vermutlich nicht getan hatte, damit sie und Ned ein heimliches Stelldichein haben konnten, bevor sie mich sah. Aber diese Bemerkung verkniff ich mir dann doch.

»Weil ich dich überraschen wollte, und das ist mir ja wohl auch gelungen.«

»Allerdings.« Innerlich zuckte ich zusammen, rückte ein bisschen von ihr ab und starrte auf meine Füße. Dabei überlegte ich, wie ich sie am besten fragen konnte, was mir auf dem Herzen lag. »Du spielst doch nicht nur mit ihm, oder, Mum?«

»Was willst du damit andeuten, Schatz?« Sie legte ihre makellose Stirn in Falten.

Meine Mutter war wirklich eine Schönheit. Ihre normalerweise sehr helle Haut war leicht gebräunt. Doch offensichtlich war es Bräune aus der Flasche, weil sie niemals braun wurde. Ihre wachen grünen Augen bildeten einen schönen Kontrast zu ihrem honigblonden Haar.

»Ich weiß, das klingt jetzt so, als ob ich über meine Kindheit traurig wäre oder so – was aber überhaupt nicht der Fall ist. Ich hatte eine tolle Kindheit. Trotzdem muss ich dir etwas sagen: Als jemand, der dem Irrglauben erlegen war, dass du immer für mich da sein würdest, weiß ich sehr gut, wie es sich anfühlt, dich mal wieder verreisen zu sehen, nachdem ich mir eingeredet hatte, dass du nie wieder gehen würdest.«

Ich sah, dass meine Worte sie verletzten, doch sie waren wahr, und deshalb musste sie sie hören.

»Ned hat schon einmal eine Frau gehabt, die ihn nur hingehalten und ihm das Herz gebrochen hat. Falls du also genau wie Connie sein wirst, dann mach besser gleich Schluss mit ihm.«

»Schatz, was zwischen Ned und mir passiert ist …«, stammelte sie.

»Ich kenne Ned viel besser als du, Mum. Er ist ein Romantiker, der bei Liebeskomödien weint und von silbernen Jahrestagen träumt. Und ich kenne dich. Du bist liebevoll und nett, aber die Arbeit ist dir wichtiger als alles andere. Abgesehen von dir ist Ned jedoch die einzige Familie, die ich habe, und ich will ihn nicht wegen einer gescheiterten Beziehung verlieren.« Ich trat näher zu ihr und legte ihr die Hand auf den Arm, um die Härte meiner Worte abzumildern. »Bitte, Mum. Ich kann mir mein Leben ohne Ned nicht vorstellen. Zwing mich also bitte nicht dazu!«

Sie sah aus, als wäre sie den Tränen nahe, und legte ihre Hand an meine Wange. »Natürlich, Schatz. Aber nur, damit du es weißt: Du hast für mich noch nie an zweiter Stelle gestanden.

Nicht seit dem Moment, als ich erfahren habe, dass ich dich bekommen würde.«

Sie zog mich an sich, und wir beide versuchten zu verbergen, dass wir ein paar Tränen vergossen.

»Weißt du«, fuhr sie fort, als wir das Bad verließen, »vielleicht ist es ja für mich an der Zeit, nach Hause zu kommen und wieder sesshaft zu werden.«

»Das glaube ich erst, wenn ich es sehe«, spöttelte ich bei der Erinnerung an die letzten Male, bei denen sie das so beiläufig gesagt hatte, als bedeutete es nicht mehr, als hinauszugehen, um etwas Milch und Käse zu kaufen. Sie wusste nicht, wie weh es tat, wenn sie sich dann für einen achtzehnmonatigen Auftrag in China verpflichtete.

Sie zuckte mit den Schultern und nickte. »Na ja …«

Ich schüttelte den Kopf und verzog das Gesicht. »Und Ned … Ich hätte niemals gedacht, dass er dein Typ sein könnte.«

»Ich auch nicht«, erwiderte sie schmunzelnd.

»Du weißt, dass er eine seltsame Vorliebe für Céline Dion hat und Geschichtsmagazine liest?«

»Ja, das ist mir bekannt.«

»Und es schreckt dich gar nicht ab?«

»Eigentlich sogar ganz im Gegenteil.«

Ich erschauderte und wünschte, ich hätte nie gefragt.

Als ich in mein Zimmer zurückkehrte, lag Charlie schon im Bett, und bei seinem Anblick dort verkrampfte sich mein Innerstes vor Aufregung. Alles, was bisher zwischen uns geschehen war, hatte sich in einer solchen Extremsituation abgespielt, dass ich nicht mehr an der Stärke meiner Gefühle für ihn zweifelte. Man hörte oft von Liebe, die unter extremen Umständen entstanden war, und davon, wie hell und schnell sie brannte und dann in einer ebenso großen Katastrophe endete, wie sie begonnen hatte. Ich hoffte, dass uns ein solches Schicksal nicht ereilen würde.

Als ich leise in das Zimmer schlüpfte, waren meine Wimpern noch immer feucht von den Tränen, die ich während des Gesprächs mit meiner Mutter vergossen hatte.

»Alles okay mit dir?«, fragte er und richtete sich ein bisschen auf, um sich an das Kopfteil zu lehnen.

»Klar.« Ich nickte und schloss die Tür.

Mit einem Mal fühlte ich mich sehr unbeholfen.

»So«, sagte er und blickte auf seine Hände hinab, die auf seinem Schoß über der Bettdecke gefaltet waren. »Dieser Ring, den Joel vorbeigebracht hat ... Was ist das für eine Geschichte?«

»Wie kommst du darauf, dass es eine Geschichte dazu gibt?«

»Weil dir das Blut aus dem Gesicht gewichen ist, als hättest du einen Geist erblickt, als du gesehen hast, was im Karton lag.«

Ich seufzte und setzte mich ihm gegenüber mit gekreuzten Beinen auf das Bett. Unwillkürlich drehte ich den Ring an meinem Finger und erinnerte mich an den Verkaufsstand, an dem ich ihn einen Monat, bevor er an meinem Finger gelandet war, zum ersten Mal gesehen hatte.

»In der ganzen Zeit, in der ich mit Joel zusammen war, hatte ich nie einen Hehl daraus gemacht, dass ich nicht heiraten wollte. Der bloße Gedanke daran machte mich so panisch, als säße ich in einer Falle. Also habe ich es ihm eines Tages unmissverständlich erklärt, und es schien, als sähe er das ganz genauso.« Ich wandte mich von Charlie ab und blickte auf den Ring, dessen Stein heute stumpfer wirkte als früher. »Eines Tages, etwa zwei Jahre nach Beginn unserer Beziehung, besuchten wir einen Kunsthandwerkermarkt in der Stadt. Dort sah ich diesen Ring, der mir sehr gefiel, doch da wir beide kein Geld hatten, ließ ich ihn da und vergaß ihn.« Ich zog den Silberring von meinem Finger und reichte ihn Charlie, der ihn zögernd nahm und betrachtete. »Joel, der die Karte der Standbesitzerin mitgenommen hatte, schrieb ihr jedoch heimlich eine E-Mail, um ihr mitzuteilen, dass er den Ring gern kaufen wolle, aber vorher etwas Geld sparen müsse. Sie stimmte zu, ihn für ihn zurückzulegen, und einen Monat später, als der Markt erneut stattfand, kaufte Joel ihn und schenkte ihn mir. Er sagte, er könne verstehen, dass ich nicht heiraten wolle, doch er würde ihn mir gern als eine Art Freundschaftsring schenken, als Zeichen, dass wir einander immer lieben würden.

»Das klingt, als hätte er dich wirklich geliebt, Nell«, sagte Charlie und räusperte sich.

»Das tut er immer noch – genau das macht es ja so schwer.«

»Wie meinst du das?«

»Was ich damit sagen will, ist … « Ich holte tief Luft, während ich mir ein Herz fasste, um zu erklären, was ich schon seit Jahren dachte. »Was ich meine, ist, dass ich niemals prinzipiell dagegen war zu heiraten, sondern nur nie *Joels* Frau werden wollte.«

»Ist das ein Hinweis?«, erwiderte er schmunzelnd und gab mir den Silberring zurück.

Ich lachte nervös und behielt den Ring in der Hand, weil ich ihn nicht wieder anstecken wollte. Aber ich war auch noch nicht bereit, ihn loszulassen.

»Es ist nur so, dass ich jetzt verstehe, wie es mit dir und Abi war.«

Charlie senkte den Blick, als könnte er mir nicht in die Augen sehen, als ich ihren Namen aussprach.

»Die Art von Liebe, die du für sie empfunden hast und immer noch empfindest …« Ich wollte nicht lügen, doch dieser letzte Teil tat weh. »Zwischen Joel und mir hat es so etwas niemals gegeben. Wir waren nie füreinander bestimmt.«

»Weißt du, ich habe niemals an Bestimmung oder Schicksal oder so etwas geglaubt«, sagte er mit leiser Stimme und legte mir eine Hand aufs Knie. »Aber so, wie alles bei uns gekommen ist … Ich meine, dass ich den Aufkleber dort oben auf dem Uhrenturm gefunden habe und er mich zuerst zu Ned und dann zu dir geführt hat und dass wir uns schließlich in diesem Café getroffen haben … All das fühlt sich für mich so an, als wollte uns jemand zusammenbringen.«

Wir hatten schon so viel zusammen durchgemacht, und in diesem Augenblick wurde mir mehr als klar, dass ich ihn schon zu sehr liebte, als dass all das umsonst gewesen sein sollte.

»Ich weiß, was du meinst«, erwiderte ich. »Und auch ich kann nicht umhin zu denken, dass alles vielleicht Bestimmung und es mein Schicksal war, mich in dich zu verlieben. Dennoch habe ich das Gefühl, dass der Zeitpunkt …«

»… nicht der richtige ist?«, beendete Charlie meinen Satz für mich.

»Genau«, stimmte ich ihm seufzend zu.

Als ich die Wärme seiner Hand an meinem Knie spürte, rückte ich etwas näher an ihn heran und legte lächelnd die Finger an seine Wange. Seine unglaublich blauen Augen richteten sich auf meine.

»Ich liebe dich, Charlie«, flüsterte ich, und als sein Mund sich zu einem Lächeln verzog, dachte ich für einen Moment, er würde mir das Gleiche sagen.

Doch er verbot sich sogar das Lächeln und stieß einen tief empfundenen Seufzer aus.

»Ich möchte dich küssen, ohne dass du dabei an Abi denkst. Ich möchte die Nacht mit dir verbringen, ohne dass du das Gefühl hast, deine Frau zu hintergehen. Du trauerst immer noch um sie, und das ist auch in Ordnung.«

Er öffnete schon den Mund, um zu protestieren, aber der Ausdruck in seinen Augen verriet mir, dass er mir im Grunde zustimmte.

»Du brauchst mehr Zeit, Charlie. Zeit, um dein gebrochenes Herz wieder zusammenzusetzen, bevor du es erneut verschenkst. Ich möchte, dass wir eine Chance haben, und um die zu erlangen, müssen wir geduldig sein.«

Seine Augen schimmerten feucht, und seine Lippen wurden schmal, als er sie zwischen die Zähne zog. »Du hast recht, Nell.« Seine Stimme brach, und er stöhnte verärgert auf. »Verdammt! Entschuldige bitte, dass ich nicht aufhören kann zu weinen.«

»Dafür brauchst du dich nicht zu entschuldigen.« Ich legte eine Hand an seine andere Wange und wandte sein Gesicht sanft wieder meinem zu. »Du musst diese Gefühle zulassen, anstatt dich andauernd dagegen zu wehren. Das ist ungefähr so, als würdest du einen bösartigen, alten Vogel besitzen.«

Das brachte ihn zum Lachen und verdrängte seine Tränen. »Wieso, in drei Teufels Namen, kommst du jetzt auf einen boshaften, alten Vogel?«

»Gut, es ist vielleicht nicht meine beste Analogie, doch lass mich erklären. Wenn du diesen Vogel in einen Käfig sperrst, wirst du ihn nie wieder los. Aber wenn du den Käfig öffnest und ihn herauslässt, wird er aus dem Fenster fliegen und Platz für einen netten, freundlicheren Vogel schaffen.«

»Und was genau ist der nette, freundlichere Vogel?«

»Glück«, antwortete ich. »Lass deinen Schmerz zu, Charlie, und wenn du ihn überwunden hast und bereit bist, können wir sehen, was geschieht.«

Er wischte sich die Tränen ab und nahm meine Hände in seine. »Und was ist, wenn sich alles geändert hat, wenn ich so weit bin?«

»Dann hat es wohl nicht sein sollen, schätze ich.«

Mit diesen Worten erhob ich mich vom Bett und schlüpfte in die Pumps, die ich bereits ausgepackt hatte und die nun auf dem Boden lagen.

»Wo willst du hin?«, fragte er.

»Ich habe noch etwas zu erledigen. Es ist zwar schön und gut, die Beraterin zu sein, aber jetzt muss ich auf meinen eigenen Rat hören. Nach dem Motto: ›Praktiziere selbst, was du predigst.‹ Und so weiter«, erklärte ich.

Ich zog meinen Mantel an, nahm mein Handy vom Bett und streifte mir den Freundschaftsring wieder über den Finger.

»Lass mich mitgehen, es ist dunkel.«

»Keine Bange. Ich habe es nicht weit«, antwortete ich. »Ich muss das allein erledigen.«

»Und was hast du vor?«, wollte er wissen, während er die Bettdecke zurückschlug und schon ein Bein auf den Boden stellte.

»Ich lasse den Vogel frei.«

Joel war schon da, als ich kam, und saß mit hängenden Schultern auf der Bank außerhalb des Parks. Bei Tageslicht war diese kleine Wiese wunderschön mit ihren Beeten voller dottergelber Narzissen und violetter Krokusse, die leider nie lange genug zu blühen schienen. Aber im Dunkeln lagen die Blumen ohnehin alle im Schatten, und ihre Farbe verlor sich in der Nacht. Das einzige Licht kam von der schwachen Straßenlaterne, die ein paar Meter entfernt stand. Joel hatte mich noch nicht gesehen, sein Blick war auf das Telefon in seinen Händen gerichtet, dessen Display sein Gesicht ein wenig beleuchtete.

Als ich nur noch ein paar Schritte entfernt war, hob er den Kopf und stand rasch auf. »Nell«, sagte er strahlend, beugte sich vor und gab mir beunruhigend nahe an meinen Lippen einen Kuss.

Als sein Mund dort jedoch einen Moment länger als nötig verweilte, spürte ich, wie ein leichter Schauder mich durchlief.

»Danke, dass du gekommen bist! Und entschuldige bitte, dass ich so spät noch angerufen habe.« Ich tat einen Schritt von ihm weg und setzte mich auf die Bank.

Auch Joel nahm wieder Platz. Sein Knie berührte fast meines.

»Du weißt doch, dass ich eine Nachteule bin, Nell«, erwiderte er und legte seine Hand dabei auf mein Bein.

Ich dachte daran, wie anders es sich anfühlte, Joels Berührung dort zu spüren, wo vor einer knappen halben Stunde noch Charlie mich berührt hatte.

»Es freut mich, dass du den Ring wieder trägst«, sagte Joel. Er ergriff meine Hand und bewegte den Silberring mit seinem Daumen hin und her. »Endlich ist er wieder dort, wo er hingehört.«

Ich entzog ihm jedoch meine Hand und wappnete mich für die Worte, die gesagt werden mussten. Wie sollte ich nur den Anfang machen?

»Ich kann … «

»Und ich kann immer noch nicht glauben, dass du in ein Flugzeug gestiegen bist! Du musst doch Angst gehabt haben! Besonders auf dem Rückflug, oder? Wie war es für dich, allein zu fliegen?«

»Ich … ich bin nicht allein geflogen. Charlie war bei mir.«

Joel runzelte die Stirn. »Aber ich dachte, er wäre nach Hause geflogen.«

»Das ja, aber doch nicht für immer«, antwortete ich und fühlte mich bedrängt und überfordert. »Wir waren nur für eine Trauerfeier dort, und das war auch schon alles.«

»Wie schön«, spottete er. »Und das ist seine Vorstellung von einem Date?«

Ein Anflug von Wut erwachte in meinem Magen und blubberte in der Hitze meiner Magensäure wie ein Maiskorn kurz vor dem Aufplatzen.

»Es war eigentlich mehr eine Gedenkfeier für seine Frau.«

»Ach du meine Güte!«, erwiderte er seufzend. »Und wie lange weißt du schon davon?«

»Eine Weile.« Nun seufzte auch ich.

Joel war so viele Jahre mein Vertrauter gewesen, dass ich es mir nicht lange überlegte, ihm die Wahrheit darüber zu erzählen, wie Charlie und ich uns kennengelernt hatten. Ich erzählte ihm von dem Café, von der Turmuhr, von meinem Telefonat mit Charlie und auch von dem, das er mit Ned zwei Jahre zuvor geführt hatte. Erst als ich Joel alles geschildert hatte, fragte ich mich, ob ich nicht all das besser für mich behalten hätte.

»Wow!«, war alles, was ihm dazu einfiel. »Kein Wunder, dass ich dich in letzter Zeit kaum noch gesehen habe.«

»Hör zu«, wechselte ich schnell das Thema, um zu dem zurückzukehren, was ich ihm eigentlich sagen wollte. »Mir ist heute Abend etwas klar geworden, wovon ich zu meiner Beschämung zugeben muss, dass ich es vorher nicht richtig bedacht hatte.«

»Und was ist das?«, fragte er mit einem hoffnungsvollen Gesichtsausdruck.

»Mein ganzes Leben habe ich mich mit der Zeit und Aufmerksamkeit begnügt, die andere mir zukommen lassen wollten. Meine Mutter ist von ihren Reisen zurückgekehrt, wenn es in ihren Zeitplan passte, und hat mich angerufen, wenn ihr danach war. Sie tauchte in meinem Leben auf und verschwand wieder, wann immer es ihr passte. Und das Gleiche gilt für die Zeit, in der wir beide zusammen waren.«

»Ich bin mir nicht sicher, ob ich verstehe, was du meinst«, entgegnete Joel stirnrunzelnd.

»Wir sind nie irgendwo hingegangen, haben nie etwas unternommen«, fuhr ich fort. »Da du nie Lust hattest auszugehen, habe ich das einfach akzeptiert und bin mit dir zu Hause geblieben.«

»Aber wir haben sehr viel Zeit miteinander verbracht, auch wenn es nur in dieser beschissenen Wohnung war.«

»Nein, das haben wir nicht. Du warst kaum im selben Zimmer wie ich. Entweder saßt du vor deiner PlayStation mit diesem blöden Headset auf dem Kopf oder vor deinem Computer, oder du hingst am Telefon. Du hast dich für alles Mögliche interessiert, nur eben leider nicht für mich.« Ich holte tief Luft, um mich zu beruhigen, bevor ich fortfuhr. »Mit dir zusammen zu sein war wie der Versuch, mit der Hand Rauch festzuhalten. Ich dachte, ich hätte dich, aber sobald ich meine Finger öffnete, warst du nicht mehr da. Heute Abend habe ich meiner Mutter erzählt, wie weh es mir in all den Jahren tat zu glauben, ich hätte sie, oder mir einzureden, dass sie sich endlich für mich entscheiden würde, nur um dann ein weiteres Mal mit ansehen zu müssen, wie sie wieder ging. Leider ist es auch genau das, was ich dir in den letzten sechs Monaten angetan habe, Joel. Ich bin nicht fair zu dir gewesen.«

»Hey, ich habe mich nicht beklagt!« Sein Blick war angespannt, fast schon ängstlich.

Ich blickte auf meine Hände und kniff die Augen zu, woraufhin mir das Bild von Charlie, der zu Hause in meinem Bett saß, in den Sinn kam und mich wieder traurig stimmte.

»Ich weiß jetzt, wie sehr es schmerzt, jemanden zu lieben und zu wissen, dass er deine Liebe nicht erwidern kann. Und deshalb …« Ich griff nach Joels Hand, drehte sie um, streifte den Ring von meinem Finger und legte ihn auf seinen Handteller. »Deshalb muss ich ihn dir zurückgeben. Weil wir nicht für immer zusammen sein werden und ich glaube, dass du den richtigen Menschen für diesen Ring finden kannst, wenn ich dich endlich gehen lasse.«

»Nicht, Nell, bitte nicht!«, flehte er, und sein Gesicht verzerrte sich zu einem, das ich nicht kannte. »Bitte! Ich liebe dich!«

»Ich weiß«, antwortete ich, den Tränen nahe. »Und in gewisser Weise werde ich auch dich immer lieben. Aber eben nicht so, wie du es willst und brauchst.«

Er blickte auf den Ring in seiner Hand, als wäre er ein Todesurteil und der schwarze Fleck wie eingebrannt auf seiner Haut.

»Es tut mir leid, Joel.« Ich stand auf, weil ich das Gefühl hatte, gehen zu müssen, bevor ich es mir anders überlegte.

Joel war nicht das, was ich wollte, doch er war unkompliziert, sicher und vertraut.

»Ich muss jetzt gehen, Joel.«

Einen Moment lang schwieg er, bevor ein boshaftes Lachen über seine Lippen kam und er mich anschaute. »Du machst dir nur selbst etwas vor mit diesem Charlie.«

»Nein, das tue ich nicht«, erwiderte ich.

»Liebst du ihn?«, fragte er unter Tränen, die im Schein der Straßenlaterne auf seinen Wangen glitzerten.

Ich schluckte schnell den Kloß in meinem Hals hinunter. »Ja.«

»Aber er liebt dich nicht?«, wollte er in einem so gehässigen Ton wissen, dass ich jedes seiner Worte wie Fußtritte in meinem Solarplexus spürte.

»Es ist nicht so, dass er es tut, sondern eher so, dass er es sich nicht *erlauben* will, weil er immer noch um seine verstorbene Frau trauert.«

»Gut!«, sagte Joel in einem solch grausamen Tonfall, wie ich ihn noch nie von ihm gehört hatte. »Dann hoffe ich, dass er die Liebe deines Lebens ist und dir eines Tages auf einer Parkbank das Herz brechen und dir erklären wird, dass es das Beste für dich ist.«

In seinen Augen hatte sich etwas verändert. Sie waren kalt geworden und nicht mehr wiederzuerkennen.

»Auf Wiedersehen, Joel«, sagte ich und wandte mich ab, bevor er mich weinen sehen konnte.

Ich schluckte die Schluchzer hinunter, die in meiner Kehle aufstiegen und sich mir jeden Moment entringen würden, und ging im Schein der Straßenlaterne weiter. Als ich fast aus dem Lichtkegel der Lampe heraus war, spürte ich, wie mich etwas am Rücken traf. Ich drehte mich um, als unser Freundschaftsring klirrend auf das Pflaster fiel. An der Stelle, an der er mich getroffen hatte, begann es leicht zu brennen. Ich blickte zurück und sah Joel mit hängenden Armen auf der anderen Seite des Lichtkreises stehen. Ich wollte mich gerade bücken, um den Ring aufzuheben, da begann Joel wieder zu sprechen.

»Lass ihn in der Gosse liegen. Er ist jetzt dort, wo er hingehört.« Und damit drehte er sich um und trat aus dem Lichtschein in den Schatten.

Nach einem letzten Blick auf den im Lichtkegel orangefarben glühenden Ring wandte auch ich mich um und ging davon.

Vielleicht würde jemand anders ihn finden und ihn mitnehmen. Vielleicht würde er dieser Person mehr bedeuten, als er mir jemals bedeutet hatte, und nicht den Schmerz mit sich bringen, den er für Joel beinhaltete. Ich hatte Joel und mir eine zweite Chance gegeben, und auch der Ring verdiente eine.

Kapitel 28

Am nächsten Morgen erwachte ich mit den geschwollenen Lidern und dem typischen Brennen in den Augen, die von einer durchweinten Nacht herrührten. Mein Kopf dröhnte, als hätte ich am Abend zuvor zwei Flaschen Wodka geleert. Als genügte das noch nicht für einen denkbar schlechten Start in den Tag, musste ich auch noch feststellen, dass der Platz neben mir leer war, als ich eine Hand ausstreckte.

Enttäuscht und müde stand ich auf, zog meinen Morgenmantel an und ging hinunter in die Küche, vor deren Tür ich kurz innehielt, um auch noch den fatalen geistigen Rückblick zu verkraften, der mich dort ereilte, bevor ich den Raum betrat.

Ned saß am Esszimmertisch und gab sich alle Mühe, nicht von seiner Zeitschrift aufzublicken, als ich zum Schrank hinüberging, mir eine Tasse holte und mich nicht wie üblich neben ihn, sondern ihm gegenüber hinsetzte.

Nachdem ich mir Kaffee aus der Kanne eingeschenkt hatte, legte ich beide Hände um die warme Tasse.

»Wo sind die anderen?«, fragte ich.

Er hielt im Lesen eines Artikels über das Spionagenetzwerk Elizabeths I. inne und blickte verlegen auf, ohne allerdings direkten Blickkontakt mit mir herzustellen. »Sie sind einkaufen gegangen, weil Charlie heute Abend Lasagne machen will.«

»Was für eine glückliche kleine Familie wir doch sind! Sag mir Bescheid, wenn du willst, dass ich dich Dad nenne, ja?«, erwiderte ich spöttisch.

Seufzend schob er die Zeitschrift weg. »Hör mal, Nell … Deine Mutter und ich haben beide sehr lange und ausführlich darüber nachgedacht, ob wir unseren Gefühlen füreinander nachgeben sollen.«

Angewidert hob ich eine Hand. »Bitte unterlass es, Wörter wie ›lange‹ und ›ausführlich‹ zu benutzen. Ich bin mir nicht einmal mehr sicher, ob wir jetzt noch Freunde bleiben können, nachdem ich dein … dein *Ding* gesehen habe.«

»Ach, komm, Nell, das war nichts weiter als ein Penis!«

»Ja, aber es war *dein* Penis. Deshalb war es ja auch ein solcher Schock für mich.«

»Vergiss den Penis!«, sagte er und runzelte die Stirn über seine eigenen Worte. »Der hat absolut nichts damit zu tun, dass ich auch weiterhin immer für dich da sein werde. Du bist die beste und schrulligste Freundin, die ich jemals hatte, und nichts wird uns je trennen können, nicht einmal das, was du gestern Abend gesehen hast. Deine Mutter und ich hegen schon seit einer ganzen Weile diese Gefühle füreinander, und wie ich bereits sagte, haben wir lange und ausführlich …«

»Nicht!«, schrie ich und hielt mir die Ohren zu.

»Pardon. Wir haben uns beide sehr ernsthafte Gedanken darüber gemacht, wie wir damit umgehen sollen«, berichtigte er sich. »Aber ich mag sie nun einmal sehr gern, und nur weil du deswegen ausflippst, werde ich nicht darauf verzichten zu schauen, wohin uns diese Beziehung führt. Ich bin ein Mann, und deine Mutter ist eine unglaublich attraktive Frau, von der ein Mann nur träumen kann.«

»Ach, hör um Himmels willen damit auf!«, bat ich. »Und wenn du und Mum eine Beziehung eingehen wollt oder was auch immer sonst ihr vorhabt, ist das eure Sache. Ich will es nur nicht sehen müssen, okay?«

»Einverstanden.« Er reichte mir über den Tisch hinweg die Hand. »Heißt das, dass wir wieder Freunde sind?«

»Hm.« Ich überlegte kurz. »Das wird sich zeigen, Ned.«

Im selben Moment klopfte es an der Eingangstür, und ich sprang auf, um dem Gespräch und dem Tisch zu entkommen, den ich wahrscheinlich sowieso in den Garten hinausbringen und dort verbrennen würde. Ich machte mich auf den Weg zur Haustür, um die müden Einkäufer hereinzulassen. Es waren jedoch nicht die Gesichter, die ich zu sehen erwartete, als ich die Tür öffnete.

»Rachel?« Es war Joels Mutter, die mit besorgter Miene vor mir stand. »Ist alles okay bei dir? Du siehst beunruhigt aus.«

»Ist Joel hier, Nell?«, fragte sie mit einem Blick über meine Schulter, um zu sehen, ob er vielleicht hinter mir auftauchte.

»Nein«, erwiderte ich. »Aber wie kommst du darauf, dass er hier sein könnte?«

»Weil er gestern Abend noch weggegangen ist, um dich zu sehen, seitdem jedoch nicht wieder nach Hause gekommen ist. Und es ist auch gar nicht seine Art, nicht ans Telefon zu gehen, wenn ich ihn anrufe. Ich dachte nur, er wäre vielleicht hier, da ihr euch in letzter Zeit ja wieder öfter trefft, nicht wahr?«

Ich sah einen Hoffnungsschimmer in ihren Augen, der aufs Neue Schuldgefühle in mir weckte.

»Wir waren nicht hier. Wir haben uns auf einer Bank im

Park getroffen, und nachdem wir uns gestritten hatten, bin ich alleine heimgegangen.«

Rachel hob eine Hand vor ihren Mund und stöhnte auf.

»Du glaubst doch nicht, dass ihm etwas passiert sein könnte?«, fragte ich nervös.

»Ich weiß nicht, aber ich habe ein sehr ungutes Gefühl«, erwiderte sie, während ihre Augen feucht vor Sorge wurden.

Ich musste unwillkürlich wieder an jenen Tag in Irland zurückdenken, an dem ich die Straßen nach Charlie abgesucht hatte. Und an die kopflose, unbändige Panik, die nichts anderes vertreiben konnte, als ihn zu finden.

»Komm rein, Rachel. Möchtest du eine Tasse Tee?«

Sie nickte und ging in die Küche, wo Ned schon den Teekessel aufsetzte.

Als Erstes rief ich einige unserer gemeinsamen Freunde an, obwohl ich mit den meisten von ihnen seit unserer Trennung nicht mehr gesprochen hatte. Doch zu einem von ihnen könnte Joel gegangen sein, um sich einen Rat zu holen. Keiner von ihnen hatte ihn jedoch gesehen, und jeder weitere erfolglose Anruf trieb Rachel wieder neue Tränen in die Augen.

Charlie und Mum trafen ein, kurz nachdem ich alle Anrufe beendet hatte.

Als Nächstes rief ich das Krankenhaus an, um herauszufinden, ob Joel vielleicht dort war oder ob sie irgendwelche nicht identifizierte Patienten hereinbekommen hatten, aber das war nicht der Fall.

Seiner Mutter erklärte ich immer wieder, ich sei mir sicher, dass ihm bestimmt nichts zugestoßen war, doch irgendetwas in ihren Augen verunsicherte mich.

»Er war in den letzten paar Wochen sehr verschlossen«,

berichtete sie. »Aber natürlich wusste ich auch, dass alles gut werden würde, weil ihr beide dabei wart, wieder zueinanderzufinden.«

Stirnrunzelnd schaute ich Charlie und Ned an, die genauso verblüfft zu sein schienen wie ich selbst.

»Hat Joel dir das gesagt?«, fragte ich Rachel.

Sie nickte. »Er hat mir erzählt, ihr wärt dabei, euch zu versöhnen. Du müsstest nur noch eine Beziehung zu jemand anderem beenden, um niemandem wehzutun. Dann könntet ihr wieder zusammen sein. Er war außer sich vor Freude, hat sich nach Wohnungen umgesehen und sogar schon seine Sachen gepackt.« Mit einem warmen Lächeln streckte sie die Hand aus und legte sie auf meine. »Und nach allem, was er in diesem Jahr durchgemacht hat, war ich überglücklich, dass mit euch beiden endlich alles wieder in Ordnung ist.«

»Rachel, es ist gar nichts in Ordnung, und wir werden nicht wieder zusammenkommen. Das stand niemals zur Debatte. Und das weiß er«, erwiderte ich, mit einem Mal noch viel besorgter als zuvor. »Die Kartons, die er gepackt hat, enthielten nur meine Sachen, die er mir gebracht hat.«

»Oh. Er hat mir aber was ganz anderes erzählt«, erwiderte Rachel. »Bist du sicher, Nell?«

»Absolut. Was meintest du vorhin, als du gesagt hast, ›nach allem, was er in diesem Jahr durchgemacht hat‹?«

»Na, dass er sein Unternehmen schließen musste wegen dieser Firma, die ihm Ärger gemacht und sogar mit einer Klage gedroht hat wegen all der Dinge, die herausgekommen sind … Genaueres weiß ich nicht, nur, dass alles irgendwas mit Datenschutz zu tun hatte.«

»Du meinst, sie haben ihm mit einem Prozess gedroht?«

Ich begriff plötzlich, dass ich bei Joel immer nur die Spitze des sprichwörtlichen Eisbergs gesehen hatte.

»Oh ja, es war schrecklich. Aber ich dachte, du wüsstest das, Nell.«

Es war drei Uhr, als Rachel ging, um sich auf die Suche nach Joel zu machen. Ich versprach ihr, es ebenfalls zu tun und sie anzurufen, falls ich ihn finden würde.

»Das ist nicht deine Sache«, sagte Ned im Flur, nachdem Rachel fort war. »Nach allem, was er getan und dir an den Kopf geworfen hat. Er hat dich sogar mit diesem Ring beworfen!«, fügte er missbilligend hinzu.

»Er hat dir etwas hinterhergeworfen?«, wollte Charlie wissen, dessen männlicher Beschützerinstinkt erwachte.

Ich ignorierte jedoch beide, schnappte mir meinen Mantel und ging zusammen mit Mum hinaus. Aber nachdem wir die gesamte Umgebung nach Joel abgesucht hatten, blieb uns nichts anderes übrig, als erfolglos nach Hause zurückzukehren.

Wir saßen alle in der Küche, hatten unserer nervösen Unruhe wegen gerade eine Flasche Wein geöffnet, und Charlies Lasagne brutzelte im Backofen vor sich hin.

Da klingelte plötzlich mein Handy. Es war Joels Mutter.

»Hallo Rachel! Ist er endlich wieder aufgetaucht?«

»Nein, Nell«, sagte sie schluchzend.

»Aber warum weinst du denn?«, fragte ich, sprang auf und versetzte alle im Raum damit in höchste Alarmbereitschaft.

»Ich bin gerade erst heimgekommen.«

»Gerade erst? Es ist fast sieben Uhr!«

»Ich weiß, aber ich konnte doch nicht einfach nach Hause

gehen und tatenlos herumsitzen und auf ihn warten!«, sagte Rachel schluchzend.

»Und du hast keine Spur von ihm gefunden?«

»Doch! Als ich in sein Zimmer gegangen bin, um mich dort noch einmal umzusehen, habe ich einen Brief auf seinem Bett gefunden. Er muss also hier gewesen sein, als ich unterwegs war«, sagte sie mit gebrochener Stimme und zutiefst verstört.

»Was steht denn in dem Brief?«

Nun sprang auch Charlie auf.

»Ich habe schon die Polizei angerufen, Nell. Sie werden einen Wagen losschicken, um nach ihm zu suchen.«

»Was steht denn nun in dem Brief?«, wiederholte ich.

Nachdem ich das Knistern von Papier gehört hatte, begann sie vorzulesen: »›Mum, verzeih mir bitte, dass ich dich verlasse. Ich glaube nicht, dass mich irgendjemand außer dir vermissen wird. Alles, was ich bisher mit meinem Leben angefangen habe, ist gescheitert, und ich weiß, was für eine finanzielle und emotionale Belastung ich für dich bin. Ich dachte, ich sähe einen Ausweg, aber ich hatte mich wieder einmal geirrt. Bitte sag Nell, dass es mir leidtut und dass ich sie liebe. Das habe ich schon immer getan, und daran wird sich auch nichts ändern. Auch dich habe ich sehr, sehr lieb, Mum, und ich werde Dad von dir grüßen. Joel.‹«

»Ach du lieber Gott!« Ich hielt mir die Hand vor die Augen.

Das war meine Schuld! Es war wegen dem, was ich am vergangenen Abend gesagt hatte! Ich hatte ihn auf die Idee gebracht, als ich ihm von Charlie erzählt hatte!

»Ich darf nicht auch noch meinen Jungen verlieren, Nell.«

Ich war es, der ihm die Idee in den Kopf gesetzt hatte.

»Rachel, ich glaube, ich weiß, wo er sein könnte. Ich ruf dich an, sobald ich dort bin«, versprach ich, bevor ich auflegte und ohne ein Wort zu den anderen zur Tür hinüberging.

Sie riefen mir nach, ich sollte warten, doch ich ignorierte sie, ja machte mir nicht einmal die Mühe, einen Mantel überzuziehen, sondern rannte, gefolgt von Charlie, einfach nur hinaus.

»Wo ist er, Nell?«, rief er.

»Auf dem Uhrenturm«, antwortete ich atemlos. »Er ist auf dem Turm, Charlie.«

Keiner von uns beiden sprach ein Wort. Wir rannten nur. Die Luft war eisig kalt, doch meine Haut glühte vor Angst. Charlie, der schneller war als ich, lief voraus, ohne mich aber je zu weit hinter sich zurückzulassen.

Als wir am Uhrenturm ankamen, war das Fenster zur Feuertreppe eingeschlagen, daneben lag ein großer Stein.

Während wir beide, so schnell wir konnten, die Treppe hinaufliefen, wählte ich Rachels Nummer, und sie meldete sich fast augenblicklich.

»Rachel, ich glaube, ich habe ihn gefunden. Ruf die Polizei an, und sag ihnen, dass sie zum Rathaus kommen sollen. Joel ist oben auf dem Uhrenturm.« Dann legte ich auf und griff nach dem Geländer, um mich noch schneller hochzuziehen.

Charlie war schon vor mir oben und stürmte auf das Freigelände des Turms hinaus, bevor ich auch nur das Ende der Treppe erreicht hatte. Ich konnte seine gedämpften Worte hören und wusste, dass wir Joel gefunden hatten.

Als ich durch die Tür trat, geriet ich ins Stocken, denn bei Joels Anblick, der hoch oben auf dem Sims stand, drehte sich mir der Magen um.

»War ja klar. Wo auch immer sie hingeht, rennst du ihr

hinterher«, sagte Joel mit geröteten Augen und verkniffenem Mund, als er sich über die Schulter nach uns umsah.

»Joel, bitte tu das nicht!«, flehte ich ihn an.

»Als würde es dir etwas ausmachen«, höhnte er, aber dann verzerrte sich sein Gesicht, und er schluchzte auf. »Du liebst mich doch sowieso nicht mehr, das hast du selbst gesagt.«

»Trotzdem kümmert mich, was du tust, Joel!«

»Hey.« Charlie trat mit ausgestreckten Händen vor, um Joel zu zeigen, dass er ihm nicht zu nahe kommen würde. »Ich weiß, dass ich wahrscheinlich der letzte Mensch bin, den du im Augenblick sehen willst, aber ebenso wahrscheinlich bin ich auch der einzige Mensch, der genau weiß, was du hier gerade durchmachst. Denn ich stand mal genau da, wo du jetzt stehst, und das ist noch gar nicht lange her.«

Joel schaute ihn an, als fände er alles an ihm abstoßend, und machte einen kleinen Schritt zurück in Richtung Mäuerchen.

»Ich wollte nur noch, dass alles ein Ende nimmt, weil ich das Gefühl hatte, dass es den Kampf nicht mehr wert war und nichts je wieder so werden würde, wie ich es wollte. Ich hatte die Liebe meines Lebens verloren und wusste, dass sie nie wieder zu mir zurückkehren würde.« Charlies Stimme brach ein wenig, und ich dachte schon, er würde in Tränen ausbrechen, aber er riss sich zusammen. »Ich spüre diesen Schmerz noch heute. Doch wenn ich es damals durchgezogen hätte und gesprungen wäre, hätte ich nie erfahren, was als Nächstes kommen würde … und wie viel besser mein Leben werden würde.«

»Ja, aber genau das ist der Punkt«, gab Joel mit emotionsloser Stimme zurück. »Was dein Leben besser gemacht hat, hat meins zerstört. Dein Glück ist mein Schmerz, weil ich sie noch immer liebe.« Dabei deutete er auf mich. Er brachte es offenbar nicht über sich, mich anzusehen. »Doch ich darf es nicht mehr – das ist jetzt deine Aufgabe.«

»Joel«, begann ich und trat langsam zu ihm vor. »Ich habe gerade mit deiner Mutter telefoniert. Sie geht durch die Hölle, weil sie glaubt, dass sie dich verlieren wird.«

»Das ist mir egal.« Er wischte meinen Einwand mit einer müden Handbewegung weg.

»Ich weiß, dass du verletzt bist und ich gestern Abend ein paar Dinge gesagt habe, die ich nicht hätte sagen sollen. Es tut mir aufrichtig leid, dass ich dir wehgetan habe.«

Ich spürte, dass ich den Tränen nahe war. In der Ferne hörte ich das Geheul von nicht mehr allzu weit entfernten Martinshörnern. Das ermutigte mich ein wenig, und ich trat noch einen Schritt näher.

Joel schaute von mir zu Charlie und wieder zurück. »Ich kann verstehen, warum du ihn liebst, ganz ehrlich, Nell. Er ist ein attraktiver, ja sogar ein bisschen exotisch wirkender Mann, der seinen Scheiß im Griff zu haben scheint. Er ist alles, was ich nicht bin, Nell.«

»Ich würde Westport im County Mayo nicht gerade ›exotisch‹ nennen.« Charlie lachte nervös. »Und glaub mir, Joel, ich bin bei Weitem nicht so perfekt, wie du denkst. Ich bin arbeitslos, verwitwet und vollkommen am Ende. Die Welt schert sich einen Dreck um das, was ich tue«, fügte er hinzu und hob die Arme. »Ich habe niemanden auf dieser Welt, der mich braucht, und dennoch habe ich mich entschieden zu bleiben, weil ich einen Hoffnungsschimmer gefunden habe.«

Die Martinshörner waren jetzt schon so nah, dass auch Joel sie offenbar langsam wahrnahm.

Ich beobachtete Charlie, als er all das sagte. Es war, als blickte er in einen Spiegel. Als spräche er genau das aus, was er selbst in jener Nacht, in der er hier gewesen war, hätte hören müssen.

»Hast du *Cast Away* gesehen?«, fuhr er fort. »Mit Tom Hanks. Flugzeugabsturz. WILSON!«

Die Martinshörner erklangen jetzt direkt unter uns. Ihrem Heulen nach zu urteilen, befanden sich dort mehrere Autos.

»Ja, den habe ich gesehen«, antwortete Joel, bevor er einen Blick über die Schulter und in den Abgrund warf und zusammenzuckte, als hätte ihn plötzlich Angst ergriffen.

»Am Ende gibt es die Stelle, an der er gerettet wird und mit seinem Freund über eine Zeit spricht, in der er sich von den Klippen hatte stürzen wollen, um keinen Tag länger einsam zu sein. Dann hatte er sich aber gesagt, dass er weiteratmen musste, weil am nächsten Tag die Sonne wieder aufgehen würde und niemand wissen konnte, was die Flut mitbringen würde.«

»Und was ist, wenn die Flut nichts mitbringt?«, fragte Joel.

»Dann bringt sie eben nichts mit, und du stellst dir an einem anderen Tag dieselbe Frage. Doch zunächst einmal gibst du der Flut die Chance, mit irgendetwas für dich aufzutauchen.«

Jetzt konnte ich es nicht mehr verhindern, dass Tränen von meinem Kinn auf den mit Vogelmist besprenkelten Boden tropften.

»Bitte, Joel!«, schluchzte ich, und endlich richtete er den Blick wieder auf mich. »Tu es bitte, bitte nicht! Mit der Zeit wirst du einsehen, dass es das Beste für uns beide war. Wir hätten nicht so weitermachen können wie bisher. Ich war unglücklich, und du warst es auch.« Ich schluckte schwer und trat einen weiteren Schritt vor. »Dass es mit uns nicht geklappt hat, heißt nicht, dass es auch mit jemand anderem nicht funktionieren wird.«

Joel schaute mir jetzt direkt in die Augen, doch sein Gesicht war völlig emotionslos.

Charlie begann, sich zentimeterweise vorwärtszubewegen.

»Ich will aber niemand anderen.«

Joels Fuß bewegte sich so unauffällig, dass ich nicht einmal sah, wie er von dem Gesims trat, bis sich mir der Magen umdrehte.

»Joel!«, schrie ich.

Doch da fiel er schon.

Charlie hatte jedoch bereits reagiert, bevor Joel den Fuß auch nur einen Millimeter gerührt hatte, und ihn mit beiden Händen am Hemd gepackt. Dann ließ er sich auf den Boden fallen, sodass er mit seinem Körper auf der Plattform landete. Joels Schwung und sein Gewicht zogen ihn aber unweigerlich zur Kante hinüber. Ich warf mich ebenfalls auf den Boden und klammerte mich an Charlies Beine, um ein Gegengewicht zu bilden.

»Ich hab ihn!«, rief Charlie mir zu. »Ich hab ihn!«

Hinter mir vernahm ich ein Geräusch, als ein Polizist erschien.

»Hallo Miss«, hörte ich jemanden sagen.

Ich blickte auf und sah das rundliche Gesicht einer jungen Frau.

»Sie müssen sich gut festhalten, während die Beamten ihn hinaufziehen, ja?«, erklärte sie.

Gleichzeitig platzierten sich zwei Polizisten rechts und links von Charlie und übernahmen Joels Gewicht.

Ich hörte zu, als die Frau mich mit sanfter Stimme zu beruhigen versuchte, doch meine Fingernägel gruben sich immer noch so tief in Charlies Jeans, dass ich das physische Gewicht von allem spüren konnte, was ich in meinen beiden Händen hielt: die einzigen beiden Männer, die ich je geliebt hatte ... Ich hielt meine Zukunft und meine Vergangenheit in den Händen und wollte weder das eine noch das andere loslassen.

Es wurde Mitternacht, bevor Charlie und ich nach Hause kamen. Ned und Mum waren gekommen, um uns abzuholen. Sie hatten schon stundenlang im Krankenhaus auf uns gewartet, ohne dass es uns bewusst gewesen war. Rachel war mit Joel weggefahren, vermutlich, um ihn irgendwo unterzubringen, wo er sich nicht verletzen konnte. Ich hatte versucht, mit ihm zu reden, doch er wollte mich nicht sehen, und so hatte Rachel mir nur gesagt, ich solle nach Hause gehen.

Dort kochte Mum uns Tee und versuchte, uns mit angebrannter Lasagne zu füttern, aber wir fühlten uns beide so elend, dass wir schon kurz nach dem wir wieder zu Hause waren, ins Bett gingen. Eine Zeit lang lagen wir nur schweigend da und starrten die Zimmerdecke an. Die ganze Zeit über sprachen wir kein Wort miteinander. Ich bekam gar nicht mit, dass ich schließlich wegdämmerte. Doch ich musste eingeschlafen sein, denn ich träumte von einem tiefen, tiefen Sturz.

Kapitel 29

Joel hatte es auch noch abgelehnt, mich zu sehen, als ich ihn ein paar Tage später nach der Arbeit mit einer Schachtel seiner Lieblingspralinen in der psychiatrischen Abteilung besuchen wollte. Aber seine Mutter war zu mir herausgeeilt, hatte mir die Hände gedrückt und sich bei noch einmal mir dafür bedankt, ihn rechtzeitig gefunden zu haben. Sie hatte jedoch gesagt, Joel weigerte sich derzeit, mit mir zu sprechen, und ich sollte noch ein bisschen abwarten, bevor ich ihn erneut besuchte.

Ich bezweifelte zwar, dass je der Tag kommen würde, an dem Joel noch einmal den Wunsch verspüren würde, mir Hallo zu sagen. Doch ich fände es schön, irgendwann wieder mit ihm reden zu können.

Körperlich und geistig erschöpft war ich aus dem Krankenhaus nach Hause gekommen, und Charlie, der noch immer nicht bereit war, in sein Apartment voller trauriger Erinnerungen zurückzukehren, hatte mich mit einem Glas Pinot Grigio empfangen.

Ned war mit Mum unterwegs, um sie zum Flughafen zu bringen, doch ich hatte es vorgezogen, auf diesen speziellen Abschied zu verzichten. Ich glaubte nicht, dass ich schon so weit war, die beiden auf dem Parkplatz oder in einer anderen stillen Ecke herumknutschen zu sehen.

Und so saß ich nun mit dem vor sich hin dösenden Magnus auf dem Schoß am Küchentisch und nippte an dem kühlen, spritzigen Wein. Charlie putzte und schnitt Gemüse und warf es in eine brutzelnde Pfanne. Und ganz plötzlich fragte ich mich, ob unsere Zukunft wohl genauso aussehen würde: ich, gerade von der Arbeit nach Hause gekommen, und er, der pflichtbewusste Ehemann, der das Abendessen zubereitete und nonstop über bedeutungslose Dinge redete, um die Stille auszufüllen.

Ich beobachtete, wie seine Schultern sich an- und entspannten, während er an der Anrichte beschäftigt war, und dachte, wie seltsam es doch war, dass ich ihn noch nicht einmal richtig berührt hatte, ihn kaum mehr als ein paarmal geküsst hatte und dennoch schon so sehr liebte, dass es sich für mich so anfühlte, als wären wir schon seit Jahren ein Paar.

Aber ich wusste auch, dass nur ich es war, die so empfand. Es war in etwa so, als würde man ein neues Buch beginnen, bevor man das vorige beendet hatte. Während das Gehirn noch mit der ersten Geschichte beschäftigt war, war die neue schon so spannend, dass sie verlockend erschien. Doch man fühlte sich unwohl, weil man nie erfahren hatte, wie die vorherige endete. Diese erste Geschichte war Abi, und Charlie hatte ihr Ende noch immer nicht erreicht.

»Alle, für die ich dieses Essen je gekocht habe, haben mich gefragt, wie ich es schaffe, dass es immer so gut schmeckt. Ich glaube, das Geheimnis sind die Lorbeerblätter«, erzählte er, während er sich zu mir umdrehte und mit dem Messer in der Luft herumfuchtelte, um seine Worte zu betonen. »Sie sind ein völlig unterschätztes Küchenkraut.«

»Charlie, ich glaube, wir müssen einmal ernsthaft miteinander reden.« Die Worte purzelten aus meinem Mund, bevor ich es verhindern konnte, und ließen ihn erstarren.

»Okay … Muss ich mich jetzt wappnen? Nach diesem Satz kommt nur selten etwas Gutes …« Er legte das Messer weg und setzte sich mir gegenüber mit verschränkten Händen hin.

Ich konnte mir ein Lächeln nicht verkneifen, als ich sah, wie lustig er in Neds alter Schürze aussah, die nach jahrelangem Gebrauch mit Fett- und Brandflecken übersät war.

»Worüber möchtest du denn mit mir reden?«

»Ich glaube, es wäre besser, wenn du wieder ausziehen würdest.«

Charlie erschrak. »Was? Jetzt gleich? Das Bourguignon ist doch noch nicht fertig!«

»Nicht jetzt gleich«, beruhigte ich ihn und griff nach seiner Hand. »Aber ich denke nicht, dass es mir guttun würde, dich immer hier zu haben, und es ist auch nicht besonders gut für dich. Denn ist das Leben in unserem Gästezimmer nicht bloß eine weitere Möglichkeit für dich, vor allem davonzulaufen, was du eigentlich in Angriff nehmen müsstest?«

Er schaute mich an, und ich musste auf unsere inzwischen miteinander verschränkten Hände blicken, weil seine Augen mich ganz schwach machten.

»Ich weiß, dass wir gesagt hatten, dass es vielleicht noch nicht der richtige Zeitpunkt ist, um es miteinander zu versuchen. Aber da ich dich nicht belügen will, Charlie, muss ich zugeben, dass es ziemlich schmerzhaft für mich ist, dich jeden Tag zu sehen und nicht so mit dir zusammen sein zu können, wie ich es mir wünsche. Dich zu lieben und zu wissen, dass du meine Gefühle nicht erwidern kannst, tut weh. Abgesehen davon gibt es Dinge, die wir beide klären müssen, und ich glaube nicht, dass wir das können, wenn wir ständig zusammen sind und uns gegenseitig bremsen.«

Er lächelte mich traurig an, doch an seinem Gesicht konnte ich ablesen, dass er wusste, wie recht ich hatte.

»Als wir mit Joel oben auf dem Uhrturm waren, hast du gesagt, niemand würde dich brauchen, aber das ist nicht wahr, Charlie.«

»Du brauchst mich jedenfalls nicht, Nell. Ich weiß, dass du auch gut allein zurechtkommst.«

»Ich spreche nicht von mir, sondern von Carrick«, erwiderte ich. »Ich glaube nicht, dass er so gut beisammen ist, wie du denkst. Du fehlst ihm, und er hängt sehr an dir. Er braucht gerade einen Freund. Einen Freund wie dich.«

»Und was ist mit dir?«, fragte er mit einem leichten Stirnrunzeln. »Was wirst du tun, wenn ich nicht mehr da bin?«

Ich zuckte mit den Schultern. »Keine Ahnung. Doch gerade das ist ja das Schöne daran, finde ich.«

Charlie seufzte und strich mit dem Daumen über meine Fingerknöchel. »Ich wünschte, ich könnte – du weißt schon, was ich meine – es *aussprechen*.«

»Ich weiß«, erwiderte ich lächelnd und drückte seine Hand, während ich das Gefühl zu ignorieren versuchte, dass mir schier das Herz brach.

Carrick kam am letzten Apriltag, um Charlie beim Packen seiner Sachen zu helfen. Es war ein seltsames Gefühl, ihn ausziehen zu sehen. Obwohl wir seit den ersten Nächten nicht mehr in demselben Zimmer geschlafen hatten, fühlte ich mich innerlich ganz hohl und traurig, weil ich wusste, dass er jetzt nicht mehr nur eine Wandbreit von mir entfernt sein würde. Aber es war das Beste so – und wir beide wussten das.

Ich hoffte, dass wir einmal eine Zukunft haben könnten, die nicht mit Traurigkeit und den ungelösten Problemen vergangener Liebesgeschichten belastet war.

Charlie ging und nahm alles außer Magnus mit, der jetzt mit Leib und Seele Ned gehörte. Charlie löschte sich gewissermaßen selbst aus meinem Leben aus, aus Birmingham und auch aus dem Vereinigten Königreich. Zu wissen, dass er so weit weg sein würde, gab mir das schreckliche Gefühl, dass dies vielleicht für immer meine letzten Tage mit Charlie sein könnten …

Am Abend vor Charlies Abreise aßen wir gemeinsam mit Ned und Carrick.

Ich schwieg die meiste Zeit über, was allerdings größtenteils unbemerkt blieb, weil Carrick die Stille mit seinem unstillbaren Bedürfnis füllte, alles von sich zu geben, was ihm gerade in den Sinn kam.

Magnus döste auf dem Kühlschrank. Sein langer Schwanz hing vor der Vorderseite der Tür herab und musste jedes Mal wie ein Perlenvorhang zur Seite geschoben werden, wenn jemand dort etwas herausholen wollte.

Ned war in den Kater so vernarrt, wie ich ihn noch nie bei irgendjemandem erlebt hatte – sah man einmal von meiner Mutter ab. Wann immer er ihren Namen auch nur beiläufig im Gespräch erwähnte, erschauderte ich bei der Erinnerung an die mit angesehene Szene. Ich wusste, dass sie davon gesprochen hatte, sich nach einer festen Stelle innerhalb der Firma umzusehen, die keine Reisen mehr erforderlich machte, um zu Hause bleiben zu können. Aber ich bezweifelte, dass daraus etwas werden würde, und auch Ned würde schon bald die Erfahrung machen, dass Cassandra Coleman keine Frau war, an die man seine Hoffnungen und sein Herz hängen sollte.

Als alle gegessen hatten, verschwand Charlie im Flur, kam mit einer Flasche Whisky zu uns zurück und holte vier Gläser aus dem Schrank. »So«, sagte er, setzte sich wieder zu mir und zog den Korken aus der Flasche. »Bevor ich gehe, wollte ich noch ein paar Worte loswerden.«

»Oh, verdammt, du willst jetzt doch nicht etwa eine Rede halten?!«, stichelte Carrick.

»Kannst du nicht mal für eine einzige Minute deine verdammte Klappe halten und jemand anderem eine Chance geben? Herrgott noch mal, Mann!«, schimpfte Charlie. Aber er lächelte dabei, goss etwas von der bernsteinfarbenen Flüssigkeit in die einzelnen Gläser und reichte jedem von uns eins. »Nur euretwegen sitze ich jetzt hier, versuche, einen weiteren von Neds kulinarischen Triumphen zu verdauen, und bin im Begriff, diesen exzellenten Whisky zu probieren.« Dann schaute er uns nacheinander an. »Ich glaube nicht, dass viele Menschen, die in einer geselligen Runde an einem Esstisch sitzen, behaupten können, dass jeder der Anwesenden ihnen das Leben gerettet hat. Aber ich kann es, und das beweist mir, dass ich ein paar verdammt großartige Menschen in meinem Leben habe. Ich wollte euch nur wissen lassen, dass ich euch vermissen werde und dies kein endgültiger Abschied ist.« Dann wandte er sich mir zu und lächelte mich an.

»Sláinte!«, stimmte Carrick in den Jubel ein, und wir alle schlossen uns ihm an.

Als ich die scharfe Flüssigkeit hinunterschluckte, spürte ich, dass eine warme Träne an meinem Gesicht hinablief, und wischte sie schnell ab, bevor jemand sie sehen konnte.

Später stand ich vor dem Spiegel, um mich abzuschminken. Ich war zwar nicht müde, ganz im Gegenteil. Mein ganzer Körper war von der Furcht vor dem morgigen Tag erfüllt. Aber unten bei den anderen sitzen zu bleiben und auf den Moment zu warten, in dem Charlie aus meinem Leben verschwinden würde, vielleicht sogar für immer, weckte nur den einen Wunsch in mir: mich in meinem warmen Bett zusammenzurollen.

Als ich das Bad verließ, stand Carrick am Treppenabsatz, wo er mit den Daumen in den Hosentaschen an die Wand gelehnt stand wie James Dean.

»Oh, ich wusste nicht, dass du ins Bad wolltest. Entschuldige bitte«, sagte ich.

»Ach was … Ich habe nur gewartet, um mit dir reden zu können.« Damit stieß er sich von der Wand ab und legte mir die Hände auf die Schultern. »Ich wollte dir versichern, dass du dir keine Sorgen um ihn machen musst, wenn er drüben in Irland ist. Er wird bei mir bleiben, und ich werde mich um ihn kümmern und ihn auf Schritt und Tritt begleiten. Damals bei der Gedenkfeier habe ich ihn schon einmal im Stich gelassen, doch ich verspreche dir, mich zu bessern.«

»Ich weiß, dass du das tun wirst«, erwiderte ich und umarmte ihn.

»Und ich weiß, dass es deine Idee war, dass er heimkehrt.«
Er seufzte an meiner Schulter und zog mich noch ein bisschen
fester an sich. »Du bist ein selbstloses Geschöpf, das muss ich
dir lassen.«

»Nicht wirklich«, flüsterte ich in sein ergrauendes Haar. »Es
ist das Beste so – für uns beide. Sorg nur dafür, dass er mich nicht
vergisst«, fügte ich leise hinzu, wobei mir fast die Stimme brach.

»Als ob er das je könnte!«

Ich weiß nicht, wie lange ich geschlafen hatte, als ich etwas an
meiner Wange spürte. Zuerst dachte ich, es sei eine dieser Spin-
nen, die einem im Schlaf angeblich in den Mund kriechen. Aber
als die mit diesem Gedanken verbundene Panik mich schlagartig hellwach machte, merkte ich, dass es keine langen, spindel-
dürren Beine, sondern sanfte Finger waren, die meine Lippen
berührten.

»Hey«, sagte ich und öffnete die Augen.

Ich sah Charlies gut aussehende Züge im warmen Schein der
Nachttischlampe.

»Ich werde dich sehr vermissen«, flüsterte er mit seinem
Gesicht so dicht an meinem, dass ich seinen Atem auf meiner
Haut spürte.

Ich griff nach seinen Fingern, die auf meinen Wangen lagen,
und hielt sie fest.

»Ich dich auch«, erwiderte ich.

»Was auch immer geschehen mag – vergiss niemals, dass
du mein Leben sehr verändert hast, Nell Coleman. Verdammt,
ohne dich und Ned hätte es nicht einmal mehr ein Leben zu verändern gegeben! Danke dafür, Nell!«

»Gern geschehen«, antwortete ich mit einem traurigen Lächeln.

Seine Hand löste sich von meiner und glitt über meinen Wangenknochen. Seine Finger tasteten sich durch mein Haar, bis seine Hand in meinem Nacken zur Ruhe kam. Sein Gesicht wurde unscharf, als er noch näher kam, seine Oberlippe die meine streifte und er mir damit einen regelrechten Schock versetzte. Aber auch ich hob meine Hand und legte sie auf seinen Kopf, auf sein weiches und ein wenig zerzaustes Haar, und gab ihm damit den letzten Anstoß, den er brauchte. Seine Lippen senkten sich auf meine und verweilten dort einen Moment, bevor er sich von mir zurückzog.

»Ich gehe jetzt besser«, murmelte er.

»Okay. Dann sehen wir uns morgen früh«, sagte ich mit Tränen in den Augen.

»Um Punkt zehn Uhr.« Er nickte lächelnd, bevor er sich abwandte, um zur Tür zu gehen. »Bis dann, Nell.«

»Bis dann, Charlie.«

Ich drehte mich auf der Matratze um und warf einen Blick auf das Display meines Telefons, brauchte jedoch ein oder zwei Sekunden, bis ich die Uhrzeit realisiert hatte: Viertel vor zehn!

Mein Herz klopfte, meine Augen weiteten sich, und ich stürzte mit einem Gefühl der Panik aus dem Bett. Dann zog ich mich schnell an und versuchte, mich einigermaßen vorzeigbar zu machen, bevor ich die Treppe hinunterstolperte. Dabei brummte mir vor Nervosität der Kopf, obwohl mein Verstand immer noch vom Schlaf getrübt war.

Ich ging in die Küche und fand dort Ned vor, der in seinem Morgenmantel am Tisch saß und in aller Ruhe Kaffee trank.

»Warum hast du mich nicht geweckt, Ned? Und was machst du da? Zieh dich an! Wir müssen in etwa fünf Minuten los!«

Er blickte mitleidig zu mir auf und deutete mit einer Kopfbewegung in Richtung Anrichte. Als ich mich umdrehte, sah ich eins von Abis mit Meerglas gefüllten Gläsern neben dem Wasserkocher stehen. Ein Umschlag lehnte daran. Das Herz sackte mir in den Magen, und meine Arme fielen schlaff an mir herab.

»Er ist schon weg, nicht wahr?«

Nachdem ich das Glas mit den bunten Steinchen auf die Fensterbank des Badezimmers gestellt hatte, füllte ich die Wanne mit heißem Wasser, kippte eine halbe Flasche des Schaumbads hinein, das ich letztes Jahr zu Weihnachten geschenkt bekommen hatte, stieg ins Wasser und vergewisserte mich, dass ich vollkommen vom Schaum bedeckt war, bevor ich Charlies Umschlag öffnete und seinen Brief herauszog. Er war kurz und bündig.

Nell,

ich dachte, es sei leichter, wenn ich einfach ginge, um dir keinen schmerzlich langen Abschied zuzumuten. Aber ich konnte es dann doch nicht tun, ohne dir noch ein paar Worte zu hinterlassen ...
Ich danke dir, dass du mir etwas gegeben hast, worauf ich

hoffen kann und das mich zum Lächeln bringt. Lange Zeit schien es so, als kümmerte es niemanden, ob ich lebe oder sterbe – bis ich dir begegnet bin.

Ich weiß nicht, wofür du diesen Raum und diese Zeit zu nutzen gedenkst, aber was auch immer es sein mag, Nell, ich bin ich sicher, dass es genau wie du etwas Wunderbares sein wird.

Ich hoffe, dass die Zeit kommt, in der sich alles für uns fügen wird. Für den Moment denke ich jedoch, dass ich das dem Schicksal überlassen werde, das ja so viel mehr zu wissen scheint als wir. Ich werde dich nicht bitten, auf mich zu warten oder dein Leben im Hinblick auf eine mögliche gemeinsame Zukunft zu leben. Lebe dein Leben für dich selbst, Nell.

Charlie

P.S. Ich hoffe, es ist nicht schlimm, dass ich George mitgenommen habe. Keine Bange, du wirst ihn nicht zum letzten Mal gesehen haben! Aber ich konnte nicht gehen, ohne etwas von dir mitzunehmen.

Ich faltete den Briefbogen und ließ ihn auf den Fliesenboden fallen, während ich mich noch tiefer in dem Badeschaum vergrub und die Arme ganz fest um mich schlang, um nicht an meinem Kummer zu zerbrechen. Denn nun spürte ich, dass der Schmerz, auf den ich gewartet hatte, schließlich doch eingesetzt hatte. Es war schön, von einer glücklichen gemeinsamen Zukunft zu träumen, in der Charlie wieder gesund war und wir sein konnten, was ich mir immer für uns gewünscht hatte. Aber das war eben auch alles nur das, was es war: ein Traum.

Charlie war fort, und er hatte mein letztes Fünkchen Hoffnung mitgenommen.

Kapitel 30

Ich wünschte, ich könnte sagen, dass ich in den Wochen nach Charlies Rückkehr nach Irland aufblühte. Oder die Entdeckung machte, dass ich ihn nicht genug vermisste, um morgens deprimiert zu erwachen, oder feststellte, dass ich meine Freiheit mehr schätzte als ihn. Aber so war es leider nicht. Freiheit hatte ich in den letzten beiden Jahren genug gehabt, und jetzt wünschte mir nichts mehr, als dass er zurückkam und mich von dieser lähmenden Einsamkeit erlöste. Charlies Abwesenheit gab mir das Gefühl, als fehlte mir die Hälfte meines Kopfes oder meiner Lunge.

Gerade saß ich in meinem Drehstuhl bei der Arbeit und beobachtete geistesabwesend die rosa Wolken, die über den Himmel zogen, als jemand meinen Namen rief.

»Nell?« Es war Caleb, der unpünktliche ehrenamtliche Mitarbeiter, dessen Verspätung einst dazu geführt hatte, dass ich Charlies Anruf entgegengenommen hatte.

»Ja?«, antwortete ich, obwohl ich sein Gesicht von meinem Platz aus wegen der Trennwand zwischen uns nicht sehen konnte.

Im Moment war er nichts weiter als ein schwarzer Wuschelkopf.

»Ich habe Jackson am Apparat.«

»Ich bin gerade frei«, rief ich zurück. »Stell ihn zu mir durch.«

Der Anruf erschien auf meinem Bildschirm, und ich nahm ihn noch vor dem zweiten Klingeln an.

»Hallo Jackson! Wie geht es dir?«, fragte ich mit einer Fröhlichkeit, die ich keineswegs empfand. »Ich habe schon eine ganze Weile nichts mehr von dir gehört.«

»Ich weiß, aber in letzter Zeit ging es mir richtig gut, Nell«, antwortete er mit einem für mich schon fast schockierenden Optimismus in der Stimme.

»Na wunderbar, das höre ich gern! Was hast du denn so getrieben?«

»Nun ja, ich ...« Er unterbrach sich und lachte freudig. »Du wirst es vielleicht nicht glauben, aber ich habe jetzt eine feste Freundin, Nell!«

»Wow! Das ist ja großartig, Jackson!«, erwiderte ich. »Das freut mich wirklich sehr für dich.«

»Danke, Nell. Sie heißt Audrey, und ich habe sie bei der Arbeit kennengelernt. Sie fährt auch so gerne Rad wie ich, und wir werden eine Benefiz-Tour machen, um Geld für dich zu sammeln.«

»Für mich?«, fragte ich verwirrt.

»Nun ja, nicht direkt für dich, sondern für die Hotline und die Hilfsorganisation *Healthy Minds*«, entgegnete er freudig erregt.

»Was für eine wunderbare Idee, Jackson!«

»Na ja, ihr wart alle so gut zu mir und niemand mehr als du, Nell. Ich weiß, dass es dein Job ist und wir keine Freunde sind, aber für mich fühlte es sich so an, als wärst du eine Freundin, als ich es am meisten glauben musste.«

»Natürlich sind wir Freunde, Jackson. Und dass wir uns nicht persönlich kennen, ändert daran nichts.«

Er lachte wieder leise, diesmal jedoch klang es emotionaler.

»Wäre es okay, wenn ich das gesammelte Geld persönlich zu dir ins Büro bringen würde? Es wäre so schön, deiner Stimme ein Gesicht zu geben.«

»Normalerweise erlauben wir keinen persönlichen Besuch unserer Ratsuchenden, aber ich denke, wenn die Vorschriften für irgendjemanden umgangen werden sollten, dann für dich.«

Ein bedauerndes Schweigen folgte, und ich musste mich in meinem Stuhl aufrichten und tief durchatmen, um mich zu sammeln.

»Ich nehme an, das bedeutet, dass ich von jetzt an nicht mehr viel von dir hören werde?«

»Wahrscheinlich nicht. Doch ich bin mir sicher, dass ich hin und wieder noch die eine oder andere Rückfrage haben werde.«

»Das würde mich freuen«, sagte ich, froh, dass ich nicht die Einzige mit Verlustangst war.

»Nun, dann auf Wiederhören, meine Liebe.«

»Auf Wiederhören, Jackson.«

Zwischen den Anrufen ging ich in den Personalraum, der nichts weiter als eine winzige, abgeriegelte Kabine mit einem Wasserkocher, einer Mikrowelle und ein paar klapprigen Stühlen war, und schaltete den elektrischen Wasserkocher ein. Wegen der Lethargie, die mich ergriffen hatte, gab ich drei Teelöffel Instantkaffee in meinen alten Becher, dessen Muster nach jahrelanger Beanspruchung durch die Spülmaschine kaum noch zu erkennen war. Von hier aus hörte ich Barrys sonst so monotone

Stimme lauter werden, als er mit einer neuen ehrenamtlichen Mitarbeiterin in meine Richtung kam und ihr erklärte, dass sie ihr Headset nicht mit nach Hause nehmen dürfe, um *Call of Duty* zu spielen.

Die neue Kollegin, ein Mädchen Anfang zwanzig mit langem, glattem Haar, das am Ansatz blond war und an den Spitzen in Grün überging, lächelte mich an, als sie mich am Wasserkocher stehen sah.

Barry öffnete einen Schrank, der im Laufe der Jahre bis an den Rand mit nutzlosem Kram vollgestopft worden war, der jedes Mal daraus hervorquoll, wenn man die Tür nicht schnell genug wieder zuschlug.

»All dieser Krempel muss geordnet und sortiert werden«, brummte Barry. »Wenn Sie glauben, dass etwas noch nützlich ist, legen Sie es wieder hinein, wenn nicht, werfen Sie es weg.«

Die freiwillige Helferin ging in die Knie, als ein Behälter mit uralten Filzstiften herausfiel und seinen Inhalt auf dem Boden verteilte.

»Ich hole Ihnen eine Mülltüte«, sagte Barry und schlurfte davon.

»Bist du neu hier?«, fragte ich das Mädchen, obwohl ich wusste, dass sie es war. Man arbeitet nicht fünf Jahre an einem Ort, ohne Neulinge auf Anhieb zu erkennen.

»Ja«, antwortete sie und drehte sich lächelnd zu mir um. »Makayla. Freut mich.«

Wir schüttelten einander die Hand, während das Brodeln im Wasserkocher zu einem Crescendo anstieg und er sich dann klickend abschaltete.

»Ich bin Nell«, erwiderte ich. »Er wirkt mürrisch und humorlos.« Ich nickte in Richtung Barry, der mit der Mülltüte in der Hand zurückkam und im Gehen kaum einen Fuß vom Boden hob. »Aber eigentlich ist er ein ganz lieber Kerl.«

»Wenn du meinst.«

Makayla zog eine kleine Pappschachtel aus dem Schrank heraus.

Ich wandte mich wieder ab und ging zum Wasserkocher, goss das sprudelnde Wasser über den Berg von Kaffeegranulat in meinem Becher und sah zu, wie es sich auflöste und verflüssigte. Dann goss ich Milch nach und zerdrückte mit dem Löffel die letzten widerspenstigen Kaffeekörnchen an der Innenseite der Tasse.

»Was soll ich mit denen machen?«, fragte Makayla Barry, als er die Mülltüte neben ihr hinlegte.

»Lass mich mal sehen«, sagte er.

Ich wandte mich zum Gehen, um in meine Kabine zurückzukehren, aber ein bisschen interessierte mich schon, was Makayla in den Tiefen des Schranks gefunden hatte.

»Ach, diese alten Aufkleber für unsere Hilfsorganisation«, sagte Barry. »Wir haben sie als Muster von einem Start-up bekommen, aber nur einmal benutzt, weil eins der Wörter falsch geschrieben war.«

Abrupt hielt ich im Gehen inne und drehte mich zu Barry um.

»Darf ich mal sehen?«, bat ich, stellte meinen Kaffee auf Dennis' Schreibtisch ab und ignorierte seine abfällige Bemerkung über mein »Eindringen in seine Privatsphäre«.

Statt einer Antwort nahm ich Barry die Rolle aus der Hand, um mir einige der Sticker genauer anzuschauen. Als ich sie sah, stieß ich ein ungläubiges Lachen aus. Da waren sie, Hunderte

der gleichen Aufkleber wie der, den Charlie auf dem Uhrenturm gesehen hatte und der ihm zweimal das Leben gerettet
hatte! Am unteren Rand stand derselbe falsch geschriebene Slo-
gan: *Lassen Sie uns für Ihre selische Gesundheit sorgen.* Der einzige
Unterschied war, dass diese noch neuen Sticker kein mit Filzstift geschriebenes Filmzitat am Rand trugen.

»Willst du die Dinger haben, Nell?«, fragte Barry.

»Ähm … ja«, antwortete ich. »Sagtest du nicht, wir hätten
sie nur ein einziges Mal benutzt?«

»Allerdings«, erwiderte er belustigt. »Wie soll uns jemand
seine seelische Gesundheit anvertrauen, wenn es so aussieht, als
könnten wir ›seelisch‹ nicht mal richtig schreiben?« Er blickte
Makayla an und schien verärgert zu sein, als er bemerkte, dass
sie nicht mitkicherte.

»Ich habe so einen Sticker in der Stadt gesehen. Weißt du
noch, wer ihn dort angebracht hat, Barry?«

»Ja«, antwortete er nur, als wäre das genug Information zu
diesem Thema.

»Und?«, beharrte ich mit zunehmender Ungeduld.

»Vor ein paar Jahren kam jemand her und wollte sich ehrenamtlich engagieren. Doch da wir keine freien Arbeitsplätze
mehr hatten, bot ich ihr an, diese Sticker in der Stadt anzubrin-
gen.«

»Ihr?«, wiederholte ich. »Weißt du noch, wer sie war?«

»Ihren Namen weiß ich nicht mehr«, gab er mit schon
beinahe gequälter Miene zu, als er sich zu erinnern versuchte.
»Aber wenn ich mich recht entsinne, war sie hübsch, sehr
hübsch sogar. Eine rothaarige Irin.«

Wie in Trance verließ ich das Gebäude. Auch Ned hatte mir nicht geglaubt, als ich ihm erzählt hatte, dass Abi es gewesen sein musste, die den Sticker auf dem Uhrturm angebracht hatte. Diese Aktion, Jahre vor ihrem Tod, hatte Charlie lange danach das Leben gerettet, als er es nicht mehr ertragen hatte, um sie zu trauern.

Er hatte mich einmal gefragt, ob ich an das Schicksal glaubte, und damals war ich mir nicht sicher gewesen. Heute jedoch erschien es mir wie etwas sehr Reales.

Ich weiß, dass Charlie und ich uns darauf geeinigt hatten, uns eine Zeit lang auf uns selbst zu konzentrieren, damit er Abstand von mir gewinnen konnte. Doch obwohl ich mir die größte Mühe gegeben hatte, war ich nun die Erste gewesen, die diese Abmachung gebrochen hatte. Ich hatte ihm eine Textnachricht geschickt und ihn gebeten, mich anzurufen, falls er einen Moment dafür erübrigen konnte. Aber bisher hatte ich noch nichts von ihm gehört.

Ich ging auf das *Cool Beans Café* zu, weil der Instantkaffee, den ich im Büro getrunken hatte, zu dieser Tageszeit völlig wirkungslos bei mir war. Ich trat durch die Glastür ein und nickte dem tätowierten Geschäftsleiter wie immer grüßend zu, bevor ich mich in die Warteschlange einreihte.

Meine ersten Besuche in dem Café nach Charlies Abreise waren ein wahres Wechselbad der Gefühle gewesen. Jedes Mal, wenn ich das Lokal betreten hatte, war die kindische Hoffnung in mir erwacht, ihn vielleicht an »unserem« Tisch sitzen zu sehen, um sich mal wieder von mir mit meinem Lunch bewerfen und in ein unangenehmes Gespräch verwickeln zu lassen. Doch das war natürlich nie geschehen. Obwohl ich mir die größte Mühe gab, meine Vorliebe für dieses Café durch nichts beeinflussen zu lassen, was mit Charlie zu tun hatte, schien es nun doch irgendwie mit Kummer behaftet zu sein.

»Möchten Sie etwas Heißes?«, fragte der Geschäftsleiter an der Kasse.

Ich näherte mich ihm mit diesem etwas verlegenen Lächeln, das sich fast immer bei mir einstellte, wenn ich mit jemandem sprach, den ich eigentlich nur vom Sehen her kannte.

»Einen Americano, bitte«, sagte ich und fügte sicherheitshalber noch einen Brownie meiner Bestellung hinzu.

Der Mann sah mich einen Moment stirnrunzelnd an, woraufhin ich mich fragte, was ich falsch gemacht hatte. Dann wich das Stirnrunzeln jedoch einem Lächeln, und er bedeutete mir mit einer Handbewegung, meine Karte an das Lesegerät zu halten. Es piepte, und ich bedankte mich, bevor ich ans Ende der Theke ging, um auf meine Bestellung zu warten.

Ich zog mein Handy aus der Tasche, um zu sehen, ob Charlie geantwortet hatte, aber es war keine Nachricht von ihm eingegangen. Und obwohl mir durchaus klar war, dass wir im Augenblick beide Abstand voneinander brauchten, schmerzte es trotzdem so, als wäre ich verlassen worden. Seufzend steckte ich das Telefon wieder ein.

Ein junges Mädchen trat an den Tresen und reichte mir meine Bestellung. »Möchten Sie Milch zum Kaffee?«

»Nein, danke«, antwortete ich.

»Da Sie schon einmal hier sind, möchten Sie vielleicht auch etwas für unser Wohltätigkeitsprojekt des Monats spenden?«

»Klar«, stimmte ich zu.

Sie lächelte, als ich nach dem Kleingeld in meiner Hosentasche griff, und reichte mir einen mit Glitter und bunten Schriftzügen verzierten Plastikeimer, den ich übersehen hatte, obwohl er direkt vor mir gestanden hatte. Und dabei war der Eimer sogar mit einer Lichterkette geschmückt, um möglichst viel Aufmerksamkeit zu erregen.

»Und welches Projekt unterstützen Sie diesmal?«, fragte ich.

Ihr Lächeln wurde noch breiter, als sich ihr die Gelegenheit bot, mich mit Details zu bombardieren. »Sagt Ihnen *Healthy Minds* etwas? Mein Freund und ich machen eine Charity-Radtour, um Geld für die Organisation zu sammeln.«

Ich runzelte die Stirn und legte den Kopf ein wenig schief, während mein Gehirn diese letzte Information verarbeitete.

»Sie sind nicht zufällig Audrey, oder?«, fragte ich.

»Doch«, erwiderte sie unsicher. »Aber woher wissen Sie das?«

»Nell?« Der Geschäftsleiter hörte auf, die junge Mutter und ihren Sohn zu bedienen, und ließ ihre Bestellung einfach liegen. Er trat hinter dem Tresen hervor und blieb mit hoffnungsvollem Blick vor mir stehen. »Ich dachte schon, ich hätte deine Stimme erkannt, als du bei mir bestellt hast.«

»Nein!«, murmelte ich ungläubig, während meine Mundwinkel sich zu einem Lächeln verzogen. »Jackson?«

Er nahm mich in die Arme und drückte mich so fest an sich, dass ich kaum noch Luft bekam.

Ich konnte es nicht glauben. Wie oft hatte ich ihn schon gesehen, ihn angelächelt und nur Zentimeter von ihm entfernt gestanden? Und die ganze Zeit über hatte ich ihn gekannt, ohne mir dessen auch nur bewusst zu sein! Wann immer ich ihn gesehen hatte, war er mir vollkommen zufrieden erschienen. Manchmal überraschte die Fähigkeit der Menschen, ihre wahren Gefühle vor ihrer Umwelt zu verbergen, sogar mich.

Wahrscheinlich hatte ich mich genau der gleichen Klischees bedient, gegen die ich immer ankämpfte, wenn ich an Jackson gedacht hatte. Ich hatte ihn mir als einen erschreckend dünnen und sehr unauffälligen Mann vorgestellt, eher als einen Jungen, nicht als den Erwachsenen, der er war. Aber Jackson war ganz anders als das Bild von ihm, das ich im Kopf gehabt hatte. Er war groß und muskulös, mit breiten Schultern und Armen voller Tätowierungen, die sich um seine kräftigen Unterarme schlangen. Sein Haar war länger als sonst, was jedoch nicht viel besagte, da es normalerweise millimeterkurz rasiert war. Vermutlich hatten sich einige seiner persönlichen Entscheidungen geändert, seit er eine Freundin hatte. So war es auch bei mir und Joel gewesen. Er hatte sein Haar immer kurz getragen, aber da ich es lang mochte, hatte er es für mich wachsen lassen.

Wieder spürte ich den stechenden Schmerz in meiner Brust, der jedes Mal auftrat, wenn ich an Joel dachte, und fast hätte ich zum Telefon gegriffen, um ihn anzurufen. Doch er wollte noch immer nicht mit mir sprechen, und deshalb musste ich ihm Zeit geben, bis er wieder bereit war, mit mir zu reden. Falls dies überhaupt jemals der Fall sein sollte.

Jackson ging zu Audrey und erklärte ihr, wer ich war. Sie schien genauso hocherfreut zu sein wie er, meinem Namen endlich ein Gesicht zuordnen zu können, und auch sie umarmte mich überschwänglich.

In diesem Moment fühlte es sich so an, als hätte sich ein weiteres Problem gelöst. Ich hatte Angst gehabt, *Healthy Minds* zu verlassen, weil ich mir Sorgen um Jackson gemacht hatte. Aber jetzt ging er wieder seiner Wege und ließ mich hinter sich, wie er es auch tun sollte.

Mein anderer Grund, bei *Healthy Minds* nicht zu kündigen

und alte Träume zu verfolgen, war Ned, doch auch er zog weiter, wenn auch nicht aus beruflichen, sondern aus emotionalen Gründen. Die Vorstellung, dass Ned und Mum eine ernsthafte Beziehung haben könnten, stürzte mich in Unruhe und Sorge. Aber wenn es das war, was sie beide glücklich machte, stand es mir nicht zu, sie daran zu hindern.

Meine Beziehung zu Joel war zu Ende, und ich bezweifelte, dass er jemals wieder mit mir reden würde. Wenn er es brauchte, würde ich für ihn da sein, doch wenn nicht, war auch das in Ordnung.

Selbst Charlie hatte sich weiterentwickelt.

Ich war so versessen darauf, hier zu bleiben und nicht weiterzuziehen, zum Wohle der anderen, dass ich irgendwie zurückgeblieben war.

Was, wenn ich nur das war, was Charlie in dieser dunklen Phase seines Lebens gebraucht hatte, und ich ihn bloß gebraucht hatte, um endlich von Joel loszukommen? Vielleicht brauchte er mich jetzt nicht mehr, und vielleicht brauchte auch ich ihn nicht mehr?

Der Gedanke daran gab mir das Gefühl, in zwei Teile zu zerspringen, doch ich wusste auch sehr gut, dass ich nicht länger darauf warten durfte, dass das Leben mich in die eine oder andere Richtung stieß. Ich musste mich selbst auf den Weg machen. Alle schienen glücklich und zufrieden zu sein. Alle außer mir.

Vielleicht war es ja wirklich an der Zeit, mich zu neuen Ufern aufzumachen.

Kapitel 31

Einen Monat später

Charlie

Für eine so kleine, zierliche Person nahm Kenna sehr viel Platz in Anspruch. Das war schon immer so gewesen, wenn sie ihre Ellbogen von sich streckte oder die komischsten Verrenkungen am Tisch machte, weil sie etwas zu Enges trug, in dem sie in normaler Haltung nicht atmen konnte.

»Wie geht es Nell?«, fragte sie, während sie gedankenverloren eine Locke um ihren rot lackierten Finger zwirbelte.

Ich blickte auf den fast leeren Eisbecher in meiner Hand hinunter und kratzte mit dem Löffel die Reste vom Boden, was Muster auf dem milchigen Karton hinterließ.

»Als ich das letzte Mal mit ihr gesprochen habe, ging es ihr gut.«

»Und wann war das?«, beharrte Kenna.

»Das ist schon eine Weile her.«

Ich warf meinen leeren Eisbecher in den Mülleimer neben unserer Bank und schaute zum hellen, sonnigen Himmel über der Clew Bay auf. Hier zu sitzen brachte die Erinnerung an den Tag zurück, an dem Nell mich gesucht und gefunden hatte, nachdem ich unentschuldigt der Gedenkfeier im Haus der Murphys ferngeblieben war. Wie lange das schon her zu sein schien …

»Sie wollte Freiraum, und da auch ich ihn brauche, lasse ich ihn ihr«, sagte ich.

»Wie schade, dass du ihr zur falschen Zeit begegnet bist!«

»Ja«, stimmte ich ihr zu und versuchte, mich auf das Wasser zu konzentrieren, damit der Schmerz, der in meiner Brust einsetzte, nicht noch zunahm. »Es war wirklich kein gutes Timing.«

»Glaubst du, dass du wieder zurückkehren wirst?«, wollte sie wissen, und ihre Worte lösten sofort eine innere Unruhe bei mir aus.

»Keine Ahnung. Ich kann spüren, dass ich hier wieder gesund werde. Ich wache nicht mehr auf und wünsche mir, der Tag wäre vorbei, bevor er überhaupt begonnen hat, und ich weiß, dass es auch Carrick guttut, dass ich hier bin. Ich kann dir nicht genau erklären, warum, doch ich weiß, dass dieser Ort jetzt genau das Richtige für mich ist.« Wieder atmete ich tief die frische, salzige Luft ein und fühlte, wie meine Brust sich mit der Wärme meiner Heimat füllte. »Nell hat mir das Leben gerettet, das werde ich nie vergessen, aber ich war ein Mensch, der ich noch nie zuvor gewesen war, als wir zusammen waren. Nell hat niemals mein altes Ich gekannt, sondern immer nur diese andere Version von mir. Ich glaube, wenn ich wieder ganz in Ordnung bin und dann zu ihr zurückkehre, werde ich wahrscheinlich wie ein Fremder für sie sein.«

Kenna wandte sich mir zu und stöhnte leise auf, als der Bund ihres hautengen Rocks sich in ihren Magen grub und ihre Eingeweide einschnürte. »Du wirst niemals mehr der Mensch sein, der du vorher warst, Charlie. Wir Menschen verändern uns andauernd. Es spielt keine Rolle, mit wem du zusammen bist, du wirst immer wieder anders sein. Du nimmst die Eigenschaften der anderen Person an – ihre Art zu sitzen, ihre Denkweise und so weiter –, und am Ende wirst du eine Mischung aus euch beiden sein.« Sie schaute mich an und verdrehte die Augen. »Damals, als du noch Abis Version von Charlie warst, konntest du manchmal ein echter Kotzbrocken sein, und trotzdem habe ich dich geliebt. Selbst als du dich vom Acker gemacht hattest und für uns alle von der Bildfläche verschwunden warst, habe ich dich noch geliebt. Und als du Nells Version von Charlie warst, habe ich dich auch geliebt.«

»Und welche Version bin ich jetzt?«, hakte ich nach.

»Ich glaube, jetzt bist du einfach nur du selbst. Da du und Abi von klein auf zusammen wart, denke ich nicht, dass du je die Chance hattest, herauszufinden, wer du wirklich bist. Du hast stets versucht, sie zu beeindrucken und ihr zu zeigen, dass du ihrer würdig warst, indem du all deine schicken Klamotten und Uhren zur Schau getragen hast. Aber sie hat dich nie für diese Äußerlichkeiten geliebt. Ehrlich gesagt glaube ich, dass ich diese jetzige Version von dir viel lieber mag.«

»Im Ernst? Du bevorzugst diesen ewig Trübsal blasenden, erbärmlichen Idioten?«

»Allerdings, mein Lieber. Ich glaube, du hattest die eine oder andere Verwundung nötig, um deinen aufgeblasenen Großkopf zu verkleinern. Schade nur, dass diese Verwundung ausgerechnet Abi sein musste.«

Ich spürte ihn schon wieder, diesen Kloß in meinem Hals,

griff instinktiv in meine Tasche und tastete darin herum, bis meine Finger das Seeglas fanden.

»Wäre ich doch bloß nicht so abgelenkt gewesen, dann wäre sie jetzt noch hier!«, erwiderte ich mit erstickter Stimme.

»Was willst du damit sagen?«, fragte Kenna, und als ich zu ihr aufblickte, sah ich, wie sie die sorgfältig gezupften Augenbrauen runzelte und die Unterlippe vorschob.

Verlegen räusperte ich mich. Für einen Moment hatte ich vergessen, dass ich ihr gegenüber noch nie etwas von alldem erwähnt hatte. Und nur Gott wusste, wie sie darauf reagieren würde …

»Wenn ich Abi nicht allein gelassen hätte, um ihr einen Tee aufzubrühen, und dann von den Nachrichten abgelenkt worden wäre, hätte ich mitbekommen, dass es ihr nicht gut ging, und den Krankenwagen gerufen. Und sie hätte gerettet werden können.« Ich wappnete mich schon für eine Ohrfeige – und fast hätte ich Kenna mein Gesicht zugewandt, damit sie meine Wange leichter erreichen konnte. »Wenn ich früher zu ihr zurückgegangen wäre, hätte sie vielleicht überlebt.«

»Mein Gott, Charlie! Ist es das, was du die ganze Zeit mit dir herumgeschleppt hast? Es gab keine Rettung mehr für sie!«, erklärte Kenna mit einem fast unmerklichen Kopfschütteln. »Du hast wirklich einfach alles auf Mammy abgewälzt, nicht wahr? Abi war auf der Stelle tot – das hat uns der Gerichtsmediziner gesagt.«

Ich spürte, wie sich etwas in meiner Brust weitete wie eine Luftschleuse.

»Sofort, meinst du?«

»Sie hatte eine schwere Lungenembolie, an der sie innerhalb von Sekunden verstorben ist. Du hättest rein gar nichts für sie tun können.«

Irgendwann in dieser einen Stunde, die zwischen meinem Verlassen des Zimmers und der Rückkehr mit dem Tee lag, hatte ein Blutgerinnsel ein Gefäß in ihrer Lunge verstopft und beinahe unmittelbar ihren Tod verursacht.

Diese Schuld, die ich so lange mit mir herumgeschleppt hatte, war nie die meine gewesen.

»Atme, Charlie! Du wirst schon ganz blau im Gesicht!« Kenna rüttelte an meiner Schulter.

Ich schnappte gierig nach Luft. »Also … war es gar nicht meine Schuld? Du meinst, ich bin nicht dafür verantwortlich, dass sie gestorben ist?«

»Nein, Charlie. Es war niemandes Schuld. Es ist einfach nur passiert.«

Das trockene Gras juckte an meinen Beinen, als ich an Abis Grabstein saß. *Unsere geliebte Tochter, Schwester, Ehefrau und Freundin*, stand dort in silbernen Buchstaben. Ich ließ das Seeglas in meinen Fingern kreisen, während ich die Inschrift immer wieder las und der Wind die Geräusche von vorbeifahrenden Autos und zwitschernden Vögeln in die Ferne trug.

»So«, sagte ich mit noch ganz rauer Stimme von meinem Gespräch mit Kenna, »ich habe heute herausgefunden, dass es nicht meine Schuld ist, dass du da unten liegst. Man sollte meinen, dass ich mich durch die Gewissheit besser fühlen würde. Und irgendwie ist es auch so, ein bisschen jedenfalls, aber du bist noch immer tot, Abi … «

Plötzlich hörte ich das metallische Scheppern des Friedhoftors und schaute mich um. Ein alter Mann, dessen Gehstock auf dem Kiesweg leise knirschte, kam mit Blumen in der Hand in meine Richtung. Er näherte sich bis auf wenige Meter, bevor er mich bemerkte und seinen Hut zog. Dann ging er zu einem Grab an der Mauer, die den Friedhof von der Straße trennte, weiter.

Ich fragte mich, ob ich in vierzig Jahren wie dieser Mann sein würde, ob ich immer noch Blumen herbringen und der Schmerz noch stark genug sein würde, um mir das Herz zu verkrampfen.

»Ich habe ein Mädchen kennengelernt. Sie heißt Nell«, erzählte ich Abi an ihrem Grab. »Ich weiß nicht, wie du darüber denkst, doch ich wollte es dir sagen, weil es sich dann nicht mehr ganz so anfühlt, als würde ich dich betrügen.«

Ich ließ das orangefarbene Stück Meerglas in meine andere Hand gleiten und rollte es zwischen den Handflächen hin und her. Es war mir schon so vertraut, nachdem ich es so lange mit mir herumgetragen hatte, dass es sich wie ein Teil von mir selbst anfühlte. Die vom Meerwasser glatt geschliffenen Ränder waren sogar noch glatter geworden nach dem jahrelangen Herumrollen in meinen nervösen Händen.

»Nachdem sie mir eine Nachricht geschrieben hatte, rief sie mich vor etwa einem Monat an und sagte, sie habe herausgefunden, wer den Sticker auf dem Turm angebracht hat«, fuhr ich fort. »Ich hätte wissen müssen, dass du etwas damit zu tun hattest.« Trotz allem musste ich lächeln. »Das muss während deiner Phase ehrenamtlicher Tätigkeiten gewesen sein, in der du schließlich in dem Tierheim gelandet bist, aus dem du Magnus geholt hast, stimmt's?« Ich betrachtete den Stein, als erwartete ich eine Antwort von ihm. »Damals hast du auch die Worte aus *Cast Away* auf den Sticker geschrieben, als hättest du gewusst, dass ich ihn – und auch *sie* – eines Tages brauchen würde.«

441

Ich wischte mir mit dem Ärmel über die feuchten Augen und rang die in mir aufsteigenden Emotionen nieder. Ich hatte immer versucht, mich zusammenzureißen, wenn mich der Drang zu weinen überkam. In letzter Zeit waren mir jedoch weniger oft die Tränen gekommen, obwohl der Kummer im Hintergrund stets allgegenwärtig war wie ein Gewitter in einer benachbarten Stadt, das über mich hereinzubrechen drohte.

»Ich wollte hierherkommen und dir sagen, dass ich dich liebe und immer lieben werde. Aber irgendwann werde ich in meinem Herzen Platz machen müssen, um jemand anderen zu lieben.«

Ich wischte mir über die Wangen und atmete tief aus, wobei die Luft eine Schwere mit sich nahm, die ich schon viel zu lange verspürt hatte.

»Ich habe jetzt viele Entscheidungen zu treffen. ›Soll ich bleiben, oder soll ich gehen?‹, frage ich dich nun mit den Worten von The Clash«, sagte ich leise lachend, weil ich wusste, dass sie bei ihrer Liebe zum Punkrock diese Anspielung zu schätzen wissen würde. »Doch ganz gleich, wofür ich mich entscheide: Ich werde dich nie vergessen und dich auch nicht durch jemand anderen ersetzen.«

Ich wartete noch eine Minute, bevor ich mich erhob und tief einatmete. Dann streckte ich eine Hand aus und legte sie auf den Grabstein. Wie viel Zeit Abi und ich in den Jahren vergeudet hatten, in denen wir nicht miteinander gesprochen und dafür unseren verletzten Stolz als Grund vorgeschoben hatten! Aber das ließ sich nicht mehr ändern, und es war auch nicht zu ändern, dass dieser Stein hier stand und Abi in dieser Erde ruhte.

Ich öffnete meine Hand, und das Glas klirrte ein bisschen,

als ich es oben auf den Marmor legte. Für einen Moment ließ ich meine Finger noch dort verweilen, bevor ich das orangefarbene Meerglas da zurückließ, wo es eigentlich hingehörte, und mich abwandte, um zum Parkplatz zu gehen, wo Steve mich erwartete.

Kapitel 32

Vier Monate später

Nell

Durch das Foyer der Aston University ging ich zur großen Rasenfläche vor dem Gebäude, auf der sich bei gutem Wetter immer ein paar Studierende tummelten. Tom und Marni, die beiden Studenten Anfang zwanzig, mit denen ich mich schon in der ersten Woche angefreundet hatte, unterhielten sich angeregt neben mir, als wir in die träge Nachmittagssonne hinaustraten.

Schließlich ließen wir uns im Gras zwischen den verstreut herumsitzenden Gruppen von Studentinnen und Studenten nieder, die alle mit verschiedenen Arten von blutbespritzten Hemden und scheußlichen Gummimasken verkleidet waren.

Ich hatte völlig vergessen, dass heute Halloween war, bis ich am Morgen in die Küche hinuntergegangen war und dort Ned als Leatherface aus dem Film *The Texas Chainsaw Massacre* verkleidet angetroffen hatte. Der an seinem Gürtel befestigte abgetrennte künstliche Arm hatte es ihm nicht gerade leichter gemacht, vernünftig am Tisch zu sitzen.

»Hast du am Wochenende schon was vor, Nell?«, fragte Tom, der sein langes braunes Haar zu einem kleinen Dutt auf dem Oberkopf aufgesteckt hatte und mich mit dieser Frisur an einen Samurai-Krieger erinnerte.

»Ich habe morgen ein paar Stunden Dienst bei *Healthy Minds*, meinem früheren Arbeitgeber, und danach wird meine Mum zu einem ein- oder zweitägigen Besuch kommen, soweit ich weiß«, erwiderte ich. »Und das ist Rock 'n' Roll genug, denke ich.« Ich erhob mein Gesicht zu der erbärmlich schwachen Sonne, lehnte mich zurück und stützte mich auf die Hände. »Und ihr?«

»Drüben bei Laurie findet eine Halloween-Party statt, falls dir danach ist«, sagte Tom.

»Du solltest es besser wissen, Tom«, scherzte Marnie. »Freitagabends haben Nell und ihr Mann doch ihre Filmnacht.«

Sie hatten angefangen, Ned »meinen Mann« zu nennen, als sie von ihm erfahren hatten, und auch meine Erklärung, dass er mit meiner Mutter liiert war, schien sie nicht mehr davon abhalten zu können.

In letzter Zeit hatte ich bemerkt, dass Tom mit mir zu flirten begonnen hatte, dass er mich öfter als sonst berührte oder mich auf einen Kaffee einlud. Doch obwohl er nett war und auch durchaus gut aussah, konnte ich im Moment nicht einmal daran denken, mich mit jemandem zu treffen.

Vor zwei Wochen hatte meine Professorin Mrs. Gundersen mich nach der Vorlesung beiseitegenommen und mir erzählt, dass eine Studentin, die gerade ein einjähriges Auslandsstudium absolvierte, schwanger geworden war und daher bald nach Hause zurückkehren würde. Und da die Professorin mich für eine gute Kandidatin zu halten schien, um den Platz der besagten Studentin einzunehmen, hatte sie mir eine Handvoll Papiere gegeben, um darüber nachzudenken und sie gegebenenfalls auszufüllen.

»Und?«, fragte Tom, der meine Gedanken zu erraten schien. »Ist die Sache mit Neuseeland schon spruchreif, oder kannst du nicht so lange auf das Vergnügen unserer Gesellschaft verzichten?«

»Ich habe gestern die Papiere eingereicht«, erwiderte ich mit einer Mischung aus Nervosität und freudiger Erregung.

»Ich kann nicht glauben, dass du uns und deinen Mann für ein ganzes Jahr verlassen wirst«, witzelte Marni.

»Ned wird gut ohne mich zurechtkommen, und ihr werdet es auch«, entgegnete ich und zupfte an dem Gras neben mir herum. »Aber es wird schon komisch sein, so weit weg zu sein.«

»Ja, der Flug nach Auckland dauert insgesamt über vierundzwanzig Stunden, nicht?«, bemerkte Tom, worauf ich heftig schluckte.

Vierundzwanzig Stunden in der Luft, Tausende von Kilometern über der Erde! Ich schüttelte den Gedanken jedoch ab und atmete tief ein. Oh nein – diese Chance, die mir in den Schoß gefallen war, würde ich mir von meiner Flugangst ganz bestimmt nicht nehmen lassen!

Ich dachte an meinen letzten Flug, bei dem ich Charlies Hand so fest gedrückt hatte, dass seine Finger blau angelaufen waren. Und diesmal würde ich keine Hand zum Halten haben, es sei denn, ich freundete mich mit dem neben mir sitzenden Fluggast an, was bei meinem nervösen Geplapper, wenn ich unsicher war, ganz und gar nicht ausgeschlossen war. Und wieder erwachte der Schmerz in meiner Brust, der ein ständiger Nebeneffekt jeder meiner Erinnerungen an Charlie war. Ich wartete ab und hielt einfach still, weil ich wusste, dass er wie immer nach ein, zwei Minuten vergehen würde.

In seiner letzten Nachricht an mich hatte Charlie mir geschrieben, dass es ihm gut ging, dass er im Familienbetrieb arbeitete und dass ihm das Zusammenleben mit Carrick das Gefühl gab, zwanzig Jahre jünger geworden zu sein.

»Bist du okay?« Tom legte die Hand auf meinen Knöchel.

»Aber ja«, erwiderte ich. »Mir geht's bestens.«

»So, so«, sagte Marnie, die wohl spürte, dass ein Themenwechsel angebracht war. »Hast du dich schon entschieden, worauf du dich da drüben spezialisieren willst?« Sie wandte sich mir zu, wobei ihre langen roten Zöpfchen durch die Luft schwangen wie dünne Seile.

»Ich bin mir ziemlich sicher, dass ich mich auf Trauer- und Verlustberatung spezialisieren will.«

Für einen Moment senkte ich den Blick, weil mich wieder ein Anflug von Traurigkeit überkam. Ich gab mir jedoch nur ein paar Sekunden, um ihn zu zügeln und mein Lächeln wieder aufzusetzen.

Ja, meine Zeit mit Charlie war schön und schmerzlich und etwas gewesen, an das ich immer mit einem Anflug von Bedauern zurückdenken würde, weil es schon zu Ende gewesen war, bevor es auch nur begonnen hatte. Aber für ihn da zu sein und ihm über das verheerendste Ereignis seines Lebens hinwegzuhelfen hatte mir geholfen herauszufinden, worin ich gut war und was ich für den Rest meines Lebens tun wollte. Es gab Millionen gebrochener Herzen und trauernder Menschen dort draußen, und wenn ich auch nur einem von ihnen helfen konnte, dann lohnte sich meine Zeit hier auf diesem Planeten …

Kaum trat ich aus dem Zug auf den Bahnsteig, spürte ich auch schon das Summen des Telefons in meiner Tasche. Ich zog es heraus und sah, dass es ein Anruf von Mum war.

»Hola Madre«, sagte ich mit meinem besten spanischen Akzent.

»Buenas tardes«, erwiderte sie, und es klang viel authentischer als meine Begrüßung. »Wie war es in der Uni?«

»Gut. Tom hat versucht, mich zu überreden, mit ihnen allen heute Abend auszugehen, aber ich habe natürlich abgelehnt.«

»Ach, komm schon, Nelly! Nach allem, was ich von diesem Tom gehört habe, scheint er eine Schwäche für dich zu haben.«

Mum war immer beharrlicher geworden seit meiner Beinahe-Liebesaffäre mit Charlie. Ich glaube, sie versuchte, mir die Trauer mit der Möglichkeit einiger bedeutungsloser Affären auszutreiben.

»Nein, Mum. Tom ist … Wie soll ich sagen? Im Vergleich zu mir ist er vielleicht gerade mal zwölf.«

»Und? Es ist nichts einzuwenden gegen einen jugendlichen Liebhaber. Ich habe mehr als nur ein paar gehabt.«

Ich gab ein würgendes Geräusch von mir. »Ich dachte, wir hätten uns darauf geeinigt, nie wieder über so etwas zu sprechen!?«

»Okay. Tut mir leid, Schatz.« Sie seufzte. »Aber hast du schon etwas von ihm gehört?«

»Können wir bitte über was anderes reden, bevor ich mitten auf der Straße in Tränen ausbreche?«

»Natürlich«, sagte sie. »Und Joel? Hat er sich in letzter Zeit mal gemeldet?«

»Mum! Von allen Themen, mit denen du mich aufzuheitern versuchst, musst du dir ausgerechnet Joel aussuchen?«

»Tut mir leid, Liebes, aber dein Leben ist derzeit ein Minenfeld gefährlicher Gesprächsthemen.«

Das Letzte, was ich von Joel gehört hatte, war, dass es ihm gut ging und dass sie nach Scarborough ziehen würden, um dort einen Neuanfang zu wagen. Rachel hatte versprochen, sich zu melden, sobald sie sich dort eingelebt hätten.

»Es gibt aber tatsächlich etwas, worüber ich mit dir sprechen wollte«, sagte Mum.

»Und was ist das?«

Ich versuchte, ein wenig Haltung wiederzugewinnen, als ich in meine Straße einbog und zwei Straßenlaternen im frühen Abendlicht aufflammten.

»Ich wollte eigentlich abwarten und es dir in aller Ruhe erzählen, doch ich kann es nicht länger für mich behalten. Ich habe ein Angebot für eine feste Stelle in London angenommen.«

»Du kommst nach Hause?«, fragte ich. Mir war plötzlich sehr viel leichter ums Herz. »Aber warte mal, bedeutet das, dass du und Ned nun fest zusammen seid? Denn falls du auch nur für einen Moment annimmst, ich würde diesen Mann je ›Dad‹ nennen, kannst du dir den Gedanken aus dem Kopf schlagen …«

»Nein, ich komme deinetwegen heim, Nelly. Was du an jenem Abend im Bad zu mir gesagt hast, hat mich ganz schön hart getroffen. Mir ist klar geworden, dass ich nie die Mutter für dich war, die ich zu sein geglaubt hatte.«

»Also kommst du nach Hause, wirklich nach Hause?«

»Nun ja, ich werde in London sein. Doch du bist inzwischen ein großes Mädchen und brauchst mich nicht ständig um dich herum. Ich werde aber nahe genug sein, um dich jede

Woche oder so zu sehen, wenn es das ist, was du willst. Ich meine, ich kann verstehen, wenn du mich nicht ständig um dich herum haben möchtest. Es kann ja nicht gerade Spaß machen, deine Mum ständig bei dir zu haben, wenn du dir einen eigenen Freundeskreis aufbauen willst, nicht wahr? Ich bin noch nie jemand gewesen, der sich anderen aufdrängt, und werde jetzt auch gewiss nicht damit anfangen.«

Du liebe Güte! Hörte es sich bei mir genauso an, wenn ich drauflosplapperte?

»Mum. Erstens habe ich kein eigenes Sozialleben, und zweitens war es in den letzten zehn Jahren mein größter Wunsch, dich in meiner Nähe zu haben. Aber wie es ja so kommen musste – nenn es ›Murphys Gesetz‹, wenn du möchtest –, habe ich gestern meine Papiere für ein Studienjahr in Neuseeland eingereicht.«

»Oh, Nelly, das ist ja wunderbar! Ich bin so stolz auf dich – und ich glaube, dass es dir dort draußen sehr gut gefallen wird.«

»Das hoffe ich. Doch es bedeutet auch, dass wir wieder mal auf den gegenüberliegenden Seiten des Globus leben werden«, erwiderte ich seufzend und fragte mich zum x-ten Mal, ob es die richtige Entscheidung für mich war.

»Mach dir keine Sorgen um mich, Nelly. Ich werde nirgendwohin gehen. Also unternimm dein längst überfälliges Abenteuer, und wenn du zurückkommst, wirst du ganz genau wissen, wo ich bin.«

Ich beendete das Telefongespräch mit Mum, als ich in die Einfahrt einbog, und steckte das Handy in die Hosentasche.

Ich fühlte mich fast ein bisschen berauscht von dem Gedanken, dass meine Mutter bei meiner Rückkehr aus Neuseeland endlich dauerhaft hier und nahe genug sein würde, um sie anzurufen, falls ich sie brauchte. Ich würde nicht erst vorher auf die Weltuhr-App schauen müssen, um zu sehen, wie spät es dort war, wo sie sich gerade aufhielt.

Ich näherte mich der Haustür und vernahm ein Geräusch, das ich sofort erkannte. Es war zwar so leise, dass es fast nicht zu hören und nur ein leises Quieken war. Aber als ich den Blick senkte, schnappte ich verblüfft nach Luft: George stand dort auf der Eingangsstufe! Ich bückte mich so schnell nach ihm, dass meine Knie knackten, und als ich ihn in der Hand hielt, entdeckte ich ein Stück Papier, das ich in meiner Eile, ihn aufzuheben, fast zerrissen hätte.

Nachdem ich es endlich glatt gestrichen hatte, las ich die kurze Nachricht, die nur besagte:

Darf ich dich zu einem Kaffee einladen?
C x

Ich hatte gedacht, nichts würde mich daran hindern können, blindlings in jede Richtung zu rennen, in der Charlie sich befand. Aber im Augenblick war ich außerstande, auch nur einen Fuß zu bewegen.

Charlie war wieder da, und wenn ich jetzt loslief, konnte ich in einer knappen Viertelstunde bei ihm sein. Aber wieder, wie so oft, war der Moment der völlig falsche. Ich stand kurz vor meiner Abreise zu Zielen, die ich schon längst hätte verfolgen sollen. Warum also ausgerechnet jetzt?

»Und?« Die Haustür öffnete sich, und Ned grinsendes Gesicht erschien in meinem Blickfeld. »Wirst du hingehen oder nicht?«

Charlie

Die Hitze des Keramikbechers versengte mir fast die Hände. Dennoch hielt ich ihn fest. Kleine Dampfwolken stiegen von dem milchig weißen Tee auf und brachten seinen unverkennbaren Kräutergeruch mit.

Wie anders war mein Leben geworden seit dem Tag, an dem ich hier Zuflucht gesucht hatte, als ich auf dem Weg zum Uhrenturm gewesen war ... Ich war mir meiner Pläne so sicher gewesen, dass ich jeden ausgelacht und für verrückt erklärt hätte, der mir gesagt hätte, dass ich Monate später hier sitzen und auf ein Mädchen warten würde.

Aber hier saß ich, hob den heißen Tee an meine Lippen und trank einen Schluck.

Das Geräusch der sich öffnenden Café-Tür veranlasste mich, mich hoffnungsvoll umzudrehen. Aber meine Enttäuschung war groß, als ich erkannte, dass es nur ein Angestellter war, der Terrassenstühle hereinbrachte. Seufzend wandte ich mich wieder meinem Becher zu.

Ich hatte es gehasst, von Nell getrennt zu sein, und ehrlich gesagt hatte ich sogar Magnus ein bisschen vermisst. Aber es war das gewesen, was mir die Therapeutin geraten hatte, die Kenna für mich gefunden hatte. »Nur indem wir ein bisschen Abstand nehmen, kann sich uns eine neue Perspektive eröffnen«, hatte sie erklärt, und am Ende hatte ich mich von Nell und allem anderen distanziert, obwohl es mir fast unmöglich erschienen war.

Nell hatte damals recht gehabt, als sie gesagt hatte, es sei der falsche Zeitpunkt. Keiner von uns war in der rechten Verfassung gewesen, um sich zu verlieben, aber genau das hatten wir getan, obwohl Abi einen Keil zwischen uns getrieben und ihr Bestes getan hatte, um uns auseinanderzuhalten.

Ehrlich gesagt glaubte ich nicht, dass ich je wirklich über Abi hinwegkommen würde, weil ich sie mehr als alles andere auf dieser Welt geliebt hatte. Ich hatte immer nur sie in meinen Armen halten und jeden wachen Moment in ihrer Gegenwart verbringen wollen – bis ich ganz plötzlich gar nichts mehr von alldem hatte tun können. Ich wusste nicht, ob Trauer wirklich jemals ganz verging. Sie war wie ein Spiel, bei dem man die Bombe weiterreichte: Man trug sie bei sich, wusste aber nie, wann sie explodierte, und die Bedrohung durch sie war beängstigend. Bis du eines Tages, wenn deine Zeit auf diesem Planeten vorbei war, die Bühne verlassen und die Trauer an jemand anders weitergeben würdest. Ich glaubte, der Tod war gar nicht so endgültig, wie die Leute sagten. Er blieb so lange in dieser Welt, bis der letzte Mensch, der dich geliebt hatte, nicht mehr da war.

Obwohl mir bewusst war, dass es auch Tage geben würde, die schlimmer sein würden als andere – wie Jahrestage und Geburtstage, an denen ich still und reserviert sein würde –, wusste ich, dass ich auch an diesen Tagen Nell an meiner Seite haben wollte.

Und deshalb hoffte ich mehr als alles andere, dass auch sie es wollte, weil wir schon viel zu lange getrennt gewesen waren.

Plötzlich hörte ich, dass sich hinter mir jemand räusperte, und fuhr auf meinem Platz so schnell herum, dass ich vor lauter Begeisterung fast vom Stuhl gefallen wäre. Doch dann sah ich das Gesicht der Person hinter mir, und mir sank das Herz.

»Entschuldigen Sie, Sir. Würde es Ihnen etwas ausmachen,

wenn ich kurz den Tisch abwische, damit wir bereit sind, wenn das Café sich in einen feuchtfröhlichen Treffpunkt für trinkfeste Hausfrauen verwandelt?«, fragte das junge Mädchen mit einem verlegenen Lächeln.

»Natürlich nicht, nur zu«, antwortete ich und hob meinen Becher an, damit sie die Krümel und Kaffeeringe entfernen konnte, die die Tagesgäste hinterlassen hatten.

Sie bedankte sich, als sie fertig war, lächelte mich an und ging wieder, während ich meinen Teebecher auf den Tisch zurückstellte.

Es war nicht abzusehen, ob Nell überhaupt kommen würde. Gott weiß, dass ich einen ganzen Batzen Komplikationen in ihr Leben gebracht hatte, das ohne mich sehr gut gelaufen war. In der Zeit, die seitdem vergangen war, hatte sie vielleicht erkannt, dass es dieses ruhige Leben war, das sie eigentlich die ganze Zeit gewollt hatte.

»Entschuldige bitte …«, sagte wieder eine Stimme hinter mir.

»Ich habe nichts verschüttet, ganz ehrlich nicht«, erwiderte ich und drehte mich mit einem Lächeln auf den Lippen um.

Und dann stockte mir der Atem, als ich in die großen braunen Augen blickte, nach denen ich mich so lange Zeit gesehnt hatte.

Ihr Haar war kürzer als vor all diesen Monaten, und sie sah glücklicher und lebendiger aus, als ich sie je zuvor gesehen hatte.

Ihre Lippen verzogen sich zu einem solch breiten Lächeln, dass den meinen gar keine andere Wahl blieb, als es nachzuahmen.

Dann räusperte sie sich. »Entschuldige bitte …«, sagte sie wieder und wiederholte damit die allerersten Worte, die sie je an mich gerichtet hatte. »Würde es dich stören, wenn ich mich hierhersetze?«

»Aber nein, nur zu«, antwortete ich.

Sie nahm ein bisschen unsicher Platz und verschränkte die Hände im Schoß, während sie zaghaft durch die langen Wimpern zu mir aufschaute.

»Es ist so schön, dich wiederzusehen, Nell.« Meine Worte klangen fast schon wie ein Seufzen, weil die Freude und Erleichterung, ihr endlich wieder so nahe zu sein, geradezu überwältigend waren.

»Ich freue mich auch«, erwiderte sie.

Dann runzelte sie ein wenig die Stirn, und ihre Augenbrauen zogen sich auf diese bezaubernde Weise zusammen, an die ich mich noch so lebhaft erinnerte. Nell sah aus, als würde sie über etwas nachdenken, als spielte sie etwas in ihrem Kopf durch und wöge die Möglichkeiten ab.

»Was ist?«, fragte ich und legte eine Hand auf ihren Arm.

Es fühlte sich ein bisschen ungewohnt an, sie wieder zu berühren, und ich war mir nicht sicher, ob ich das überhaupt noch durfte.

»Nichts. Es ist alles okay«, antwortete sie, und ihre Stirn glättete sich wieder, als wir einander in die Augen sahen. »Ich möchte dir nur eine Frage stellen, weiter nichts.«

»Und welche Frage wäre das?« Mein Herz begann, so laut zu pochen, dass ich befürchtete, ihre Worte nicht mehr hören zu können, wenn sie endlich ihren Mund verließen. »Frag mich, was du willst.«

Wieder verzogen sich ihre Lippen zu einem Lächeln, das ihre Augen mit einer Begeisterung erstrahlen ließ, die ich bei ihr noch nie gesehen hatte.

»Bist du bereit für ein Abenteuer?«

»Ich bin zu allem bereit, solange du dabei bist«, erwiderte ich.

»Gut. Wie wäre es dann mit Neuseeland?«

Von dem Café aus hörten weder Nell noch Charlie das Schlagen der Turmuhr, die eine neue Stunde anzeigte. Der Klang schallte in eine Stadt hinaus, die ihn fast nicht wahrnahm, weil er aus solch großer Höhe ertönte. Unter dem Rand der Mauer des Uhrenturms flatterte im Wind der Sticker, der ein Leben gerettet hatte. Er hatte Sturm und Regen, Schnee und Sonne überstanden, doch seine Zeit, in der er von hoch oben über die Stadt gewacht hatte, näherte sich ihrem Ende. Als ein zweiter Windstoß ihn erfasste, gab der Klebstoff nach, als würde er von geisterhaften Fingern abgezogen, und der Sticker löste sich von dem Ziegelstein, an dem er so lange gehangen hatte, und flatterte in den Abendhimmel hinaus.

Anmerkung der Autorin / Triggerwarnung

Dieses Buch setzt sich mit Verlust, Trauer, Depression und Selbstmord auseinander. Sollte irgendeines dieser Themen ein heikles für dich sein, geh es bitte behutsam an. Ich hoffe, dass ich mit diesen unvermeidlichen Aspekten des Lebens taktvoll umgegangen bin.

Danksagungen

Ich habe Leute über das schwierige zweite Buch sprechen und sagen hören, dass sie sich auf unerklärliche Weise darin verloren hatten, während ich die ganze Zeit über dachte, dass mir das mit all den Ideen, die ich im Kopf hatte, nie passieren würde. Doch ich hätte mich nicht mehr irren können. Ein zweites Buch zu schreiben war eines der frustrierendsten und herausforderndsten Dinge, die ich je getan habe, und ich bin froh, dass ich jetzt erleichtert aufatmen kann, weil das Buch nun draußen in der Welt und die Geschichte erzählt ist, die ich schon immer erzählen wollte.

Wunder brauchen etwas länger ist die Wiedergeburt einer Geschichte, die ich vor etwa sechs Jahren geschrieben hatte und die mir immer sehr viel bedeutet hat. Charlie, Carrick und Ned hatten stets einen besonderen Platz in meinem Herzen, und die Einführung von Nell hat *Wunder brauchen etwas länger* von einer mir lieb gewordenen Idee in eine, wie ich hoffe, auch für dich wunderschöne Erzählung verwandelt, eine Geschichte über den Weg zur Überwindung dessen, was einen zurückhält, und darüber, sich im Leben eine zweite Chance zu geben.

Diese Geschichte ist in meinem Kopf entstanden, doch es

braucht eine ganze Armee, um ein Buch in die Welt hinauszubringen.

So möchte ich zunächst einmal meiner Agentin Elena Langtry, Lisa Moylett und allen anderen bei der Agentur CMM für ihre unermüdliche und unerschütterliche Unterstützung danken. Ihr seid immer da, um mir zu helfen, meine Selbstzweifel zu überwinden und mir den nötigen Vertrauensschub zu geben.

Ein großes Dankeschön auch an Tilda McDonald und Phoebe Morgan dafür, dass sie an meine Ideen glauben, egal, wie wirr sie anfangs sind, und mir freie Hand lassen, eine Idee so lange zu verfolgen, bis sie Fuß gefasst hat.

Vielen Dank auch an Sabah Khan, Ellie Pilcher, Beth Wickington und alle anderen bei Avon, die in den letzten Jahren hinter mir gestanden haben. Eure Unterstützung und die extrem harte Arbeit, die ihr alle während des Lockdowns geleistet habt, um mir und all den anderen Lockdown-Debütautoren:innen zu helfen, war unglaublich. Ich bin stolz darauf, Teil eines solch großartigen, preisgekrönten #imprintoftheyear2020-Teams zu sein, aber wir prahlen ja nicht gerne …

Matt Goode danke ich für seine Versicherungen, dass das, was ich geschrieben habe, kein absoluter Müll ist, und auch dafür, dass er sich nie über das wiederholte und endlose Korrekturlesen beklagt hat.

Ganz zu schweigen davon, dass ihr alle es ertragen habt, dass ich die meiste Zeit während des Schreibens mit einem irischen Akzent gesprochen habe.

Auch meiner Mom ganz lieben Dank dafür, dass sie jedem, der ihr zuhört, von meinen Romanen erzählt und bei Waterstones neben meinen Büchern steht und den vorbeigehenden Kunden lautstark erklärt, wie toll sie sind.

Du, Dad, sagst nicht viel, aber wenn du es tust, ist es immer tiefgründig. Danke für deine Unterstützung und dafür, dass du stets weißt, was du sagen musst, egal, wie einsilbig deine Motivationsreden auch sein mögen.

Mein besonderer Dank gilt Sheila Gibbons, die meine virtuelle Führerin durch Westport war und mir jede Menge Insiderwissen und Fakten über die Stadt vermittelt hat, die ich sonst nirgendwo hätte finden können. Ihre Hilfe war von unschätzbarem Wert. Ich hoffe nur, dass ich dieser schönen Stadt gerecht geworden bin.

Mein Dank geht auch an Police Constable D'Arcy Hazlewood für all seine Hilfe, sowohl bei diesem Buch als auch ganz generell im Leben. Danke, Boo!

Und Chris Day, der so hilfreich war und mehr Exemplare meiner Bücher besitzt als irgendjemand sonst auf dieser Welt, danke ich ebenfalls von Herzen.

Natürlich bedanke ich mich auch bei John Howard und Tom Owens. Es war lieb von euch, dass ich in den Pausen zwischen meinen Schichten hinter der Theke des *Cricket*-Clubs an meinen Büchern schreiben durfte. Ich hoffe, dass meine blaue Plakette zu gegebener Zeit an den Wänden des *Cricket*-Clubs angebracht wird …

Darüber hinaus möchte ich auch jede:n einzelne:n meiner Leser:innen wissen lassen, wie sehr ich die freundlichen Worte und Empfehlungen schätze. Eure Mundpropaganda hat dazu beigetragen, meine Bücher in einer sehr schwierigen Zeit für Debütautor:innen in die Welt hinauszutragen, und dafür werde ich euch immer sehr dankbar sein.

Und ein letztes Dankeschön geht an die Mitarbeiter:innen, Ärzt:innen, Therapeut:innen und Ehrenamtler:innen, die sich für die psychische Gesundheit anderer einsetzen. Die Arbeit, die Wohltätigkeitsorganisationen wie die Telefonseelsorge leisten, ist unglaublich, und es gibt so viele Menschen dort draußen in der Welt, die dank der Arbeit, die ihr alle leistet, heute noch am Leben und glücklich sind.

Natürlich bin ich auch sehr dankbar für all die Informationen, die mir die Wohltätigkeitsorganisation *Samaritans* zur Verfügung gestellt hat, um diesem sensiblen Thema gerecht zu werden. Im Vereinigten Königreich ist die Suizidrate in der Gruppe der 45- bis 49-jährigen Männer am höchsten, aber bei den Frauen unter 25 Jahren ist die Rate zwischen 2012 und 2019 um 93,8 Prozent gestiegen.

Depressionen sind oft sehr schwer zu erkennen, also begegnet euren Mitmenschen gegenüber verständnisvoll. Frag deinen Freund oder deine Freundin, wie es ihm oder ihr geht, und hör dir die Antwort wirklich genau an. Such den Freund oder die Freundin auf, der oder die sich langsam aus der Gruppe zurückzieht, und gib ihm oder ihr das Gefühl, stets willkommen zu sein. Sei vor allem freundlich, weil man nie wissen kann, wer unter der Oberfläche leidet, und vielleicht bist genau du das lächelnde Gesicht, das er oder sie gerade braucht.

Muss man außergewöhnlich sein, um glücklich zu werden?

Rebecca Ryan
WEIL MORGEN EIN
NEUER TAG BEGINNT
Roman
Aus dem Englischen
von Antonia Zauner
432 Seiten
ISBN 978-3-404-18868-0

Nachdem die 28jährige Emily Turner eine BBC-Dokumentation über das Leben der Briten gesehen hat, stellt sie fest: Sie ist ganz und gar durchschnittlich. Um dies zu ändern, verfasst sie eine Liste mit Vorsätzen, um aus ihrer Routine auszubrechen. Am wichtigsten jedoch ist, dass sie sich nicht verlieben darf, nicht mit 28! Aber genau das erweist sich als schwierig, als sie den gutaussehenden Josh kennenlernt. Und auch das restliche Umsetzen der Liste ist schwerer als gedacht, denn während sie ihr neues Ich zu gestalten versucht, funken ihr Gefühle aus der Vergangenheit dazwischen, von denen Emily glaubte, sie längst hinter sich gelassen zu haben ...

Lübbe

Die große Liebe gibt es – man muss nur die richtige für sich finden

Linda Holmes
MIT AUSSICHT
AUF GLÜCK
Roman
Aus dem amerikanischen
Englisch von
Alexandra Kranefeld
336 Seiten
ISBN 978-3-7857-2843-7

In letzter Minute sagt Laurie ihre Hochzeit ab. Sie ist, glaubt sie, nicht dafür gemacht, ihr Leben mit einem anderen Menschen zu teilen. Als ihre geliebte Tante Dot stirbt, übernimmt Laurie es, ihren Besitz im Küstenstädtchen in Maine zu sortieren. In einer Holztruhe findet sie eine bemalte Holzente. Und einen Brief, in dem es heißt: »Denk dran: In der Stunde der Not gibt es immer noch die Enten. In Liebe, John.« Neugierig geworden macht sie sich zusammen mit ihrem Jugendfreund Nick auf die Suche nach dem mysteriösen John und entdeckt dabei nicht nur eine andere Dot, sondern auch sich selbst.

Lübbe